U0369701

天津市重点出版扶持项目

津沽名家文库(第一辑)

# 顾随文集

顾随 著

南開大學出版社

天 津

**图书在版编目(CIP)数据**

顾随文集 / 顾随著. —天津：南开大学出版社，2019.9

(津沽名家文库. 第一辑)

ISBN 978-7-310-05826-6

Ⅰ. ①顾… Ⅱ. ①顾… Ⅲ. ①中国文学—古典文学研究—文集 Ⅳ. ①I206.2—53

中国版本图书馆 CIP 数据核字(2019)第 168307 号



南开大学出版社出版发行

出版人:刘运峰

地址:天津市南开区卫津路 94 号　　邮政编码:300071

营销部电话:(022)23508339　23500755

营销部传真:(022)23508542　　邮购部电话:(022)23502200

*

天津丰富彩艺印刷有限公司印刷

全国各地新华书店经销

*

2019 年 9 月第 1 版　　2019 年 9 月第 1 次印刷

210×148 毫米　32 开本　14.25 印张　6 插页　345 千字

定价:88.00 元

如遇图书印装质量问题,请与本社营销部联系调换,电话:(022)23507125

顾随先生(1897—1960)

倦駝庵稼軒詞說 卷上

賀新郎 賦琵琶

鳳尾龍香撥，自開元霓裳曲罷，幾番風月。最苦潯陽江頭客，畫舸亭亭待發。記出塞、黃雲堆雪。馬上離愁三萬里，望昭陽宮殿孤鴻沒。弦解語，恨難說。

遼陽驛使音塵絕。

26

顾随先生手迹

# 出版说明

津沽大地，物华天宝，人才辈出，人文称盛。

津沽有独特之历史，优良之学风。自近代以来，中西交流，古今融合，天津开风气之先，学术亦渐成规模。中华人民共和国成立后，高校院系调整，学科重组，南北学人汇聚天津，成一时之盛。诸多学人以学术为生命，孜孜矻矻，埋首著述，成果丰硕，蔚为大观。

为全面反映中华人民共和国成立以来天津学术发展的面貌及成果，我们决定编辑出版『津沽名家文库』。文库的作者均为某个领域具有代表性的人物，在学术界具有广泛的影响，所收录的著作或集大成，或开先河，或启新篇，至今仍葆有强大的生命力。尤其是随着时间的推移，这些论著的价值已经从单纯的学术层面生发出新的内涵，其中蕴含的创新思想、治学精神，比学术本身意义更为丰富，也更具普遍性，因而更值得研究与纪念。就学术本身而论，这些人文社科领域常研常新的题目，这些可以回答当今社会大众所关注话题的观点，又何尝不具有永恒的价值，为人类认识世界的道路点亮了一盏盏明灯。

这些著作首版主要集中在二十世纪五十年代至九十年代，出版后在学界引起了强烈反响，然而由于多种原因，近几十年来多未曾再版，既为学林憾事，亦有薪火难传之虞。在当前坚定文化自信、倡导学术创新、建设学习强国的背景下，对经典学术著作的回顾与整理就显得尤为迫切。

本次出版的『津沽名家文库（第一辑）』包含哲学、语言学、文学、历史学、经济学五个学科的名家著作，既有鲜明的学科特征，又体现出学科之间的交叉互通，同时具有向社会大众传播的可读性。具体书目包括温公颐《中国古代逻辑史》、马汉麟《古代汉语读本》、刘叔新《词汇学和词典学问题研究》、顾随《顾随文集》、朱维之《中国文艺思潮史稿》、雷石榆《日本文学简史》、朱一玄《红楼梦人物谱》、王达津《唐诗丛考》、刘叶秋《古典小说笔记论丛》、雷海宗《西洋文化史纲要》、王玉哲《中国上古史纲》、杨志玖《马可·波罗在中国》、杨翼骧《秦汉史纲要》、漆侠《宋代经济史》、来新夏《古籍整理讲义》、刘泽华《先秦政治思想史》、季陶达《英国古典政治经济学》、石毓符《中国货币金融史略》、杨敬年《西方发展经济学概论》、王亘坚《经济杠杆论》等共二十种。

需要说明的是，随着时代的发展、知识的更新和学科的进步，某些领域已经有了新的发现和认识，对于著作中的部分观点还需在阅读中辩证看待。同时，由于出版年代的局限，原书在用词用语、标点使用、行文体例等方面有不符合当前规范要求的地方。本次影印出版本着尊重原著原貌、保存原版本完整性的原则，除对个别问题做了技术性处理外，一律遵从原文，未予更动；为优化版本价值，订正和弥补了原书中因排版印刷问题造成的错漏。

本次出版，我们特别约请了各相关领域的知名学者为每部著作撰写导读文章，介绍作者的生平、学术建树及著作的内容、特点和价值，以使读者了解背景、源流、思路、结构，从而更好地理解原作、获得启发。在此，我们对拨冗惠赐导读文章的各位学者致以最诚挚的感谢。

同时，我们铭感于作者家属对本丛书的大力支持，他们积极创造条件，帮助我们搜集资料、推荐导读作者，使本丛书得以顺利问世。

最后，感谢天津市重点出版扶持项目领导小组的关心支持。希望本丛书能不负所望，为彰显天津的学术文化地位、推动天津学术研究的深入发展做出贡献，为繁荣中国特色哲学社会科学做出贡献。

南开大学出版社

二〇一九年四月

# 《顾随文集》导读①

叶嘉莹

## 一、先生之生平、教学及著述简介

顾师羡季先生本名顾宝随，河北省清河县人，生于一八九七年二月十三日（即农历丁酉年正月十二日）。父金墀公为前清秀才，课子甚严。先生幼承庭训，自童年即诵习唐人绝句以代儿歌，五岁入家塾，金墀公自为塾师，每日为先生及塾中诸儿讲授四书、五经、唐宋八家文、唐宋诗及先秦诸子中之寓言故事。一九〇七年先生十一岁始入清河县城之高等小学堂，三年后考入广平府（即永年县）之中学堂，一九一五年先生十八岁时至天津求学，考入北洋大学，两年后赴北京转入北京大学之英文系，改用顾随为名，取字羡季，盖用《论语·微子》篇中『周有八士』中『季随』之义。又自号为苦水，则取其发音与英文拼音中顾随二字声音之相近也。一九二〇年先生自北大之英文系毕业后，即投身于

① 本文为叶嘉莹先生为一九八六年版《顾随文集》所撰文章《纪念我的老师清河顾羡季先生》之节选。本次再版，为保持丛书体例统一，仅收录《顾随文集》原著上编，即学术著述部分，下编即顾随先生的词选、诗选、杂剧选作品未能涵括。因此本文未收入叶先生文章中介绍、论述顾随先生词作、诗作、剧作的内容。谨此说明，望读者知悉。

教育工作。起初在河北及山东各地之中学担任英语及国文等课，未几，应聘赴天津，在直隶第一女子师范学校任教。其后又转赴北京，曾先后在燕京大学及辅仁大学任教，并曾在北京师范大学、北平大学、女子文理学院、中法大学及中国大学等校兼课。中华人民共和国成立后一度担任辅仁大学中文系系主任。一九五三年转赴天津，在河北大学前身之天津师范学院中文系任教，于一九六〇年九月六日在天津病逝，享年仅六十四岁而已。先生终身尽瘁于教学工作，中华人民共和国成立前在各校所曾开设之课程，计有《诗经》、《楚辞》、《昭明文选》、唐宋诗、词选、曲选、《文赋》、《论语》、《中庸》及中国文学批评等多种科目。中华人民共和国成立后在天津任教时又曾开有毛主席诗词、中国古典戏曲、中国小说史及佛典翻译文学等课。先生所遗留之著作，就嘉莹今日所搜集保存者言之，计共有词集八种，共收词五百余首，剧集二种，共收杂剧五本，诗集一种，共收古、近体诗八十四首，词说三种（《东坡词说》《稼轩词说》以及《毛主席诗词笺释》），佛典翻译文学讲义一册，讲演稿二篇，看书札记二篇，未收入剧集之杂剧一种，及其他零散之杂文、讲义、讲稿等多篇，此外尚有短篇小说多篇曾发表于二十世纪二十年代中期之《浅草》及《沉钟》等刊物中，又有《揣龠录》一种曾连载于《世间解》杂志中，及未经发表刊印之手稿多篇，分别保存于先生之友人及学生手中。

我之从先生受业，盖开始于一九四二年之秋季，当时甫升入辅大中文系二年级，先生来担任唐宋诗一课之教学。先生对于诗歌具有极敏锐之感受与极深刻之理解，更加之先生又兼有中国古典与西方文学两方面之学识及修养，所以先生之讲课往往旁征博引，兴会淋漓，触绪发挥，皆具妙义，可以予听者极深之感受与启迪。我自己虽自幼即在家中诵读古典诗歌，然而却从来未曾聆听过像先生这样生动而深入的讲解，因此自上过先生之课以后，恍如一只被困在暗室之内的飞蝇，蓦见门窗之开启，始脱然得睹明朗之天光，辨万物之形态。于是自此以后，凡先生所开授之课程，我都无不选修，甚至在毕业以后，我已经在中学任教之时，仍经常赶往辅大及中国大学旁听先生之课程。如此直至一九四八年春我离平南下结婚时为止，在此一段期间内，我从先生所获得的启发、勉励和教导是述说不尽的。

先生的才学和兴趣，方面甚广，无论是诗、词、曲、散文、小说、诗歌评论，甚至佛教禅学，先生都曾留下了值得人们重视的著作，足供后人之研读景仰。但作为一个曾经听过先生讲课有五年以上之久的学生而言，我以为先生平生最大之成就，实在还并不在其各方面之著述，而更在其对古典诗歌之教学讲授。因为先生在其他方面之成就，往往尚有踪迹及规范的限制，而唯有先生之讲课则是纯以感发为主，全任神行，一空依傍。先生是我平生所接触过的讲授诗歌最能得其神髓，而且也最富于启发性的一位非常难得的好教师。先生之讲课既是重在感发而不重在拘狭死板的解释说明，所以有时在一小时的教学中，往往竟然连一句诗也不讲，自表面看来也许有人会以为先生所讲者都是闲话，然而事实上先生所讲的却原来正是最具启迪性的诗歌中之精论妙义。昔禅宗说法有所谓『不立文字，见性成佛』之言，诗人论诗亦有所谓『不涉理路，不落言筌』之语。先生之说诗，其风格亦颇有类乎是。所以凡是在书本中可以查考到的属于所谓记问之学的知识，先生一向都极少讲到，先生所讲授的乃是他自己以其博学、锐感、深思，以及其丰富的阅读和创作之经验所体会和掌握到的诗歌中真正的精华妙义之所在，并且更能将之用多种之譬解，做最为细致和最为深入的传达。除此以外，先生讲诗还有一个特色，就是先生常把学文与学道以及作诗与做人相并立论。先生一向都主张修辞当以立诚为本，以为不诚则无物。所以凡是从先生受业的学生，往往不仅在学文作诗方面可以得到很大的启发，而且在立身为人方面也可以得到很大的激励。

凡是上过先生课的同学一定都会记得，每次先生步上讲台，常是先拈举一个他当时有所感发的话头，然后就此而引申发挥，有时层层深入，可以接连讲授好几小时甚至好几周而不止。举例来说，有一次先生来上课，步上讲台后便转身在黑板上写了三行字：『自觉，觉人；自利，利他；自度，度人。』初看起来，这三句话好像与学诗并无重要之关系，而只是讲为人与学道之方，但先生却由此而引发出了不少论诗的妙义。先生所首先阐明的，就是诗歌之主要作用，是在于使人感动，所以写诗之人便首先须要有推己及人与推己及物之心。先生以为必先具有民胞物与之同心，然后方能具有多情锐感之诗心。于是先生便又提出说，伟大的诗人必须有将小我化而为大我之精神，而自我扩大之途径或方法则有二端：一则是对广大的人世的关怀，另一则是对大自然的融入。于是先生遂又举引出杜甫《登楼》一诗之『花近高楼伤客心，万方多难此登临』为前者之代表，陶渊明《饮酒》诗中之『采菊东篱下，悠然见南山』为后者之代表；而先生由此遂又推论及杜甫与陆游及辛弃疾之比较，以及陶渊明与谢灵运及王维之比较；而由于论及诸诗人之风格意境的差别，遂又论及诗歌中之用字遣词，和造句与传达之效果的种种关系，甚且将中国文字之特色与西洋文字之特色做相互之比较，更由此而论及于诗歌中之所谓『锤炼』和『酝酿』的种种功夫。如此可以层层深入地带领同学们对于诗歌中最细微的差别做最深入的探讨，而且绝不凭借或袭取任何人云亦云之既有的成说，先生总是以他自己多年来亲自研读和创作之心得与体验，为同学们委婉深曲地做多方之譬说。昔元遗山《论诗绝句》曾有句云：『奇外无奇更出奇，一波才动万波随。』先生在讲课时，其联想及引喻之丰富生动，就也正有类乎是。所以先生之讲课，真可说是飞扬变化、一片神行。先生自己曾经把自己之讲诗比作谈禅，写过两句诗说：『禅机说到无言处，空里游丝百尺长。』这种讲授方法，如果就一般浅识者而言，也许会以为没有世俗常法可以依循，未免难于把握，然而却正是这种深造自得、左右逢源之富于启发性的讲诗的方法，才使得跟随先生学诗的人学到了最可珍贵的评赏诗歌的妙理。而且当学生们学而有得以后，再一回顾先生所讲的话，便会发现先生对于诗歌之评析实在是根源深厚、脉络分明。就仍以前面所举过的三句话头而言，先生从此而发挥引申出来的内容，实在相当广泛，其中既有涉及诗歌本质的本体论，也有涉及诗歌创作之方法论，更有涉及诗歌之品评的鉴赏论。因此谈到先生之教学，如果只如浅见者之以为其无途径可以依循，固然是一种错误，而如果只欣赏其当时讲课之生动活泼之情趣，或者也还不免有买椟还珠之憾。先生所讲的有关诗歌之精微妙理是要既有能入的深心体会，又有能出的通观妙解，才能真正有所证悟的。我自己既自惭愚拙，又加以本文体例及字数之限制，因此现在所写下来的实在仅是极粗浅、极概略的一点介绍而已。关于先生讲课之详细内容，我多年来保存有笔记多册，现已请先生之幼女顾之京君代为誊录整理，编入先生之遗集，可供读者研读参考之用。

至于就先生的著述而言，则先生所留下来的作品，方面甚广，我个人因本文篇幅及自己研习范围之限制，不能在此做全面的介绍和讨论，现在只就先生在古典诗歌之创作方面的成就略做简单之介绍。先生自二十余岁时即以词见称于师友之间，最早的一本词集《无病词》刊印于一九二七年，收词八十首，当时先生不过三十岁；其后一年（一九二八）刊印《味辛词》一册，收词七十八首；又二年之后

（一九三〇），又刊印《荒原词》一册，收词八十四首。在《荒原词》之卷首，先生之好友涿县卢宗藩先生所写的一篇序文，曾经叙述说先生『八年以来殆无一日不读词，又未尝十日不作，其用力可谓勤矣』。然而自《荒原词》刊出以后，先生却忽然对于写词感到了厌倦，于是遂转而致力于诗之写作。四年之后（一九三四），遂有《苦水诗存》及《留春词》之合刊本问世，卷首有先生之《自序》一篇，叙述平生学习为诗及为词之经过，自云『余之学为诗几早于学为词二十年，顾不常常作』，又云自一九三〇年冬『以病忽厌词』，于是自一九三一年春『遂重学为诗』；先生自言其为诗之用力亦甚勤，云：『余作诗虽不如老杜之「语不惊人死不休」，亦未尝率意而出，随手而写，去留殿最之际，亦未尝不审慎』，然而先生却自以为其诗之成就不及其词，并引其稺弟六吉之言，以为其所为诗『未能跳出前人窠臼』。先生自谓『少之时，最喜剑南』，其后『学义山、樊川，学山谷、简斋，惟其学，故未必即能似，即其似故又终非是也』。而先生之于词则自谓『并无温、韦如何写，欧、晏、苏、辛又加何写之意』，以为『作诗时则去此种境界尚远』。故于《苦水诗存》刊出以后，先生之诗作又逐渐减少，乃转而致力于戏曲，两年后（一九三六）遂刊出《苦水作剧三种》，共收《垂老禅僧再出家》《祝英台身化蝶》《马郎妇坐化金沙滩》杂剧三种及附录《飞将军百战不封侯》杂剧一种。先生既素以词名，故其剧作在当日并未引起广大读者之注意。然而先生在杂剧方面之成就，则实不在其词作之下。原来先生在发表此一剧集之前，对杂剧之写作亦曾有致力练习之过程。盖早在一九三三年间，先生即曾写有《馋秀才》之二折杂剧一种，其后于一九四一年始将此剧发表于《辛巳文录初集》之中，并附有跋文一篇，对写作之经过曾经有所叙述，自云此剧系一九三三年冬『开始练习剧作时所写』。

其后自一九四二年开始，先生又致力于另一杂剧《游春记》之写作，此剧共分二本，每本四折外更于开端之处各加《楔子》，为先生所写之杂剧中最长之一种，迄一九四五年始正式完稿，刊为《苦水作剧二集》。当先生之兴趣转入剧曲之写作时，曾一度欲停止词之写作，在其《留春词》之自序中，即曾写有『后此即有作亦断断乎不为小词矣』之语。然而先生对词之写作则实在不仅未尝中辍，而且在风格及内容方面更曾有多次之拓展及转变。先是在一九三五年冬，先生于病中曾写有和《浣花》词五十四首，其后于一九三六年又陆续写有和《花间》词五十三首，和《阳春》词四十六首，统名之曰《积木词》（此一卷词未曾见有刊本问世，今所收存为我于一九四六年时自先生手稿所转抄者）；其后先生于一九四一年又曾刊有《霰集词》一册，收词六十六首，一九四四年又曾刊有《濡露词》及《倦驼庵词稿》合刊本一册，共收词三十二首；中华人民共和国成立后，先生亦写有词作多首，曾陆续发表于天津之《新港》杂志及《天津日报》等报刊，总其名为《闻角词》，然未尝刊印成册。计先生平生虽然对于古典诗歌中诗、词、曲三种形式皆尝有所创作，然而实在以写词之时间为最久，所留之作品亦最多，曲次之，诗又次之。

## 二、尾言

如我在前文所言，我聆听羡季先生讲授古典诗歌，前后曾有将近六年之久，我所得之于先生的教导、启发和勉励，都是述说不尽的。当一九四八年春，我将要离平南下结婚时，先生曾经写了一首七言律诗送给我，诗云：『食茶已久渐芳甘，世味如禅澈底参。廿载上堂如梦呓，几人传法现优昙。分明已见鹏起北，衰朽敢言吾道南。此际泠然御风去，日明云暗过江潭。』先生又曾给我写过一封信，说：『不佞之望于足下者，在于不佞法外，别有开发，能自建树，成为南岳下之马祖，而不愿足下成为孔门之曾参也。』先生对我的这些期望勉励之言，从一开始就使我在感激之余充满惶愧，深恐能力薄弱，难副先生之望。何况我在南下结婚以后不久，便因时局之变化，而辗转经由南京、上海而去了台湾。抵台后，所邮运之书籍既全部在途中失落无存，而次年当我生了第一个孩子以后不久，外子又因思想问题被捕入狱。我在精神与生活的双重艰苦重担之下，曾经抛弃笔墨、不事研读、写作者，盖有数年之久。于时每一念及先生当日期勉之言，辄悲感不能自已。其后生事渐定，始稍稍从事读、写之工作，而又继之以飘零流转，先由台湾转赴美国，继又转至加拿大，一身萍寄，半世艰辛，多年来在不安定之环境中，其所以支持我以极大之毅力继续研读、写作者，便因为先生当日对我之教诲期勉，常使我有唯恐辜恩的惶惧。因此虽自知愚拙，但在为学、做人、教书、写作各方面，常不敢不竭尽一己之心力以自黾勉。而三十年来我的一个最大的愿望，便是想有一日得重谒先生于故都，能把自己在半生艰苦中所研读的一点成绩，呈缴于先生座前，倘得一蒙先生之认可，则庶几亦可以略报师恩于万一也。因此当一九七四年，我第一次回国探亲时，一到北京，我便向亲友探问先生的近况，始知先生早已于一九六〇年在天津病逝，而其著作则已在身后之动乱中全部散失。当时中心之怅悼，殆非言语可喻。遂发愿欲搜集、整理先生之遗作。数年来多方访求，幸赖诸师友同门之协助，又有先生之幼女现在河北大学中文系任教之顾之京君，担任全部整理、抄写之工作，更有上海古籍出版社，热心学术，愿意接受出版此书之任务，行见先生之德业辉光一向不为人知者，即将彰显于世。作为先生的一个学生，谨将自己对先生一点浮浅的认识，简单叙写如上。昔孔门之弟子，对孔子之赞述，曾有『仰之弥高，钻之弥坚，瞻之在前，忽焉在后』之语。先生之学术文章，固非浅薄愚拙如我之所能尽。而且我之草写本文，本来原系应先生幼女顾之京君之嘱，所写的一篇对先生之教学与创作的简介，其后又经改写，以之附于先生遗集之末，不过为了纪念先生当日之教导期勉，聊以表示自己对先生的一份追怀悼念之情而已。

一九八一年六月初稿
一九八二年四月改写
一九八二年八月定稿

## 补记

闻悉南开大学出版社『津沽名家文库（第一辑）』收入先师羡季先生的《顾随文集》一书，甚感欣慰。此书可使读者得窥一九八六年版《顾随文集》之原貌，既是一种纪念，亦可便于学界同人研读。信为善事，特此补记。

二〇一九年八月

目录

顧隨著

# 顧隨文集

上海古籍出版社

封面題簽　馮　至

**顧隨文集**

顧　隨著

上海古籍出版社出版

（上海瑞金二路272號）

新華書店上海發行所發行　上海東方印刷廠印刷

開本850×1156　1/32　印張　26　插頁7　字數　541,000

1986年1月第1版　1986年1月第1次印刷

印數：1－6,000

統一書號：10186·537　　定價：5.10元

顧隨像(一九四三年)(圖一)

作者攝於一九五九年春 (圖二)

顧隨一九四三年爲周汝昌鈔《東坡詞說》詞目（圖三）

顧隨一九四八年致葉嘉瑩函（圖四）

玉言吾棣：手書到之。郵寄函
亦收到。[illegible]
和陶之作，詩後久久不能成詠，月底
月初曾為人寫得論禪詩錄
去冬苦雨之辭，又新自謂為滿意之見地
異矣。如今新見好文章，[illegible]放矣
寄於情而離以歸從見出處之外
漁禪門作風，如斯作之之釋，如是生
此十葉以予[illegible]之中一卷，罷為校
中為新生，常子句，又得清雪稿
以為[illegible]讀書中包思，并作之詩（廿六年所作印行[illegible]）
自廿二年寫印未年稿
棣假中如暑，我亦在明棣一同代
為摟集，緒之種之乎？倘承為之
先[illegible]寫一[illegible]洋雪積，以作以之傳於
鐫以葦書寫了，[illegible]。培兄亦[illegible]
散文集，以此之出版，承兄贈
弟如新寫[illegible]一冊，以為未來紀印公
撰稿。

顧隨再拜

七月十七日

# 目録

## 上編

# 上编

# 東坡詞說

# 前言

吾自學詞，即不喜東坡樂府。衆口所稱《念奴嬌》「大江東去」一章，亦悠忽視之，無論其他作。舊在城西校中，偶當講述蘇詞，一日上堂，取《永遇樂》「明月如霜」一首，爲學人拈舉，敷衍發揮，聽者動容，爾後漸覺東坡居士真有不可及處，向來有些孤負却他了也。今年夏秋之交，説稼軒詞既竟，無所事事，更以讀詞遣日。初無説蘇詞之意，案頭適有龍榆生箋注本，因理一過，乃能分疏坡詞何處爲佳妙，何處爲敗闕，遂選而説之。吾之説辛，其意見則幾多年來久蘊於胸中，不過至是以文字表而出之耳。兹之説蘇，則大半三五日中之觸磕。如謂説辛爲漸修，則説蘇其頓悟歟？二三子得吾之説而讀之者，宜先依詞目，盡讀其詞，每一首，首宜速讀，以遇其機，次則細讀，以求其意，最末，掩卷思之，以會其神，必有好有不好，有解有不解，然概念既得，好者解者無論矣，若其不好者亦勿棄置，不解者更不必穿鑿，然後取吾之説，仍先閱原詞一過，略一沈吟，意若曰：彼苦水將奚以説耶？於是乃逐字逐句讀吾之説，以相與印證焉。如是讀者爲得之。不然者，一得是編，流水看畢，是則不獨孤負東坡，亦且孤負苦水，孤負學人自己矣。又凡爲學之事，不可隨人脚跟，亦不可先有成見。如讀吾説則遂謂其鐵案如山，苦水並不歡喜，衹有叫屈。誠如是，苦水將置學人於何地，學人又將何以自處乎？如讀吾説而乃謂其信口開河，苦水雖不煩惱，却亦不甘。審如是，學人將置苦水於何地，而苦水又將何以自處乎？苦水雖無馬祖振威一喝，百丈直得三日耳聾底本領，學人也須如同臨濟參了大愚，重歸黄檗之後，須向黄檗隨聲便掌方得也。非然者，大家鈍置，何日是了期耶？吾之説詞，雖似説理，意只在文。學人首須去會，不可徒事求解，解得許多張長李短，不會得古人文心，有甚干涉？如有所會，且莫須問苦水肯不肯，須知苦水首先要問學人肯去會不肯去會也。學人亦須自悟自證。即如苦水説詞，一無可取，何必睬他？若有可取，又是那個先生教底也？至於説詞之外，時復拈舉一兩則公案，一兩個話頭，與學人商量，學人又須會得苦水苦心，勿作節外生枝看也。雖然，吾上所云云，爲二三子從余遊者言之耳。若是明眼大師，辣手作家，吾文現在，贜證俱全，一任横讀豎看，薄批細抹，印可棒喝，苦水無不歡喜承當。

一九四三年仲秋苦水識

# 詞　目



附録

# 永遇樂　徐州夜夢覺登燕子樓作

明月如霜，好風如水，清景無限。曲港跳魚，圓荷瀉露，寂寞無人見。紞如三鼓，鏗然一葉，黯黯夢雲驚斷。夜茫茫、重尋無處，覺來小園行徧。　天涯倦客，山中歸路，望斷故園心眼。燕子樓空，佳人何在，空鎖樓中燕。古今如夢，何曾夢覺，但有舊歡新怨。異時對、黄樓夜景，爲余浩歎。

坡仙寫景，真是高手，後來幾乎無人能及。即如此詞之「明月」八字、「曲港」八字，「紞如」十四字，寫來如不費力，真乃情景兼到，句意兩得。但細按下去，亦自有淺深層次，非復隨手堆砌。「明月」「好風」「如霜」「如水」，泛泛言之而已，「曲港」「圓荷」「跳魚」「瀉露」，則加細矣。曲港之魚，人不静不跳；圓荷之露，夜不深不瀉。雖是眼前之景，不是慧眼却不能見，不是高手却不能寫。更無論鈍覺與粗心也。至於「紞如三鼓，鏗然一葉」，明明是「紞如」，明明是「鏗然」；明明是有聲，却又漠漠焉，䍮䍮焉，如輕雲，如微靄，分明於數點聲中看出一片色來。要説只此八字，亦還不能至此境地。全虧他下面「黯黯夢雲驚斷」一句接聯得好，「黯黯」字、「夢雲」字、「斷」字，無一不是與前八字水乳交融，沆瀣一氣，豈只是相得益彰而已哉？至於「驚」字陰平，剛中有柔，故雖含動意，而與前八字仍是相反而又相成。讀去，聽去，甚至手按下去，無處不鋒芒俱收，圭角盡去。好笑世人狃於晁以道「天風海雨逼人」之説，遂漫以豪放目之，動與辛幼安相提並論，可見於此等處不曾理會得半絲毫也。者個且置。譬如苦水如此説，頗得坡老詞意不？若説不，萬事全休，只當苦水未曾説。坡詞俱在，苦水之説，亦何嘗損其一毫一髮？若説得，難道老坡當年填詞時，即如苦水之所説枝枝節節而爲之耶？決不，決不。只緣作者生來秉賦，平時修養，性情氣韻中有此一番境界，所以此時此際，機緣觸磕，心手湊拍，適然來到筆下，成此妙文。若不如此，又是弄泥團漢也。所以苦水平日爲學人説文，嘗道：苦水今日如此説，正是個説時遲；古人當日如彼寫，正是個那時快。當其下筆，兔起鶻落，故其成篇，天衣無縫。若是會底，到眼便知，次焉者，上口自得，又其次者，聽會底人讀過，入耳即通。若不如此，縱使苦水老婆心切，説得掰瓜露子，饒他聽苦水説時，直喜得眉開眼笑，又將苦水所説，記得滚瓜爛熟，依舊是「君向瀟湘我向秦」。閑話揭開，如今且説坡仙此詞，開端「如霜」、「如水」，兩個「如」字，不免着迹。「跳魚」、「瀉露」，「跳」字、「瀉」字又不免着力。總不如「紞如」十四個字渾融圓潤。「清景無限」，「寂寞無人見」，苦水早年總疑是坡老敗闕。以爲若作者覺得不如此寫不足興，便是作者見短。若讀者覺得不如此寫不明瞭，便是讀者低能。總之，此等處於人於己兩無好處。於今却不如此想，何以故？且待説了「夜茫茫，重尋無處」二句再説。「尋」字承上「夢雲」而言。此時人尚未清醒，亦并未起床，只是在半醒半睡中尋繹斷夢。所以下句方是「覺來小園行徧」也。説到者裏，再回頭追溯開端「明月」直至「無人見」六句二十五個字所寫之景，不獨是覺來行徧之所見，而且是覺了行了見了之後，方才悟得適間睡裏夢裏，外面小園中月之如霜，風之如水，與夫魚之跳，露之瀉，早已好些時候了也。嗟嗟，人自睡裏夢裏，月自如霜，風自如水，魚亦自跳，露亦自瀉。人生斯世，無邊苦海，無限業識，將幻作真，認賊爲子，且不須說高不可攀處、遠不可及處，祇此眼前身畔，有多少好處，交臂失之，不得享受。真乃志士之大痛也。然則「清景無限」、「寂寞無人見」兩句，寫來一何其感喟，而又一何其蘊藉，謂之敗闕，如之何則可？苦水當年失却一隻眼，今日須向他坡老至心懺悔始得也。如問「夢雲」之「夢」，果何所指？苦水則謂：夢只是夢而已，不必指其名以實之，或任指一名以實之亦無不可。但決不是夢關盼盼。靜安先生詩曰：「不堪宵夢續塵勞。」苦水則說，宵夢更非別有，只是塵勞。坡老此處，亦是此意。所以苦水於此詞録題時，擬删去「登燕子樓」四字。詞中并無登意也。然則只是「夜夢覺」便得，何必又標「徐州」？苦水蓋以爲若無此二字，詞中之「燕子樓空」，則又忒殺突如其來矣。有一本題作「夜宿燕子樓，夢盼盼，因作此詞」。鄭大鶴訶之曰居士斷不作癡人說夢之題，是已。然鄭又取王案說，謂是夢登燕子樓，翌日往尋其地作。此又是刻舟求劍了也。學人將疑不知苦水見個什麼？便說得如此斬釘截鐵。不知只是學人不肯細心參求，并非苦水無事生非。試看老坡此詞過片，曲曲折折寫來，只道得個人生之痛，半點也無兒女之情，已是自家據實自首，不須苦水再爲問案追贓。「天涯」三句，嘆息人生無蔕，不如落葉猶得歸根。「燕子」三句，說得不拘遺臭流芳，凡是前人生涯，只不過後人話靶。「古今」三句更是說他苦海衆生，業識茫茫，無本可據。結尾則是由燕子樓聯想到黄樓，後人千載而下，見燕子樓，便想到盼盼，而不禁感慨系之。黄樓是老蘇所創，後人亦將見之而想到東坡，系之感慨。輾轉流傳，何時是了？正所謂後人復哀後人也。如此寫來，盡宇宙，徹今古，號稱萬物之靈底人也者，更無一個不是在大夢之中，更無覺醒之期。然後愈覺睡裏夢裏，而月如霜，風如水，魚之跳，露之瀉爲可悲可痛也。夫如是，與登燕子樓，夢闕盼盼，有甚干係？具眼學人且道：坡仙作此詞時，夢醒也未？莫是仍在夢裏麽？若然，則苦水更是夢中説夢也。於古有言：嚎得血流無用處，不如緘口度殘春。

## 洞仙歌

余七歲時，見眉山老尼姓朱，忘其名，年九十歲。自言嘗隨其師入蜀主孟昶宫中。一日大熱，蜀主與花蕊夫人夜納涼摩訶池上，作一詞。朱具能記之。今四十年，朱已死久矣，人無知此詞者。但記其首二句，暇日尋味，豈《洞仙歌令》乎？乃爲足之云。

冰肌玉骨，自清涼無汗。水殿風來暗香滿。綉簾開、一點明月窺人，人未寢，欹枕釵横鬢亂。　起來攜素手，庭户無聲，時見疏星渡河漢。試問夜如何，夜已三更，金波淡、玉繩低轉。但屈指、西風幾時來，又不道流年，暗中偷换。

論詞者每以蘇、辛并舉，或尚無不可。且不得看作一路。如以寫情論，刻意銘心，老坡實大遜稼軒。然辛之寫景，往往芒角盡出。神遊意得，須還他蘇長公始得。固緣天性各别，亦是環境不同。即如此《洞仙歌》一首，真乃坡老自在之作。饒他辛老子蓋世英雄，具有拔山扛鼎之力，於此也還是出手不得。「冰肌玉骨，自清涼無汗」，真乃絕世佳人。劉彥和曰：「粉黛所以飾容，而倩盼生於淑姿。」淑姿便了，倩盼作麽？唐人詩曰：「却嫌脂粉汙顏色，淡掃蛾眉朝至尊。」蛾眉自好，淡掃則甚？總不如此二語之淡雅自然。冰、玉二字，不見怎的，清涼恰好，尤妙在「自」。自來詩家之寫佳人，寫面貌，寫眉宇，寫腰肢，寫神氣，却輕易不敢寫肉。寫了，一不小心，往往俗得不可收拾。此二語却竟寫肉。豈祇雅而不俗，簡直是清而有韻。寫至此，倘若有人大喝：住，住！苦水錯了也！者個是蜀主底，不是老坡底。苦水則亦還他一喝：管甚你底我底，文章天地之公，大家有分。老坡尚説一部陶詩是他所作，一句兩句，分甚彼此？若説作之不易，但鑒賞亦難。老坡能鑑賞及此，亦自非凡，更不須説他自首減等也。者個揭開去。下面「水殿風來暗香滿」，總該是東坡自作。既曰今日大熱，且道風來是熱是涼？水殿外想來有荷，且道暗香是人是花？若分疏得下，許你檢舉蘇髯子，若分疏不下，還是大家葫蘆提好。自家屋裏事，尚且無計剖劃。捨己耘人，陳米糟糠，替他古人算什麽閑賬？過片「起來」至「河漢」三句，寫出夏之大，夜之靜。寫靜夜尚易，寫大夏却難。寫大夏有何難？要將那熱忽忽、潮涤涤，靜化得昇華了，不但使人能忍受，且能欣賞玩味之却難耳。所以自來詩文寫春、寫秋、寫冬底多，而且好底確是不少。寫大夏底便少，而好底更爲稀有。家六吉極推《楚辭》之「滔滔孟夏」，與唐人之「薰風自南來，殿閣生微涼」。然《楚辭》是大處見大，唐人是大處見小，惟有老坡此處，乃是小處見大，風格固自不同。「試問夜如何」以下直至結尾，一句一轉換，有如此手段，方可於韻文中説理用意。不則平板乾癟，縱使辭能達意，祇是叶韻格言，填詞云乎哉？若單論此處，長公與幼安，大似同條生，但辛老子用時多，蘇長公用時少，而且方圓生熟，截然兩事，仍是不同條死也。學人自會去。此外尚有一則公案，苦水分明舉似，再起一番葛藤。有不識慚媿者流，改坡公此詞，爲七言八句，更有不知好歹底人，便説彼作遠勝此詞，且不用説音律乖舛，世上没有恁般底《玉樓春》。只看「起來瓊户啓無聲」，只一「啓」字，便將坡詞「庭户無聲」之大氣，縮得小頭鋭面，趣味索然。更不須説他首句「清無汗」之删去「涼」字之不通，與結句之改「又不道」爲「只恐」之平庸也。眼裏無筋，皮下無血，何其無恥，一至於此？

日昨往看同參顯公，具説已選得東坡樂府十餘首，將繼稼軒長短句而説之。顯公劈頭便問：可有《賀新郎》「乳燕飛華屋」一首麽？苦水答曰：無有。但是選時確曾費過一番斟酌。不曾收入，並非遺漏，亦非嫌棄。説辛詞時，曾經説明苦水詞説，原備學人反三之助，所以選外仍有佳詞；不過苦水之所欲言，已盡於現所入選之數首，不必重疊反覆。譬如顯公所舉之《賀新郎》，「乳燕飛華屋」五字又是寫夏日底名句，情象原不怎的。但讀後令人自然覺得有一種夏日氣息撲面打鼻而且包身而來，直至「悄無人，庭陰轉午」，依舊暑氣不退。待到「晚涼新浴」，方才有些子涼意。所以「手弄生綃白團扇，扇手一時似玉」之下，便自然而然地「漸困倚、孤眠清熟」也。然而仍是逃暑，并非是清涼。眼前情事，寫得如此韻致。又是非老蘇不辦。但自此以下，尤其是過片而後，直至結尾，因爲直詠榴花，苦水却覺得無甚可説。況且《洞仙歌》之「庭户無聲，時見疏星渡河漢」，足足敵得過此「乳燕」以下數語。而「冰肌玉骨，自清涼無汗」，也實實好似他「手弄生綃白團扇，扇手一時似玉」也。所以既收《洞仙歌》之後，終於捨此《賀新郎》。然而道是不説，不説，也終竟是説了。不怨他顯公多口多舌，只怨苦水拖泥帶水，自救不了。

## 木蘭花令　次歐公西湖韻

霜餘已失長淮闊。空聽潺潺清潁咽。佳人猶唱醉翁詞，四十三年如電抹。　草頭秋露流珠滑。三五盈盈還二八。與余同是識翁人，唯有西湖波底月。

不知可確，據説會泅水底人，想要跳水自殺却非易事，以其浮而不沉故。説也可笑，平時慣浮，及其自殺有意求沉，却仍舊是浮。後天底習或可以變易先天底性，而一時之意却難左右後天底習也。者個且置。至如長公爲詞，擒縱殺活，在兩宋作者之中，並無大了得。只是出入之際，他深深理會得一個出字訣。者個他亦未必有意，只是天性與學力所到，自然而然有此神通。所以作來不拘長調小令，悲愁歡喜，總還你一個寬綽有餘。文心無跡，書法有形。只看他作字便知。後來學書人，一爲蘇體，往往模糊一片，更無一個能及得他疏朗清爽。有人説：長公詩文書法，俱似不十分着力。苦水則謂：這也還是那個出字訣在那裏作用着。亦復即是開端所説，會泅水底人跳在水裏，雖在有意自殺之時，也仍舊浮而不沉也。此一章《木蘭花令》，是和六一翁之作。説起六一翁，不獨是坡老前輩，而且在文字上，也有一番香火因緣。在文學震撼一世，及身享名這一點上，兩人又正復相同。如今老坡移守潁州，正是六一翁四十三年以前舊治。撫今追昔，常人尚爾，何況坡老一代才人，與歐公又非泛泛之交乎？據年譜，坡老是年五十六歲。蓋亦已垂垂老矣。此詞雖是和作，莫祇看他技巧，且復理會幾個入聲韻是何等淒咽。開端「霜餘」兩句，分明是凜凜深秋。當此之際，追念昔者，心中又是何等感喟。若是別個，便只有能入而不能出，然而又非所論於長公也。前片四句，一口氣讀下去，不知怎的，沉着之中，總溢出飄逸，而淒涼之中，却又暗含着雄壯。若說長淮之闊雖然已失，畢竟點出闊來，何況清潁正在潺潺，而「霜餘」二字又暗示天宇之高，眼界之寬乎？若如此說，未必便孤負作者文心。但「佳人猶唱醉翁詞，四十三年如電抹」兩句之中，並無與前二語中類似字樣，何以仍舊如彼其飄逸而雄壯耶？「猶唱」者何？前人不見也，「如電」者何？去日難追也。字法如此，固宜傷感到柔腸寸斷、壯志全消矣，而仍舊如彼其飄逸與雄壯者何耶？讀者於此，非於字底形、音、義三者求之不可。看他「佳」字、「翁」字，何等闊大。「人」字、「電」字，何等鮮明。「三年」兩字，何等結實。「抹」字是借得歐公底，且不必說他真形容得日月如石火駒隙也。若謂苦水如此說詞，何異三家邨中說子路，則何不將此二句試改看：歌兒還自唱歐詞，四十載來空一抹，總還不失作者原意，但讀來豈但不復是詞，簡直不成東西。如此說來，難道那兩句詞便似賈閬仙一般驢背上推敲出來底麼？真個是不，不，一點也不。此義已於說《永遇樂》章「紞如」三句時說過，此處不再絮聒。夫長公當此境地，所作之詞，依然不爲悲傷所制，而別具風姿，豈不又是出字訣底神通作用？又豈非一如沒人跳水自殺，依舊浮而不沉乎？而苦水所云，後天底習或可變易先天底性，而一時之意，却難左右後天底習者，豈不又可於此消息之乎？坡仙追悼歐公之詞，此章之外，尚有一首《西江月》：「三過平山堂下，半生彈指聲中。十年不見老仙翁。壁上龍蛇飛動。　欲弔文章太守，仍歌楊柳春風。休言萬事轉頭空。未轉頭時皆夢。」據龍榆生箋，是老蘇四十四歲之作。大約尚在壯年，豪氣能制悲感，所以作來金鐘大鏞，滿宮滿調，學人容易理會得出，故棄之而取此《木蘭花令》。至於《西江月》歇拍兩句，「萬事轉頭空」者，言現在既成過去，日後回想，與夢無殊也。「未轉頭時皆夢」者，即身處現在，俗人俱認爲非夢者，而有心之士亦以爲皆夢也。就詞論詞，或者不見怎底，若以意旨而論，却是坡老底擅場，學人又不可忽略過去。

又龍箋引傅注引《本事曲集》，謂：六一翁《木蘭花令》原唱與坡公和作「二詞皆奇峭雅麗」。苦水曰：歐詞足足當得起此四字，若坡作，奇峭雅有之，麗則未也。

## 西江月

頃在黄州，春夜行蘄水中，過酒家飲，酒醉，乘月至一溪橋上，解鞍曲肱，醉卧少休，及覺已曉，亂山攢擁，流水鏗然，疑非塵世也，書此語於橋柱上。

照野瀰瀰淺浪，横空曖曖微霄，障泥未解玉驄驕。我欲醉眠芳草。　可惜一溪明月，莫教踏碎瓊瑶。解鞍攲枕緑楊橋。杜宇數聲春曉。

筆記載：長公與黄門既各南謫，相遇於途中。同在村店中食湯餅。黄門微嘗，置箸而歎，長公食之盡一器，謂黄門曰：「子尚欲咀嚼耶？」大笑而起。千載而下，讀此一節，長公風姿尚可想見。學人於此一重公案，且道坡老此等處爲是豪氣？爲是雅量？學人如欲加以分疏，首先須對豪氣雅量加以理會。要知豪氣最是誤事，一不小心，便成顢頇，再若左性，即成痛癢不知，一味叫囂。雅量亦非可强求，須是從胸襟中流出，遮天蓋地始得。倘若誤會，便成悠悠忽忽，飄飄蕩蕩，無主底幽靈。要説坡公天性中，原自兼有此二者。早期少年，逞才使氣，有些脚跟不曾點地，亦不必爲之掩飾。待到屢經坎坷，固有之美德，加以後天之磨礱，雖不能如陸士衡所謂「石藴玉而山輝，水懷珠而川媚」，亦頗渾融圓潤，清光大來。所以老坡豪氣雅量雖然俱有，學人亦且不得草草會去，致成毫釐相差，天地懸隔。此《西江月》一章，小序已佳，大約前人爲詞，不曾注意及此。先河濫觴，厥維坡老，後來白石略能繼響。然一任自然，一尚粉飾，天人之際，區以别矣。苦水平時常爲學人分説，文人學文，一如俗世積財，須是閑時置下忙時用，且不可等到三節來至，債主臨門，方去熱亂。所以魯迅先生説：「不是説時無話，只是不説時不曾想。」苦水亦常説：文章一道，不可以無心得，不可以有心求。亦復正是此意。大凡古今文人，一到有意爲文，饒他慘澹經營，總不免周章作態。惟有不甚經意之時，信筆寫去，反能露出真實性情學問與世人相見。吾輩所取，亦遂在此而不在彼。坡公書札、題跋與詞序之所以佳妙，高處直到魏晉，亦復正是此一番道理。若有人問：苦水本是説詞，扯到詞序，已是駢拇枝指，今更扯到書札、題跋，豈不更是喧賓奪主？苦水則曰：要知北宋人詞之妙處，與此亦更無兩致。他們原個個有詩集行世，推其意，亦自矜重其詩。若夫小詞，大半是他們酒席筵前信手寫來分付歌者之作。其忒煞率意者，淺而無致，亦并非没有。若其高者，則又其詩所萬不能及者也。此亦猶如右軍之《樂毅論》、《東方畫贊》，雖是筆筆着力，字字用心，倒是《蘭亭》一序，冠绝平生，又其短帖，亦往往得意外之意也。一首《西江月》字句之美，有目共賞。苦水若再逐字逐句，細細説下去，便是輕量天下學人，罪過不小。不過須要注意者，坡老此詞，乃酒醒人静，曠野水邊，題在橋柱上面底。即此，便與彼伸紙吮毫與人爭勝之作不同。更與彼點頭晃腦、人前賣弄者異趣。如説此詞雖寫小我，而此小我與大自然融成一片，更無半點牴觸枝梧，所以音節諧和，更無罅隙。這也不在話下。但所以致此之因，却在坡老此時確具此感。維其感得深，是以寫得出，遂能一揮而就，毫無勉强。如問：苦水見個什麽，便敢擔保東坡確實如此，更無做作？苦水則曰：詩爲心聲，惟其音節諧和圓妙，故能證知其心與物之毫無矛盾也。不見《楞嚴經》中，佛問：「汝等菩薩及阿羅漢，從何方便，入三摩地？」憍陳那五比丘即白佛言：「於佛音聲，悟明四諦。」又言：「我於音聲得阿羅漢。佛問圓通，如我所證，音聲爲上。」夫音聲尚可以入佛，何至詩人所作之韻文，吾輩讀之而不能得其文心哉？古亦有言：聲音之道感人深矣。苦水曰：如是，如是。世人動以蘇、辛并稱，而苦水則以蘇爲圭角盡去，而以辛爲鋒芒四射。然其所以致此之因，苦水仍未説破。於此不妨再行漏逗。老辛一腔悲憤，故與自然時時有格格不入之歎。饒他極口稱讚淵明，半點亦無濟於事。老蘇豪氣雅量化爲自在，故隨時隨地，露出無入而不自得之態。鄉村野店，一碗麪條子，其於坡老也又何有？如此説了，更不煩再説蘇、辛二人之於詞有方圓生熟出入難易之分也。

# 臨江仙 送王緘

忘却成都來十載，因君未免思量。憑將清淚灑江陽。故山知好在，孤客自悲涼。　坐上别愁君未見，歸來欲斷無腸。殷勤且更盡離觴。此身如傳舍，何處是吾鄉。

詩之爲用，抒情寫景，其素也。漸而深之爲説理，抑揚爽朗，而情與景於是乎爲賓。擴而充之爲紀事，縱横捭闔，情輔景佐，包抱義理，蔚爲大觀。詞出於詩，而其爲體，紀事爲劣，説理或可，亦難當行，苟非大匠，輒傷淺露。惟於抒情、寫景二者曲折詳盡，乃能言詩所不能言。然大家之作，多爲寓情於景，或因景見情。若其徒作景語而能佳勝，亦不數覯。西國於詩，抒情一體，區分獨立。華夏之「詞」，總核名實，謂之相副，無不可者。顧情之爲辭，乃是總名。疆分界畫，累楮難盡。故詳而長之，請俟異日。若其寫之於詞，普徧通常，傷感而已。平居常謂：傷感也者，人所本有。故雖非作者，而見月缺以情移，睹花落而心悲，上智下愚，或當别論，吾輩具是凡夫，陷此大網，鮮能脱離。若其施之詩詞，尤爲抒情詩人之所共具。惟其一觸即發者，每失膚泛，不堪回味。至其衷心回盪醞釀，發之篇章，温馨朗潤，感人之力，至不可忤。或出不中規，言過其實，鹵莽滅裂，乃成嘶嗄。是則小泉八雲氏所謂痙攣，非所論也。亦有搔首弄姿，競趣巧麗，浮漂不歸，空洞無實。如是之作，尤無取焉。此《臨江仙》一章，龍箋引朱彊邨先生曰：「按本集，『仲天貺、王元直自眉山來見余錢塘，既行，送之詩。』施注：『王箴字元直，東坡夫人同安君之弟也。』王緘未知即箴否。」苦水曰：當是也。何以故：吾嘗舉此詞與《江城子》「十年生死兩茫茫」一章，爲長公極度傷感之代表作。老坡平日見解既超，把握亦牢，苟非骨肉親戚之間，生死別離之際，所言必不如此。且兩章俱用陽韻，幾如失聲痛哭。如非情不自禁，當不至是。於此可知人類無始以來，八識田中有此一種本惑種子，復加熏習，遂乃滋生，有如亂草，雨露所濡，蔓延無際，吾人墮落日以益深。《遺教經》言：「譬如老象溺泥不能自出，真可痛也。」夫以坡老如彼才識，尚復如此，況在中下，寧有既乎？或問：子爲是言，類出世法，與詞何有？苦水則曰：此無二致。傷感雖爲抒情詩歌創作之源，而詩家巨人，每能芟除，或以擔荷，或以透出。前者如曹公，如工部，後者如彭澤。故其壯美也，有似海立而雲垂；其優美也，一如雲烟之捲舒。不同小家數者，利用傷感，蠱惑讀者，又如惡疾專事傳染已。夫食以養生，苟其無食，一日則饑，十日則死。此其重要當復何若？而袁安雪中忍飢高卧，又有人焉，學道辟穀，乃成飛仙。苦水雖曰傷感實爲創作源泉，究其重要，非食於生。姑云云者，不獨爲是向中人說，亦且令學人慎重鑑彼曹公、少陵與淵明者，知所取則，雖未刈除類如辟穀飛仙，亦當忍耐如彼袁安也。或者又曰：此詞結尾二句「此身如傳舍，何處是吾鄉」，坡公固已透出矣。苦水曰：不然，人有喪其愛子者，既哭之痛，不能自堪，遂引石孝友《西江月》詞句，指其子之棺而詈之曰：「譬似當初沒你。」常人聞之，或謂其徹悟，識者聞之，以爲悲痛之極致也。此詞結尾二句與此正同。若能於此悟入，心死一番，或有徹悟之時。遂謂此爲是，未見其可也。集中尚有《臨江仙·送錢穆父》「一別都門三改火」一章，若以詞致論，似較勝於今茲所說之作。其結尾曰「人生如逆旅，我亦是行人」，雖未必即到莊子所謂「送君者自涯而返，而君自此遠矣」之境界，但亦悠然有不盡之意。其透出傷感，亦遠過於適間所說之二語。苦水之終於棄彼取此者，其故有二。一者，彼爲朋友，此爲懿親，已象他象之際，情感不免有厚薄之分，而透出遂亦不無難易之別。二者，茲余所選，不盡佳詞，前已言之。但能藉彼篇什，盡我言說，足矣。苦水尚不敢輕量天下士，其敢遂以隻手掩盡天下人耳目哉！

## 定風波

三月七日，沙湖道中遇雨。雨具先去，同行皆狼狽，余獨不覺。已而遂晴，故作此。

**莫聽穿林打葉聲。何妨吟嘯且徐行。竹杖芒鞋輕勝馬。誰怕。一簑烟雨任平生。　料峭春風吹酒醒。微冷。山頭斜照却相迎。回首向來蕭瑟處。歸去。也無風雨也無晴。**

吾觀大家之作，殆無不工於發端。不獨孟德之「對酒當歌」、子建之「明月照高樓」也。此在作者未必有意，推其命篇之意，尤不必在此發端，竟工至如是者，殆以不甚經意之故。蓋當其開端之時，神完氣足，愈不經意，愈臻自然。至於中幅，學富才優者，或不免於作勢，下焉者竟至於力疲。所以者何？有意也。迨及終篇，大家或竟羅掘，下者直落敗闕。所以者何？意盡也。元喬夢符之論製曲，有鳳頭、豬肚、豹尾之說，蓋亦歎其難于兼備。吾謂此豈獨然於曲，凡爲夫文，莫不胥然矣。夫坡公之爲是《定風波》也，其意在「一簑烟雨任平生」與「也無風雨也無晴」

乎？世人之賞此詞也，其亦或在二語乎？苦水則以爲妙處全在發端之「莫聽穿林打葉聲，何妨吟嘯且徐行」，而尤妙在首句。即以此爲潘大臨之「滿城風雨近重陽」，亦殆無不可，或竟過之，亦未可知。何以故？潘老未免淒苦，坡仙直是自在也。且也曰穿，曰打，而風之穿林與雨之打葉，不徒使讀者能聞之，且使如竟見之也。而冠之以莫聽，繼之以何妨，寫景與用意至是乃打成一片。千載而下，吾人遂直似見風雨中髯翁之豪興與雅量也。學人試持此與辛幼安《鷓鴣天》之「莫避春陰上馬遲，春來未有不陰時」，比併而讀之，則於吾所謂出入與透出擔荷者，或亦不復致疑矣乎？「一蓑」七字，尚無不可。然亦衹是申明上二語之意。若「也無風雨也無晴」，雖是一篇大旨，然一口道出，大嚼乃無餘味矣。然苦水所最不取者，厥維「竹杖芒鞋輕勝馬，誰怕」二韻。如以意論，尚無不合。惟「馬」、「怕」兩個韻字，於此詞中，正如絲竹悠揚之中，突然銅鉦大鳴；又如低語訴情，正自綿密，而忽然呵呵大笑。此且無論其意之善惡，直當坐以不應。所以者何？雖非無理取鬧，亦是破壞調和故。是以就詞論詞，「料峭春風」三韻十六字，迹近敷衍，語亦稚弱，而破壞全體底美之罪尚淺於「馬」、「怕」二韻九字也。學人如謂苦水爲深文周內，則苦水將更吹毛求疵。夫竹杖芒鞋之輕，是矣，勝馬奚爲？晚食當肉，安步當車，人猶謂其心目中尚有肉與車在，則此勝馬，豈非正復類此。拖泥帶水，不掛寸絲之謂何？透網金鱗之謂何？若夫「誰怕」，此是何事而用怕耶？或者將曰：此言誰怕，是不怕也。苦水則曰：無論不與非不，總之不能用怕。當年黃龍公舉拳問學人曰：喚作拳頭則觸，不喚作拳頭則背。東坡于此，縱使不背，亦忒煞觸了也。吾不能起髯蘇於九原而問之。學人如不肯苦水，則請別下一轉語。莫只道苦水不識慚愧，只會去呵佛罵祖也。

# 南鄉子　梅花詞和楊元素

寒雀滿疏籬。爭抱寒柯看玉蕤。忽見客來花下坐，驚飛。踏散芳英落酒巵。痛飲又能詩。坐客無氈醉不知。花謝酒闌春到也，離離。一點微酸已着枝。

楊誠齋絶句曰：「百千寒雀下空庭，小集梅梢話晚晴。特地作團喧殺我，忽然驚散寂無聲。」苦水早年極喜之，以爲寫寒雀至此，真不孤負他寒雀也。「特地作團」四字，令人便直頭聽見啁啾即足之聲，說「喧殺我」，遂真喧殺我。「忽然驚散」四字，又令人直頭覺得羣雀閧然一陣，展翅而去，說「寂無聲」，遂真個耳根清淨，更没音響也。而持以與此《南鄉子》開端二語相比，苦水不嫌他楊詩無神，却只嫌他楊詩無品。「寒雀滿疏籬，爭抱寒柯看玉蕤」，「滿」字、「看」字，頰上三毫，一何其清幽高寒，一何其湛妙圓寂耶？便覺誠齋絶句二十八個字，縱然逼真殺，縱然生動煞，與蘇詞直有雅俗之分，又豈特上下床之別而已？便是「忽見客來花下坐，驚飛，踏散芳英落酒巵」，亦高似他「忽然驚散寂無聲」。苦水并非壓良爲賤，更非胸有成見，一雙勢力眼直下看他楊萬里，高覷他蘇髯子。何以故？楊詩「驚散」之下，而繼之以「寂無聲」，是即是，祇是死却了也，不然，也是澹殺了也。蘇詞

「鶯飛」之下却繼之以「踏散芳英落酒卮」，雖不能比他「高館落疏桐」，亦自餘韻悠然。爛不濟，亦比楊詩爲寬綽有餘。若道這個又是詩詞之分，苦水聽了，便只有大笑而起，更不置辯，一任具眼學人自去理會。若道苦水顢頇，楊詩意在寫雀，故如彼，蘇之《南鄉子》，明題作「梅花詞」，故而如此也。於此，苦水若說誠齋不是明明道他「小集梅梢」麽，便是纏夾，不免另豎起葛藤樁子。辛稼軒《瑞鶴仙·賦梅》曰：「倚東風、一笑嫣然，轉盼萬花羞落。」苦水向日亦極喜之，以爲從來寫梅者不曾如此寫，辛老子如此寫了，真乃又使梅花既不失品格，而又活生生地與世人相見也。記得當年明公曾問苦水：此不是寫杏花耶？爾時苦水便休去。及今思之，倚風嫣然，或是杏花，萬花羞落，杏花縱轉盼煞，却萬萬不辦。然持以與此《南鄉子》開端二語相比，又覺稼軒寫來吃力，着色太濃，不如坡老筆下自在，情韻瀟雅。學人或者又曰：老辛正面攻殺，老蘇側擊旁敲，故爾如然。苦水曰：車行舟行，兩可到家，吾輩只看他到家與否便得，分甚舟之與車？若說側擊旁敲，原自不無。但亦不過論文之士方便說法，立此假名，學人切勿執爲實有，以致東西悠蕩，不着邊際也。此義大長，如今急於說詞，姑止是。一首《南鄉子》，高處妙處，只此開端二語。「忽見」二韻十六個字，苦水雖曾以之壓倒誠齋之詩，與前兩句衡量之，已有自然與人力之差，最糟是過片之「痛飲又能詩，坐客無氈醉不知」。「坐客無氈」自可，「醉不知」也去得，然已自嫌他作態自喜矣。若「痛飲又能詩」，則決是糟。不知怎地，後來詩人作品中只一說到自家之飲酒賦詩，縱不出醜，也總酸溜溜地。以文論之，到此之際，十九有拼補凑合之跡。且不可舉他老杜之「此身飲罷無歸處，獨立蒼茫自詠詩」。須看

「無歸處」是甚底情境？「立蒼茫」是何等氣象？到此田地説不説俱得。否則一説便不得也。又且不可舉他彭澤老子之篇篇説酒。今且不須檢閱全集，只如「忽與一觴酒，日夕歡相持」，後來那個又有此胸襟情韻耶？老蘇作此詞時，雖曰紀實，亦不合草，以至今日竟向苦水手裏納却敗闕也。至於歇拍兩韻，有底喜他「一點微酸已著枝」一句。苦水却不然。學人問這「不然」麽？苦水原擬待汝一口吸盡西江水時，再與汝説。如今也不必了。還記得苦水説《西江月》「照野瀰瀰淺浪」一章，論及詞序、書札、題跋處否？倘若並不記得，衹仍參此章開端二語亦得。參禪衲子好問：西來何意？這個與我輩今日無干。只今且道：那寒雀十二個字是何意？

## 南鄉子　送述古

回首亂山横。不見居人只見城。誰似臨平山上塔，亭亭。迎客西來送客行。　歸路晚風清。一枕初寒夢不成。今夜殘燈斜照處，熒熒。秋雨晴時淚不晴。

坡公傷感之詞，吾所選録，前此已有《木蘭花令》及《臨江仙》，并此一章，鼎足而三。然生離死別，其跡近似，出入變化，内容實殊。《臨江仙》之送王緘，情溢乎辭，純乎其爲傷感者也。《木蘭花令》筆力沉雄，氣象闊大，蓋於傷感有似超出，且加變化。説已詳前，茲不復贅。至於斯篇，前片既歎人不如塔，亭亭無覺，迎送來去，後片復寫殘燈初寒，秋雨或歇，淚雨難晴。夫如是，則其傷感當至深矣。而試一觀其命辭構語，工巧清麗，蓋已不純置身傷感之中，一任包圍，但聽支配；而已能冷眼情感之旁，細心觀察，加意抒寫。推究根源，一則任情，一則有想。夫情之與想，勢難兩大。此仆彼起，彼弱此强。當情盛時，想不易起。及想熾時，情必漸殺。古今中外，法爾如然。此則送述古之情固淺於送王緘，而《南鄉子》之辭較工於《臨江仙》者也。《孝經》有言，喪言不文。老聃亦云，美言不信。喪言不文者，意不暇及也。美言不信者，華過其實也。然則文事，難言之矣。言之無文，文之謂何？過飾藻麗，情或近僞。必也情經濾淨，辭能稱情，施之篇章，庶乎近之。是故傷感雖爲創作源泉，苟無羈勒，譬彼逸馬，即有駿足，適能覂駕。若其情不真摯，修辭雖巧，藻繪紛飾，徒成浮漂，吾於説詞，屢及之矣。夫創作之源，厥本乎情，遣辭之工，實基於想。顧今所謂情、想二名，借自釋氏，善巧方便，即何敢言。能近取譬，或助參悟。而哲人之想，一本理智，排斥感情。有如惡木遮山，伐木而山方出；亂草侵花，刈草而花始繁。其旨務在以想殺情。是其爲想力求真實，排除虚妄，總歸一有。若文士之想，間或不無藉助理性。要其本旨，乃在顯情。有如畫月者，月無可畫，畫雲而月就。繪風者，風本難繪，繪水而風生。是其爲想，今世所謂幻想、聯想。固亦求真，而與彼哲人，標的不同，取經亦異。籀而繹之，判然別矣。苦水於是乃説坡詞，藉資證明。臨平山上，一塔亭亭，固已。若夫送迎去來，塔本無知，於彼何有？是則亭亭爲真，而送迎也者，詞人之想。秋雨曰晴，是已。淚既非雨，何有晴否？是則秋雨爲真，而淚雨不晴，又詞人所想也。以上二處，持較《臨江仙》之「憑將清淚灑江陽，故山知好在，孤客自悲涼」，如以情論，則前者多僞，而後者多真。如以詞論，則又前者較勝，後者較遜也。若是，其果僞者爲優，真者爲劣耶？喪言不文，美言不信，亶其然乎？然真者誠真，而僞者果僞耶？廚川白村之論文也，文學之真，科學之真，區分爲二。世有二真，殆類戲論。吾茲竊謂：二者之外，當更別立哲理之真。真乃有三，大似囈語矣。自慚小智，屢經思維，迄於終竟，不得不爾。析其奧微，俟之明哲。而在英國淮爾德氏，乃復致慨於彼説謊之衰頽。是則於文，以僞立論。與吾中土古聖所謂修辭立誠，大相逕庭。淮氏製作，未臻上乘。若其品性，時涉乖僻。至於斯論，雖類詭辯，實有可採，未可遽爾以人廢言。吾國詩教，溫柔敦厚。泝在往古，允當斯旨。漢魏以來，不失平實。洎乎六代，宗老、莊者惟曠達，崇釋氏者尚空無。其有志於文之士，善感鋭察，又劉彦和氏所謂「窺情風景之上，鑽貌草木之中」者也。獨於紀事長篇，奇情壯彩，推波助瀾，甚苦無多。《孔雀東南飛》、《木蘭辭》，自推巨擘，終似貧弱，降及唐代，詩稱極盛。其有作者，少陵之《北征》、《奉先詠懷》，而其中心，究爲小我。縱極張皇，亦傷局促。「三吏」、「三別」，雖近客觀，既無主名，非純叙述。自茲而下，益等自鄶。白樂天氏之《長恨歌》，體製近是。而抒寫鋪叙縱使詳明，補綴破碎，究未閎闊。衆口膾炙，余無取焉。遥觀西國，希臘之劇，荷馬之歌，敻乎遠矣。莎翁之鉅製及十八世紀仿古之名作，吾國至今，仍屬缺如。推其大原，何其非説謊衰頽之所致歟？顧維茲義，非數言可了。吾今説詞，沿流討源，聊發其端。因念坡公在黃州時，强人説鬼，昔者以爲無聊，以爲風趣，及今思之，情爲作因，而想以佐情，僞以顯真。此正坡老之文心，而説謊之妙用也。若然，則此臨平之一塔，淚雨之不晴，殆尚其豹之一斑，而龍之半爪耶？

## 蝶戀花　暮春別李公擇

簌簌無風花自墮。寂寞園林，柳老櫻桃過。落日多情還照坐。山青一點橫雲破。　路盡河回人轉舵。繫纜漁村，月暗孤燈火。憑仗飛魂招楚些。我思君處君思我。

一部《東坡樂府》，苦水衹選他十首，人或不免嫌其太苛。而此一首《蝶戀花》居然入選，人將更笑苦水之抛却真金抱綠甎也。不須學人指摘，如今苦水且先自行檢舉一番。詞題曰《暮春別李公擇》，儼然是個截搭題。要説惜別本可包括時令，何須別標暮春？可見老坡於此，自己亦覺悟到前後片之少聯絡，蓋前片之寫暮春，既不露惜別，與後片之寫惜別，更不見暮春也。爲文終非寫八股，只要過渡下去，便可打成兩橛。計出無奈，只好寫成恁樣一個題目，聊作解嘲。學人莫捉苦水敗闕，説：稼軒豈不亦有「讀莊子聞朱晦庵即世」底一首《感皇恩》乎？何以日前説辛時如彼招，如今説蘇時便如此搦耶？且莫致疑於苦水之一眼看高，一眼看低。試看老辛前半闋之「忘言」「知道」，眼光直射到後半闋之「《玄經》遺草」，後半闋之「江河流日夜何時了」，神情直回到前半闋之「梅雨霽，青天好」，便可證知他鍼線密縫，不似老蘇此詞之拆開來，東一片，西一片也。既如是，果何所取而録此詞耶？也只愛他發端高妙耳。夫寫春而寫暮春，寫花而寫落花，詩人弄筆，成千累萬，老蘇於此，有甚奇特？試參他第一句「簌簌無風花自墮」，「簌簌」字、「自」字，真將落花情理寫出，再不爲後人留些兒地步。尤妙在無風，便覺落花之落，乃是舒徐悠揚，不同於風雨中之飄零狼籍。及至「墮」字，落花乃遂安閑自在地脚跟點地了也。「簌簌無風花自墮」之下，而繼之曰「寂寞園林，柳老櫻桃過」。濟淹之春光已去，清和之初夏將臨。一何其神完氣足？「落花相與恨，到地一無聲」，妙句也。硬扭他落花，相與客情作麽？「一片花飛減却春，風飄萬點正愁人」，健句也，減春愁人，將何以堪？更有進者，「簌簌無風花自墮，寂寞園林，柳老櫻桃過」，直透出天地之妙用，自然之神機，自然而然，行乎其所不得不行。人力既無可施，造化亦只任運。更不須説瓜熟蒂落，水到渠成也。到這裏，虛空縱尚未成齏粉，而悲戚歡喜早已一齊百雜碎了也。不説品之高，即只此韻之遠，坡公以前以後，詞家有幾個到得？學人莫祇道他寫景好。苦水當日讀簡齋詩，極喜他「歸鴉落日天機熟」一句。今日持較蘇詞，嫌他簡齋老子一口道破，反成狼籍耳。如論蘊藉風流，仍須是髯公始得也。大凡大英雄行事，豈必件件盡屬驚天動地，但總有一二事，作到前人作不到處。大文人之作，豈必句句震古鑠今，但總有一二語，説到前人説不出處。若不如是，屋上架屋，床下安床，縱非依草附木底精靈，也是賊德害道底鄉愿。爭怪得苦水爲此兩韻，録此一詞？但兩韻之後，「落日多情」十四字，讀來總覺得硬骨碌地，不似坡公平日筆致之圓融。過片「路盡」兩韻，吾觀宋人之詞，送別之作，往往寫送客一程，居人獨歸之情景，坡詞於此，想亦是也。「月暗孤燈火」，火字須是明字，修辭格律始合。今以爲韻所牽，易明爲火，不得，不得。如謂燈火二字合成一名，原無不可。但只着一孤字形容，未免湊合。結尾之「我思君處君思我」，雖乏遠韻，亦自去得。但上句之「憑仗飛魂招楚些」，又何耶？《水滸傳》裏李鐵牛大哥見了羅真人歸來之後，乃云不省得說些甚底。苦水於蘇詞此處亦復不省得蘇鬍子說些甚底。或當是楚些招飛魂之意。若然，則又是削足適履了也。老坡此詞，如是敗闕。苦水今日一一分明舉似學人，豈是苦水才情高似東坡，苦水更別有說在。嘗觀名家之作，一集之中，往往有幾篇，一篇之中，往往有數語，簡直一敗塗地。數語在一篇，瑕不掩瑜，且自聽之。幾篇之在全集，何似删之爲愈？如說前人有作，後人編集，不免求備，故有斯愚，則作者當時何如不作？作了又何必示人？這個便是中土文人顢頇處，不經意處。極而言之，不自愛惜處。何況詞在北宋，尚未列入正統文學之中乎？然而有一利必有一弊底反面，却又是有一弊也有一利。更不用說短處即是長處。古人神來之筆，不必另起葛藤，即此《蝶戀花》發端兩韻，苦水再三讚美而不能已者，也還是此顢頇、此不經意、此不自愛惜。劉彦和《文心雕龍·總術》篇曰：「執術馭篇，似善弈之窮數。棄術任心，似博塞之邀遇。」又曰：「博塞之文，借巧儻來，雖前驅有功，而後援難繼。」又曰：「善弈之文，則術有恒數，按部整伍，以待情會，因時順機，動不失正。數逢其極，機入其巧，則義味騰躍而生，辭氣叢雜而至。」論文之文，善巧方便，一至於此，而其行文，亦復大有「義味騰躍而生，辭氣叢雜而至」之樂。苦水只有頂禮讚歎，而又雖不能至，心嚮往之矣。但苦水却亦有小小意見，要共者位慧地大師理會一向。博塞之文，不如善弈之文，此在學人參脩，原自不悮。若大家創作，神遊物化，却不拘拘於此。所以陸士衡曾說：「或竭情而多悔，或率意而寡尤」

也。若邀遇絶對不如窮數，陸氏便不如是説了也。誠如彦和所云善弈强似他博塞，何以下文又説「以待情會，因時順機」乎？所謂情會與時機者，豈非仍有類於博塞邀遇底「遇」耶？如祇任術便得，尚何須乎機與會之順與待耶？即以博弈而論，諺亦有云：棋高無輸，牌高有輸。其故亦在窮術與任運。饒你賭中妙手，無如牌風不順，等張不來，求和不得，仍是大敗虧輸。若棋則不然，高手決不會輸。若偶爾漏着，輸却一盤，定是棋術尚未十分高妙也。然而此亦言其常耳。若是手氣旺盛，則雖賭場雛手，無奈他隨手擲去，盡成盧雉。此則東坡詞中所謂六隻骰子六點兒，賽了千千並萬萬者。饒你多年經驗，不免向他雛手手中，落花流水一般納敗闕也。若是著棋却不然。縱使高手，倘遇勁敵，所差不過一子半子，即便費盡心機，贏則決定是贏，而所贏仍不過此一子半子，決定不會楸枰之上，黑子盡死，白子全活也。雖曰文事不能全類博弈，然而那顢頇，那不經意，甚至那不自愛惜，有時如着棋，真能輸却全盤。若是如賭博，忽然大運亨通，合場彩物便盡歸他一人手裏。若然則坡老此詞之開首兩韻，其博塞之遇來，是以如有神助，而其以下直至歇尾，又其弈棋之術疏，是以全軍俱覆也乎？

## 減字木蘭花

錢塘西湖有詩僧清順，所居藏春塢，門前有二古松，各有凌霄花絡其上，順常晝卧其下。時余爲郡，一日屏騎從過之。松風騷然，順指落花求韻，余爲賦此。

雙龍對起。白甲蒼髯煙雨裏。疏影微香。下有幽人晝夢長。　湖風清軟。雙鵲飛來爭噪晚。翠颭紅輕。時下凌霄百尺英。

兩株古松，上絡凌霄，而清順却常晝卧其下，者位闍梨，忒煞風流。而東坡又屏騎從過之，且爲此作小詞，者位太守，也忒煞好事。雖公案分明，而往事成塵，如今也不索战敪。且就此小詞，與學人葛藤一番。「雙龍對起」，妙哉，妙哉，便真有拔地百尺，突兀凌雲之勢也。「白甲蒼髯」，着迹矣，尚自可。「煙雨裏」，倘不是真指煙雨，便不知其何所指，倘真指烟雨，不與「晝夢長」牴觸耶？如謂「烟雨裏」謂特殊有雨之時，「晝夢長」言其常也。然則常之與殊，於此連續說之，不益相矛盾耶？「疏影微香」，其指凌霄花矣，「下有幽人晝夢長」，此大似隱士，豈復是和尚，殆欲逃禪矣乎？「湖風清軟」，恰好，恰好。若祇是兩株古松，着此四字，不得，不得。爲是松上絡有凌霄花，得也，得也。「雙鵲飛來」，無不可，但何必定是雙？若再一邊樹上一個，不足呆相，亦是笑話了也。「爭噪晚」，着一噪字，與清軟之湖風又牴觸矣，是又大不可者也。若道爾時，恰值有雙鵲在松上爭噪，苦水於此，將大喝一聲：有也寫不得。而况「疏影微香」之中，幽人夢長之際，噪已不可，爭個什麽？一爭，一噪，好容易拈出清軟，與影與香與人與夢融成一片，至是，俱被他攪得稀糟，使不得也。此又是蘇長公顢頇處、不經意處、不自愛惜處。苦水亦不復替他謙了也。夫如是，苦水之於此詞，半肯半不肯，選而說之，何爲也？只爲他「翠颭紅輕，時下凌霄百尺英」二韻，割捨不得而已。學人莫只看翠之颭，紅之輕。若只如是，又是錯認驢鞍橋作阿爺下頦。近代修辭論文，有所謂形容與描寫之二名也者。苦水不怨此二名誤盡天下蒼生，却只惜有許多學人錯認却定盤星，以致自誤。處處尋枝摘葉，時時擷斤播兩。自詡形容之工，描寫之細，其實十足地心爲物轉，將境殺心，沉淪陷溺，永無覺醒，熏習日甚，只成詩匠，更非詩人，簡直自救不了，說甚超凡入聖？所以苦水平日堂上說詩，每每拈舉韓翰林「惜花」一章，警戒學人。若說此詩之「皺白離情高處切，膩紅愁態靜中深」，亦自煞够工細。亦自爲他貼將去，脱不開，死却了，不肯活，更無半點高致，不須再檢舉他無神韻也。有一塾師出杜詩「好雨知時節」題，令其弟子作五言八韻底試帖詩，即得時字。一本卷子中有一聯曰：「不先還不後，非早亦非遲。」說時遲，者老夫子一見此詩，便扯將那學生子過來，教他自讀此十字一過；那時快，更不說甚青紅皂白，便痛痛地與他二十戒尺。完了方說：「我只打你個不先還不後，非早亦非遲。」若說不先不後，非早非遲，豈不扣得那杜詩「好」字、「知」字、「時節」字，嚴嚴地、密密地？但二十戒尺打得定是，決不寃枉那學生子也。至如蘇詞之「翠颭紅輕」，豈可與此學生子之低能相提并論？亦尚還不至如致堯那二句之呆板。苦水何必如此神經過敏，嘵嘵不休？不見道涓涓不塞，將成江河。又道南轅北轍，發脚便錯。只緣婆心，遂成苦口耳。至於「時下凌霄百尺英」，又是前說所謂坡老底賭運亨通。王靜安先生說宋景文之「紅杏枝頭春意鬧」曰：「着一『鬧』字，而境界全出。」難道苦水於此不好說：着一「下」字而境界全出耶？一個「下」字，抉出神髓，表出韻致，無意氣時添意氣，不風流處也風流。尚何有乎形容與描寫，何處更着得工與細耶？學人於此會得，苦水得好休時便好休。倘不，苦水更有第二杓惡水在。北宋以後，詞人詠物之作，正文不露題字。苦水曰：他自作燈虎，我無閑心哄他猜謎；他自繞彎子，莫更怪我不陪他吃螺螄也。坡公於此，明點出凌霄花，吾輩今日難道不能賞其「下」字之妙耶？夫凡花之落，皆可曰下，此有甚奇特？然而須理會得此是凌霄花百尺之英，自古松白甲蒼髯裏，徐徐墜落，所以是下也。莫又怪苦水何以知其徐徐，不曰：「湖風清軟」乎？準物理學，苟無空氣之阻隔，物之下墜，同此遲速，無分重輕。但大氣之中，花體本輕，高處墜落，只緣阻隔，更覺徐徐。且凌霄之花朵較大，花色金紅，而其落也，不似他花碎瓣離萼，而爲全朵辭枝，試思晝卧百尺之樹下，仰見蒼髯之枝間，忽然一點金紅，悠悠焉，漸降漸低，愈落愈近，安然而及地焉。蓋良久，良久，而又一點焉。良久，良久，而又一點焉。不説下，而將奚説耶？莫又怪苦水何以知其是良久一點也。苦水於此，更自嘆息，説詞至是，惹火燒身。夫文士爲文，亦須格物。凌霄之落，既不是風飄萬點之愁人，亦不似桃花亂落之紅雨也。凡夫落朵而不落瓣之花，當其落也，蓋無不是如此之良久，良久，而始一點也。不道是「下」，道個什麽？苦水説時，用墜、落、降等字，只是不得已而用之。先自供出，省得又被告發。「時下」，本或作「時上」。大錯，大錯，決不可從。試問甚底上？又上個甚底？莫是雙鵲上他凌霄麽？笑殺，笑殺。兩個野鵲上在花上，有甚風光？若再問：者個較之上章「簌簌無風」一句，何如？苦水則曰：那個多，者個少。者個是朵，那個是瓣。那個若是自然底大機大用，者個只是道心底虛空昭靈。不會麽？不會，者裏尚有個末後句在：者個只是個無意。莫見苦水如此説，便又大驚小怪。不見古德説達摩西來，也衹是個無意。好好一首《減字木蘭花》，今被苦水説東話西，支解車裂，真真何苦。其實一部《東坡樂府》，其中好詞，亦俱不許如此説。然而苦水十日之間，居然説了整整十首。雖然心不負人，面無慚色，也須先向他東坡居士懺悔，然後再向天下學人謝罪。

# 附　録

吾擬説蘇詞，選目既定，細檢一過，而覺諸選家所俱收，或盛膾炙人口而未入吾録者，得五首焉。夫諸家俱選，且盛膾炙矣，是有目共賞之作也，將不須吾之説耳。初故捨之。然吾於此五章，亦不無欲言者在。故終取而略説之。彙爲説蘇之附録云爾。一九四七年九月霍亂預防之際，苦水識於淨業湖南之倦駝菴。

## 念奴嬌　赤壁懷古

大江東去，浪淘盡、千古風流人物。故壘西邊人道是，三國周郎赤壁。亂石穿空，驚濤拍岸，捲起千堆雪。江山如畫，一時多少豪傑。　遥想公瑾當年，小喬初嫁了，雄姿英發。羽扇綸巾談笑間，强虜灰飛烟滅。故國神遊，多情應笑，我早生華髮。人間如夢，一尊還酹江月。

坡公以此詞得名。世之目坡詞爲豪放，且以蘇與辛并舉者，亦未嘗不以此詞也。吾於論詞，雖不甚取豪放之一名，然此《念奴嬌》，則誠豪放之作。「大江東去，浪淘盡、千古風流人物」，本極可悲可痛之事，而如是表而出之，遂不覺其可悲可痛，衹覺其氣旺神怡。即其過片「故國神遊」以下直至結尾，亦皆如是。更無論其「江山如畫」兩句，及「遥想公瑾當年」以下直至「灰飛烟滅」之兩韻也。然謂之豪放即得，遂以之與稼軒並論，却未見其可。辛詞所長：曰健，曰實。坡公此詞，只「亂石」三句，其健、其實，可齊稼軒。即以其全集而論，如謂亦只有此三句之健、之實，可齊稼軒，亦不爲過也。全章除此三句外，只見其飄逸輕舉，則仍平日所擅場之「出」字訣耳。即以飄逸輕舉論，亦以前片爲當行。若過片則浮淺率易矣，非飄逸輕舉之真諦也。公瑾之雄姿英發，何與小喬之嫁？然如此說，尚無不可。若夫强虜，顧可談笑間使之灰飛烟滅耶？昔讀左太沖《詠史》詩曰：「左眄澄江湘，右盼定羌胡。功成不受爵，長揖歸田廬。」以爲功成身退或尚不難，若江湘左眄而澄，羌胡右盼而定，遂開文士喜爲大言之風氣，竊嘗笑其如非欺人，定是不慚也。坡詞於是，雖謂周郎，而非自謂，然其神情，無乃類之。至「故國神遊」，想指三國。「多情應笑」，其謂公瑾乎？「早生華髮」，則自我矣。然三語蟬聯，一何其無聊賴耶？稼軒之「不恨古人吾不見，恨古人不見吾狂耳」，人或猶嫌之，而況此之空膚耶？煞尾二句，更顯而易見飄逸輕舉之流爲浮淺率易。至於後人學之不善，成爲濫調，則後人自負其責。苦水尚不忍以是爲坡公罪。

## 水調歌頭　丙辰中秋，歡飲達旦，大醉，作此篇，兼懷子由

明月幾時有，把酒問青天。不知天上宮闕，今夕是何年。我欲乘風歸去，又恐瓊樓玉宇，高處不勝寒。起舞弄清影，何似在人間。　轉朱閣，低綺户，照無眠。不應有恨，何事長向別時圓。人有悲

歡離合，月有陰晴圓缺，此事古難全。但願人長久，千里共嬋娟。

東坡之作，舉世所欽，震鑠耳目，首推前篇。淪浹髓骨，厥維此章。何者？《念奴嬌》篇，大氣磅礴，易於駭俗；《水調歌頭》情致圓熟，善中人意也。以余觀之，此章精華乃在前片之瓊樓玉宇，高處自寒，起弄清影，人間可住耳。西國詩人，信道之士，時或讚美大神，傾心天國，唾棄現實，嚮往永生。其有抱憤懷疑，崇情尚智，又復鄙薄往生，別尋樂土，執着地上，歌詠人間，竊謂二者俱非所論於中土。則以吾國智士，習論性天，否亦喜莊列者每任自然，崇釋氏者輒宗空無。雖有三別，實歸一玄。綴文之士，專命騷雅，遜世之士，託身巖阿，大都不免縱情詩酒，流連風月。至於發憤抒情，慷慨悲歌，獻酬奉酢，歌功頌德，尚匪所論。綜上以觀，韻文神致，西國中土，實不同科。故夫高舉者既非同乎熱烈之信仰，而住世者仍有異於現實之執着也。吾曩者讀蘇詞此章前片之「不知」以下直迄「人間」，頗喜其有與西洋近代思想相通之處。及今思之，坡公之意，若有若無，惟其才富，故縱情而言，自具高致。與彼西士有意入世，固自不同。朱敦儒《鷓鴣天》詞曰：「玉樓金闕慵歸去，且插梅花醉洛陽」，與此相近。惟朱語淺露，易見作態；坡詞朗潤，遂更移人。究其源流，尚非異致。韓吏部詩曰：「我能屈曲自世間，安能從汝巢神山？」則語意憤激，未若坡老情致醞藉矣。過片而後，圓融太過，乃近甜熟。此在長公，放情稱意，不失本色。從來學人步趨失真，滋多流弊，吾意弗善，不復費辭。

## 水龍吟　次韻章質夫楊花詞

似花還似非花，也無人惜從教墜。拋家傍路，思量却是，無情有思。縈損柔腸，困酣嬌眼，欲開還閉。夢隨風萬里，尋郎去處，又還被，鶯呼起。　不恨此花飛盡，恨西園、落紅難綴。曉來雨過，遺蹤何在，一池萍碎。春色三分，二分塵土，一分流水。細看來，不是楊花，點點是，離人淚。

靜安先輩之論詞，吾所服膺，其論詠物之作，首推是篇。又曰：「和韻而似元唱。」苦水則不以其似元唱而喜此詞。或吾於詩詞，不喜詠物之作之故耶？總之，不復能强同於王先生而已。少陵之詩有拙筆而無俗筆，太白有俗筆矣。稼軒之詞有率筆而無俗筆，髯公有俗筆矣。此或以才雖高，而學不足以濟之，即李與蘇之於詩詞，稍不經意，猶不免於俗耶？吾於上章，不取過片，即嫌其近俗，然猶未至於俗也。至於是篇，直俗矣。前片開端至「呼起」，濫俗類如元明末流作家之惡劣散曲。「拋家傍路」，「尋郎去處」，其尤顯而易見者也。過片「不恨」兩句，可。然曰「恨西園、落紅難綴」，則無與於楊花也。「曉來雨過」，「一池萍碎」，好。雖不免滯於物象，乏於韻致，而思致微妙，可喜也。嫌他「遺蹤何在」一句楔在中間，累玉成瑕耳。「春色」三句，苦水不理會這閑帳。結尾「是離人淚」，苦水直報之曰：不是，不是，再還他第三個不是。幾見離人之淚如斯其沒斤兩也耶？虧他還説是細看。因知老坡言情并非當家。刻骨銘心，須讓他辛老子出一頭地。

# 蝶戀花

花褪殘紅青杏小。燕子飛時，綠水人家繞。枝上柳綿吹又少。天涯何處無芳草。　牆裏鞦韆牆外道。牆外行人，牆裏佳人笑。笑漸不聞聲漸悄。多情却被無情惱。

筆記謂朝雲每歌「枝上柳綿」二句，便如不勝情。又謂其隨坡至南海，日誦二語，病極猶不釋口。而朝雲既没，子瞻亦終身不復聽此詞。吾意此説或當不虚。然陸平原曰：「落葉俟微風以隕，而風之力蓋寡。孟嘗遭雍門以泣，而琴之感以末。何者？欲隕之葉，無所假烈風；將墜之泣，不足繁哀響也。」彼朝雲之有動於此二詞也，此物此志也夫。而王漁洋氏乃曰：「枝上柳綿，恐屯田緣情綺靡，未必能過，孰謂坡但解作『大江東去』耶？髯直是超倫絶羣。」夫超倫絶羣，或者不無，若緣情綺靡，直恐未必。何者？心與物既爲緣，情與致即俱生。二語致過於情，是以出而非入。雖曰柳綿漸少，芳草遍生，有情於此，不免傷春。然柳綿之少，無大重輕，芳草青青，至可玩賞，况乃天涯無處而非芳草，則吾人隨地皆可自怡，吾之所云致過於情、出而非入者，不益信耶？試再以辛詞「待得來時春盡也，梅結子，笋成竿」，與此相較，則吾之言不益明耶？苟其吹毛求疵，撏章摘句，不獨天涯芳草，已嫌於損情而益致，而枝上柳綿尤爲不揣本而齊末。此不當云枝上柳綿耶？枝爲遍名，總賅萬木，柳乃特舉，何有衆枝？雖然，吾如是説，聊爲學人修辭警戒，非於坡公深文周内。彼自豁達，不妨疏潤耳。至於過片，如非濫俗，亦近輕薄，説詳上章，不複述焉。

## 卜算子　黃州定慧院寓居作

缺月挂疏桐，漏斷人初靜。誰見幽人獨往來，飄渺孤鴻影。　驚起却回頭，有恨無人省。揀盡寒枝不肯棲，寂寞沙洲冷。

附録五篇，吾肯此章。如是短什複三「人」字，豁達可想，無事吹求。「缺月」二語，境況幽寂，幽人之幽，坡老自道。鴻影飄渺，既實指鴻，又以自況。「驚起」者何？人爲鴻驚也。「回頭」者誰？東坡老人也。「有恨」者，人與鴻同此恨也。「無人省」者，坡公有觸，他人不省也。結尾二語，謂鴻不棲樹，自宿沙洲，無枝葉之托庇，有霜露之侵陵也。所謂「恨」者，其指此也。於是而人之與鴻，一而二，二而一，不復可辨也。若是，則吾於此詞殆全肯矣。竟不入選而歸附録者，抑又何耶？吾於是幾無以自解。然而有説焉。以文字之表現論，如是即可。如以意境論，則是固吾國詩人千百年來之傳統，而非坡公之所獨有也。文士之文，固不可刻意怪險，以致自外於天理人情；亦不可墜落坑塹，以致無别於前賢舊製。坡老此作，尚不至如吾後者所云。然格調既暗合乎曩篇，即酸鹹乃無殊乎衆味。況乎風骨未甚遒上，以詔後學，易生枝蔓者哉。如曰：苦水雖復嘵嘵苦口，亦屬鰓鰓過慮。人娶少妻，極相愛悦，既見妻母皤然一婆，歸而出妻。親朋詫異，詢其何説。乃云：「日後吾妻必類其母。」苦水於此，正復如然。願學者立身，希聖希賢，釋者發心，成佛作祖。取法乎上，僅得乎中。防微杜漸，着眼不妨略高耳。此自吾意，不關蘇詞。私心不滿，匪寧惟是。憶吾每誦此章，輒覺雖非惡鬼森然攫人，亦似靈鬼空虛飄忽，只有惝恍，了無實質。即彼天仙不食烟火，吾猶弗喜，矧此鬼趣無與人事者哉？或曰：《楚辭·山鬼》，子亦將如是說之耶？則曰：屈子之作，離憂後來，艱難辛苦，命曰《山鬼》，實皆世諦，未似蘇公之雖曰「幽人」，乃祇幽靈，雖曰「有恨」，徒成幽恨也。吾如是說，人或不諒。言發由衷，吾意至誠，豈獨於蘇詞，軒輊殿最一凖乎是，吾於一切前賢篇什，無不如此。即吾個人學文，創作批評，取徑發足，亦復胥然也。

# 後敘

苦水既説辛詞竟，於是秋意轉深，霖雨間作，其或晴時，涼風颯然。夙苦寒疾，至是轉復不可聊賴。乃再取《東坡樂府》選而説之，姑以遣日。所幸事少身暇，進行彌速，凡旬有二日而卒業。復自檢校，不禁有感，乃再爲之序焉。《典論》之論文也，曰：「文以氣爲主。」而繼謂：「氣之清濁有體，不可力彊而致。」曰「清濁」，曰「有體」，曰「不可力彊」，則子桓所謂氣者，殆氣質之氣，稟之於文者也。吾讀《論語》，不見所謂氣，至孟氏乃曰：「我善養吾浩然之氣。」王充《論衡・自紀》篇曰：「養氣自守。」吾於浩然無所知，姑舍是。若仲任之意，乃在養生，與子輿氏似不同旨。以氣論文，文帝之後則有彦和。《文心雕龍》，篇標《養氣》。蓋至是而子桓之氣，孟氏之養，併爲一名，施之論文。顧劉氏曰：「神之方昏，再三愈黷，是以吐納文藝，務在節宣。清和其心，調暢其氣，煩而即捨，勿使壅滯。」語意至顯，義匪難析，約而言之，氣即文思，故其前幅有曰「志盛者思鋭以勝勞，氣衰者慮密以傷神」也。是與子桓亦正異趣。至唐韓愈則曰：「氣盛則言之長短高下皆宜。」至是氣之於文，始復合流孟子所言浩然之氣。故蘇子由直謂氣可以養而至。自是而後，文所謂氣，泰半準是。子桓言氣，授自先天，韓氏曰盛，蘇氏曰養，盡須乎養，養之始盛。是則後天熏習，大異文帝所云不可力彊者矣。及其末流，乃復鼓努爲勢，暴恣無忌，自命豪氣，實則客氣。施之於文，既無當於立言，存乎其人，尤大害於情性。吾於論詞，不取豪放，防其流弊或是耳。世以蘇、辛并舉，雙標豪放，翕然一辭，更無區分。見仁見智，余不復辯。今所欲言，乃在二氏之同異。吾於説中已建健、實之二義，爲兩家之分野。説雖非玄，義尚未晰，今兹聊復加以淺釋。東坡之詞，寫景而含韻；稼軒之作，言情以折心。稼軒非無寫景之作，要其韻短於坡。東坡亦多言情之什，總之意微於辛。至其議論説理，統爲蹊徑別開。而辛多爲入世，蘇或涉仙佛。説中所立出入二名，即基乎是。世苟於是仍不我諒，我非至聖，亦歎無言矣。吾嘗稽之史編，漢、魏以還，莊、列之説，變爲方士，極之爲不死，爲飛昇。大慈之教，蜕爲禪宗，極之爲參學，爲頓悟。其繼也，流風所被，舉世皆靡，善玄言者以之爲指歸。説義理者，藉之見心性。而詩家者流，未能自外，扇海揚波，墜坑落塹。即以唐代論之，太白近仙，摩詰宗佛，其著者矣。其在六代，翹然傑出，不隨時運，得一人焉，曰陶元亮。其爲詩篇，平實中庸，儒家正脈，於焉斯在，醇乎其醇，後難爲繼。其有見道未能及陶，而卓爾自立，截斷衆流，詩家則杜少陵，詞人則辛稼軒。雖於世諦未能透徹，惟其雄毅，一力擔荷，不可謂非自奮乎百世之下，而砥柱乎狂瀾之中者矣。至於東坡，雖用釋典，並無宗風。故其詩曰：「溪聲便是廣長舌，山色豈非清淨身。」又曰：「兩手欲遮瓶裏雀，四條深怕井中蛇。」若斯之類，於禪無干，喫棒有分。倘其有悟，不爲此言矣。即其詞集，凡作禪語，機至淺露。如《南歌子》「師唱誰家曲」一章與「浴泗州雍熙塔下」之《如夢令》二章，雖非讕言，亦屬拾慧。固知髯公於此，非惟半塗，直在門外也。昔與家六吉論蘇詩，六吉舉其《游金山寺》之「悵然歸臥心莫識，非鬼非人定何物」，謂爲老坡自行寫照。相與軒渠。

夫非鬼非人，殆其仙乎？其詩無論。即吾所選，如《南鄉子》之「爭抱寒柯看玉蕤」，《減字木蘭花》之「時下凌霄百尺英」，皆淨脱塵埃，不食烟火。又凡其詞每作景語，皆饒仙氣，而非禪心。吾鄉日甚愛其《水龍吟》之「推枕惘然不見，但空江、月明千里」，與《滿江紅》之「憂喜相尋，風雨過、一江春緑」，謂有禪家頓悟氣象。今則以爲前語近是，然集中亦只此一處。後者仍是詞家好語，作者文心，特其闊大有異恒製耳。然則東坡之詞，於仙爲近，於佛爲遠，昭然甚明。遠韻移人，高致超俗，有由來矣。或曰：在道在禪，同出非入，意態至近，區分胡爲？則以禪家務在透出，故深禪師致讚美透網金鱗。明和尚謂：「爭如當初并不落網？」深師訶之以爲欠悟。若夫道流務在超出，故騎鯨跨鶴，翼鳳乘鸞，蟬蜕塵埃，蹴踏杳冥，滄溟飛過，八表神遊。雖亦不無神通變化，衲子視爲邪魔外道者也。至兩家於「生」，町畦尤判。道曰長生，佛曰無生。道家爲貪，佛家爲捨矣。縱論及此，實屬贅疣，自維吾意在説韻致。學人用心，其詳覽焉。抑吾觀東坡常不滿於柳七，然《樂章集·八聲甘州》之「霜風凄緊，關河冷落，殘照當樓」，坡嘗譽之，以爲此語於詩句不減唐人高處。坡公此言，或謂傳自趙德麟，或謂傳自晁無咎，趙晁俱與蘇公過從甚密，語出二子，皆當可謂。然則坡所致力，可得而言。夫柳詞高處，豈非即以高韻遠致，本是成篇，故其寫悲哀，既常有以超出悲哀之外；其寫歡喜，亦復不肯陷溺於歡喜之中。疏寫景物，遥深寄託，情致超出，於是乎見。柳詞既爲坡公所譽，坡公爲詞時，八識田中必早具有此種境界，可斷言也。今吾所選，若《木蘭花令》之「霜餘已失長淮闊」，《蝶戀花》之「簌簌無風花自墮」，以及集中凡作景語，高處皆然。至《永遇樂》之前片，又其變清剛而成綿密，去圭角以爲圓融者也。嚮說辛詞《青玉案》之「衆裏尋他」三句，以爲千古文心之秘。而辛詞混雜悲喜而爲深，故當之入。蘇詞超越悲喜而爲高，故偏之出。吾如是說二家之詞，豪放之義早已不成，豪氣一名，將於何立矣？是故稼軒非無景語，要在轉景以益情；東坡亦有情語，要在抒情以寄景。吾於說中已略及之，學人於是將更不疑吾爲戲論也。夫寫情之詞，而有耆卿，出語淫鄙，爲世詬病。宋人詩話載：東坡謂少游曰：「不意別後，公却學柳七作詞。」少游曰：「某雖無學，亦不如是。」東坡曰：「『銷魂當此際』，非柳七語乎？」審如是，則東坡於詞，其作情語，所立標的，亦可準知。顧情之一名，義有廣狹。凡夫生緣所遇，感動觸發，舉謂之情，此則廣義。至若男女兩性悲歡離合，是所謂情，乃是狹義。廣狹雖分，淵源無別。取其易曉，始舉後者。孔子說詩，其謂「《關雎》樂而不淫」，《大序》乃曰：「不淫其色。」混淆視聽，殊乖蕉旨。金聖嘆氏鹵莽滅裂，遂謂好之於淫，相去幾何。以吾觀之，中土文人每寫女性，既輕蔑其人格，遂幾視爲異類。聲色狗馬，同爲翫好；子女玉帛，盡等貨幣。其在前古，尚不至是。降自六代，遂乃同聲。則以文人多習官妓之歌舞，盡忘良家之德性，壞心術，傷風化，庸詎尚有甚於是者乎？詩教滋衰，民族不振，自命風雅，實則淫鄙。唐代之詩，尚多蘊含；宋代之詞，至成扇煬。有心之士，作品之中務避異性，欲求雅正，乃成枯淡。先聖有言：「食色性也。」意在創作，至忘本性，緣木求魚，是之謂夫。偉哉居士，呵彼屯田，不唯具眼，實乃自愛。然吾讀其詞，除「十年生死兩茫茫」之《江城子》外，緣情之作，未臻騷雅。即非玩弄，亦爲玩賞。不過昔者視如犬馬，坡公擬之琴鶴，較之柳七，五十步百步之間耳。佛法平等，既未夢見，儒曰同仁，夐乎遠矣。以視稼軒之作，蘇公不獨遜其真情，亦且無其卓識。是以吾取稼軒寫情，東坡寫景。世乃於蘇徒喜其鐵板銅琶，於辛亦只賞其回腸盪氣。口之於味，即有同嗜，味之在舌，乃復異覺。則吾之説辛、説蘇，真有孟氏所云不得已者在耶？自維素性褊急，習成疏闊，學識既苦謭陋，思想亦未成熟。篇中立説或有矛盾。二三子須會馬祖前説即心即佛，後説非心非佛之旨。務通意前，勿死句下。孟氏有言：「人之患在好爲人師。」如苦水者，敢居表率唱導之列？然舌耕爲業，既已有年，會衆聽講，爲數不鮮。德不稱師，迹實無别。古亦有云：「師不必賢於弟子。」諸子有超師之見，吾之是説，譬之椎輪大輅可，以之覆瓿引火亦無不可。如其不然，不得錯舉。至於行文，體每苦雜，語時不達。則以平生學文，鮮爲散行，七載以來，衣食逼迫，疾病糾纏，愈少餘暇，留心此事。今兹説詞，每於率興信手，輒復踰閑蕩檢。或亦稍求工整，亦非務事艱深。蓋仿諸語録者，成之稍易，疏乃滋甚。自覺此病，一至古人篇章理致細密，情趣微妙，吾之説即專用文言，力排語體，下筆較遲，用心庶密耳。復次，口語用字，含義未周。未若文言，所包爲廣。紀述情事，或尚不覺，説明義理，方知其弊，維兹短説，并非宏著。文章得失，尚在其次。所冀海内賢達，見其俳諧之辭，不視爲戲論；遇其恢詭之筆，勿目爲怪誕。鑑其至誠，知其苦心，庶乎彼此兩不相負。然而不虞求全，責雖在我，報毁致譽，豈能自必。言念及此，彌深嘅歎矣。至吾自視，説蘇較之説辛，用心較細，行文較暢。此是我事，無關他人。又凡書之有序，類冠諸篇之前。吾之是序，乃置諸文後。吾嚮於説辛之序，曾有所謂綜合、補足與恢宏者。此序之旨亦復如是。夫既曰綜合、補足與恢宏矣，自應後附，方合條貫。若夫前賢之作，馬遷之自序，班氏之叙傳，體既弗同，豈敢援以爲例。《論衡》之《自紀》，《雕龍》之《序志》，意亦有殊，不必引以解嘲。蓋吾之自叙，實等於結論爾。至其泛濫枝蔓，吾亦自知之。

一九四三年九月十日苦水自叙於舊京淨業湖南之倦駝庵

# 稼軒詞説

# 自序

苦水曰：自吾始能言，先君子即于枕上口授唐人五言四句，令哦之以代兒歌。至七歲，從師讀書已年餘矣。會先妣歸寧，先君子恐廢吾讀，靳不使從，每夜爲講授舊所成誦之詩一二章。一夕，理老杜《題諸葛武侯祠》詩，方曼聲長吟「遺廟丹青落，空山草木長」，案上燈光摇摇顫動者久之，乃挺起而爲穗。吾忽覺居室牆宇俱化去無有，而吾身乃在空山中草木莽蒼裏也。故鄉爲大平原，南北亘千餘里，東西亦廣數百里，其地則列御寇所謂「冀之南漢之陰，無隴斷焉」者也。山也者，爾時在吾亦只於紙上識其字，畫圖中見其形而已。先君子見吾形神有異，詰其故，吾略通所感。先君子微笑，已而不語者久之，是夕遂竟罷講歸寢。吾年至十有五，所讀漸多，始學爲詩，一日於架上得詞譜一册讀之，亦始知有所謂詞。然自是後，多違庭訓，負笈他鄉。二十歲時，始更自學爲詞。先君子未嘗爲詞，吾又漫無師承，信吾意讀之，亦信吾意寫之而已。先君子時一見之，未嘗有所訓示，而意似聽之也。顧吾其時已知喜稼軒矣。世間男女愛悦，一見鍾情，或曰宿孽也。而小泉八雲説英人戀愛詩，亦有前生之説。若吾於稼軒之詞，其亦有所謂宿孽與前生者在耶？自吾始知詞家有稼軒其人以迄於今，幾三十年矣。是之間，研讀時之認識數數變，習作之途徑亦數數變，而吾每有所讀，有所作，又不能囿于詞之一體，時而韻，時而散，時而新，時而舊，時而三五月至三五年擯詞而不一寓目，一著手。而吾之所以喜稼軒者或有變，其喜稼軒則固無或變也。意者稼軒籍隸山東，吾雖生爲河北人，而吾先世亦魯籍，稼軒之性直而率，戇而淺，故吾之才力、之學識、之事業，雖無有其萬之一，而性習相近，遂終如鍼芥之吸引，有不能自知者耶。噫，佛説因緣，難言之矣。然自是而交好多目余填詞爲學辛，二三子從余治詞者亦或以辛詞爲問，而頻年授書城西校中，亦曾爲學者説《稼軒長短句》。一九四一年冬，城西罷講，是事遂廢。會莘園寓居近地安門，與吾廬相望也，時時過吾談文。一日吾謂平時室中所説，聽者雖有記，恐亦難免不詳與失真。莘園曰：「若是，何不自寫？」吾亦一時興起，乃遴選辛詞二十首，付莘園鈔之。此去歲春間事也。然既苦病纏，又疲飢軀，荏苒一載將半，始能下筆，作輟二十餘日，終於完卷。亦足以自慰，足以慰莘園，且足以慰年來函詢面問之諸友也。夫説辛詞者衆矣，吾嘗盡取而讀之，其犂然有當於吾心者，蓋不數數遘。吾之説辛，吾自讀之，亦自覺有稍異夫諸家者。吾之視人也既如彼，則人之視吾也，其必能犂然有當於心也耶？彼此是非，其孰能正之？雖然，既曰説，則一似爲人矣。吾乙是説，如謂爲爲人，則不如謂爲自爲之爲當。此其故有三焉。其一，吾二十餘年來讀辛詞之所見，零星散亂，藉此機緣，遂得而董理之。其二，吾初爲上卷時，筆致甚苦生澀，思致甚苦艱辛，情致甚苦板滯，及至下卷，時時乃有自得之趣。其三，吾平時不喜爲説理之文，於是亦得而練習之。爲人之結果若何，吾又烏能知之，若其自爲，則吾已有種豆南山之感矣。勝業雖小，終愈於無所用心耳。或有謂既以自爲而非爲人，又何必詞説之爲？曰：既非爲人而以自爲，又何不可爲詞説也？陶公詩時時言酒，而人謂公之意不在酒，藉酒以寄意耳。夫其意在酒，固須言酒；若其意不在酒，而陶公之詩乃又不妨時時言酒也。且夫宇宙之奥，事物之理，吾人其必不能知耶？苟其知之，吾人又必能言之耶？孔子爲天縱之聖，釋迦爲出世之雄，是宜必能知矣。孔子循循善誘，誨人不倦，而曰：「予欲無言。」釋迦在世，説一大藏教，超度衆生，而曰：「若人言如來有所説法，即爲謗佛。」以聖人與大雄，尚復如是，則説之難歟？抑説之無益歟？月固月也，人不識月，而吾指以示之，則有認指爲月者矣。水固水也，析之爲氫二氧，無毫髮虚僞於其間也，説之確當無加於是矣。然既氫二氧矣，又安在其爲水也？若是夫説之難且無益也。孔子與釋迦所説者道，而今吾所欲言者文。道無形而文有體，則説道艱而説文易。古來説文之作，吾所最喜，陸士衡《文賦》，劉彦和《雕龍》，是真意能轉筆，文能達意者。然士衡曰：「是蓋輪扁之所不得言，故亦非華説之所能精。」又曰：「蓋所能言者，具於此云爾。」則有欲言而不能言者矣。至劉氏之《文心雕龍》，較之《文賦》，加詳與備。然其《序志》亦曰：「雖復輕采毛髮，深極骨髓，或有曲意密源，似近而遠，辭所不載，亦不勝數。」以二氏之才識與思力，專精於文，尚復如是，吾未見説文之易於説道也。是故知之愈多，言之愈寡；知之彌邃，説之彌艱；文之與道無殊致也。彼孔子與釋迦，陸機與劉勰，皆知道與知文者也，宜其言之如是。吾於道無所知，自亦不言，至今之説辛詞，詞亦文也，説詞亦豈自謂知文？陸氏與劉氏，維其知文，雖不能忘言，要不肯易言，故有前所云云耳。若夫苦水維其不知文，故轉不妨妄言之，是亦陶公飲酒之別一引申也。夫子之言性與天道，不可得而聞。彼村氓山樵，釋耒弛擔，田邊林下，亦間談性天。此豈能與夫子并論？彼村氓山樵，不獨無方聖人之意，亦並無自謂有知性天之心，要之，亦不能不問或一談而已，亦更不須援蒭蕘之言，聖人擇焉而爲之解嘲也。於是乃不害吾說文，又不害吾說辛詞也。而吾又將奚以說也？於古有言：文以載道。若是乎文之不能離道而自存也。然吾讀《論語》、《莊子》及大雄氏之經，皆所謂道也，而其文又一何其佳妙也？《論語》之文莊以溫，《莊子》之文縱而逸，佛經之文曲以直、隱而顯。如無此妙文，則其書將誰誦之？而其道又奚以傳？若是乎道之有賴于文也。彼載道之文，且復如是，則爲文之文將何如邪？古亦有言：詩心聲也，字心畫也。夫如是，則學文之人將如何以涵養其身心，敦勵其品行乎？殆必如儒家之正心誠意，佛家之持戒修行而後可。雖然，審如是，即超凡入聖，升天成佛，於爲文乎何有？且吾即將如是以說耶？則雖談天雕龍，辨析秋毫，於說文又何有？奈學文者又決不可忽視上所云之涵養與敦勵。然則如之何而可？於此而有簡當之論，方便之門，夫子之忠與恕，初祖之直指本心，見性成佛是。所謂誠也。故曰：「修辭立其誠。」故曰：「誠於中，形於外。」吾嘗觀夫古今之大文人大詩人之作，以世諦論之，雖其無關於真義之處，亦莫不根於誠，宿於誠。稼軒之詞無游辭，則何其誠也。復次，文者何？文也者，文彩也。無彩，即不成其爲文矣。吾之所謂文彩，非脂粉薰澤之謂。脂粉薰澤，皆自外鑠，模擬襲取，非文彩也。而欲求文彩之彰，又必須于文字上具鑪捶，能驅使，始能有合。小學家之論小學也，曰形，曰音，曰義。今姑借此固有之假名，以竟吾之說。曰義者，識字真，表意恰是，此盡人而知之矣。然所謂識字，須自具心眼，不可人云亦云。否則仍模襲，非文彩也。曰形者，借字體以輔義是。故寫茂密鬱積，則用畫繁字。寫疏朗明淨，則用畫簡字。一則使人見之，如見林木之蓊鬱與夫巖岫之杳冥也。一則使人見之，如見月白風清，與夫沙明水淨也。曰音者，借字音以輔義是。故寫壯美之姿，不可施以纖柔之音，而宏大之聲，不可用於精微之致。如少陵賦櫻桃曰「數回細寫」，曰「萬顆勻圓」。細寫齊呼，櫻桃之纖小也；勻圓撮呼，櫻桃之圓潤也。以上三者，莫要於義，莫易于形，而莫艱於聲。無義則無以爲文矣，故曰要。形則顯而易見，識字多則能自擇之，故曰易。若夫音，則後來學人每昧於其理，間有論者，亦在恍兮惚兮、若有若無之間，故曰艱。曰要，曰易，曰艱，以上云云，就知之而言也。若其用之於文也亦然。雖然，古來大家，其亦果知之耶？要亦行乎其不得不然，不如是，則不愜於其文心而已。今吾亦既再三言之，則亦似知之矣，而吾之所作，其果能用之耶？即能用之，其果能必有合耶？吾嘗笑東坡「魂飛湯火命如雞」一句之非詩，其義淺而無致，其形粗而無文，其聲則噪雜而刺耳。東坡世所謂才人也，而其爲詩，乃有此失，其他作家，自宋而後，雖欲不等諸自鄶以下不可得也。若夫往古之作，「三百篇」、《楚辭》、《十九首》，曹孟德、陶淵明，於斯三者，殆無不合。李與杜，則有合有離矣。然其高者，亦殆無不合。今姑以杜爲例。七言如「風吹客衣日杲杲，樹攪離思花冥冥」，如「子規夜啼山竹裂，王母晝下雲旗翻」，如「駿尾蕭梢朔風起」，如「萬牛回首丘山重」，五言如「重露成涓滴，疏星乍有無」，如「露從今夜白，月是故鄉明」，如「雲卧衣裳冷」，如「側目似愁胡」等等，皆於形、音、義三者，無毫髮憾。學人有心，細按密參，自有入處，不須吾一一舉也。稼軒之詞，亦有合有離矣。其合者，一如老杜，即以今所選諸詞論之，如《念奴嬌》之「淒涼今古，眼中三兩飛蝶」，如《沁園春》之「疊嶂西馳，萬馬回旋，衆山欲東」，如《鷓鴣天》之「紅蓮相倚渾如醉，白鳥無言定自愁」，如《南歌子》之「月到愁邊白，雞先遠處鳴」等等，學人亦可自會，又不須吾一一説也。雖然，吾上所拈舉，聊以供學人之反三云爾。吾非謂二家之合作即盡於是，亦非謂其有句而無篇也。即今所選辛詞二十章，亦豈遂謂足以盡稼軒哉？抑吾尚有不能已於言者，凡夫形、音、義三者之爲用也，助意境之表達云爾。是故是三非一，亦復即三即一。一者何？合而爲意境而已。一者何？即三者而爲一而已。故視之而覩其形，誦之而聽其聲，而其義出焉。又非獨唯是也，聽其聲而其形顯焉，而其義出焉。若是則聲之輔義更重於形也。三即一者，此之云爾。且三者之合爲文而彰爲彩也，不可以無心得，不可以有心求。稍一勉强，便非當家。古之作者，其入之深也，常足以探其源而握其機。故能操縱殺活，太阿在手。其出之徹也，又常冥然如無覺，夷然如不屑。故能左右逢源，行所無事。於是而所謂高致生焉。吾乃今然後論高致。吾國之作家，自魏、晉、六朝迄乎唐、宋，上焉者自有高致；其次知求之，有得不得；其次雖知求之，終不能得；若其未夢見者，又在所不論也。稼軒之爲詞，初若無意於高致，則以其爲人，用世念切，不甘暴棄，故其發而爲詞，亦用力過猛，用意太顯，遂往往轉清商而爲變徵，累良玉以成疵瑕，英雄究非純詞人也。然性情過人，識力超衆，眼高手辣，腸熱心慈，胸中又無點塵污染，故其高致時時亦流露於字裏行間。即吾所選二十首中，如《水龍吟》之「楚天千里清秋，水隨天去秋無際」，《鵲橋仙》之「看頭上風吹一縷」，《清平樂》之「誰似先生高舉，一行白鷺青天」，皆其高致溢出于不覺中者也。義已詳《説》中，兹不贅。問：既曰高致，則作品所表現，亦嘗有關於作者之心行乎？曰：此固然已。而吾又將烏乎論之？且此寧須論也？且吾前此拈心畫、心聲時不已稍稍及之矣耶？故於此亦不復論。若高致之顯於作品之中也，則必有藉乎文字之形、音、義與神乎三者之機用。是以古之合作，作者之心、力既常深入乎文字之微，而神致復能超出乎言辭之表，而其高致自出。不者，雖有，不能表而出之也。而世之人欲徒以意勝，又或欲以粉飾熏澤勝，慎已。吾如是說，其或可以釋王漁洋之所謂神韻，王靜安之所謂境界乎？雖然，吾信筆乘興，姑如是云云耳。吾年來於是之自悟、自肯也，亦已久矣。即與兩家所標舉之神韻與境界無一毫髮合焉，吾之自肯如故也。即舉世而不見肯，吾之自肯仍如故也。吾之爲此詞說也，豈有冀於世之必吾肯也？二三子既有問，吾適有所欲言，聊於此一發之云爾。吾說而無當也，則等於大野之風吹，宇宙空虛，亦何所不容。其當也，又豈須吾說之耶。上智必能自合之；次焉者，研讀創作，日將月就，必能自得之。若是者又奚吾說之爲耶？下焉者，雖吾說，其有稍濟耶？且四十九年，三百餘會，一部大藏經，亦何嘗非說？而其終也，世尊拈花，以不說說，迦葉微笑，以不聞聞。二三子雖求知心切，欲得頓悟，來相叩擊，希冀觸磕，吾亦已不能無言，而果能言之耶？言所以達意，而果能達耶？即達矣，二三子之所會，果爲吾意耶？嗟夫，初祖西來，教外別傳，直指本心。而六祖目不識丁，且謂諸佛妙理，非關文字，顧尚有壇經。馬祖初而曰即心即佛，繼而曰非心非佛；雖其言之簡，固亦不能無言也。弟子大梅謂其惑亂人未有了日。宜哉。後來子孫，拈椎豎拂，輥毬弄獅，極之而棒，而喝，而打地，而一指，苦矣，苦矣。吾嘗推其意，蓋皆知其不能言而又不能不有所表現以示來學，所謂不得已也。出家大事，如此糾紛，亦固其所。若夫詞說，有何重輕。謂之說《稼軒長短句》可，謂之非只說《稼軒長短句》亦可。謂之爲人可，即謂之自爲亦可。謂之意專在說可，即謂之意不在說，尤大無不可。漆園老叟，千古達人，而曰呼我爲牛者應之，呼我爲馬者應之。莊子果牛與馬耶，即不呼不應，莊子之爲牛馬自若也。果非牛與馬耶，人呼之即應之，莊子之爲莊子自若也。嗟嗟，釋迦有言：萬法唯心。中哲亦言：貪夫殉財，烈士殉名。吾輩俱是凡夫，生於斯世，心固不能不有所繫維。苟有以繫維吾心，而且得以自樂焉，斯可矣。呼牛與馬可應之，而名之與財，又奚以區而別之也耶？至是而吾之自序，亦將畢矣。自吾初著手爲此序，未意其冗長如是。而終於如是冗長者，欲稍稍綜合《說》中之言，一，欲稍稍補足《說》中之義，二，欲稍稍恢宏《說》中之旨，三也。雖然，冗長至如是，而所謂綜合、補足與恢宏也者，吾自讀此序一過，仍覺有欲言而未能言與夫言之而未能盡者。則亦不能不止於是矣。《稼軒長短句》自在天壤之間，讀之者而好之者，會之者，大有人在，將不待吾之選之、說之、序之也。至於文則一如道。道無不在，而文亦若中原之有菽。學文之士自得之者，亦大有人在，更不需吾之說也。法演禪師謂陳提刑曰：「提刑少年曾讀小艷詩否？有兩句頗相近：『頻呼小玉元無事，祇要檀郎認得聲。』」吾姑抄此，以結吾序。

# 詞目

卷上



卷下

青玉案東風夜放花千樹
臨江仙手撚黃花無意緒
鷓鴣天枕簟溪堂冷欲秋
鵲橋仙松岡避暑
鵲橋仙溪邊白鷺
西江月明月別枝驚鵲
清平樂溪回沙淺
南歌子世事從頭減
生查子悠悠萬世功

右所選稼軒詞凡二十章。詞中之辛，詩中之杜也。一變前此之蘊藉恬淡，而爲飛動變化，却亦自有其新底蘊藉恬淡在。世之人於詩尊杜爲正統，於詞則斥辛爲外道，何耶？杜或失之拙，辛多失之率。觀過知仁，勿求全而責備焉，可。學之不善而得其病，則不可。善乎後邨之言曰：「公所爲詞，大聲鏗鍧，小聲鏜鞳，横绝六合，埽空萬古，其穠麗綿密者，亦不在小晏、秦郎之下。」鏗鍧鏜鞳者，吾之所謂飛動變化者也。世人所認爲鏗鍧鏜鞳者，太半皆其糟粕也。無已，其於穠麗綿密求之乎，吾之所謂新底蘊藉恬淡也。莘園且爲吾抄之，吾將細爲之說。一九四二年四月苦水記

# 後記

去歲擬説稼軒詞時，選詞既定，曾有記如右。比莘園鈔來，竟不曾説。今日再閲一過，回想爾時胸中所欲言者俱已幻滅，如雲如烟，不可追求。但約略記得其時頗多有與諸家理會一向之意。今所寫，則極力避免與前人鬥口，若其間有不合則固然耳，與去歲無以異。吾甚幸去歲之不曾説，省却多少口舌是非。吾又甚悔去歲之不曾説，事過境遷，遂致曾無蹤跡可證吾之學力與識力有無進益也。舊説既無有，而今吾所説又稍稍異前所見，又舊所選不曾分卷，今釐而二之，上卷多飛動之作，下卷所選稍較恬静。又於下卷中棄《臨江仙》「金谷無烟」一首，《鷓鴣天》「晚日寒鴉」一首、「有甚閑愁」一首。而補以今之《青玉案》、《感皇恩》、《清平樂》。則舊記本可不存。而仍存之者，敝帚自珍之外，意者小小意見，或亦有可供二三子參會處耶。自吾初著筆爲此《説》，時在中伏，日長天暑，今雖立秋，仍在三伏，秋老虎之餘烈未嘗稍減。吾之病軀雖較舊時爲健，而苦思久坐，頭之眩，腰之楚，亦屢屢迫我停筆卧床。至於揮汗如雨，倦目生花，可無道矣。吾寫至此，《詞説》真將卒業矣。雖覺自喜，終竟慚媿。圜悟和尚問其弟子宗杲曰：「達摩西來，將何傳授？」杲曰：「不可總作野狐精見解。」又問：「據虎頭，收虎尾，第一句下明宗旨。如何是第一句？」杲曰：「此是第二句。」吾今兹之《詞説》，其皆野狐精見解與第二句乎？一九四三年八月十二日記於淨業湖南之倦駝菴

# 卷上

## 賀新郎　賦琵琶

鳳尾龍香撥。自開元、霓裳曲罷，幾番風月？最苦潯陽江頭客，畫舸亭亭待發。記出塞、黃雲堆雪。馬上離愁三萬里，望昭陽宮殿孤鴻没。弦解語，恨難説。　遼陽驛使音塵绝。瑣窗寒、輕攏慢撚，淚珠盈睫。推手含情還却手，一抹涼州哀徹。千古事、雲飛烟滅。賀老定場無消息，想沉香亭北繁華歇。彈到此，爲嗚咽。

讀辛老子詞，且不可徒看他横衝直撞，野戰八方。即如此詞，看他將上下千古與琵琶有關的公案，顛來倒去，説又重説。難道是幾個典故在胸中作怪？須知他自有個道理在。原夫詠物之作，最怕爲題所縛，死於句下；必須有一番手段使他活起來。獅子滾綉毬，那毬滿地一個團團轉，獅子方好使出通身解數。然而又要能發能收，能擒能縱，方不至不可收拾。稼軒此作，用了許多故實，恰如獅子輥綉毬相似，上下，前後，左右，獅不離毬，毬不離獅，獅子全副精神，注在毬子身上。毬子通個命脈，却在獅子脚下。古今詞人一到用典詠物，有多少人不是弄泥團漢。龍跳虎卧，鳳翥鸞翔，幾個及得稼軒這老漢來？雖然如是，尚且不是辛老子最後一着。如何是這老子最後一着？試看換頭以下曲曲折折，寫到「輕攏慢撚」，「推手」「却手」，已是迴腸盪氣；及至「一抹涼州哀徹」，真是四弦一聲如裂帛，又如高漸離易水擊筑，字字俱作變徵之聲。若是別人，從開端至此，費盡氣力，好容易挣得一片家緣，不知要如何愛惜維護，兢兢業業，惟恐失去。然而稼軒却緊釘一句：「千古事雲飛烟滅。」這自然不是「曲終人不見，江上數峯青」。但是七寶樓臺，一拳粉碎，此是何等手段，何等胸襟。真使讀者如分開八片頂陽骨，傾下一瓢冰雪來。又如虬髯客見太原公子，值得心死兩字也。要會稼軒最後一著麽？只這便是。然而若認爲是武松景陽岡上打虎的末後一拳，老虎便即氣絶身死，動彈不得，却又不可。何以故？武行者雖是一片神威，千斤膂力，卻只能打得活虎死去，不會救得死虎活來。辛老子則既有殺人刀，亦有活人劍，所以不但活虎可以打死，亦且死虎可以救活。不信麽？不信，試看他「賀老定場無消息，想沉香亭北繁華歇」十五個字，一口氣便呵得死虎活轉來了也。

## 念奴嬌　重九席上

龍山何處？記當年高會，重陽佳節。誰與老兵供一笑？落帽參軍華髮。莫倚忘懷，西風也解，點檢尊前客。淒涼今古，眼中三兩飛蝶。須信采菊東籬，高懷千載，只有陶彭澤。愛説琴中如得趣，弦上何勞聲切？試把空杯，翁還肯道：何必盃中物？臨風一笑，請翁同醉今夕。

稼軒性情、見解、手段，皆過人一等。苦水如此說，并非要高抬稼軒聲價，乃是要指出稼軒悲哀與痛苦底根苗。凡過人之人，不獨無人可以共事，而且無人可以共語。以此心頭寂寞愈蘊愈深，即成爲悲哀與痛苦。發爲篇章，或涉憤慨。千萬不要認作名士行逕、才子習氣。彼世之所謂名士才子者，皆是綉花枕，麒麟楦，裝腔作勢，自抬身分，大言不慚，陸士衡所謂詞浮漂而不歸者也。即如明遠 太白，有時亦未能免此，况其下焉者乎。稼軒即不然，實實有此性情、見解與手段，實實感此寂寞，且又實實抱此痛苦與悲哀，實實怪不得他也。

此詞起得不見有甚好，爲是重九席上，所以又只好如此起。迤邐寫來，到得「誰與老兵供一笑，落帽參軍華髮」兩句，便已透得些子消息。老兵者誰？昔之桓温，今之稼軒也。桓温當年面前尚有一個孟嘉，可供一笑。稼軒此時眼中一個孟嘉也無。往者古，來者今，上是天，下是地，當此秋高氣爽，草木摇落之際，登高獨立，眇眇余懷，何以爲情？所以又有「莫倚忘懷，西風也解，點檢尊前客」三句，是嘲是駡，是哭是笑，兼而有之。却又嫌他忒殺鋒鋩逼人，所以今日被苦水一眼覷破，一口道出。直到「凄凉今古，眼中三兩飛蝶」，寫得如此其感喟，而又如彼其含蓄；納芥子於須彌，而又納須彌於芥子。直使苦水通身是眼，也覷不破，徧體排牙，也道不出。英雄心事，詩人手眼，悲天憫人，動心忍性，而出之以蘊藉清淡，若向此等處會得，始不辜負這老漢；若一味向鹵莽滅裂處求之，便到驢年也不會也。

稼軒手段既高，心腸又熱，一力擔當，故多煩惱。英雄本色，爭怪得他？陶公是聖賢中人，擔荷時則掮起便行，放下時則懸崖撒手。稼軒大段及不得。試看他《滿江紅》詞句，「天遠難窮休久望，樓高欲下還重倚」，提不起，放不下，如何及得陶公自在。這及不得處，稼軒甚有自知之明，所以對陶公時時致其高山景行之意。一部長短句，提到陶公處甚多。只看他《水調歌頭》詞中有云：「我愧淵明久矣，猶借此翁湔洗，素壁寫《歸來》。」真是滿心欽佩，非復尋常讚歎。古今詩人，提起彭澤，那個又不是極口讚歎，何止老辛一人？然而他人效陶、和陶，扭揑做作，只緣人品學問，不能相及，用盡伎倆，只成學步，捉襟見肘，百無是處。稼軒作詞，語語皆自胸臆流出。深知自家與陶公境界不同，只管讚歎，並不效顰。所以苦水不但肯他讚陶，更肯他不效陶；尤其肯他雖不效陶，却又了解陶公心事。此不止是人各有志，正是各有能與不能，不必綴脚跟、拾牙慧耳。只如此詞後片，忽然借了重九一個題目，一把抓住彭澤老子，大開頑笑，不但句句天趣，而且語語尖刻。即起陶公於九原，恐亦將無以自解。且道老辛是肯淵明，不肯淵明？若道不肯，明明說是高情千古。若道肯，却又請他試把空杯。不見道：只因愛之極，不覺遂以愛之者謔之。又道是：「故將別語惱佳人，要看梨花枝上雨。」苦水如此說，甚是不敬，只爲老辛頑皮，所以致使苦水輕薄。下次定是不敢了也。

# 沁園春

靈山齊菴賦，時築偃湖未成

疊嶂西馳，萬馬回旋，衆山欲東。正驚湍直下，跳珠倒濺，小橋横截，缺月初弓。老合投閒，天教多事，檢校長身十萬松。吾廬小，在龍蛇影外，風雨聲中。　　爭先見面重重。看爽氣朝來三數峯。似謝家子弟，衣冠磊落，相如庭户，車騎雍容。我覺其間，雄深雅健，如對文章太史公。新堤路，問偃湖何日，煙水濛濛。

讀辛詞，一味於豪放求之，固不是；若看作沉着痛快，似矣，仍未是也。要須看他飛鍼走線，一絲不苟，始爲得耳。即如此詞，一開端便即氣象崢嶸，局勢開拓，細按下去，何嘗有一筆軼出法度之外？工穩謹嚴處，便與清真有異曲同工之妙。笑他分豪放、婉約爲兩途者之多事也。

閒話且置。即如此詞，如何是辛老子一絲不苟處，一毫不曾軼出法外處？看他先從山説起，次及泉，及橋，及松樹，然後才是吾廬，自遠而近，秩秩然，井井然。換頭以下，又是從廬中望出去底山容山態。然後説到將來的偃湖。脚下幾曾亂却一步。雖然苦水如是説，仍不見得不曾孤負稼軒這老漢。何以故？步驟雖然的的如此，却不是稼軒獨擅，即亦不能以此爲稼軒絶調。一切作家，誰個筆下又不是有頭有尾，有次第，有間架？誰個又許亂説來？他人如是，稼軒亦如是。丈夫自有沖天志，不向如來行處行。且道如何又是稼軒所獨擅的絶調。自來作家寫山，皆是寫他淡遠幽靜，再則寫他突兀峻厲。稼軒此詞，開端便以萬馬喻羣山，而且是此萬馬也者，西馳東旋，踠足鬱怒，氣勢固已不凡，更喜作者羈勒在手，故作驅使如意。真乃倒流三峽，力挽萬牛手段。不必說是超絶千古，要且只此一家。但如果認爲稼軒要作一篇翻案文字，打動天下看官眼目，則大錯，大錯。他胸中原自有此鬱勃底境界，所以羣山到眼，隨手寫出，自然如是，實不曾有心要與古人爭勝於一字一句之間，又何曾有心要與古人立異？天下看官眼目，又幾曾到他心上耶？雖然，是即是，終嫌他太粗生。稼軒似亦意識及此，所以接說珠濺、月弓，是即是，却又嫌他太細生。待到交代過十萬松後，換頭以下，便寫出「磊落」、「雍容」、「雄深雅健」，有見解，有修養，有胸襟，有學問，真乃擲地有聲。後來學者，上焉者硬語盤空，只成乖戾；下焉者使酒駡座，一味叫囂。相去豈止千里萬里，簡直天地懸隔。而且此處說是寫山固得，說是這老漢夫子自道，又何嘗不得。寫到此處，苦水幾番想要擱筆，未寫者不想再寫，已寫者也思燒去。饒我筆下生花，舌底翻瀾，葛藤到海枯石爛，天窮地盡，數十頁《稼軒詞說》，何曾搔着半點癢處？總不如辛老子自作自讚，所供並皆詣實。讀者若於此會去，苦水詞說，儘可以不寫，亦儘不妨寫。若也不然，則此詞說定是燒去始得。

## 滿江紅　稼軒居士花下與鄭使君惜別醉賦。侍者飛卿奉命書

莫折荼蘼，且留取、一分春色。還記得、青梅如豆，共伊同摘。少日對花渾醉夢，而今醒眼看風月。恨

牡丹、笑我倚東風，頭如雪。　榆莢陣，菖蒲葉。時節換，繁華歇。算怎禁風雨，怎禁鶗鴂。老冉冉兮花共柳，是栖栖者蜂和蝶。也不因、春去有閑愁，因離別。

花下傷離，醉中得句，侍兒代書，此是何等情致。待到一口氣將九十許字讀罷，有多少人嫌他忒煞質直。杜少陵詩曰：「黃四孃家花滿蹊，千朵萬朵壓枝低。」楊誠齋詩却說：「霜幹皴枝臂來大，只著寒花三兩個。」若只許他蜀中黃四娘家千朵萬朵，不許他紹興府學門前寒花霜幹得麽？換頭自「榆莢陣」直至「怎禁鶗鴂」，雖非金聲玉振，要是斬釘截鐵，一步一個脚印，正是辛老子尋常茶飯，隨緣生活。及至「老冉冉兮花共柳，是栖栖者蜂和蝶」，多少人讚他前用《離騷》，後用《論語》，真乃運斤成風手段。苦水却不如是說。若謂冉冉出屈子，栖栖出聖經，所以好，試問花共柳、蜂和蝶，又有何出處？上面恁麽冠冕堂皇，底下恁麽質俚草率，豈非上身紗帽圓領，脚下却著得一雙草鞋？須看他「老冉冉兮花共柳」是怎的般風姿？「是栖栖者蜂和蝶」是怎的般情緒？要在者裏，體會出一個韻字來，方曉得稼軒何以不求與古人異，而自與古人不同；何以雖與古人不同，却仍然與古人神合。隔岸觀火之徒動是說「如教坊雷大使之舞，雖極天下之工，要非本色。」苦水却笑他如何不說，雖非本色，要極天下之工乎？且夫所謂本色者何也？山定是青，水定是緑，天定是高，地定是卑，若是之謂本色歟？大家如此說，我不如此說，便非本色。苟非真切體會，縱如此說了，又何異瞎子所云之「諸公所笑，定然不差？」假如真切體會了，便不如此說，亦何嘗不是本色？且稼軒如此寫，豈非正是稼軒本色乎？若謂只是太粗生，則何不思：無性情之謂粗，沒道理之謂粗，稼軒此詞，至情至理，粗在甚麽處？你道塗粉抹脂，便是細麽？揭起那一層塗抹，十足一個黄臉婆子，面疱雀斑，青痣黑疤，累積重叠，細在甚麽處？

## 水龍吟　登建康賞心亭

楚天千里清秋，水隨天去秋無際。遥岑遠目，獻愁供恨，玉簪螺髻。落日樓頭，斷鴻聲裏，江南遊子。把吴鈎看了，闌干拍遍，無人會，登臨意。　休説鱸魚堪膾。儘西風、季鷹歸未？求田問舍，怕應羞見，劉郎才氣。可惜流年，憂愁風雨，樹猶如此。倩何人喚取，紅巾翠袖，揾英雄淚？

千古騷人志士，定是登高遠望不得。登了望了，總不免洩漏消息，光芒四射。不見阮嗣宗口不臧否人物，一登廣武原，便説：「時無英雄，遂使豎子成名。」陳伯玉不樂居職，壯年乞歸，亦像煞恬退。一登幽州臺，便寫出「念天地之悠悠，獨愴然而涕下。」況此眼界極高、心腸極熱之山東老兵乎哉？

此《水龍吟》一章，各家詞選録稼軒詞者，都不曾漏去。讀者太半喜他「落日樓頭」以下七個短句，二十七個字，一氣轉折，沉鬱頓挫，長人意氣。但試問此「登臨意」究是何意？此意又從何而來？倘若於此含胡下去，則此七句二十七字便成無根之木、無源之水，與彼大言欺世之流，又有何區别？何不向開端兩句會去？此正與阮嗣宗登廣武原、陳伯玉登幽州臺一樣氣概、一樣心胸也。

而且「千里清秋」，「水隨天去」，浩浩蕩蕩，蒼蒼茫茫，一時小我，混合自然，却又拄拄枝梧，格格不入，莫衹作開擴心胸看去。李義山詩曰：「花明柳暗繞天愁，上盡層樓更上樓，欲問孤鴻向何處？不知身世自悠悠。」與稼軒此詞，雖然花開兩朵，正是水出一源。此處參透，下面「意」字自然會得。好笑學語之流，操觚握筆，動即曰無人知，没人曉，只是你自己胸中没分曉。試問有甚底可知可曉？即使有人知得曉得了，又有甚麽要緊？偏偏要説無人知，没人曉，真乃痴人説夢也。前片中「遥岑」三句，大是敗闕。後片中用張翰事，用劉先主事，用桓温語，意只是説，欲歸又歸不得，不歸亦是空度流年。但總不能渾融無迹。到結尾處「紅巾翠袖，揾英雄淚」，更是忒煞作態。若説責備賢者，苦水詞説並非《春秋》，若説小德出入，正好放過。

## 八聲甘州　夜讀《李廣傳》不能寐因念晁楚老楊民瞻約同居山間戲用李廣事以寄之

故將軍飲罷夜歸來，長亭解雕鞍。恨灞陵醉尉，匆匆未識，桃李無言。射虎山橫一騎，裂石響驚弦。落魄封侯事，歲晚田園。　誰向桑麻杜曲？要短衣匹馬，移住南山。看風流慷慨，談笑過殘年。漢開邊、功名萬里，甚當時、健者也曾閒？紗窗外、斜風細雨，一陣輕寒。

《白雨齋詞話》曰：「辛稼軒，詞中之龍也。」因忽憶及小説一則：一龍墮入塘中，極力騰踔，數尺輒墜，泥塗滿身，蠅集鱗甲。凡三日。忽風雨晦冥，霹靂一聲，龍便掣空而去云云。苦水讀辛詞，雖不完全肯《白雨齋詞話》，但於此《八聲甘州》一章，却不能不聯想到小説中所寫之墮龍。看他開端二語，夭矯而來，真與一條活龍相似。但逐句讀去，便覺此龍漸漸墮落下去。匆匆者何也？或是草草之意耶？匆匆未識，以詞論之，殊未見佳。「桃李無言」，雖出《史記·李廣傳》後之「太史公曰」，用之此處，不獨隔，亦近湊。落魄兩句便是因地一聲墮入泥中。《傳》中明説，李廣不言家産事，「田園」二字，作何着落？換頭云「誰向桑麻杜曲」，是又不事田園也。「短衣匹馬」出杜詩，是説看李將軍射虎，非説李將軍射虎也。「匹馬」字與前片「雕鞍」字、「一騎」字重複，是龍在塘中，泥塗滿身，蠅集鱗甲時也。「風流慷慨，談笑過殘年」，縱然極力騰踔，仍是不數尺而墜。直至「漢開邊」十五個字，方是風雨晦冥，霹靂一聲，掣空而去。龍終究是龍，不是泥鰍耳。至「紗窗外，斜風細雨，一陣輕寒」，則是滿天雲霧，神龍見首不見尾矣。昔者奉先深禪師與明和尚同行脚，到淮河，見人牽網，有魚從網透出。師曰：「明兄，俊哉！一似個衲僧。」明曰：「雖然如此，爭如當初不撞入羅網好？」師曰：「明兄，你欠悟在。」苦水今日，斷章取義，采此一節，説此一詞，得麽？雖然，似即似，是則非是。

## 漢宫春 立春

春已歸來，看美人頭上，裊裊春幡。無端風雨，未肯收盡餘寒。年時燕子，料今宵、夢到西園。渾未辨，黃柑荐酒，更傳青韭堆盤。　卻笑東風，從此，便熏梅染柳，更沒些閑。閑時又來鏡裏，轉換朱顏。清愁不斷，問何人、會解連環。生怕見，花開花落，朝來塞雁先還。

苦水於二十年前讀此詞時，於換頭「却笑」直至「連環」六句，悟得健字訣。今日不妨葛藤一番，舉似天下看官。看他三十六個字，曲曲折折寫來，逐句換意，不叫囂，不散渙，生處有熟，熟中見生。說他勁氣內斂，潛氣內轉，庶幾當之無媿。尤妙在說不斷，說連環，此三十六個字，便真有不斷與連環之妙。若只見他聲東擊西，指南打北，而不見他謹嚴綿密，豈非既負古人，又誤自己。苦水於此處有個悟入，決不敢說從此一切珍寶皆歸吾有。然而亦頗有一番小小受用。不過今日若遇有人來共苦水商略此詞，苦水却要舉他前片開端二句。若論「春已歸來」，實實不見有甚奇特。但「美人頭上裊裊春幡」八字上，加之以「看」，却何等風韻，何等情致。夫美人頭上，金步搖，玉搔頭，尚矣。又若簪花貼翠，亦其常也。今日何日？忽然於金玉花翠之外，裊裊然而見此春幡焉。春歸來乎？誠哉其歸來也。況且雖曰立春，而餘寒尚烈，花未見其開也，柳未見其青也，又何從得見春之歸來乎？今不先不後，近在眼前，突然於美人頭上，見此春幡之裊裊然，則一任餘寒之尚烈，花之未開，柳之未青，而春固已歸來矣。亦何須乎寒之轉暖，而梅之薰與柳之染也耶？近代人論文動曰經濟，即此便是經濟。動曰象徵，即此便是象徵。動曰立體描寫，即此便是立體描寫。古人曰「狀難寫之景，如在目前，含不盡之意，見於言外」，亦復即此便是。《四庫書目提要》說辛老子詞「於翦紅刻翠之外，屹然別立一宗」。別立一宗且置，即此豈非剪翠刻紅底真本領？一般人又道辛詞非本色，即此又豈不是稼軒底惟大英雄能本色也？葛藤半日，只説得「美人頭上裊裊春幡」，尚漏去「看」字未説。要會這個「看」字麽？但看去即得。

周止庵説：「稼軒由北開南；夢窗由南追北。」開南不見得，要且屹然於南北之外。但「年時燕子」十一字，却是南宋詞人氣味，思致既深，遂成爲隔。集中此等處時時而有。要一一舉來，即是起哄，且休去。

## 祝英臺近　晚春

寶釵分，桃葉渡，煙柳暗南浦。怕上層樓，十日九風雨。斷腸點點飛紅，都無人管，更誰勸、啼鶯聲住。

鬢邊覷。試把花卜歸期，纔簪又重數。羅帳燈昏，哽咽夢中語。是他春帶愁來，春歸何處，却不解、帶將愁去。

有人於此詞，特舉他結尾三句，説是出自趙德莊《鵲橋仙》，而趙又體之李漢老詠楊花之《洞仙歌》云云。又解之曰：「大抵後輩作詞，無非前人已道底句，特善能轉換耳。」苦水謂此論他人詞或者也得，然非所論于稼軒。因爲這老漢處處要獨出手眼，别開蹊徑也。偶而不檢，落在古人窠臼裏，却是他二時粥飯，雜用心處。學人如何得在此等處認取他？苦水二十年前讀此詞，於前片取「怕上層樓」九字，於後片亦取此結尾三句。近日看來，俱不見有甚好。一首《祝英臺近》，只説得沒奈何三個字。說起沒奈何來，自韋端己、馮正中，多才詞人跳這個圈子不出。稼軒這位山東老兵拈筆填詞，表現手段，有時原也推倒智勇。但一腔心緒，有時也便與古人一鼻孔出氣，也還是沒奈何三字。不過前片怕上九字，後尾三句，沒奈何尚是是物而非心；尚是貧無立錐，不是連錐也無。既是怕上，不上即得；春既不曾帶得愁去，也只索由他。所以者何？權非己操，即責不必自負也。今日看來，倒是「試把花卜歸期，才簪又重數」十一個字，是心非物，是連錐也無，真是沒奈何到苦瓠連根苦。夫花本所以簪之也，詞却曰「才簪又重數」，則其簪之前，固已曾數過矣，已曾卜過歸期矣。若使數過卜過而後簪，如今又復摘下重數，則其於花意固不專在於簪也。意不在於簪，故數過方簪，簪過重數。則其重簪之後，誰能必其不三數三簪，四數四簪，且至於若干簪若干數，若干數若干簪耶？內心如此拈掇不下，如此擺佈不開，較之風與雨，春與愁，其沒奈何固宜有深淺之別矣。六祖曰：「非風動，非旛動，仁者心動。」其斯之謂歟？

此章與前《漢宮春》章，有人說俱是諷刺時事。苦水謂如此說亦得。但苦水却決不是如此說。所以者何？譬如傷別之人，見月缺而長吁，覩花落而下淚，其心傷原不專在月之圓缺、花之開落，但機緣觸磕，學者又不可放過花月，一味捉住傷別去打死蛇。否則是只參死句不參活句也。杜少陵即使真個每飯不忘君，也須是情真見實，方才寫得好詩。若情不真，見不實，只按定「每飯不忘君」五字作去，便是村夫子依高頭講章作應舉制義，揞黑豆和尚傍文字說禪伎倆。詩法未夢見在。

## 江神子

寶釵飛鳳鬢驚鸞。望重歡。水雲寬。腸斷新來，翠被粉香殘。待得來時春盡也，梅結子，筍成竿。

湘筠簾卷淚痕斑。珮聲閑。玉垂環。箇裏溫柔，容我老其間。却笑平生三羽箭，何日去，定天山。

此章是稼軒和韻之作。看他集中此調前一章也是這幾個韻脚，明明注出和陳仁和韻，便可證知。步綫行針，左右逢源，直似原唱，技術之高，固已絕倫，而性情之真，尤見本色。只如「待得來時」十三個字，又是值得讀者身死氣絕底句子也。夫所思者而不來，真乃無地可容，此生何爲。若所思者而既來，則不只是啞子掘得黃金，而且天下掉下活龍，固宜一切圓滿，無不如意矣。稼軒却曰「春盡也，梅結子，筍成竿」焉。是則一錯既鑄，百身莫贖，直合漫天地，可世界，成一個沒量大底沒奈何也，如何而使讀者不身爲之死、氣爲之絕乎哉？不過不免又有人說是性情語，非學問語。若有人真個以此爲問，苦水則答之曰：所謂學問者何也？學問如有別解，則吾不敢知。若是會物我，了生死，明心性之謂，則稼軒此等處雖非學問語，却正是德山棒，臨濟喝手段。會底自然於棒下、喝下大澈大悟去在。若於棒、喝下死去，雖未得向上關捩子，尚不失爲識痛癢。若既不能死，又不肯活，痛癢亦復不知，正是所謂佛出也救不得，一個山東大兵，又好中底用？若謂苦水於此，是爲老辛辯護，即又不然。苦水原不曾說這個便是學問語。但是，千古詩人，說到學問，怕只有彭澤老子一位。李太白、杜少陵，饒他兩個「寤寐思服」，有時也還是「求之不得」。爭怪得稼軒一人？

况且稼軒一説到陶公，便一力頂禮讚美，頂禮得自然是心悦誠服，讚美得也是歸根究底，莫只道他没學問好。

後片大意是説住在温柔鄉中，便没日去定天山。苦水却不肯他。温柔鄉住得住不得，干他定天山何事？若是定得天山底人，住了温柔鄉，也不礙去定。如其不然，縱然不住温柔鄉，天山依舊定不得。但如此説了，老辛還是不服輸。要使他服輸，不如説他文彩不彰。且道如何是彰底文彩？開端「寶釵飛鳳鬢驚鸞」是。亦且莫看他鳳釵鸞鬢，「飛」字「驚」字是句中眼。要識取稼軒句法字法，且不得放過。

## 破陣子　爲陳同甫賦壯詞以寄之

醉裏挑燈看劍，夢回吹角連營。八百里分麾下炙，五十弦翻塞外聲。沙場秋點兵。　馬作的盧飛快，弓如霹靂弦驚。了却君王天下事，贏得生前身後名。可憐白髮生！

右一章各家詞選太半收録。苦水選時，幾番想要割愛，終於保留。比來説詞，又幾番要剔出，此刻仍然未能放過。有人讀此詞，嫌他直率，有人却又愛他豪放。是非未判，愛憎分明。苦水於此詞，既是一手抬，一手搦，於上二説亦是半肯半不肯。看他自開首「醉裏」一句起，一路大刀闊斧，直至後片「贏得」一句止，稼軒以前作家，幾見有此。若以傳統底詞法繩之，似乎不謂之率不可得也。苦水則謂一首詞前後片共是十句，前九句真如海上蜃樓突起，若者爲城郭，若者爲樓閣，若者爲塔寺，爲廬屋，使見者目不暇給，待到「可憐白髮生」，又如大風陡起，巨浪掀天，向之所謂城郭、樓閣、塔寺、廬屋也者，遂俱歸幻滅，無影無蹤，此又是何等腕力，謂之爲率，又不可也。復次，稼軒自題曰「壯詞」，而詞中亦是金戈鐵馬，大戟長鎗，像煞是豪放。但結尾一句，却曰「可憐白髮生。」夫此白髮生，是在事之了却、名之贏得之前乎？抑在其後乎？苦水至今尚不能明瞭老辛意旨所在。如在其前，則所謂金戈鐵馬大戟長鎗也者，僅是貧子夢中所掘得之黃金，既醒之後，四壁仍然空空，其凄涼悵惘將不可堪。如在其後，則雖是二十年太平宰相，勳業爛然，但看看鐘鳴漏盡，大限將臨，回憶前塵，都成虛幻。饒他踢天弄井本領，無奈他臘月三十日到來，於此施展手脚不得。此又是千古人生悲劇，其哀苦愁悽，亦當不得。謂之豪放，亦是皮相之論也。夫如是，則白髮之生於事之了却名之贏得之前之後，暫可勿論。總而言之，統而言之，稼軒這老漢作此詞時，其八識田中總有一段悲哀種子在那裏作祟，亦復忒煞可憐人也。其實又豈只此一首？一部《稼軒長短句》，無論是說看花飲酒，或臨水登山，無論是慷慨悲歌，或委婉細膩，也總是籠罩於此悲哀的陰影之中。此理甚明，倘無此種子在八識田中作祟，亦無復此一部《長短句》也。不須苦水饒舌，讀者自會去好。

抑更有進者，陶公號稱千古隱逸詩人之宗，苦水却極肯朱晦翁所下豪放二字批評。又有一好友告我：昔時或逢愁來，不得開交，取陶詩讀之，心便寧靜。如今愁時讀了，愈發擺布不下。此語於我心有戚戚焉。此理亦甚明，如果淵明老子祇是一味恬適安閑，亦便不須再寫詩也。同例，世人於老辛之爲人，動是説他英雄，於其爲詞，動是説他粗豪，已是知人知面不知心。又有人説他填詞是散仙入聖。世之人要且只會他散仙，不會他入聖。如何是入聖底根苗？不得放過，細會去好。倘若會不得，畫蛇添足，恰好有個譬喻。玄奘法師在西天時，見一東土扇子而生病。又有一僧聞之，讚嘆道：「好一個多情底和尚。」病得好，讚嘆得亦是。假如不能爲此一扇而病，亦便不能爲一藏經發願上西天也。周止菴曰：「稼軒固是才大，然情至處，後人萬不能及。」又曰：「稼軒斂雄心，抗高調，變温婉，成悲涼。」苦水曰：如是，如是。

秦會之有言：「作官如讀書，速則易終而少味。」此語甚妙。如引而申之，不獨似惜福之語，且亦大似見道之言也。張宗子爲其弟燕客作傳，亦引會之此語，且病燕客以欲速一念，受鹵莽滅裂之報，趣味削然，不堪咀嚼。而結之曰：「孰意吾弟之智，乃出秦檜下哉？」宗子是妙人，固應又有此妙語。這也不在話下。苦水則謂秦會之此語，不獨是作官與讀書之名言，如改速爲好盡，亦可以之論文。要説辛老子爲人，才情學識，原自曠代難逢。其填詞亦儘有不朽之作。他原是謚忠敏底人，似乎不好與繆醜公並論。但其填詞底技術，有時大不如會之作官底體會。所以老辛有時亦如宗子令弟之趣味削然，不堪咀嚼。於此將不免爲繆醜公所竊笑也。大概作文固當應有盡有，亦須應無盡無。稼軒之於詞，大段不及晚唐之温、韋，北宋之晏、歐，或者是他只作到應有盡有，而不曾理會得應無盡無之故，亦未可知。好好一部《稼軒長短句》，好好一位辛幼安，今日被苦水拉來，説東話西，且與會之相比，寃枉殺，寃枉殺。聖人有云：「不得中行而與之，必也狂狷乎。」靜安先生不亦曰稼軒「詞中之狂」乎。學人莫錯會苦水意好。況且苦水如今寫此詞説，尚作不到應有盡有，有甚臉説他辛老子作不到應無盡無。

上卷説畢。續説下卷。

# 卷下

## 感皇恩　讀莊子聞朱晦菴即世

案上數編書，非《莊》即《老》。會説忘言始知道。萬言千句，不自能忘，堪笑。今朝梅雨霽，青天好。　一壑一丘，輕衫短帽。白髮多時故人少。子雲何在？應有《玄經》遺草。江河流日夜，何時了。

曩與家六吉論詩，六吉主無意，當時余頗不然之。比來覺得無意兩字，實有至理。蓋詩一有意，非窄即淺，爲意有竟故。王靜安先生論詞，首拈境界，甚爲具眼。神韻失之玄，性靈失之疏，境界云者，兼包神韻與性靈，且又引而申之，充乎其類者也。樊志厚爲《人間詞乙稿》作序，則又專標意境，且離意境爲二義。其言曰：「古今人詞之以意勝者，莫若歐陽公。以境勝者，莫若秦少游。至意、境兩渾，則惟太白、後主、正中數人足以當之。」其評靜安先生詞曰：「意、境兩忘，物、我一體。」是樊之所謂意境者可知也。六吉之無意，其即兩忘與一體之謂乎？必能如是，乃始合乎靜安先生所謂之有境界耳。老辛之詞，決不傍人門户，變古則有之，學古則不肯。（集中雖亦有效「花間」，效易安之作，只是興到之筆，却並非其致力所在。）其令人真覺有「不恨古人吾不見，恨古人不見吾狂」之概，全仗一意字。但有時率直生硬，爲世詬病，亦還是被此意字所累。才富情真，一觸即發，盡吐爲快，其流弊必至於此。如以此攻擊稼軒，則何不思求全責備，古今能有幾個完人？況且觀過知仁，也正不必爲老辛迴護。苦水寫此詞説，有時偶爾乘興，捉他敗闕，其本意却在洗出廬山真面，與世人共鑒賞之也。

此《感皇恩》一章，題曰《讀莊子聞朱晦庵即世》，明明是個截搭題。若就文論文，此二事原本不必纏夾。譬如良朋高會，看花飲酒，其間不妨更衣便旋，如寫之於文，紀之以詩，便只有看花飲酒，而無更衣便旋也。今也稼軒却故故將兩件並不調和之事，扭在一起，則其有意可知，則其有意要作非復尋常追悼傷感底文字，亦復可知。再看他開端五句，一把抓住莊子（老子是賓，莊子是主，看題可知），輕輕開一玩笑，遂使這位大師，幾乎從寶座上倒頭撞下，也只是一個意字底作用。難道稼軒是不肯莊子？決不然，決不然。須知正是極肯他處。試看「今朝梅雨霽，青天好」，真正達到得意忘言境界，真正抉出蒙叟神髓，難道不是極肯他？而且辛老子於此收起平日虎帳談兵聲口。忽然揮起麈尾，善談名理，令人想起韓蘄王當年騎驢湖上，尋僧山寺風度，果然大英雄非常人也。又有進者，吾人平時，一總是眼罩魚鱗。心生亂草，遂而捏目生花，扭直作曲。即不然者，亦是許多知解情見，興妖作怪。今也稼軒於「不自能忘」之下，輕輕將葛藤樁子放倒，放出「今朝梅雨霽，青天好」八個字。古德有言：「此是選佛場，心空及第歸。」即此二語豈非即是心空？古德又言：「與桶底脱相似。」即此二語豈非便是桶底脱？僅僅説他意、境兩忘，物、我一體，已是屈他，若再作恬適安閑會去，屈枉殺這老漢了也。待到過片，「一壑一丘，輕衫短帽」，徐徐而來；「白髮多時故人少」，漸漸提起；「子雲何在，應有《玄經》遺草」，輕輕落題：「江河流日夜，何時了」，微微嘆息。辛老子於此，真作到想多情少地步。吾人難道還好説他有性情，没學問？若説雖有《玄經》遺草，而無補於江河日下，是稼軒對道學先生之微辭，若説稼軒既痛道學之無補，同時又悲自身功業之無成，所以一則曰「故人少」，再則曰「江河流」。苦水曰：也得，也得。要如此會，但不可僅如此會。若説此詞好雖是好，只是有欠沉痛在。苦水曰：不然，不然。不見當年鄧隱峯到潙山後，見潙山來，即作卧勢。潙歸方丈，師乃發去。少間，潙山問侍者：「師叔在否？」曰：「已去。」潙曰：「去時有甚麽語？」曰：「無語。」潙曰：「莫道無語，其聲如雷。」苦水於此，曾下一轉語曰：何必如雷？總之，不是無語。如今要會取稼軒此詞沉痛處麽？向這一段公案細參去好。

## 青玉案　元夕

東風夜放花千樹。更吹落、星如雨。寶馬雕車香滿路。鳳簫聲動，玉壺光轉，一夜魚龍舞。蛾兒雪柳黄金縷。笑語盈盈暗香去。衆裏尋他千百度。驀然回首，那人却在，燈火闌珊處。

靜安先生《人間詞話》曰：「古今之成大事業、大學問者，必經過三種之境界。『昨夜西風凋碧樹。

獨上高樓，望盡天涯路。」此第一境也。「衣帶漸寬終不悔，爲伊消得人憔悴。」此第二境也。「衆裏尋他千百度。回頭驀見，那人却在，燈火闌珊處。」此第三境也。」此三種境界，若依衲僧參禪工夫論之，則一是發心，二是行脚，三是頓悟。苦水如此說，且道是會不會？是具眼不具眼？若道不會、不具眼，苦水過在什麽處？請會底與具眼底人别下一轉語。假若苦水是會，是具眼，縱然得到靜安先生印可，與上舉三段詞，又有甚交涉？靜安亦曾理會到此，所以又道：「遽以此意解釋諸詞，恐爲晏、歐諸公所不許也。」如今苦水亦只好就詞論詞，另起一番葛藤。一首《青玉案》，題目注明是《元夕》，寫鰲山，寫煙火，寫遊人，寫歌舞，寫月光，寫鬧蛾兒與雪柳，若是别一個如此寫，苦水便直截以熱鬧許之。但以稼軒之才情、之工力論之，苦水却嫌他熱鬧不起來。莫道老辛於此江郎才盡好。須知他當此之際，有不能熱鬧起來的根芽在。要會這根芽，只看他結尾四句便知。夫「衆裏尋他千百度」，則其此夕之出，只爲此事，只爲此人，彼鰲山、煙火、遊人、歌舞、月光、鬧蛾兒與雪柳也者，於其眼中心中也何有？此人而在，此事而成，鰲山等等，有也得，無也得。此事而不成，此人而不在，鰲山等等，祇見其刺目傷心而已。熱鬧云乎哉？鰲山等等，今也亦姑置之，而那人固已明明在燈火闌珊處矣，又將若之何而可？稼軒平時，傾心吐膽與讀者相見，此處却戛然而止，留與讀者自家會去。吾輩且不可孤負他。夫那人而在燈火闌珊處，是固不入寶馬雕車之隊，不逐盈盈笑語之羣，爲復是鬧中取靜？爲復是别有懷抱？爲復是孤芳自賞？要之，不同乎流俗，高出乎儕輩，可斷斷言。此亦姑置之。若夫「驀然回首」，眼光霍地一亮，而於燈火闌珊之處而見那人焉，此時此際，爲復是欣慰？爲復是酸辛？爲復是此心踍跳，幾欲衝口而出？不是，不是，再還他一個不是。讀者细细體會去好。莫怪苦水不說。倘若體會不出，蒼天，蒼天！倘若體會得出，不得呵呵大笑，不得點點淚拋，只許於甘苦悲歡之外，釀成心頭一點，有同聖胎，須得好好將養，方不孤負辛老子詩眼文心。東坡謂柳儀曹南澗詩，「憂中有樂，樂中有憂」，千古絶調。試移此評以評此詞，并持柳詩與此詞相較，依然似是而非，嫌他忒煞孤寂，有如住山結茅。杜少陵詩曰「摘花不插鬢，採栢動盈掬，天寒翠袖薄，日暮倚修竹」，似之矣，嫌他忒煞客觀。韓翰林詩曰「輕寒着背雨凄凄，九陌無塵未有泥，還是平時舊滋味，漫垂鞭袖過街西」，似之矣，嫌他忒煞寒酸。有一比丘尼得道之後，作得一偈曰「鎮日尋春不見春，芒鞋踏遍嶺頭雲，歸來笑撚梅花嗅，春在枝頭已十分」，最近之矣，嫌他忒煞沾沾自喜。雖然，縱使苦水寫得手酸腕痛，說得舌敝唇焦，要不是末後一句。倘遇好事者流問：末後一句如何說，如何寫？苦水將不惜口孽，分明說似，諦聽，諦聽：「衆裏尋他千百度，驀然回首，那人却在，燈火闌珊處」聻。

結尾尚有不能已於言者，畫蛇仍要添足。其一，靜安先生雖說是第三境，且不可做第三境會。此與大學問、大事業無干。其二，苦水爲行文便利，用此語録體裁，且不可作禪會，此與禪宗没交涉。其三，此是文心中一種最高境界，千古秘密，偶被稼軒捉來，於筆下露出些子端倪，釘住虛空，截斷衆流。苦水詞説只是戲論，堪中底用。學人且自家會去。

# 臨江仙

手撚黄花無意緒，等閒行盡回廊。捲簾芳桂散餘香。枯荷難睡鴨，疎雨暗池塘。　憶得舊時攜手處，如今水遠山長。羅巾浥淚别殘妝。舊歡新夢裏，閒處却思量。

一首《臨江仙》六十個字，而前片「手撚」，後片「攜手」，複「手」字；前片「等閒」，後片「閒處」，複「閒」字；後片「舊時」、「舊歡」，複「舊」字；「攜手處」、「閒處」，複「處」字。稼軒才大如海，其爲長調，推波助瀾，擔山趕日，不曾有竭蹶之象，何獨至此小令，遂無騰挪？豈能挾山超海而不能折枝乎？此正是辛老子豁達處，细謹不拘，大行無虧也。

「枯荷難睡鴨，疎雨暗池塘」，純是晚唐人詩法。出句寫得顢頇，對句寫得凄涼，「難」字「暗」字，俱是静中一段寂寞心情底體驗。學辛者一死向粗處疏處印定去，合將去，何不向這细處密處，一着眼一用心耶？然而苦水如是説，只是借此十字因病下藥，一部稼軒長短句，要且不可只在一聯兩聯佳句上會去。老辛豈是與人争勝於一字一句底作家？所以苦水平日又説：與其會佳句，不如會警句。佳句只是表現情景一點小小文學技術，若於此陷溺下去，饒你練到宜僚弄丸，郢人運斤手段，也還是小家子氣。若夫警句，則含有静安先生所謂意境者在。警句二字，亦是假名，又不可認定警字，一味向險處怪處會去。即如此《臨江仙》一章，與其取此「枯荷」一聯，何如细參開端「手撚黄花無意緒，等閒行盡迴廊」兩句？「無意緒」之上而冠之以「手撚黄花」，「迴廊」之上而冠之以

「等閑行盡」，不獨儼然是葩經「愛而不見，搔首踟躕」氣象，而且孤獨寂寞之下，綿密醞藉之中，又儼然是靈均思美人、哀衆芳底心事。如但震於「枯荷」一聯之烹鍊，而忽視開端二語之淡雅，殊未見其可。

## 鷓鴣天 鵝湖歸病起作

枕簟溪堂冷欲秋。斷雲依水晚來收。紅蓮相倚渾如醉，白鳥無言定自愁。書咄咄，且休休。一丘一壑也風流。不知筋力衰多少，但覺新來懶上樓。

曹公詩曰：「老驥伏櫪，志在千里；烈士暮年，壯心未已。」真是名句，必如是，始可謂之爲慷慨悲歌耳。然而雖曰「志在千里」，無奈仍是「伏櫪」。雖曰「壯心不已」，其奈已到「暮年」。千古英雄，成敗尚在其次，惟有冉冉老至，便是廉頗能飯，馬援據鞍，一總是可憐可悲。倒是稼軒此《鷓鴣天》一章，有些像一個老實頭，既本分，又本色，遂令人覺得「志在千里」、「壯心不已」之爲多事也。且道如何是稼軒老實頭處？《老學庵筆記》記上官道人之言曰：「爲國家致太平與長生不死，皆非常人所能。然且當守國使不亂，以待奇才之出；衛生使不夭，以須異人之至。不亂不夭，皆不待異術，惟謹而已。」苦水理會得甚的叫作治天下與長生？今日且權假此一則話頭來談文，且與天下學人共作個商量。大凡爲文要有高致，而且此所謂高致，乃自胸襟見解中流出，不假做作，不尚粉飾，亦且無絲毫勉强，有如伯夷、柳下惠風度始得。不然，便又是世之才子名士行徑，盡是隨風飄泊底遊魂，依草附木底精靈，其於高致乎何有？但奇才異人，間世而一出，吾人學文固須識好醜，尤不可不知慚愧。是以發願雖切，着眼雖高，而步武却決不可亂，則謹是已，所謂老實頭也。耳之所聞，目之所見，心之所感，雖一草一木，一花一葉，一毫端，一微塵，發而爲文，苟其誠也，自有其不可磨滅者在，又何必定要鞭笞鸞鳳，呼吸風雷，始爲驚世駭俗底神通乎？依此努力，堆土爲山，積水成河，久而久之，自有脱胎換骨、白日飛昇之日。否亦不失爲束身自好之君子。如其不然，躁急者趨於叫囂，庸弱者流於膚淺；自命爲才情，自號爲風雅，其俗尤不可耐，則不肯守國使不亂，衛生使不夭之害也。尚何有乎治天下與長生不死也耶？葛藤半日，畢竟於此小詞何處見得稼軒之謹、之老實？夫稼軒之人爲英雄，志在用世，盡人而知。今也謝事歸來，老病侵尋，其爲此詞，微有嘆惋，無大感慨，已自難能。且也不學仙，不學佛。是以既不覓長生不死之藥，亦不求解脱生死底禪，只將老年情味，釀作一杯清酒，結成一個橄欖，細細品嚼，吞嚥下去，亦常人非仙佛故，亦英雄能擔荷故。總之老實到家而已。所以開頭二語，盡去渣滓，大露清光。「紅蓮」一聯，更爲婉妙。夫紅蓮相倚之如醉固已；至若白鳥之無言，何以知其是愁，且又加之以「定」耶？然而説「定」便決是定也。換頭以下三句，不見得好，承上啓下，只得如此。待到結尾兩句，却實在好。但細按之此有何好？亦祇是不謊不詐，據實報銷，又是道道地地老實頭也。況蕙風曰：「『不知』二句入詞佳，入詩便稍覺未合，詞與詩體格不同處其消息即此可參。」苦水曰：如此没要緊語，説他則甚？假使真個向者裏參去，即使會了，又有甚干涉？倒是《白雨齋詞話》説他「信筆寫去，格調自蒼勁，意味自深厚，不必劍拔弩張，洞穿已過七札」，有些兒道着也。

## 鵲橋仙　己酉山行書所見

松岡避暑，茆簷避雨，閒去閒來幾度。醉扶怪石看飛泉，又却是、前回醒處。　東家娶婦，西家歸女，燈火門前笑語。釀成千頃稻花香，夜夜費、一天風露。

周止菴曰：「蘇辛并稱，蘇之自在處，辛偶能到；辛之當行處，蘇必不能到。」知言哉，知言哉。稼軒性情、思致、才力，俱過人一等，故其發之於詞也，或透穿七札，或光芒四照，而渾融圓潤，或隔一塵，故宜其多當行而少自在。即如此《鵲橋仙》一章，豈非可謂爲作之自在者，然而细按下去，便覺得仍是當行有餘，自在不足。夫「松岡」「茅檐」，「避暑」「避雨」，舊時數曾「閒去閒來」，豈非自在？然而「醉扶怪石看飛泉」，只緣「怪」字「飛」字，芒角炯炯，遂使「扶」字「看」字亦未免着迹露象。至「又却是、前回醒處」，草草看去，亦只是尋常回憶，但「又却是」三個極平常字，使人讀之，又覺得有如少陵所謂「萬牛回首丘山重」。如此小景，如此瑣事，如此寫去，獅子搏象用全力，搏兔亦用全力，如是，如是。至於「東家娶婦，西家歸女」，本是山村中極熱鬧場面，「燈火門前笑語」，短短一句，輕輕托出，而情景宛然，豈非自在？但「釀成千頃稻花香，夜夜費、一天風露」兩句，雖極力藏鋒，譬之顔平原書小字《麻姑仙壇記》，渾厚之中，依然露出作大字時握拳透爪意度。所以稼軒此處用「釀成」、用「費」、用「千頃」、用「一天」，仍是當行而非自在。要其功力情致，能以自舉其堅，世之人遂有祇以自在目之者耳。若以恬適視之，則去之益遠。所以者何？稼軒這老漢有時雖能利用閒，却一生不會閒。但如要説他不會，不如説他不肯會。這老漢如何肯在無事田裏坐地乎？苦水平時讀山谷詩，最不喜他「看人穫稻午風涼」一句。覺得者位大詩人不獨如世所謂嚴酷少恩，而且幾乎全無心肝。穫稻一事，頭上日晒，脚下泥浸，何等辛苦？「午風涼」三字，如何下得？可見他是看人，假使親手穫稻，還肯如此寫、如此説麽？苦水時時疑着天下之所謂恬適者，皆此之類。試看陶公「種豆南山下」一章詩，是怎底一個意態胸襟？便知苦水説山谷全無心肝之並非深文周内也。閑話休提，如今且説稼軒此二語所以並非恬適，不是自在底緣故。夫「娶婦」「歸女」、「燈火」「笑語」，像煞一個太平景象矣。然而要「千頃稻花香」，也須是費他夜夜一天風露始得。不見六一《豐樂亭記》道：「幸生無事之時也。」若是常人，幸生便了。稼軒則非常人也，自然胸中別有一番經綸，教他從何處自在起？從何處閒起？從何處恬適起？然則辛詞只作到個當行即得，不自在也罷。

## 鵲橋仙 贈鷺鷥

**溪邊白鷺，來吾告汝：溪裏魚兒堪數。主人憐汝汝憐魚，要物我、欣然一處。**白沙遠浦，青泥別渚，剩有鰕跳鰍舞。聽君飛去飽時來，看頭上、風吹一縷。

詞中有所謂俳體者，頗爲學人詬病。苦水却不然。竊以爲俳體除尖酸刻薄、科諢打趣及無理取鬧者外，皆真正獨抒性靈之作也。以其人情味獨重故。詞之初興，作者本無以正統文學自居之觀念，且亦無取詩而代之之野心。俳體雖不爲士大夫所尚，而亦不爲士大夫所鄙棄，間有所作，其高者真有當於温柔敦厚之旨。如只以清新活潑目之，尚是皮相也。自白石、夢窗而後，一力趨於清真雅正，吾亦不識其所謂清真雅正，果到如何程度。要之學力日深，天機日淺。而吾之所謂俳體者，乃遂窒息以死於士大夫之筆下矣。是真令人不勝其惋惜之至者也。即如稼軒此詞，忽然對着鷺鷥大開談判，大發議論，豈不即是俳體？然而何其温柔敦厚也。是蓋不獨爲俳體詞之正宗，即謂爲一切詞皆應如此作，一切詩文皆應如此作，即作人亦應如此作，亦何不可之有？開端二語莫單單認作近代修辭學中之擬人格，情真意摯，此正是靜安先生所謂之與花鳥共憂樂，亦即稼軒詞中所謂之山鳥山花好弟兄也。「溪裏魚兒堪數」，寫得可憐，便有向白鷺告饒之意。至「主人憐汝汝憐魚，要物我欣然一處」，辛老子胸襟見解，一齊傾倒而出，不須苦水饒舌。然白鷺生性，以魚爲養，如今斬其食魚，豈非絶其生路？主人憐魚，固已。若使鷺也憐魚，則憐鷺之謂何也？是以過片又聽其飛去沙浦泥渚，儘飽鰕鰍，且囑其飽食重來，何以故？憐之也。此等俳體，是何等學問，民胞物與，較之談風月，説仁義，是同是別？不此之會，而徒以遊戲視之，錯下一轉語，五百世墮野狐身，更不須説，喫棒有分。或有人問：審如辛言，爲主人，爲鷺，爲魚計已三得。奈鰕鰍何？不見當年世尊在宣羅筏城祇洹精舍，爲大衆演說戒殺，亦令比丘食五淨肉。且曰：「爲婆羅門地多蒸濕，加以沙石，草萊不生。我以大悲神力所加，因大慈悲，假名爲肉，汝得其味。」如今辛老告彼白鷺，聽飽鰕鰍，亦同此義。然如此說，是出世法。如依世法，則彼鰕鰍，只堪鷺食。譬如蒔花，必芟惡草，佳花始茂。倘若憐草，如何憐花？倘若憐花，無須憐草。鷺飽鰕鰍，其義猶是。頗有人問：葛藤至是，有賸義無？苦水應曰：今我所說，至是爲止，皆是賸義，非第一義。如何方是其第一義？俟於下節，續起葛藤。

夫苦水之說此詞也，先從論俳詞入手，此自是論俳詞，何干於稼軒之此詞？繼之又論稼軒之見解，有如說教，何干於稼軒之此詞？若此詞之所以爲詞，其第一義，其畫龍點睛處，則結尾之「聽君飛去飽時來，看頭上風吹一縷」是已。昔支道林愛馬。或病道人畜馬不韻。支曰：「道人愛其神駿。」妙哉此言，必如是乃可以超凡入聖，可以解脫生死，可以昇天成佛。世之學佛學道者動曰我心如槁木死灰。信斯言也，則槁木死灰之悟道成佛也久矣。有是理也哉？明乎此，則白鷺頭上之一縷風吹，雖非神駿，然一何俊耶？明乎此，則主人憐汝之憐爲非阿私也。明乎此，則作文須有高致者，又豈特思過半而已哉？吾之所謂第一義者，於是乎在。蓋必有是乃可成爲詞，無前此之「物我欣然」無害也。苟其無是，則不成其爲詞，雖有前此之「物我欣然」，乾巴巴地說道談理，不幾於學佛學道者之心如槁木死灰乎哉？以是而曰民之吾胞，物之吾與，其孰能信之？於是苦水說此詞第一義竟。

憶苦水幼時曾聞先君子舉一首打油詩，亦是詠鷺鷥者，曰：「好個鷺鷥兒，毛羽甚皎潔：青天無片雲，飛下一團雪。」試以此無名氏之打油詩，較諸辛稼軒之《鵲橋仙》詞，學人將無不笑苦水爲刻畫無鹽，唐突西子。然而請勿笑也。往古來今所有詠物詩，不須如此打油詩之刻舟求劍，以致於木雕泥塑者幾何哉！

## 西江月　夜行黄沙道中

明月别枝驚鵲，清風半夜鳴蟬。稻花香裏説豐年。聽取蛙聲一片。　七八個星天外，兩三點雨山前。舊時茅店社林邊。路轉溪橋忽見。

作詩詞而説明月，濫矣。明月驚鵲用曹公「月明星稀，烏鵲南飛」句，亦是盡人皆知之事，不見有甚奇特。但曰「明月别枝驚鵲」，則簇簇新底稼軒詞法也。作詩詞而曰清風，濫矣。清風鳴蟬則王輞川詩固已云「倚杖柴門外，臨風聽暮蟬」矣，亦不見有甚生色。但曰「清風半夜鳴蟬」，則簇簇新底稼軒詞法也。而此尚非稼軒之絶致也。至「稻花香裏説豐年，聽取蛙聲一片」，則苦水雖曰古今詞人惟有稼軒能道，亦不爲過。鼻之於香也，耳之於聲也，那個詩人筆下不寫？今也稼軒則曰「稻花香」，曰「蛙聲」。稻花亦花，而與詩詞中常見之花異矣。至於蛙聲，則固已有人當作一部鼓吹，或曰「青草池塘處處蛙」矣。而皆非所論於稼軒也。所以者何？彼數少，此數多；彼聲寡，此聲衆故。即曰不爾，而彼雖曰一部，曰處處，其意旨固在於清幽寂靜。今也稼軒於漫漫無際靜夜之下，漠漠無垠稻田之中，而曰「聽取蛙聲一片」，其意旨則在於熱鬧喧囂，而不在於清幽寂靜也。若是則此所謂蛙聲與他人所謂蛙聲也者，又異已。夫稼軒於此，其意果只在於寫陣陣稻花香之撲鼻，陣陣鳴蛙聲之聒耳乎哉？果只如是，不礙詞之爲佳詞，果只如是，則稼軒之所以爲稼軒者何在？稼軒之詞，固以意勝。以意勝，則不能無所謂。此稻花香中蛙聲一片，固與《鵲橋仙》中之「千頃稻花」、「一天風露」同其旨趣。然彼曰釀成，此曰豐年，彼爲因，爲辛苦，此爲果，爲享受。「稻花香裏說豐年，聽取蛙聲一片」，真乃鼓腹謳歌，且忘帝力於何有，千秋之盛事，而衆生之大樂也。而稼軒之所以爲稼軒者乃於是乎在。尚何須說「別枝驚鵲」、「半夜鳴蟬」之簇簇新，與夫稻花、鳴蛙之於鼻根、耳根，異乎其他詩人詞人所染之香塵、聲塵也耶？復次，過片「七八個星天外，兩三點雨山前」一聯，粗枝大葉，別具風流。元遺山《論詩絕句》，盛稱退之《山石》句之有異於女郎詩。持以較此，覺韓吏部雖然硬語盤空，而飾容作態，尚遜其本色與自然。此種意境，此種句法，入之小詞，一似太古遺民，深山老農，布襖毡笠，索帶芒屩，闖入措大堂上、歌舞場中，舉止生硬，格格不入，而真摯之氣，古樸之容，有使若輩不敢哂笑者在。又如閉關老僧，千峰結茅，被衲遮身，嘴與瓶缽，一齊挂壁，使口裏水漉漉地談心說性之堂頭大和尚見之，亦似蚊子上鐵牛，全無下嘴處。如謂此非詞家正宗，何不一讀杜少陵之七言絕句？如謂工部七絕亦不見怎的，亦非詩家正宗，則苦水亦只有自恨雖不能如雲門老漢一棒將世尊打煞與狗子吃，也將老杜活埋却了，圖得個天下太平也。如今莫惹閒氣，且説此詞末尾之「舊時茅店社林邊，路轉溪橋忽見」。學人且不可説辛老子至此理屈詞窮，貂不足，將狗尾續也。試思旅途深夜，人困馬乏，突然溪橋路轉，林邊店在，則今宵之茶香飯飽，洗脚上床，便有着落，此是何等樂事？蓋一首小詞，五十個字，無不是寫一樂字。這老漢先天下憂，後天下樂，詞中寫没奈何處，比比皆是。若夫樂則固未有樂於是篇者矣。或曰：苦水何以便知稼軒今夜定歇此店？情知有此問。不見「茅店」二字之上，明明冠以「舊時」乎？浮屠尚不三宿桑下，況乎辛老性情過重，感覺極敏，夜行之際，而見此舊時之茅店焉，則眷念往日於此曾有一盌粗茶，三杯淡酒之因緣，今夕縱不宿此，中心亦安能恝然而已乎？

## 清平樂　書王德由主簿扇

溪回沙淺。紅杏都開遍。鸂鶒不知春水暖。猶傍垂楊春岸。　片帆千里輕船。行人想見欹眠。誰似先生高舉，一行白鷺青天。

漁洋論詩，力主神韻。靜安先生獨標境界，且以爲較神韻爲探其本。苦水則謂境界可以包神韻，而神韻者，不過境界之一種，但不可曰境界即神韻，譬之馬爲畜，而畜非馬也。苦水於古大家之詩，不喜漁洋。二十年來，並漁洋所主之神韻，遂亦唾棄之。近年始覺漁洋之詩，誠不足以言神韻，而漁洋對神韻之認識，亦只在半途，故不獨其身後無多沾溉，即其生前，門前亦寂若寒灰。然論中國詩，神韻一名，終爲可取而不可廢。蓋神者何？不滅是。韻者何？無盡是。中國之詩，實實有此境界，如淵明之「采菊東籬下，悠然見南山」，韋蘇州之「落葉滿空山，何處尋行迹」，孟襄陽之「微雲淡河漢，疎雨滴梧桐」，謂之玄妙，謂之神秘，謂之禪寂，舉不如神韻二字之得體。此説甚長，且俟他日有機緣時，另細詳之，今姑舍是。

苦水平日爲學人説詞，常謂詞富於情致，而乏於神韻。神韻長，情致短。是以每論詞未嘗不引以爲憾。今得辛老子此小令一章，吾憾或可以稍釋乎？題中注明是書王主簿扇，恐是席上匆匆送王罷官歸去之作。前片寫景，皆泛語、淺語。然過片「片帆千里輕船，行人想見欹眠」，情致已自可念；至「誰似先生高舉，一行白鷺青天」，高情遠致，不厲不佻，脱俗塵，透世網，説高舉便真是高舉。笑他山谷老人「江南春水碧於天，中有白鷗閑似我」之未免拖泥帶水行也。夫「一行白鷺」之用杜詩，其孰不知之？但若以氣象論，那一首七言四句排萬古而吞六合，須還他少陵老子始得。若説化板爲活，者位山東老兵，雖不能謂爲點鐵成金，要是胸具鍾鑪，當仁不讓。「一行白鷺青天」，删去「上」字，莫道是削足適屨好。著一「上」字，多少着迹吃力。今删一「上」字，便覺萬里青天，有此一行白鷺，不揩拄，不牴牾，渾然而靈，寂然而動，是一非一，是二非二。莫更尋行數墨，説他詞中上句「高舉」兩字，便替却「上」字也。蓋辛詞中情致之高妙，無加於此詞者。如是而詞中之情致，可以敵詩中之神韻，而苦水之夙憾，亦可以稍釋矣。記得十五年前，苦水尚在行脚，同參有純兒者，爲説默師當年上堂，曾拈此二語示弟子輩。可惜苦水爾時未得列席，未審老師如何舉揚。今姑臆說如上，留待異日求師印可。

## 南歌子　山中夜坐

世事從頭減，秋懷徹底清。夜深猶送枕邊聲。試問清溪，底事未能平。　月到愁邊白，雞先遠處鳴。是中無有利和名。因甚山前，未曉有人行。

者老漢真是可笑。如此小詞，也要複「底」字、複「事」字、複「清」字、複「邊」字、複「未」字、複「有」字。更可笑是苦水二十餘年讀稼軒此詞，一見便即成誦，直到如今，時時敁敠，還是此刻手寫一過，才覺察出。若說苦水於辛老子是相賞於牝牡驪黃之外，苦水不免慚惶。若說辛老子膽大心粗，更是罪過。何以故？大體還他肌膚好，不搽紅粉也風流。

苦水平日披讀詩文，輒復致疑，如是云云者，果生於其心，而絕非抄襲與模擬耶？果爲由衷之言，而無少粉飾與誇張耶？讀「三百篇」、《離騷》、《古詩十九首》與《陶淵明集》，無此疑矣。最後則讀《稼軒長短句》亦然。苦水非謂辛詞即等於「三百篇」、《離騷》、《十九首》與《陶集》也。要之，無疑則同然耳。即如此詞，稼軒曰「世事從頭減」，苦水即謂其「從頭減」。曰「秋懷徹底清」，苦水即信其「徹底清」。此不幾於武斷盲從乎哉？曰：不然，苟稼軒而非「世事從頭減，秋懷徹底清」也，則過片「月到愁邊白，雞先遠處鳴」，何爲其然而奔赴於辛老子之筆下耶？世之人填胸滿臆，萬斛俗塵，妄念狂想，前滅後生，即置身於玉闕蟾宫，亦不覺月之爲白。今稼軒則曰「月到愁邊白」。此所謂愁，豈棼如亂絲之焦心苦慮哉？靜極生愁，靜之極也。曹子桓曰：「樂往哀來，愴然傷懷。」所謂哀，亦即所謂愁，豈李陵所云「晨坐聽之不覺淚下」之哀哉？魯迅先生曰：「靜到聽出靜底聲音來。」當此之際，「世事從頭減」之詩人，未有不愁者也。於是乃益感於白月之白也。六一詞曰：「寂寞起來褰綉幌，月明正在梨花上。」寂寞者何？愁也。月上梨花者何？白也。若夫「雞先遠處鳴」者，抑又何也？老杜詩曰：「遮莫鄰雞下五更。」曰鄰，則近也。世之人而有耳，而不聾，而五更頭不盹睡如死漢者，固莫不聞近處之雞鳴矣，至於遠處雞聲之先鳴，則固非「世事從頭減，秋懷徹底清」之大詩人不能聞之也。且山中靜夜，獨坐無眠，而遠處雞聲，忽首先破空穿月而至，已復沈寂於灝氣清露之中，一何其杳冥也？一何其寥廓也？而且愈益增加世事之減、秋懷之清矣。夫如是，將不獨苦水無疑於辛老子之「世事從頭減，秋懷徹底清」，蓋舉天下之人，殆無一而不信之者也。

至於前片之後二語，與後片之後二語，不知何以稼軒於事減、懷清之際，乃忍於出此。是殆舉「世事」十字「月到」十字所締造之境界、釀成之空氣，盡摧拉之而無餘也。雖然，稼軒之所以爲稼軒，亦可於此消息之。觀過知仁，苦水前已數言之矣。

## 生查子　題京口郡治塵表亭

悠悠萬世功，矻矻當年苦。魚自入深淵，人自居平土。　紅日又西沉，白浪長東去。不是望金山，我自思量禹。

悠悠之功，矻矻之苦，何也？魚之入淵，人之居陸，是已。蓋水之行地中，民之不昏墊者，於茲三千有餘歲矣。何人，何人，何人？則禹是已。稼軒有用世之才之心，故登京口郡治之塵表亭，見西沉紅日之冉冉，東去白浪之滔滔，遂不禁發思古之幽情，歎禹乎？自傷也。

具眼學人且道一首小詞，苦水如此拈舉，爲是會不會？爲是孤負不孤負這作者？不須學人肯苦水，苦水早已先自肯了也。所以者何？詞意自明，稍一沈吟，便已分曉，自無錯會。雖然錯即不錯，雖然孤負即不孤負，而苦水拈舉此首之旨，却不在乎此。苟審如吾前此之所言，此詞固又以意勝，即使力透紙背，不幾於有韻之散文乎？詞之所以爲詞者安在？苟審如吾前此之所言，則前片四句與後片結尾二句之間，楔入「紅日又西沉，白浪長東去」十個大字，又奚以爲也？如曰：登高望遠，對此茫茫，百感交集，而舉頭又見依依之落日，滚滚之江濤，弔古悲今，益覺無以爲懷，有此二語，便覺阮嗣宗之登廣武原尚遜其雄渾，陳伯玉之登幽州台尚遜其悍鷙也。如是説，最爲近之。然而脚跟仍未點地在。具眼學人又何不於「又」字「長」字會去？「又」者何？一日一回也。「長」者何？不舍晝夜也。傳神阿堵，頰上三毫，尚不足以喻之。稼軒真詞家大手筆也。夫必如是說，此詞乃可成爲詞，而不同乎有韻之散文。然而稼軒作詞，雖句有句法，字有字法，而這老漢又豈與人較量於字法、句法者哉。然則是又不可如此會也。自會去好。苦水說不得。

於是苦水說稼軒詞竟。

## 說辛詞《賀新郎・賦水仙》〔一〕

雲臥衣裳冷。看蕭然、風前月下，水邊幽影。羅襪生塵凌波去，湯沐煙波萬頃。愛一點、嬌黄成暈。不記相逢曾解珮，甚多情、爲我香成陣。待和淚，收殘粉。 靈均千古《懷沙》恨。記當時，匆匆忘把，此仙題品。煙雨淒迷僝僽損，翠袂搖搖誰整？謾寫入、瑶琴《幽憤》。弦斷《招魂》無人賦，但金杯、的皪銀臺潤。愁滯酒，又獨醒。

馮正中、李後主于詞高處只是寫而不作，珠玉、六一間有作，而膾炙人口之什亦多是寫。自此而下，大抵作多而寫少，甚或只作而不寫；等而下之，只能作而不能寫，又下者并作亦不會，寫更無從夢見在。略說之：耆卿濫作，清真軟作，白石硬作，夢窗木作，其余小作或不成作。

東坡、稼軒其也作否？

曰：也只是作。然冉公是隨意作，辛老子却是精意作。隨意作，故自在；精意作，故當行。然辛老子亦有隨意作時，蘇却不能精意作，者就是所以蘇之自在處辛偶能到之，辛之當行處蘇必不能到也。至于辛之隨意作，大失檢點而成爲率意作（雖然不好說是濫作），說他細行不檢也得，泥沙俱下也得，說他彼榛楛之勿剪，累良質而爲瑕亦無不得。吾輩固不可不知，要不必介意。效颦之流專學此病，譬之學孔子專學其不撤薑食，學魯大師專學其吃醉了酒大鬧五臺山，一等是没分曉鈍漢，香臭也不知，説它則甚（也畢竟是説了，糟堂[三]此刻自行檢討，言兄幸勿再托敗闕）。

如今且説正中、後主、大晏、六一之詞之所以是寫而非作，原故是其辭無題（關于無題，王靜老已有説，此不絮聒），一有題便非作不可，專去寫便不能成篇。言兄明人不須細説，故竟不説。

辛老子者一首《賀新郎》，不但有題，而且是賦物，者就迫使辛老子非作不可，縱使他平日專愛寫，何況此老平日之專愛作乎？他既然于千載之上作，而且精意作，吾輩今日且看，而且高着眼看他是爭生個作法。

先説賦物。

賦物之作當然怕賦成不是物，然而又怕賦成只是個物，最好是賦成物物而不物于物。不是物不消説得，病在它已經不是物了，説也無從説起；只是物也不消説得，病在它已經只是物了，還説它則甚？到了物物而不物于物，神光離合，乍陰乍陽，周規檢矩，離圓遁方，乍看來不是物，再看來也只是個物，而又不僅于只是個物，是物不是物，不是物是物，非此物，是此物，即此物，離此物，物物而不物于物，斯乃所以成其爲賦物之作也。

畢竟要爭生個賦法乃可以成爲物物而不物於物底賦耶？

曰物有生死動靜之别，一等可憐是它無靈魂、無感情（無生物），或有感情焉，而無思想（動植物），總而言之，它不是人。大作家筆下所賦之物即不如然，它有靈魂，有感情，有思想，總而言之，它是人。必如是夫而後賦物之時乃可以物物而不物于物。例證大有在，不必旁徵博引，老杜詩篇萬口流傳，賦鷹、賦馬，篇什不少，其在事，世間不必定有如是鷹，如是馬；其在理，老杜筆下所賦之鷹、之馬，却必須是如是鷹、如是馬。在事，鷹與馬縱有感情却無思想，即有思想，豈有靈魂？即有靈魂，决是非人。老杜賦來，不獨全有，而且是人。所以故？老杜不肯使其全無而且非是，而必欲使其全有而且真是。于是老杜乃給與以情感、以思想、以靈魂，又不寧唯是，而又給與以人底情感、人底思想與夫人底靈魂，使之成爲特出的鷹、馬，之外又復具有完全真正的人格焉。此其所以賦物而能物物而不物于物也。

于此，賦物底「賦」字似不當訓作鋪叙之賦，而當解作給予之賦。此非文字遊戲，更非誑語，非妄語，所以者何？宗教家言：上帝造人，賦以靈魂。以彼例此，作家筆下于所賦物正復如然。

準上説，辛老子者一首《賀新郎》之賦水仙，正與老杜賦鷹、賦馬同一精神、同一意匠、同一手腕。詞中所賦底者一水仙是人，是水仙那樣底人，同時又是人那樣底水仙也。

賦物之作而至于是，乃可以使讀者諷詠之，玩味之，而增意氣、而開心眼、而養品質焉。賦物云乎哉！賦物之作寫而至于是，乃全乎其爲「人類靈魂之工程師」焉，賦物作家云乎哉！

于是糟堂談此詞竟，以下是贅語。

廿九日寫至此

「雲卧衣裳冷」是老杜詩。這一句子，依前人説，是格意高古；若依現在説法，只是個寫實。雲是雲，卧是卧，衣裳是衣裳，冷是冷，如此而已。辛老子信手拈來，隨手放下，仍舊是五個大字，與老杜元作絲毫無別。然而稼軒詞中底「雲卧衣裳冷」却徹頭徹尾大差于少陵詩中底「雲卧衣裳冷」：因爲雲不是雲，衣裳不是衣裳，只有卧與冷似，仍仍舊貫，然而杜詩中所表現者是老杜之高古，辛詞中却是水仙之幽嫺。「君向瀟湘我向秦」，毫無一點相干處，想見李光弼將郭子儀軍之壁壘一新，是又豈杜陵老子當初着筆時所能逆覩者哉！

接着是「看」到「幽影」「蕭然」，好，除却水仙極難有第二種花當得起此蕭然兩字。「水邊幽影」是常，「風前月下」是變，有變無常，失却本色，有常無變，絶少意態。然而也還只是個静中境界（此種境界稼軒詞中雖非絶無，却是極少），所以下面緊跟是「羅襪生塵凌波去」，此句來源自然出于曹子建《洛神賦》，但讀者却萬不可向上六字死去，如此只能見得曹賦，却不見得辛詞。着眼字應在末一字「去」，有此一去，不獨動了起來，而且便是蒙叟所謂「而君自此遠矣」。遠而不可以無所至極也，于是乎「湯沐煙波萬頃」，而渺然焉，而浩然焉矣。

「湯沐」語源出湯沐邑，借用雙關，巧而不纖；「煙波萬頃」亦誇而非誕，隨筆提及，非意所在。兹所欲言者，辛老子寫此六字時，意識中或不免有山谷詩「坐對真成被花惱，出門一笑大江横」兩句子在。然而黄詩抛開水仙抒寫自我，辛詞不出自我，專寫水仙，固自不同；况夫稼軒此詞自開端「雲卧」一句迤邐至此，譬如雲騰致雨，勢所必至，鞭策驅使，不得不然。故純是作。然而種因收果，水到渠成，則所謂不得不然者，乃成爲自然而然，雖作也而近乎寫。是則黄詩之所不能與較，而尤非一般作詞者之所能夢見焉。

所不能輕放過者，自發端至此，雖然愈鈎勒愈自然，愈轉折愈貫串，却只是客觀描寫，吾輩讀之，只見辛老子爭生個賦水仙，却不見他爲甚的賦水仙。辛老子爲詞，一向是披肝瀝膽，決不肯藏頭露尾。（吾輩今日好道他是不打自招？）所以「萬頃」之下便説出「愛一點嬌黄成暈」。「嬌黄」者何？水仙之花黄，而伊人之額黄也。適間之人那樣底水仙，至是乃成爲水仙那樣的人焉。于是乎一口氣唱出「不記相逢曾解珮，甚多情、爲我香成陣。待和淚，收殘粉」來。者雖不必值得讀者馨香拜禱，却實實值得吾輩衷心感謝。所以者何？倘無此二十一字，吾輩自「雲卧」讀至「萬頃」，只能看出稼軒翁賦水仙賦得能好，而看不出（至少是不易得看出）此翁何以賦水仙賦得能好。比及讀了此二十一字，便恍然大悟：元來此翁心目中早已具有水仙那樣的人，所以自「雲卧」至「萬頃」能寫出那樣底水仙來也。法門如此細大，而學者乃成叫囂，糟堂今日只恨後人胡塗，更不復爲此老叫屈也。

二十一字以上總説之，以下將分説：

「解珮」用《列仙傳》漢臯神女與鄭交甫事，如今且莫只讚嘆他水仙故實用得好，如此會去，去辛老子心事大遠在，大遠在。須知「不記」七字乃是説舊時一向緣淺，而「甚多情」八字乃是説今日一見鍾情。如此説來，緣淺縱輸于緣深，相見總勝于不見。然而緊接是「待和淚，收殘粉」六個大字，于是而回天無術徒喚奈何矣。「殘粉」者何耶？水仙底人之年之遲暮歟？之身之將喪歟？詞無明文，史無例證，糟堂此際不敢臆説，但九九歸一，痛苦到深處、悲哀到極點則可斷言。于是而吾輩乃不獨看出稼軒翁賦水仙賦得能好，而且更恍然大悟此老何以賦水仙賦得能好也。

贅說至此亦辭意俱盡。所以者何？辛詞至此亦已辭意俱盡故；稼軒當日既已啼得血流，糟堂此刻亦使得力盡故。

然而尚有過片在。于詞，稼軒不能不作；于文，糟堂亦不能不說，他爭生作，我便爭生說。

換頭「靈均」七字，似是劈空而來，實非無因而至。二十五篇屈原賦（特別是《離騷》），多是歌詠香草美人，自然而然地與辛詞中之人底水仙、水仙底人應節合拍。（節外生枝爲是與言兄共語，不妨援引希臘神話中之Nacissus，說靈均也是水仙。當然糟堂如此亂道，又豈稼軒着筆時所能逆覩？）「記當時」十一字情生文、文生情，順口爲水仙呼寃；「煙雨」七字不見怎的；「翠袂搖搖誰整」，大好，水仙之美元不盡在于花，葉亦自有風致。虧得此老指出，而且一發看出水仙底人與夫人底水仙來。若說，者莫是「天寒翠袖薄」一句子在作用着乎？糟堂曰：也得、也得，不必、不必，以不獨無修竹可倚，抑且倚不得修竹故。（「搖搖誰整」不是倚脩竹底姿態也。）「謾寫入瑤琴《幽憤》」，當然不指在水仙操（辛老子縱有率筆，從不亂道），亦無甚奇特，好在是興起下面之「弦斷《招魂》無人賦，但金杯、的皪銀臺潤」，雖亦只是前片「殘粉」之重說與引申，而「金杯」、「銀臺」刻劃水仙，有聲有色，其妙在觸。白石《暗香》、《疏影》之咏梅，生怕觸着，反而死去，不似辛老子之參贊造化，推倒智勇，盡管觸去，而且愈觸而愈活也。

歇拍是「愁滯酒，又獨醒」，多少人嫌它（糟堂舊日亦復不免）結得忒煞質直，更無弦外之音（集中此等結法不一而足）。今日看來，多少人膠柱鼓瑟（糟堂舊日亦復不免），死死粘住「曲終人不見，江上數峯青」也，如今不說曲終人杳、江上峯青之流弊必至于毫無心肝、不知痛癢，且道作家能無論在甚底環境之中、甚底情形之下，當在結時，老去翻曲終人杳、江上峯青底板麽？證之往古，「三百篇」不如此，漢樂府、《十九首》不如此，即在唐代，李太白、杜少陵當其情思鬱積爆發沉着痛快，亦并不如此，奈之何而强我稼軒之必如此也？援今證古，野馬索性跑到外國去，難道馬耶可夫斯基作《列寧》、吉洪諾夫作《基洛夫與我們同在》，其于結時，亦必責之以曲終不見、江上峯青麽？非于事于勢有不可，乃于情于理則不可也。稼軒作此《賀新郎·賦水仙》，撫今追昔，嘆老傷逝，着他作結時如何能曲終人杳去？何能江上峯青去？

然而，「弦斷《招魂》無人賦」以至「愁滯酒，又獨醒」，畢竟是病，糟堂今日亦不死死爲賢者諱。病不在于其不能曲終人杳、江上峯青，而在于重複了前片底「待和淚，收殘粉」。上文已說過：此詞寫到「待和淚，收殘粉」早已辭意俱盡，只緣于詞必有過片，遂使拔山扛鼎底辛老子向灰頭土面底糟堂手裏納盡敗闕也。此則形式文學之大病，而又非盡屬辛老子之病矣。

倘若本諸春秋責備賢者之義，則辛老子此詞之病不僅于此「愁滯酒，又獨醒」六字，通篇亦有病。其病維何？曰：没奈何而已。又不僅于止此一篇而已，集中諸作往往而有，然此病又初不僅于止辛老子一人而已，「三百篇」、楚辭、漢樂府、《十九首》中即亦不免，自此而下，饒他曹孟德之雄强，陶彭澤之澹宕，李太白之飄逸，杜少陵之堅實，說到没奈何一病，也還是同坑無異土。若曰：此乃時爲之、勢爲之，正好一齊放過。彼亦何不幸，而不生于今之世也。

夫所謂時與勢者何耶？宿命論者所謂「運命」者耶？宗教家所謂「天意」者耶？

曰：否，不然。舊時不合理之社會積重而難返，志士仁人而不奮鬥斯成俘虜，必欲奮鬥終趨滅亡，所以者何？彼衆而我寡，而且諸志士仁人又每每不知聯結同心，發動羣衆，徒思以個人底善良之志願、高尚之品質、堅强之意志與彼無作不惡、鋌而走險者流之集團，作殊死戰焉，其亦止有殊死而已耳。如其不死，靜夜良辰，山邊林下，言爲心聲，發爲篇章，于是乎雖不欲説没奈何不得也矣。夫然，則稼軒之病又非唯稼軒之病，而又不足爲稼軒及稼軒外古昔諸大作家之病矣。曰時爲之、勢爲之者以此。

者一首詞，也有人民性麽？

糟堂情知有此一問。

糟堂雖向釋迦頭上着糞，也不在稼軒臉上貼金，説辛老子這一首《賀新郎·賦水仙》之如何如何地富有人民性。

假若吾輩承認者乃是辛老子自寫私生活底供狀，吾輩可能説它有一絲一毫反人民性麽？

糟堂今日且不暇説辛老子之于詞每寫女性必極盡其尊重之能事是何等底超越時流，突破往古，只看一首《賀新郎》，百一十六字是何等底富有人情，而且是至情。者人情，者至情，也就正是辛稼軒底人性。齊宣王不忍牛之觳觫若無罪而就死地，孟子曰：「是心足以王矣。」玄奘大師在天竺見一東土扇子而病，有人説他倘此際不能爲扇子而病，當年也決不能爲一大藏教，發願來西天取經。（者一公案，八年前説辛時已曾拈舉。）是故説感性認識發展而成爲理性認識，倘不，理性認識便是無根之木、無源之水。人民性屬後者，人情、至情則屬前者，夫豈有人民性而不出于人情、至情與夫人性者乎！然則者一首《賀新郎》本身即不富于人民性，恰恰正是人民性底大好根芽與基礎在。（糟堂如是説，倘若仍然有人致疑，便請他讀了普希金的《奥尼金》了再來理會。野馬又跑到外國去了也。）

糟堂畢竟説此詞已畢已竟。

一九五四年六月卅日寫訖

〔一〕此文原是顧隨先生寫給他的學生周汝昌的。文中幾處提及之「盲兄」，即周汝昌。

〔二〕顧隨先生晚年曾自號「糟堂」。

# 關于詩

（一九四七年八月在北京的一次講演稿）

今天的題目頗覺廣泛，但也并非信手拈來。自從約好前來講演一次之後，就時時想到題目。自然，講演一如作文，没有題目便無從下手。但我想除此而外，還有一個問題：即是諸君年級不同，系别各異，擬的題目，太高太低、太深太淺都不免有厚此薄彼之嫌。而况太低太淺，不是卑之無甚高論，便是老生常談，未免糟蹋諸位寶貴的時間與精力。太高太深，則我個人的學力與見解亦俱辦不到。加之幾日本有些瑣事縈心，思想不能集中；立秋以來，天氣潮熱，時苦骨痛，興致亦復大减。所以想來想去，想了這麽一個題目。意思是儘我所知，想到哪裏，説到哪裏，仿佛談天似地不受拘束；諸君聽着也許不至于太枯躁。但又希望不使其成爲信口開河的所謂亂談者是。

但立刻又覺得大非易事。你們邀我來談詩，一定以爲我懂得詩。而且我當面答應了來講詩的，其時我自覺也頗知道一點詩似的。然而詩道個東西，本身真有點古怪。在我不説它時，我自以爲有點兒懂得；但待到想説時，我又茫然了。諸位是正受着高等教育的人，于詩也并不生疏而隔膜；但在未聽我講説之前，你們個個人都似乎對詩有點兒瞭解認識，待到聽我説時，或之後，一定要感到又莫名其妙了。但今日實逼處此，事不獲已，我不妨姑妄言之，諸位也稍安勿躁，姑妄聽之吧。

首先要講的是何謂詩，也就是説詩是什麽？什麽是詩的定義？《毛詩·大序》上説得好：「詩者，志之所之也，在心爲志，發言爲詩。」若簡括言之，便是「詩言志」。詩與志是一而二、二而一者也。什麽又叫做志呢？古來于志字所下的定義是：志者，心之所之也。説得明白一點，便是《大序》所謂「情動于中」。説得哲學一點，就是：心是體，志是用。又：如果説心是喜怒哀樂之未發；而志便是已發了也。亦即是佛家所謂「心生種種法生」之心生。不過單單有此心之所之，情動與心生，也還不成其爲詩；因爲這只是内在的動機。又必須出之于口，筆之于紙，而後整個的詩乃能成立：這便是外在的形式。（此刻還顧不得詳説。）

復次，這心之所之，情動與心生，必須是純一的，無一絲毫釐假始得。這便是中國所謂修辭立其誠的那個誠字。《中庸》曰：「不誠無物。」連物都没有，那裏得有詩來？你餓了，想吃飯，這個是心之所之，是情動，是心生；也就是誠。餓了想吃飯，焉有不誠之理。渴了想喝水，這個是心之所之，是情動，是心生，也就是誠。再如夏天燥渴，想吃冰淇淋，亦復如然。孟子説「知好色則慕少艾」，也就是如此道理。餘俱准此，不再絮聒。以上所説底誠，也即是詩。

又，以上所講誠字是無僞義。本已具足圓滿。但我還想畫蛇添足，即誠字尚有專一義。此本不必專立一義，爲是要引起諸位注意，所以不覺辭費。專一者何？《論語》有言曰「造次必于是，顛沛必于是」，即是此義。亦復即是佛説阿彌陀經所説之一心不亂；趙州和尚云，老僧四十年，别無雜用心處，如是如是。譬如你餓了時既想吃飯，又想吃麵，渴了時既想吃西瓜，又想吃冰淇淋，不用再説别的，只這個便是心亂，雜用心，不專一，也就是不誠。恐怕如此想吃想喝，亦未見得是真餓與真渴。不見《石頭記》中人物刁鑽古怪地想出許多吃的喝的東西，難道俱是餓出來的、渴出來的見識麽？決不，決不！須知這正是不餓不渴時的想頭也。「知好色則慕少艾」，亦然。愛到了白熱化時，對方一人便即占據了整個的心靈，更無些許空隙留與第二人。西洋有一位作家曾説：「我只需要一個女子；其餘的都可以到魔鬼那裏去。」于此，你不可再問：那麽，連他的母親也在内嗎？這個便是詩，這個便是誠，也就是誠的專一義。

以上説誠有二義，一者無僞，一者專一。中外古今底詩人更無一個不是具有如是詩心。若不如此，那人便非詩人，那人的心便非詩心，寫出來的作品無論如何字句精巧、音節諧和，也一定不成其爲詩的作品。倘若説誠字未免太陳舊，又是誠，又是無僞，又是專一，未免有些兒三心二意，于此，我再傳給你一個法門：詩心只是個單純。能作到單純，《詩經》的「楊柳依依」是詩，《離騷》的「哀衆芳之蕪穢」也是詩，曹公的「老驥伏櫪」是詩，曹子建的「明月照高樓」也是詩，陶公的「採菊東籬」是詩，他的「帶月荷鋤」也是詩，李太白的「牀前明月光」是詩，杜少陵的「麻鞋見天子，衣袖露兩肘」也是詩。等而下之，「月黑殺人夜，風高放火天」也不害其成爲詩。擴而充之，不會説話的嬰兒之一舉手、一投足，一哭、一笑，也無非是詩。推而廣之，天地之間，自然、人事、形形色色，也無一非詩了也。我如此説了，諸君可覺得奇怪嗎？試想詩如不在人世，不在生活中，將更在什麽處？

諸君也許覺得從吃飯、喝水等等一直説到自然、人事之形形色色，不免有點兒不單純了吧。我再告訴你這一切依然是單純。我的定義是單純，假若所舉例證是複雜，豈不是證龜成鼈？我雖胡塗到不知二五是一十，亦還不至于如是之荒唐。是的，這一切依然是單純。你如以爲不單純，那便是你自己不肯作到單純。玉泉山的水號稱「天下第一泉」，據説泡茶吃最好不過。者水在泡了茶之後，已經有了茶的色香味質在内，當然并不單純。即在未泡茶之前，我們假使用化學分析法分析那水，恐怕氫二氧一之外，還有其他礦質在内，又何嘗是單純？但在這氫二氧一與其他礦質按了一定的量數組合而成爲玉泉水這一點上，便已是單純化了也。又如日光，以肉眼看來，豈不是白色？豈不是單純？但我們的物理學老師曾講解給我們聽，又試驗給我們看過：日光分明是七色。這豈不又是複雜？然而在七色組合爲日光時，那却又早是地地道道地單純了也。即你們這許多人，人人有其性情，人人有其面目，這豈不又是複雜？然而紀律嚴明，精神團結，而并非一盤散沙，這又早已單純了也。即如我今日在此胡説亂道，顛倒翻覆，且莫認作複雜；須知我只説一個字：詩。單純，單純，單純之極了也。總而言之，統而言之，世間一切，攝于詩心，只是個單純，只是個誠，只是無僞與專一。舉一反三，聞一知十，不再多説。

試問詩心如何作到單純，單純又到何種田地？則將答之曰：只需要一個無計較心；極而言之，要作到無利害，無是非，甚至于無善惡心。佛家好説第一義，這個與我們今日無干，詩心并非第一義，而是第一念。何謂第一念？譬如諸君從西苑進城，路上遇着乞丐向你乞討，那麽，由于儒家的惻隱之心也好，佛家的慈悲心也好，總之是有一種内在的力量鼓動着你，使你自然而然地不得不然地將

些錢或物給與那乞丐，這個便是單純的詩……（原稿此處缺一頁）

渴了想喝，見了乞丐想幫他錢物，日本侵略中國，我們抗戰：這一切只是個第一念，有甚是非善惡好講？佛家所謂「不思善，不思惡」，儒家所謂「喜怒哀樂之未發謂之中，發而皆中節謂之和」，正是這一番道理。但如此說詩，雖未必即是誤入歧途，却亦不免玄之又玄。如今却另換一種說法，其實也更別無新義，只是重復一回前面所說之誠。只要你們做到誠的境界，自然無計較、無利害、無是非、無善惡，更無絲毫做作，步步踏着，句句道着，處處光明磊落，只此一團詩心作用着，說什麽佛法、儒教，要且莫干涉。

說到這裏，假使有人問：那麽，惡人的殺人放火又當如何呢？那心是否詩心？是否第一念？不知我只向你說詩心是無道德（Non-morality），而并非說是不道德（Im-morality）。況且他已自成爲惡人了，你還讓我向他說些甚的？我自媿并非生公說法能使頑石點頭。難道諸君真好意思讓我抱了琴對牛去彈？須知惡人性近習遠，以後天薰習之故，失掉詩心，已自成爲惡人了，你教我從何說起？然而如此說，却又不免落在世諦中，若細細按下去，觸類而長之，則真正惡人未始没有詩心。即以殺人放火而論，《水滸傳》裏的鐵牛李大哥豈但以之爲業，簡直以之爲樂，十足的一位真命强盗也。你且看他平時言談舉動是何等風流自賞，嫵媚可喜。風流自賞是名士；嫵媚可喜是美人，教人不禁不由地衷心里愛他。那原因即在于李大哥從來不曾口是心非。只是一個誠，只是一個無僞與單純。至如宋公明却被金聖嘆那位怪物駡了個狗血噴頭，就因爲他口裏是替天行道，考其行實滿不是那麽一回子事也。所以説真小人勝于僞君子，就是這個道理。又如孟老夫子是精于義、利之辨的，他所定的君子小人之分野即在此義、利二字上。他道是：「鷄鳴而起，孳孳爲義者，堯之徒也；鷄鳴而起，孳孳爲利者，跖之徒也。」這豈不是冰炭不同爐、薰蕕不同器？但是除開義、利兩字，與堯之徒、跖之徒兩個名辭，你只看那鷄鳴而起，孳孳而爲，君子與小人，又豈不是同此一個誠字，豈不是一般無二地無僞，專一與單純。莊子曰：「盜亦有道。」我于此亦不妨説，惡人亦仍舊有詩心也。你只要不站在世諦的立場上去看，去想，去批評，便一定不以我爲信口開合了也。

説到這里，諸位便可了然于中國舊詩古來原是好的，何以後來墮落到恁般地步。作詩者只曉得怎樣去講平仄，講聲調，講對仗與格律，結果只是詩匠而并非詩人，因爲他壓根兒就不曾有過詩心。以此之故，所以他雖然點頭晃腦，自命雅人，其實却從頭頂至脚跟毫無折扣的一個俗物。又因爲不誠，所以没有真性情、真感情、真思想，而只成爲一個學語之徒，動是説我學陶淵明，我學杜少陵，漫説學得不像，即使像了，也只是大户人家的一個聽差，饒他腆了個大肚子倚在朱紅的大門旁，坐在光漆的板凳上，自覺威風，明眼人看來，適不又是《水滸傳》上石勇所説的脚底下泥之流耶？像這樣人的筆下的作品，豈但非詩，簡直是一堆一堆的垃圾！我之讀詩作詩者已四十餘年，爲甚麽將舊詩説得如此不堪？只爲四十餘年之讀作，直到白髮盈頭、百病交集的今天，方才發覺自身深受此病，真是悔之晚矣。所以今日借此機緣，大聲疾呼不願别人再受此病，擬得一味獨參湯，拈出一個誠字來共大家商量。明知芻蕘之力未必即能回天，但願中國的詩人與其作品從此日臻康强，毫無病態。諸君不要以爲詩心只是詩人們自己的事，與非詩人無干；亦不可以爲詩心只是作詩用得着，不作詩時便可抛掉；苟其如此，大錯，大錯。詩心的健康，關係詩人作品的健康，亦即關係整個民族與全人類的健康；一個民族的詩心不健康，一個民族的衰弱滅亡隨之；全人類的詩心不健康，全人類的毀滅亦即爲期不遠。宋儒有言：我雖不識一個字，也要堂堂地作一個人。我亦要説：我們雖不識一個字，不能吟一句詩，也要保持及長養一顆健康的詩心。我們不必去作一個寫了幾千首詩而没有詩心的詩匠。我不願再去打落水狗，梁鴻志不也作了許多詩，王揖唐不也作了許多詩，汪精衛不也作了許多詩。諸君再放眼去看社會的黑暗豈不俱是因了没有詩心的緣故嗎？

我本想由誠再説到仁。由詩心再説到詩的内容要有力，外形要簡單。但時間有限，而我的精力也不支。北平洋車夫的一句話：帶住。但我還要引《論語》孔聖人的話來爲自己壯一壯門面：

> 詩可以興，可以觀，可以羣，可以怨。邇之事父，遠之事君，多識于鳥獸草木之名。

有勞諸君久坐，謝謝。

一九四七年八月十三日夜八時寫訖

# 曹操樂府詩初探

## （一）

東漢末年是一個政治腐敗、賦稅繁重、權勢横行、土地兼併極爲嚴重的時期。結果則是大規模農民起義的爆發和羣雄割據。最後，統一的漢王朝分裂爲三國鼎峙。這可以説是歷史上一個動盪變亂的時代。曹操自其初入仕途以至爵封魏王，就在這時代裏生活着，應該説是鬭爭着。

曹操雖然出身於封建統治官僚地主階級，但在最初，他的名位則較低。當時社會上早已形成一種重視門第的風氣。他的門第又不多麼高貴。首先，他的父親不拘做過什麼官，但總是宦官的養子，連本姓也不甚了然（一説姓夏侯）。這一點就很容易招致當時人們的輕視。曹操當然感覺到這點，所以他一出仕做地方官，就專門與貴戚、豪族爲敵。這自然也算爲老百姓做了一點好事。但他畢竟是個官僚地主，所以他不能不鎮壓黄巾起義。

曹操的創業也是很艱苦的。在初期平定中原、消滅羣雄時，地盤狹小和兵力薄弱是他最大的劣勢。在後期三分天下時，他遭遇到孫權和劉備那麼兩個勁敵。縱使他滿可以「挾天子」，却絶對不能「令諸侯」。便是在朝廷上，他也是時時在與異己分子作鬭爭。前一種形勢使他刻意於練兵、屯田和招致賢才。而後一種形勢則使他成爲一個猜忌多疑，甚至于忮刻、好殺的人。

魯迅先生在評價曹操的爲人時，曾説他「是一個很有本事的人，至少是一個英雄。」又説：「無論如何是一個精明人。」(《魏晉風度及文章與藥及酒之關係》)古語説：「時勢造英雄。」馬克思列寧主義哲學認爲人的意識是社會發展的産物；它是物質的反映、存在的反映。依此看來，把曹操作爲一個歷史人物，魯迅先生給與他的評價大體上是公允的。

把曹操作爲一個文學史上的人物，即作爲一個作家，魯迅先生給予他的評價就更高一些。魯迅先生首先説「他自己能作文章」。又説：「曹操本身，也是一個改造文章的祖師，可惜他的文章傳的很少。他膽子很大，文章從通脱(案：即解放思想，不拘於傳統弊習之意)得力不少，做文章時又没有顧忌，想寫的便寫出來。」(同上)。魯迅先生語焉不詳，他爲什麽説曹操是「改造文章的祖師」呢？但也露出了一點綫索，那就是：他説曹操在「文章方面，成了清峻的風格。——就是文章簡約嚴明的意思」(同上)。這清峻的風格就形成了一代的風氣，成爲後來所謂「建安風骨」。

可惜魯迅先生不曾提到曹操的詩。

## (二)

曹操的詩流傳下來的也並不多。丁福保所輯《全漢三國晉南北朝詩》裏所收的共只二十四首。其中有三兩首還很難確定爲曹操所作；那麽，剩下來的就不過二十首左右。《三國志》注引《魏書》説曹操「登高必賦」，想來他平生所作當不止於此數。

曹操的詩都是樂府詩。上古詩與歌不分，凡詩皆可以歌唱，可以入樂。漢代始有樂府之名。能歌、能入樂的詩謂樂府；否則只叫做詩，後來或謂之爲「徒詩」（「徒」與「只」同義，言其只是詩而不是歌）。自漢而後，直至有唐，仍而不改，雖然古樂府已經名存而實亡。漢至六朝，樂府詩作可分爲三大類。一是封建統治階級在祭祀、宴饗時所用的樂府詩。這是他們裝門面、嚇唬人的玩藝兒，嚴格説來，根本不能叫做詩。又其一則是民歌。這是人民羣衆的創作，内容或揭發統治階級的黑暗與腐敗；或敘述老百姓的現實生活。這才是真正的樂府詩。其三則是上層知識分子采取了民間樂府即民歌的作風、語言乃至其形式而又加之以自己的創造所寫成的樂府詩。其中好壞不等，須要分别看待。曹操的樂府詩當然屬於第三類，而且多半可以説是好的作品。

曹操的樂府詩顯而易見是受到民歌的影響。他的作品有的是五言，但有一些則是四言和長短句，這可是民歌的句法。其次則是其語言之樸素，譬如《短歌行》中的「月明星稀，烏鵲南飛；繞樹三匝，何枝可依？」如是等等的句子所在多有，簡直「明白如話」。鍾嶸《詩品》説他「古直」，正指此點而言。但曹操又是個好學而博學的人。曹丕就曾説：「上（曹操）雅好詩書文籍，雖在軍旅，手不釋卷。」（《典論·自敘》）曹操自己也「常言：『人少好學則思專；長則善忘。長大而能勤學者，唯吾與袁伯業耳。』」（同上）因此，他的作品顯而易見受到了古代詩歌的影響。他的作品中有許多篇都引用了故典或經書，而且在《短歌行》中，他還一字不易地徵引了《詩經》的原句。（當然，這些句子的涵義都和原詩不同。）我們可以説曹操樂府詩的來源是民歌和古詩。但這不等於説曹操只是在模仿民歌和古詩。

正如同一切大詩人一樣，他不能不有所繼承；但更爲重要的是有所創作，有所發展。他的作品有他自己的内容思想，有他自己的獨特風格。

（三）

有人認爲曹操是一位大軍事家，但更爲重要的是：他還是一位大政治家。在政治上，他不但有實踐，而且有理論、有理想。這裏拋開他的散文，單看他的詩。

他認爲漢末中央政府之垮臺由於用人之不當。在《薤露行》中，一開頭他便説：「維漢二十世，所任誠不良：沐猴而冠帶，知小而謀彊。」其結果則是：「蕩覆帝基業，宗廟以燔喪。」有鑒於此，所以他在當權和創業時，時時流露出「求賢若渴」之意。這散見於他前後所下的「令」文裏，例不勝舉。便是他的《短歌行》中所高唱的「山不厭高，水不厭深，周公吐哺，天下歸心」，也就可見一斑了。作領袖，創大業，必須知人善任，這有一部分真理，特别是在舊的封建社會裏。

他主張以儉治國。《度關山》一首詩裏，就寫出了「侈，惡之大；儉爲共德。」奢侈爲最大的罪惡，而節儉則爲共同遵守的美德，這可又教他説着了。在同詩裏，他還反對濫用民力，奴役百姓。他嘆息於後世君主之「勞民爲君，役賦其力」。總上兩點，曹操是主張以儉治國，要惜財愛民，而不可以勞民傷財：這不是完全正確的政治理論嗎？

他深切致慨於亂世人民的痛苦。《蒿里行》一詩中，他寫出了：「鎧甲生蟣蝨，萬姓以死亡，白骨露於野，千里無雞鳴。生民百遺一，念之斷人腸！」這樣被後人稱爲「詩史」的句子。當然不能因此就説忮刻、好殺的曹操有愛民之心，甚至具備偉大人道主義精神。然而正如魯迅先生所説，曹操是一個精明的人。他深知道老百姓遇到了兵荒馬亂、民不聊生（就像《蒿里行》所寫的那種情形）的時候，國將不成其爲國，君也難乎其爲君了。封建時代的皇帝坐天下，也不能是「空軍司令」，也必須有人民，必須讓老百姓有飯吃，能活下去。作爲政治家的曹操倘若見不及此，不但算不得政治家，也不成其爲精明人，直是一個胡塗蟲了。是的，他是個精明人。他雖不能與老百姓同命運，共呼吸，但他曉得客觀存在的真實性，他自己的理智逼迫着他不能忘懷於老百姓，多少要給他們作點兒好事，實際還是爲了他自己的利益，爲了他自己的事業。於是他也就寫出了如上所述一類的詩篇。

如果説上述一類的政治詩俱偏於理論，在題作《對酒》的一篇樂府詩裏，曹操可就明白具體地表達出他的政治理想。曹操的前半生可以説是飽經亂離。他的父親曹嵩及其家屬就曾遭到敵人的殺害。他自己在戰場上，幾度出生入死；而他的子（子修）侄（安民）就死在亂軍之中（見曹丕《典論·自叙》）。本身感受及政治主張（如上文所説）使得他非常嚮往於太平盛世。由於歷史和階級的局限，他把導致太平的主導力量完全歸於上層封建統治階級。而老百姓被統治者，只要遵守禮法（這樣，就不致於「犯上、作亂」），種地打糧食（這樣，就完全是「治於人者食人」），此外就「完」事大吉了。所以《對酒》篇一開頭就説：「對酒歌，太平時：吏不呼門；王者賢且明；宰相股肱皆忠良；咸禮讓，民無所爭訟；三年耕有九年儲，倉穀滿盈。」這只能説是曹操的一廂情願。試問：在舊的封建政治制度之下，在階級社會裏，如何能保證每一個君主無不賢明，所有官吏都是忠良呢？這且不說。從表面看來，在詩中所敘述的情形之下，好像老百姓滿能夠安居樂業了。但這樣的安居樂業只能使最高的統治者的江山永保，子孫萬代。而這一點却正是曹操主要意圖。說得再清楚點兒，他之所以嚮往於「太平時」，不是爲了人民，而是爲了自己的子孫。即使我們不如此「深文周内」，曹操所說的「民無所爭訟；三年耕有九年儲，倉穀滿盈」，以及後面所說的「路無拾遺之私；囹圄空虛」和「人耄耋，皆得以壽終」，如是等等的太平景象，與其說是曹操的理想，勿寧說是他的空想。在那一歷史階段，在整個兒的階級社會的時代，不管如魯迅先生所說他是個有本事的人，也不能使之成爲現實。然而曹操究竟想得好。他所想像的太平景象却又絕對可以實現，不過那是在現在、在我們的社會主義社會裏。平情而論，《對酒》篇中所寫的老百姓、特別是農民所過的那種太平生活，就算是曹操的空想吧，畢竟也不失其爲大政治家兼大詩人的偉大的空想。

## （四）

在舊日，最爲膾炙人口的曹操的樂府詩還是屬於抒情詩一類的作品，其中尤爲有名的是《短歌行》和《苦寒行》。這兩首詩自經蕭統收録在《文選》之後，歷代選録古詩的從來就不曾遺棄過，而研讀古詩的也幾乎人人讀得口熟。現在先說《短歌行》。

余冠英同志在其所編的《三曹詩選》裏，解釋《短歌行》的主題是「對賢才的思慕」，這相當正確，但仍有其不足之處。說是「思慕」，不免有偏於消極之嫌；而曹操在這首詩裏所表現的則是積極的求賢若渴、愛才如命的情緒和態度，其目的則在於使賢才聞風而來，爲之奔走效命。要說明這點，怕須稍費筆墨。

首二解八句，不得說曹操對於人生抱着虛無主義。正是因爲人生短促，所以才急於在有生之時，做出一番事業，正如同《離騷》所謂「惟草木之零落兮，恐美人之遲暮」。舉大事，成大業，必須有賢才相助；而在舊社會裏，又常苦於「才難」。所以「慨」「慷」之後，繼以「憂思」。第三解中之「子」和「君」俱指賢才。「悠悠我心」和「沉吟至今」則是念之不能去心。第四解引用《詩經·小雅·鹿鳴》篇詩句，而涵義不同。原詩是宴樂嘉賓，是寫實；這裏則是招待賢士，是虛擬（因爲賢士尚未到來）。第五解中之「憂」仍是思賢之心。思賢而不得見，其憂心之「不可斷絕」正如天邊明月不可摘取。這是詩人加深、加重地寫出自己之思賢；同時，結束了前四解，而引起了以下三解。第六解中，思想成爲行動，變消極的思賢而爲積極的訪賢；所以開頭便是「越陌度阡，枉用相存」。以下「契闊」兩句寫出訪賢者對賢士的情誼之殷勤。至此，總合以上六解，可以說俱是圍繞着求賢這一主題而寫成，但還不曾達到主題的凸出點，即是一首詩還不曾發展到它的高峰。凸出點或高峰在結尾的七、八兩解。分別說之。

第七解「月明星稀」四句是有名的詩句，曾被後來許多詩人徵引、融化在他們的作品裏。這四句可以被理解爲寫實：詩人同賢士「談讌」到夜深時所見之景，但已流露出詩人在天下荒荒時的感觸和感受。它們也可以被理解爲象徵。《文選》五臣注，張銑注說：「忠信之士游行，當擇其棲托之便矣，若不得其所依，則患害之必至。亦如烏鵲匝樹，求其可托之枝。」但還可以更進一步，那就是：良禽擇木也並不容易；倘若南飛，即使費盡氣力，也還是找不到棲身之所——「何枝可依」者，無枝可依之謂也。這樣就暗示：賢士倘若南去（姑且這麽説，孫權在東南，劉備在西南），也還是找不到可事之主，不如來投我（曹操）吧。但這不是詩中主題的最凸出或其最高峰。

最末一解是：「山不厭高，海不厭深。周公吐哺，天下歸心。」意思是説：大自然中最高的山并不因爲自己之高而拒絶再添一塊石頭、一堆土；最深的海也不因自己之深而拒絶再添一點一滴的水。在舊時，公認爲大聖人的周公在周朝開國曾樹立下大功勛，但也並不因爲自己「之才、之美」（見《論語》）而拒絶召納賢士；甚至在吃飯時聽説有賢士來見，他也立刻吐出口裏的食物而出去接見；所以得到天下人的愛戴。這四句象是客觀地寫出山之高、水之深、周公「之才、之美」，但通過這些，詩人自己之高、之深和「之才、之美」也形象地、生動地呈現于我們眼前。曹操的意圖當然並不在此。他是要當時「天下」賢士看見了，「歸心」於自己。這才是《短歌行》一詩的最凸出之點或其最高峰；而且把求賢這一主題抒寫得面面俱到。藝術手腕之高超不必説。在意識和思想方面，曹操可是過於突出了個人。

《苦寒行》是曹操最成功的一首古典現實主義五言古詩。首先寫太行山之高峻，次寫路途之艱險，末幅的「迷惑失故路，薄暮無宿棲。行行日已遠，人馬同時飢。擔囊行取薪，斧冰持作糜」，就不止於紀實而已。這六句，特別其中的末兩句還象徵着曹操這位英雄人物在困難的客觀環境中作艱苦卓絶的鬥爭的精神。這是曹操作爲詩人最可佩服、最值得我們學習的地方。就詩論詩，其題材、技巧和風格已擴大了漢代五言詩的範疇，爲後來古典現實主義詩人開辟了新途徑。唐代號稱詩聖的杜甫，不能說是模襲曹操，但其五古中有些篇章就很近似《苦寒行》，特别是發秦州、入西川那些篇。而杜甫給予曹操的評價是：一則曰「英雄割據」，再則曰「文采風流」(見《丹青引》)。他很可能受到曹操的影響。

爲什麽《苦寒行》全篇結句「悲彼《東山》詩，悠悠令我哀」却又提出了「悲」和「哀」呢？

不錯，曹操可以算得是一位敢於和困難作鬥爭的英雄。不過他畢竟是千餘年前的人物，世界觀的局限，他決不可能有革命的樂觀主義精神。他所搞的事業也不是爲國家、爲人民，而是爲自己。因此，我要說他是個人主義者，甚至是一個個人英雄主義者。(《短歌行》一詩可證。)同時，他處境艱難(本文第一節已曾提及)，時時有非幹不可、幹來不易的預感。而疑忌多疑的人又每每苦於自己之孤立。孟子說：「惟孤臣孽子，其操心也危，其慮患也深。」曹操雖不能說是個十足的孤臣孽子，但環境所迫，却使他之「操心」、「慮患」十足地「危」和「深」。他在作到大丞相、武平侯時，曾下令說：「欲孤便爾委捐所典兵衆，以還執事，歸就武平侯國，實不可也。何者？誠恐己離兵，爲人所禍也。既爲子孫計，又己敗則國家傾危，是以不得慕虚名而處實禍。」「爲人所禍」，這時他尚且這麽「操心」、「慮患」，則這之前以及創業之初，更可想而知。以上所說種種原因就是曹操的悲哀之由來；而且習與性相成，根深而蒂固，以致隨時隨地，一觸即發。詩爲「心聲」，所以不獨《苦寒行》，便是其他篇章也往往流露出憂傷愁苦之思。鍾嶸《詩品》説他「甚有悲涼之句」，不是没有道理的。

至於《短歌行》和《苦寒行》之所以古今傳誦，當然是由於其藝術性較高於本文第三節中所舉諸篇。但這兩篇也並非没有政治性；《短歌行》更爲顯而易見。

## （五）

毛澤東同志的《浪淘沙·北戴河》詞的後片説：

「往事越千年，
魏武揮鞭，
「東臨碣石」有遺篇。
蕭瑟秋風今又是，
換了人間。」

毛澤東同志所謂魏武「遺篇」指的是曹操的《步出夏門行》的第一解（或單題作《觀滄海》），其開端第一句即是「東臨碣石」。毛澤東同志之所以舉此一首，意在於「換了人間」，即是説，今勝於古。此外，雖無明文，想來毛澤東同志對曹操此詩也頗爲欣賞；不然，就想不起來，也寫不進詞裏去了。

就曹操這篇樂府詩來説：「東臨碣石，以觀滄海」，不過是「點題」（或説是「破題」）。「水何澹澹，山島竦峙」，開始寫觀滄海之所見：水是低處所見，山島是高處所見。「樹木叢生，百草豐茂」，是山島上的景物，寫來雖然郁郁葱葱，却不是主題所在；而且寫的是靜止的形象，這不是曹操寫景的本色（或說不是他的特殊風格）。接着「秋風蕭瑟，洪波湧起」，這才是滄海的景象，而且動起來了，但這還不是主題。曹操之意不在於寫海的外貌，不管是動的或是靜的。到了結尾的「日月之行，若出其中，星漢燦爛，若出其裏」，這才是主題，這才于滄海的外在面貌之外，寫出了滄海的宏偉的氣派及其內在的偉大的精神。這氣派和精神又和作者的相消息着。相傳孔子曾經登泰山而小天下。於此可說，曹操觀滄海而胸羅萬象。還有值得提出的一點：這一首《觀滄海》裏，不見了屢屢出現於曹操詩作中悽愴的情調和氣氛。

余冠英同志曾說：「這一章寫登山望海，是建安時代描寫自然的名作。」（《三曹詩選》）說得對。但他不止於是建安時代的名作而已。我國海岸綫有一萬公里之長。雖然流傳着「觀於海者難爲水」這麽一句古語，可是「臨清流而賦詩」的多，觀滄海而賦詩的少。曹操這一首不但是開山之作，而且是以稀爲貴了。不止於此。在這一篇裏，詩人不僅僅記事、寫景，他結合了眼前面對的客觀現實，運用豐富的想象，而顯現出作者的偉大情感和崇高理想。

在好的詩篇裏，作者的情感有如漲潮時的水，拍打着堤岸，仿佛要漾出來；作者的思想有如樹上枝頭熟透了的、色香味俱佳的果實，仿佛要落下來。曹操的代表詩作，姑且就算它是《觀滄海》或《短歌行》吧，的確具有以上所說的兩種境界。這值得我們學習。至於都是些什麽樣的情感和思想，我們當然要細加區分，不可以一攬子包下來。

我們正處於一個新的時代裏，作着前人未有的事業。我們這一時代的詩人倘若沒有深廣的生活、豐富的想象、偉大的情感和崇高的理想，以及現實主義和浪漫主義相結合的藝術手腕，那就一定落後於現實，寫不出和這一偉大的時代相稱的詩篇，而曹操的有些詩的確可供我們「借鏡」。至於馬克思列寧主義哲學的世界觀，我們的詩人定然勝過曹操，因爲畢竟是「往事越千年」，「換了人間」了。

（寫于一九五九年，刊于天津師範大學學報一九五九年第一期）

# 東臨碣石有遺篇

## ——略談曹操樂府詩的悲、哀、壯、熱

……
往事越千年，
魏武揮鞭，
「東臨碣石」有遺篇。
蕭瑟秋風今又是，
換了人間！

——毛澤東《浪淘沙·北戴河》

近來報刊上出現了不少評價曹操的文章。有人主張洗掉他千百年來被塗在臉上的白粉。有人說：不行，白粉應該保留。我不是學歷史的，談不到「知人論世」。但我老早以來，就想洗掉曹操臉上的白粉。這樣想法有它的來源。

小時候在私塾裏念《唐詩三百首》，念杜甫的七古《丹青引·贈曹將軍霸》開頭第一句，便是「將軍

魏武之子孫」，當時我想，曹操并不見得怎樣壞，至少不像《三國演義》寫的那麼壞。倘若很壞，杜甫還能説曹霸是曹操的子孫嗎？接着讀下去，便是：

「英雄割據雖已矣，

文采風流今尚存。」

這是説曹操既是「英雄割據」，又是「文采風流」。及至到了曹霸，前者完了，後者依然保存。曹霸不説，單説曹操，倘若抹上白粉臉，還算得什麼「文采風流」呢？從第一次讀杜詩《丹青引》二十年之後，見到魯迅先生的《魏晉風度及文章與藥及酒之關係》。文章開頭的第二段裏就説：「……我們講到曹操，很容易就聯想起《三國志演義》，更而想起戲臺上那一位花面的奸臣，但這不是觀察曹操的真正方法。」後面又説：「其實，曹操是一個很有本事的人，至少是一個英雄，我雖不是曹操一黨，但無論如何，總是非常佩服他。」先生還稱曹操爲「也是一個改造文章的祖師。」又説：「我想他（曹操）無論如何是一個精明人，他自己能做文章。」（見《而已集》）

啊，原來魯迅先生也是不贊成曹操被抹白臉的。我就更覺得應該洗掉曹操臉上的白粉了。

但是，我寫這篇小文，用意却不在此。

作爲一個歷史人物，曹操需要翻案。作爲一個文學史人物、一個文人或詩人，曹操是用不着翻案的，因爲歷來古典文學批評家、理論家，對于曹操總是推崇的，至少是褒多而貶少。雖然有一些褒辭，我覺得還不甚恰當。

今天要談的就是這一點。魯迅先生只注意到曹操的散文，不知何以不曾提到他的詩歌。古來的文藝理論家倒是只説他的詩，而不提他的文章。也許正因爲如此，魯迅先生就特别提出他的散文。不過，魯迅先生對曹操的散文評價十分中肯，譬如説曹操在「文章方面，成了清峻的風格。——就是文章要簡約嚴明的意思。」又説「曹操本身，也是一個改造文章的祖師，可惜他的文章傳的很少。他膽子很大，文章從通脱（要解放思想，不拘于清規戒律的意思——作者注）得力不少，做文章時又没有顧忌，想寫的便寫出來。」以上幾句很短的話，説明了曹操的文章風格、藝術手法，以及注重思想内容。我們假如要研究曹操的散文，從魯迅先生這些話出發，由此及彼，總可以得到一個正確的認識。

今天我所要説的只是關于曹操的詩。

梁朝的劉勰在他的有名的《文心雕龍》的《明詩》篇裏，論及漢末建安時代的詩，只提出了曹丕、曹植，而不曾提到曹操。《明詩》在劉勰書中是專門論詩的一篇，其中竟不提曹操，并非劉氏認爲曹操的詩無足輕重。劉氏那時（六朝），樂府和詩是不混爲一談的。曹操的詩都是樂府——可以入樂，可以歌唱的詩歌。所以同書的《樂府》篇裏，才提出了三祖：曹操、曹丕、曹叡。他批評曹操的樂府詩，説：「觀其『北上』衆引」，「辭不離于哀思，雖三調之正聲，實《韶》《夏》之鄭曲也。」説曹操樂府詩不離哀思，不能説是完全錯，雖然也不完全對。至于「《韶》《夏》之鄭曲」（鄭曲即鄭聲，《論語》上説：「鄭聲淫」），説曹家另外二「祖」没什麽不可以，説曹操也是如此，那就大錯特錯！曹操的《苦寒行》（劉勰的文章所謂「北上」)裏充滿了與大自然中的惡劣環境作艱苦鬥爭的意志和精神，譬如「行行日已遠，人馬同時飢。擔囊行取薪，斧冰持作糜。」縱然未離「哀思」，縱然不同于「韶」、「夏」，可是這怎麽能説是「鄭曲」呢？盡管劉勰是一位古典文學理論大師，盡管《文心雕龍》是一部名著，其中確有不少可以供我們學習的理論。可是在批評曹操樂府詩這一點上，我們以爲他可犯了錯誤。我們決不能相信這樣説法，決不能允許他對曹操的詩作出這樣的評價。不過，劉勰也并非完全否定了曹操的樂府詩，他畢竟説曹操的作品是「三調之正聲」。所謂「正聲」，是説曹操這樣的作法，在樂府的平調、清調和瑟調(「三調」)上，是完全對的。不過不合乎雅樂(韶夏)而已。

和劉勰同時，還有一位鍾嶸。他作過一部《詩品》，對他以前的詩人都作了評價，又按照他們在詩作上成就的大小，而分成上中下三等(品)。他也不大看得起曹操的詩，竟把他列在下品。後來就有不少論詩的人都對鍾嶸不滿，都替曹操抱屈。

老實説，我從來不把《詩品》和《文心雕龍》同等看待。鍾嶸的論詩大不如劉勰之論文多有可取(我是説在古爲今用方面)。他不把詩看作反映現實、揭露現實或階級鬥爭武器。他却説：「使窮賤易安，幽居靡悶，莫尚于詩。」這等于把詩看成了麻醉劑，使人不去治療苦痛，而去忘掉苦痛，忍受苦痛。這可萬萬要不得。

不過如今只説《詩品》中的曹操一案。

我們看看鍾嶸是怎樣評價曹操的樂府詩的。《詩品》裏説：

「曹公古直，甚多悲涼之句。」

先來咬文嚼字一番。

「古」是簡（簡單）古。直是質（質樸）直。這好像說得有點對頭。然而不然。曹操的詩的風格和藝術表現手法，并不止于簡古樸素而已。說曹公只是「古直」，這就把曹操的詩簡單化了。鍾嶸只看見曹公把他的所見、所聞以及其親身的感受，如實地寫進詩裏去，好像并不加以修飾，而且也不用華麗的詞句，便以爲是「古直」了。這是只知其一，不知其二。更沒有看到（好像也并不懂得）曹公的詩的取材、造句、立意是多麼雄健而豪放。「老驥伏櫪，志在千里；烈士暮年，壯心不已」（《步出夏門行》）等等的詩篇，就僅僅是「古直」而已嗎！沒有的話！

鍾嶸說的「甚多悲涼之句」，這與劉勰所說「辭不離于哀思」合拍了，而且好像又說對了些。其實這樣說法完全沒有作到「由表及裏」。鍾嶸只看到曹操的「表」，而沒有看到、也不懂得曹詩的「裏」。曹詩表面是「悲」，骨子裏却是壯；表面是「涼」，骨子裏却是熱。鍾嶸不懂得曹詩于悲歌之中，有一往直前、艱苦奮鬥的氣概和意志，用了現代的話說，即是消極之中，有其積極的因素。如其有名的《短歌行》這首詩，凡是選曹操詩的都要選上它，甚至《三國演義》也將它抄録進去了。大概鍾嶸讀這首詩，只看到了前頭的「對酒當歌，人生幾何？譬如朝露，去日苦多」的悲涼，即消極；而不曾注意到「山不厭高，水不厭深。周公吐哺，天下歸心」那樣招攬賢才、治理國事的勃勃雄心和積極的精神。

然而，有些地方，我到底不能不同意劉勰和鍾嶸對曹詩所作的批評：「哀」和「悲」。

曹操在其《短歌行》裏有這麼兩句：「慨當以慷，憂思難忘」。這是他的「自明本志」，我們也可説這是曹操的自我批評。曹操是一位詩人中的英雄，同時也是英雄中的一位詩人。生當漢末，天下大亂，羣雄四起，他想要活下去，不用説要想作一番事業了，就必須要與天下異己分子作一番你死我活的鬥爭。因爲他的名位比較低，憑借比較小，在「振臂一呼，應者雲集」這方面，他就不如四世三公的袁術兄弟，也不如三代據有江東的孫權。而在環境的壓迫之下，他又不能不挺身而出。他的「慨當以慷」是最自然不過的情感（慷慨是意氣激昂的意思）。但是，他又爲什麼那樣「憂思難忘」，以致寫出詩來，使得劉勰和鍾嶸説他是「悲」、「哀」呢？

這是因爲個人主義，甚至個人英雄主義在他的思想感情裏作怪的緣故。

從個人主義出發，發展而成爲個人英雄主義，那是必然的規律。這也不止于曹操爲然。在舊的階級社會裏，不管一個人的思想是多麼進步，總不免或多或少地含有個人主義的成份。也不管一個人是一位多麼有澄清天下之志的英雄，他的身上總不免流露出個人英雄主義的氣息。事實如此，毫無例外。一個人若想避免、去掉個人主義或個人英雄主義，除非他掌握了馬克思列寧主義哲學世界觀，具有爲人民服務、爲無產階級戰鬥的精神。曹操的爲人當然談不到這些個，我們也不能反歷史，拿這些個來要求曹操。

個人主義者和個人英雄主義者是孤立的人。易卜生説：「最孤立的人是最堅强的人。」這話不十分正確。我要説：最孤立的人是最容易感到悲哀的人。個人主義者以及個人英雄主義者總是自以爲高人一等，高高在上還不算，同時，他們還脱離羣衆，不能相信羣衆，乃至除了自己而外，不敢相信其他任何人。他們没有朋友，没有知己（舊時更談不到同志），没有可與共患難、共憂樂的人。這是孤立，這是孤寂。人是羣居的動物，孤寂是不容易忍受的痛苦，于是乎悲哀跟踵而至，成爲他的影子，他走在哪裏，它就跟在哪裏。

馬卡連柯説：「老實説，過去的文學就是人類的痛苦的一本老賬簿。」（馬卡連柯：《論共産主義教育》）痛苦是一切悲哀的根源。一個人没有痛苦（精神上或肉體上的）就没有悲哀。曹操是個人英雄主義者。曹操是孤立、孤寂的人。因此他的精神是痛苦的。何况他又是一個詩人，而詩人對于痛苦又是非常敏感的，于是乎他感到了悲哀，也寫進了詩裏去。我們也就怪不得劉勰和鍾嶸説他的詩是「悲」、「哀」。

然而，曹操的詩畢竟並非止于悲哀而已。上文已經説過，曹詩表面是悲，骨子裏却是壯；表面是凉，骨子裏却是熱；消極之中，有其積極的因素。毛澤東同志在他的《浪淘沙·北戴河》一首詞裏，曾説：「魏武揮鞭，『東臨碣石』有遺篇」。這個「東臨碣石」指的是曹操的《步出夏門行》裏邊的《觀滄海》一篇。這一篇詩，我們就不能説它是悲哀。

這一篇詩一上來的八句，不過是記實、寫景。余冠英同志編的《三曹詩選》曾説：「這一章寫登山望海，是建安時代描寫自然的名作。」這説得很好。我却更以爲，這不僅是建安時代的名作而已。在描寫滄海這樣的題材上，後來所有的古典派詩人没有一個能趕得上他。這一篇詩的前八句的記實、寫景雖然好，後來古典派大詩人或者還可以寫得出。到了結尾四句：「日月之行，若出其中，星辰燦爛，若出其裏」，那一種偉大的景象，就只有象曹操這樣英雄詩人才能寫得出。這是因爲只有具有偉大感情、偉大理想的人，才能淋漓盡致地表現偉大的景象。相傳孔夫子曾經登泰山而小天下。在這裏，我們可以說，曹操觀滄海而胸羅萬象。這不僅只是記實、寫景，而是結合了偉大的景象而顯現出作者的偉大情感和偉大理想。在這裏，我們就看不見有半點悲哀的影子。

可惜，就只有這麼一篇。曹操其他的詩作裏，就多多少少地含有悲哀的成份了。我們只好批判地接受，就是說，剔除了其中的消極因素，而采取其積極因素。

我再說一遍，可惜就只有這麼一篇。然而，假如善善從長，我們就不能對一個舊時代的詩人作過分的要求，雖然我們也不能不作深入的批判。這一篇《觀滄海》究竟是一篇傑作。這恐怕就是毛澤東同志寫詞的時候所以提到的一個緣故吧！

（寫於一九五九年，刊於河北日報一九五九年四月十二日）

# 讀李杜詩兼論李杜的交誼

唐代兩大詩人李白與杜甫，生既同時，交亦至厚，這是一件很有意義的事。我們不必旁徵博引，只翻一翻少陵詩集，看了他贈李白的詩就有十首之多（其他關於李白之詩尚不在此數內）。且不用説盡人皆知的《夢李白》二首是如何情文兼至，只看他「余亦東蒙客，憐君如弟兄：醉眠秋共被，攜手日同行」四句，我們也應該覺察出兩人非復尋常的朋情了。

《舊唐書·杜甫傳》却説：

天寶末，詩人杜甫與李白齊名。而白自負文格放達，譏甫齷齪，而有「飯顆山頭」之誚。

「飯顆山頭」是怎的一回事呢？《韻語陽秋》上説：

李白論杜甫則曰「飯顆山頭逢杜甫，頭戴笠子日卓午，爲問因何太瘦生？只爲從來作詩苦」，似譏其太愁肝腎也。

《鶴林玉露》則謂：

太白贈子美云：「借問因何太瘦生？只爲從前作詩苦。」苦之一辭，譏其困雕鎸也。子美寄太白云：「何時一樽酒，重與細論文？」「細」之一字，譏其欠縝密也。

那麽，我們詩壇上這兩位巨頭似乎也不免有「文人相輕，自古而然」，也就是所謂「同行是冤家」

的嫌疑了。

不過我總懷疑於太白那四句詩的真實性，雖然號稱正史的《舊唐書》上已經那麽明明地記載着。李、杜詩風格的確不同，依舊説，則前者是飄逸，而後者是沉鬱；依近代之説，則一位像是「L，art pour lart」一位像是「L,art pour la uie」。但從古今中外的文學史上看來，凡生在同時而又是好友的大文人，作風却向來不一定一致；而這不一致却又并不妨害彼此的互相了解而締結了至深的友誼的。所以即便是太白真地寫了那麽四句送老杜，也未必即是《韻語陽秋》與《鶴林玉露》之所謂的「譏」。吾人常常對于所至親愛的人們開一個小玩笑，也就是所謂「愛之極，不覺遂以愛之者謔之」。至於老杜那兩句「何時一樽酒，重與細論文」（《春日憶李白》），我倒並不——而且也不能懷疑它的真實性。但是，必須得兩個人的意見不同，才可以「細」論文嗎？志同道合的朋友不一樣地可以嗎？用了一個「細」字，便説老杜是「譏」太白作品之欠於縝密，羅大經未免有點兒小氣；也就是説以小人之心，度君子之腹了。

然而我要説的還不在乎此。

我的一位好友常常對我説：「我總覺得太白彷彿對不起老杜似的：老杜爲太白寫了那麽多的詩，而且又是那樣的好，而太白却只寫給了老杜一首。」是的，太白只寫過一首詩給老杜，我没法替太白辯護。但是我却以爲如不論量而論質，那一首詩的斤兩也並不輕，雖然不一定抵得住老杜爲太白寫的十幾首。口説無憑，舉出便見。

我來竟何事，高卧沙丘城。城邊有古樹，日夕連秋聲。魯酒不可醉，齊歌空復情。思君若汶水，浩蕩寄南征。（李白：《沙丘城下寄杜甫》）

也許有人以爲這四十個字並不見得怎樣的高明。可是我總覺得七、八兩句，那氣象之闊大、情緒之沉鬱、意境之雄厚（恕我只能用這樣抽象的字眼），不但與李翰林平素飄逸的作風不同，簡直和老杜一鼻孔出氣。而老杜的《春日憶李白》則曰：「白也詩無敵，飄然思不羣，清新庾開府，俊逸鮑參軍，渭北春天樹，江東日暮雲。」這之下，便該是前面所舉的「何時一樽酒，重與細論文」那兩句了。通首讀來，也并不是老杜平素的厚重的風格，而又很像太白一般地飄逸了。假使兩個人交誼不厚，了解不深，怕不能息息相通地起了共鳴到如此的田地的。

況且老杜如果真個地不滿意于太白之作風，而以爲他有欠於縝密，何以劈頭便説「白也詩無敵」呢？難道是「將欲取之，必姑與之」的手法，「將欲抑之，必姑揚之」嗎？别人也許如此作，老杜却不是這樣的一個人。試看他在成都之日，嚴武的威勢，炙手可熱，他一不滿意，也還是破口大駡。假若他不滿意於太白，又何必取那種「取」、「與」、「抑」、「揚」的手段呢？

兩位作家的交誼，竟至影響到彼此作品的風格之相通，這就是我所謂「很有意義的」的一件事。

（寫於一九四六年十二月三十一日，刊於天津民國日報一九四七年四月四日）

# 朗誦了杜甫《自京赴奉先縣咏懷五百字》以後寫給中文系三年級同學的一封公開信

同學們：

十月二十七日，我曾爲你們全班朗誦了杜甫的《自京赴奉先縣咏懷五百字》，不知你們聽了，有什麽印象和感想。其實我倒覺得我在朗誦前的談話或者可供同學們學習古典詩歌的參考；至於我的朗誦，則反在其次了。

但是我因爲準備得不够充分，以致有些話説得不够明白，甚至于辭不能達意。現在趁着四年級同學們在實習，而我没有課上的時間，寫這封信，作爲補充。

抒情詩主要是作者情感的表達。不過有一點必須注意，就是：它決不可能不表達作者的思想。抒情詩，特别是偉大的抒情詩人的作品，俱都是情感結合着思想，思想結合着情感；一句話，情感和思想水乳交融。倘不，那作品便不能成爲偉大的詩篇，而那作者也不能成爲偉大的詩人。然而我們又必須知道：在抒情詩裏，作者的思想是透過了作者的情感而顯現出來的。這樣，它才可以不至於成爲有韻的哲學論文；也就是説，不至於乾燥無味，不至於概念化、教條氣。此外，爲了增加作品的動人

（使人受感動）力，說服力，詩人在其抒情詩作裏，還利用了他的寫景、紀事的藝術手腕。而這寫景和紀事又並非爲了寫景而寫景，爲了紀事而紀事。抒情詩之所以要寫景和紀事，只是要使所寫的景、所紀的事加强思想和情感的表達。（其實，一切不朽的散文作品也莫不如此，即是說，其中結合着情、思、景、事；只是四者的成分的輕、重、多、寡不同乎抒情詩歌而已。）

作品的思想內容越深刻、越偉大，就越需要作者的藝術表現力。就爲了這原故，一位哲學大師一定是一個語言大師，即：大作家，決沒有例外。世界上可曾有過辭不達意（意，等於思想）的哲學大師嗎？

但這還不是我們此刻所要提的問題。

作者的感情越深厚、越偉大，當其發而爲作品（特別是抒情詩）的時候，也就越需要作者的藝術表現力。不用說，一位偉大的抒情詩人也一定是一個語言大師。這也決沒有例外。世界上可曾有過不能表達自己深厚、偉大的情感的大詩人嗎？

然而問題還不在這裏（因爲這根本不能成爲問題）。

問題在於：一個大哲人在表達他的深刻、偉大的思想的時節，和一個大詩人在表達他的深厚、偉大的情感的時節，哪一個更爲艱難些？

這確乎是一個不容易解答的問題。

自古至今，還不曾有過一個既是大哲學家，又是大抒情詩人的作家（自然，這是就其最嚴格的意義來講；倘若就廣義地來講，上文已說過：抒情詩人不可能不表達思想；而大思想家的散文裏面也自有着詩意）。倘有，我們或者可以就他的兩種不同的作品加以分析和體會，而得出一個比較合理的、近於事實的答案來。然而竟没有，這就難了。

倘若我自己既是思想家，又是詩人，即使並不偉大也罷，或者根據平時創作的經驗，而得出一個比較合理的、近於事實的答案來。然而我當然絶對並不是，這就又難了。

不過我還是想本着我平素讀書的一點一滴的體會，試着來解答這一問題。

答案很簡單：後者難於前者。

（二十八日寫至此）

一切思想的來源皆是客觀事物的反映。一切正確的、成熟的（不用説深刻的、偉大的了）思想也是個知識問題，所以它也就屬於科學問題。

正確、成熟的思想是由最初的、甚至一點的感性認識成長起來的。它可能經過漫長的歲月和曲折的途徑。這最初的一點感性認識經過思想家搜集所有有關的材料，結合了生活實踐，考察客觀事物的運動過程及其發展規律，縝密地、全面地去思考和分析，而得到綜合性的結論。

這一運動、發展以至於成長和成熟的過程當然極其複雜；而且其複雜恰與思想之深刻、之偉大成爲正比例，即是説，那思想越深刻、越偉大，那過程就越複雜。

不過不管那過程是多麼複雜，多麼樣的千頭萬緒，其思路之脈絡却非常之清楚。可以斷説，成熟了的正確思想永遠源出於清楚的思路。倘若那思想的脈絡有一絲毫的模糊，混沌，到綜合而爲結論的時候，必然導致思想的全盤錯誤，或有着某種程度的偏差。

毛澤東同志在其《實踐論》裏告訴我們：「要完全地反映整個的事物，反映事物的本質，反映事物的內部規律性，就必須經過思考作用，將豐富的感覺材料加以去粗取精、去僞存真、由此及彼、由表及裏的改造制作工夫」。（着重點是我加的——隨）這所謂「思考作用」，我在上文把它叫作複雜的思想過程。至於「去粗取精、去僞存真、由此及彼、由表及裏的改造制作工夫」，我此刻則擬稱之爲思想家的手段。思想而曰「手段」，似乎欠通。但因爲思想家處理思想的方法正一如事業家處理事務的手段，所以我説「思想的手段」，同學們盡可以不以辭害志。一個思想家必須具備這「去粗取精、去僞存真、由此及彼、由表及裏」的手段。而且也只有如此，才能够使思想的脈絡清楚，才能够得出無偏差、不錯誤的結論來。

寫到這裏，我得作個自我批評：我之不是一個思想家，正如同我之當不起一位抒情詩人，雖然我曾寫過不少類似乎抒情詩的東西；所以説來説去，怕是越説越不得明白。不過我還是自信有一點作得正確：那就是上文引用了毛澤東同志所説的「去粗取精、去僞存真、由此及彼、由表及裏」。這是我在這裏第四次引用這十六個大字了，這十六個大字不好説是儒門的「十六字心法」，可實在稱得起是「十六字真言」，就「真言」這一詞的字面意義，而不是就其宗教的、傳統的意義來講。我們必須「如是説」,「如是信、如是行」。在其前、其後,其餘的我所説,就算他是「白説」了也罷。

但我還是得説下去。

那清楚的思路之脈絡和這正確的思想之「手段」也只是一回子事。有了後者就不愁没有前者;正要有前者就必須先掌握住後者。

堯之時,九年大水。一般人看來,只是一片白茫茫;或者引用《尚書》的話:「蕩蕩懷山襄陵。」但在「神」禹「刊」、「奠」的時節,他是清楚地看出「天下」之水的來龍去脈的。水自水,山自山。而「神」禹却隨順着山勢而疏導了水路:夫然後,才能使「水由地中行」。這是何等地「去粗取精、去僞存真、由此及彼、由表及裏」的思路和手段(我在這裏是第五次引用了毛澤東同志那十六個大字了)!

一位思想家也正是如此。

思想的成長及其成熟,其根源也就在於此。

「神」禹治水,受盡了辛苦,遭遇了不少艱難,難道一位思想家在其思想過程中,不也正是如此嗎?

我之所以費盡了笨力氣,説不清也試着去説思想過程和思想方法(這一點,我倒放心,因爲有毛澤東同志的文章在),總之在於要説:思想家雖然不無辛苦,不無困難,但過程如彼,方法如此,來龍去脈,有條不紊,則在表現而爲語言、文學的時節,由淺及深,自卑登高,由簡單而趨於複雜,再由複雜而化爲單純:似乎還不致於太困難(自然,相當的困難也不可能絕對没有,譬如使用語言、文字的技巧)。

(三十日)(三十一日以事未續寫)

情感也是客觀存在的反映。它是感性認識這一階段的產物。而感性認識又是理性認識(即思想的)木之本、水之源(毛澤東同志《實踐論》),就爲了這原故,深厚的、偉大的情感就往往孕育着深刻的、偉大的思想。

深厚的、偉大的情感同時也是正當的、真摯的(在某一歷史階段和某一階級的條件之下)情感。但我們必須把前者同後者區分開,因爲並不是所有一切正當的、真摯的情感都是深厚的、偉大的。

我們試一分析偉大抒情詩人的詩篇,在剥去其情感的外衣之後,就往往發見其深刻、偉大的思想的核心。而且這思想之偉大正與情感之偉大成爲正比例。換言之,即是:偉大的感情一定含有偉大思想的成份;即是:沒有偉大思想的成份就不能成其爲偉大的情感;甚至於可以説:沒有了偉大的思想成份,也就沒有了偉大的情感。

(偉大的抒情詩篇《離騷》就是最顯著的例證。)

深厚的、偉大的感情在其最初,也只是一點。其所以終成爲深厚、偉大,也自有其運動、發展的過程:這也要經過漫長的歲月,甚或曲折的路徑,尤其是要結合着豐富的生活經驗和體會。莊子説:「水之積也不厚,則其負大舟也無力。」情感之所以深厚而偉大,也正爲它「積」得「厚」。最初的一點情感，一觸即發，不拘用了何種形式，總是如曇花之一現，胰子泡之騰空，縱然一時之間，光輝燦爛，但爲時不久，便歸幻滅，決到不了深厚、偉大的境地。

同學們都知道「雪崩」這一名詞。在拔海幾千公尺的高山頂上，有一塊雪團突然崩落下來，這在當初原本是小小的一塊。但當其輾轉下墜，沿途沒有一刻停留，隨時也就沒有一刻不粘附了沿途的積雪而增大了體積。就這樣，經過了一個相當的時期，經過了幾千公尺的高度，待到它降及平地的時節，它就成爲具有雷霆萬鈞之力的「龐然大物」，這時山下所有首當其衝的城鎮、村落、人畜、廬舍便都被它全部掩埋，甚至整個兒摧毁了。

深厚、偉大的情感在其發生以至形成的過程中，恰恰有類乎此。

我在上文說情感孕育着思想；但它畢竟不是思想（縱然可以上升爲思想）；它和思想有着根本的區別。

它縱使並非「混然一氣」，而且決非「漆黑一團」，但它總是屬於綜合性的，不像思想之那麼具有條理。

（我只是說情感不像思想之那麼具有條理，并不是說情感沒有條理。情感也自有它的來龍去脈，而且有條不紊。不過古來的偉大抒情詩人往往行乎其所不得不行，止乎其所不得不止，幾乎是自發而不是自覺：這就更使人乍一見，覺得他的情感不那麼具有條理了。）

正如同大思想家在其著作中表現其深刻、偉大的思想，大詩人也在其抒情詩篇中表現其深厚，偉大的情感。但大詩人却不能像大思想家之分析其思想似地，去分析他的情感。他甚或不能像大思想家之認識其思想似地，去認識他的情感。大詩人的情感越深厚、越偉大，則其分析它、認識它，也就愈發不容易。他只是感覺到它無一時、無一刻不在鼓舞着他。

因此，我說，一位詩人在其詩篇中表現其深厚、偉大的情感難於一位思想家在其作品中表現其深刻、偉大的思想。

（十一月一、二日寫）

現在，我來試着作個小結：

思想屬於「已知」，所以說來「左右逢源」，頭頭是道。情感有時屬於「未知」（因爲它還沒從感性認識上升爲理性認識）；即使知，也免不得知其然而不知其所以然。世間決沒有寫不出來的知（寫不出，只是不知）；却確乎有說不出來的情。作家有時說：「非筆墨所能形容」。這雖然近似乎否定了自己的創作才力，否認了文字的表現功能，但我們却未嘗不可以原諒他的苦衷。一個人在情感激動的時節，就往往語無倫次。大詩人當然不至於此。然而駕馭情感、驅使語言，在大詩人也並不是沒有麻煩。抒情詩人要寫他的情感，大約須在心境較爲平靜之後，才能分析情感的來源，認識情感的過程，而作成詩篇。這就不僅祇屬於感情問題，而兼屬於知識問題了。這就是魯迅先生之所以說：「陶淵明作乞食詩的時節，大概醺然有點酒意了。」在西洋，有一句成語：「接着吻的口不能唱歌。」也就是這個道理。屈原是我們大家公認的偉大的抒情詩人，而《離騷》是我們大家熟讀的偉大的抒情詩篇。在未寫《離騷》之先，屈原固已長時期地目睹其祖國政治之腐敗，官僚之昏庸，與夫國運之日薄西山，民生之水深火熱，而又莫可如何，他的情感熾熱得心血都沸騰起來了。在他寫《離騷》的時節，他的情感仍然是熾熱的，他的心血也繼續在沸騰，所以寫出來的辭句，不但內容洋溢着熱情，其文字也就往復回環，有時且近於重沓、煩絮。重復是修辭學的大忌。中外古今的作家無不竭力避免。只有屈原的《離騷》是個例外。重復在別的作家是缺點。在屈原，却成了優點。譬如重山叠水之往還回互，又譬如天際層雲之舒卷堆積，能使得游者、觀者之情思亦隨之而轉移、而起落。這不專因爲屈原的文學天才特富，寫作技巧特高。還是我們常說的那句話：內容決定形式。別的作家在寫作時的重復是因爲內容貧乏。屈原的《離騷》的重復則是由於內容的豐富，也就是莊子所說的「積也厚」。自然，也由於作者有着豐富的生活經驗和豐富的字匯、語匯，這就使得他在辭意重復的時候，仍然具有不同的表現方法；這也就使得我們讀者只覺其語氣之加重，重點之突出，而並不覺得如別的作家的重復之可厭：因爲作者情感不但不是一句兩句說得出，而且還不是一遍兩遍所能表現得盡的。這樣的作品不只是字縫裏有字，而且字背後有字。（於此，歷來古典文學批評所用的術語如「弦外之音」、「下筆鎮紙」等等都用不上。必不得已，「力透紙背」庶幾乎近之。）這豐富的內容、也就是「積也厚」的情感，未始不是作者的生活上痛苦（當然，我這是就舊的不合理的社會裏有正義感而受着壓迫的人們而說的），同時在寫作上也使得他有困難。

一五二

（三日未寫，四日寫至此）

以上爲一節，説作品何以字背後有字。

下節就杜甫的《自京赴奉先縣咏懷五百字》略作分析。

杜甫的《自京赴奉先縣咏懷五百字》是一首抒情詩，而且是一首偉大的抒情詩。其所以是抒情詩，因爲古人所謂「詠懷」，恰相當於現在我們所謂「抒情」。其所以是偉大，則因爲内容洋溢着深厚、偉大的情感。

老杜的這首詩寫於唐玄宗天寶十四年（公元七五五），是在安禄山叛變的前夕；其明年，「漁陽鼙鼓動地來，驚破霓裳羽衣舞」，玄宗便出奔西蜀了。馮至《杜甫傳》説：「這正是唐朝成立以來統治集團的奢侈生活與人民所受的剥削痛苦都達到前此未有的時刻」；「但他（老杜）當時並不知道，安禄山已經起兵范陽，而唐代的社會從此便結束了它的盛世，邁入了坎坷多難的時期。」這具體地説明了這首詩的産生的時代背景。

所有抒情詩的核心内容毫無例外地是詩人主觀地抒寫自己的情感。但人的情感不能無因而生；它有着産生它的客觀存在；情感也是客觀事物之反映。但普通的抒情詩人所抒寫的情感常常是「悲歡不出於一己；憂樂無關乎天下」。大詩人則不然。大詩人不但是人民的兒子，而且是人民的喉舌；他的自我作爲「個體」是血肉般密切地聯繫着，不，混合在全人民的「整體」之中的。他在其詩篇裏所抒的情是全人民要說而說不出來，要說而說不清楚的情。就因此，他所抒寫的悲歡、憂樂也正是全人民的悲歡、憂樂。總而言之，一句話，他表白了他自己，同時，也就表白了全人民。

屈原的《離騷》是這樣的作品。老杜的「詠懷五百字」也是這樣的作品。（用不着說，凡是偉大的抒情詩篇都是這樣的作品。）

不必懷疑，老杜絶對讀過《離騷》，而且還是熟讀和精讀（他自己說過：「熟精文選理」；而《文選》裏面就有《離騷》）。他也不能不受屈原的影響。「詠懷五百字」之中，特別是在前十六韻（一百六十字）裏，即從開端至「放歌破愁絶」一段裏，就有幾處（我只是說：有幾處）很近似乎《離騷》。爲了讓同學們便於參考，列表如下：

| 詠懷 | 離騷 |
| --- | --- |
| 許身一何愚，自比稷與契？ | 湯禹儼而求合兮，摯、咎繇而能調。 |
| 窮年憂黎元，嘆息腸內熱。 | 長太息以掩涕兮，哀民生之多艱。 |
| 生逢堯舜君，不忍便永訣。 | 余固知謇謇之爲患兮，忍而不能舍也；指九天以爲正兮，夫惟靈 |

修之故也。

顧惟螻蟻輩，
但自求其穴。
以茲誤生理，
獨耻事干謁；
兀兀遂至今，
忍爲塵埃没。

衆皆競進以貪婪兮，
憑不厭乎求索。
寧溘死以流亡兮，
余不忍爲此態也。

杜甫決不是模仿屈原。我們的先賢在兩千餘年以前，就曾說過：「勿抄襲；勿雷同。」既是創作，便不能有一絲毫模仿的痕迹，何況又是大作家如老杜其人。但「咏懷」和《離騷》却有些地方如此之近似，這只能說是「巧合」；而這「巧合」並非偶然性的，而是必然性的。我在上文說過：在未寫《離騷》之先，屈原固已長時期地目睹其祖國的政治之腐敗、官僚之昏庸、與夫國運之日薄西山、民生之水深火熱，而又莫可如何，他的情感熾烈得心血都沸騰起來了。在他寫《離騷》的時節，他的情感仍然是熾熱的，他的心血也繼續在沸騰。難道杜甫在寫「咏懷」之先、之時，不也正是如此嗎？客觀的環境相同，主觀的情感相同，則其寫作時之驅使文字有些地方近似，即便說是巧合吧，也自有着必然性的。

老杜之寫「咏懷」和屈原之寫《離騷》，不但客觀的環境相同，主觀的情感相同，而且創作動機和主題思想也相同。屈原在《離騷》裏面說：「豈余身之憚殃兮？恐皇輿之敗績。」老杜的「咏懷」也正是如此。有了這一相同，就更使得《離騷》和「咏懷」，面貌各異，精神相通。（附帶説幾句：中國歷代抒情詩人下筆便是「嘆老悲窮」。有的文學批評家發現了這一點，於是追本窮源，就把「始作俑者」的罪名加在屈原和老杜的身上，這真是寃哉枉也。不錯，屈原和老杜在其作品裏，確曾嘆過老、悲過窮。然而他們的嘆老悲窮，却處處聯繫着被壓迫、被剥削的人民大衆，而不是專爲了「小我」：這就不能和二、三流的抒情詩人相提并論。誰若是只看見他們嘆老悲窮，而看不見他們聯繫着人民大衆，誰就是個近視眼；從此出發而作出的批評也就成了「一面之辭」。）

然而「咏懷」與《離騷》畢竟有着根本的不同：如果説後者富有幻想的色彩和氣氛，前者則是純粹的古典現實主義作品。關於這，下文將隨時予以説明。

（七日寫）

「咏懷五百字」可分爲三段。自開端至「放歌破愁絶」爲第一段：作者序述自天寶五年（公元七四六）至天寶十四年（公元七五五）這十年中客居長安的抱負和遭遇，也就是追述動身赴奉先縣以前的生活狀況。自「歲暮百草零」至「惆悵難再述」爲第二段。叙述自長安啓程的情形以及路過驪山的見聞和感觸。自「北轅就涇渭」至末尾爲第三段：序述旅程的艱苦以及到家後的悲痛。顯而易見，這一首五百字的長詩是結合着情、景、事物以及思想而寫成的。

一首五百字的長詩就這麽簡單嗎？是的，就這麽簡單；但又不這麽簡單。

若是二、三流作家在這樣的遭遇、這樣的辛苦旅程、這樣的悲痛的家庭環境之下，或者也大有可能寫出一篇動人的詩歌來。但他寫來寫去，其結果一定寫得集天下最大之不幸于自我一人之身：這樣，即使他能寫成一篇真摯的、使人同情的作品，但却決不能寫成一篇偉大的、不朽的作品。

當然，在這樣的境況裏，老杜也不能說自己是幸福的。我們也不能要求他具有革命的樂觀主義精神。他在生活上的失敗和不得志，就從他客居長安時算起吧，到他寫詩時，也有十來個年頭兒了。這抑鬱、悲憤的情感「積」得不可謂之不「厚」。有了預先存在的這一因素，再加之以當前的經歷和見聞，就點燃着了「千子鞭」夾雜着「雙響」、「雷子」、甚至於「流星」、「起火」，劈拍、乒乓、砰訇地爆發了、震響了似的發而爲詩。但在當時歷史條件之下，這爆發、這震響總是受着外界的壓迫和內心的抑制而不能盡情地、痛快淋漓地爆而且響。不錯，這個「千子鞭」確是爆了、響了。但聽來總覺得有如濃厚的層雲之外的沉雷，縱使是像《詩經》所說的「殷其雷」，雖然未嘗不轟轟然、隆隆然，但終究是悶雷，而不是焦雷。老杜自己也感覺到了這一點，所以他在中篇嘆息着說：「惆悵難再述」；而在篇末又大書了：「憂端齊終南，澒洞不可掇」。（澒洞與混沌、鶻突、胡塗、荒唐諸詞音義俱相近。）

可以說，「咏懷」與《離騷》一樣是字背後有字的作品。

但在同是字背後有字這一點上，「咏懷」也不同乎《離騷》。

我在上文用了重山疊水和層雲堆積來形容《離騷》之字背後有字；方才則用了悶雷來說明「咏懷」之字背後有字。不知同學們聽了，可有同感。不過即使同感，我還是不曾真正解決了這一問題；

因爲這只是就兩篇的風格來講，縱然講得或者不差，也只是講出個「其然」，而不曾講出「其所以然」。

《離騷》之所以如彼，「咏懷」之所以如此，有着兩種原因：

屈原的時代（歷史階段）不同乎老杜，雖然兩人都生活在階級社會裏面。屈原時，君權還不曾發展到極權的程度，所以他用以表達情感的語言的限度就較之老杜爲寬一些、大一些。自來注釋「楚辭」的人都把「靈修」一詞當作君王的代稱。但屈原還可以說：「傷靈修之教化」；「怨靈修之浩蕩兮，終不察夫民心」；其尤爲明顯的則是：「哲王又不寤」。至於他攻擊當時當權的官僚們的辭句，如：「衆女嫉余之蛾眉兮，謠諑謂余以善淫」；「衆皆競進以貪婪兮，憑不厭乎求索；羌内恕己以量人兮，各興心而嫉妒」（例繁，不備舉）：就更爲不客氣。

（九日寫）

杜甫就不然。

杜甫生晚於屈原者將近千年。而且自秦迄唐，封建政治制度已經有八九百年之久，君權業已發展到了極權的程度。「積習」之下，再加之以作者自身的階級局限，他的表達情感的限度就較之屈原爲狹一些、小一些。天寶時代的「明皇」實已成爲「昏君」，而老杜一則曰「堯舜君」，再則曰「聖人」。楊國忠禍國殃民，有哪一些能比得漢代的衛青、霍去病？而老杜却說：「况聞内金盤，盡在衛、霍室」。明皇全不以國事爲念，而老杜確說：「聖人筐篚恩，實欲邦國活」。當時在朝廷的盡是一班「羣小」，而老杜却說：「多士盈朝廷，仁者宜戰慄」。當然，這些都可以理解爲諷刺，不便說是詩人的曲筆。我也不必說暴君治下臣民的冷嘲是言論不自由的一種病態現象；我也不必說冷嘲是奴隸的語言。但是無論如何，冷嘲總不如熱罵之來得痛快，來得淋漓盡致。就爲了這緣故，所以老杜在寫了「鞭撻其夫家，聚斂供城闕」和「朱門酒肉臭，路有凍死骨」這樣驚心動魄的詩句之後，還慨嘆於「惆悵難再述」。這「惆悵」、這「難再述」就說明了老杜於上舉的那四句之外，尚有千言萬語、千頭萬緒，更甚於那四句者，還没有說出來、寫出來。他不曾說出來、寫出來。不是因爲他才短、或者偷懶，而是那時代、即歷史的客觀條件所造成的。

「咏懷」之不同乎《離騷》，此其一。

再就是創作方法的問題。

屈原的《離騷》，上文說過，富於幻想的色彩（或可直稱之爲：浪漫的色彩）。老杜的「咏懷」，上文也說過，則是古典現實主義的作品。幻想可以使作者上天下地，馳騁自由。而現實主義、特別是古典現實主義就往往使作者爲客觀存在、尤其是封建政治社會制度下的不合理的客觀存在所拘束，而不能暢所欲言。這就又使得「咏懷」不同乎《離騷》。

有了這兩種不同，我就說「咏懷」和《離騷》面目各異。

但這面目各異却又不妨害其精神相通。

我曾舉出《離騷》裏的「豈余身之憚殃兮，恐皇輿之敗績」，斷說「咏懷」和《離騷》之精神通。此刻我想再舉出「咏懷」裏的「實欲邦國活」，說這正與《離騷》之「恐皇輿之敗績」相當。這個「實欲邦國活」在「咏懷五百字」裏，老杜雖然奉送給唐明皇，實則這並非明皇的意圖，而是作者自己的願望。爲了「實欲邦國活」，所以老杜不但「自比稷與契」，而且「窮年憂黎元」；爲了「實欲邦國活」，所以老杜想到了「彤庭所分帛，本自寒女出」，而且警告：「多士盈朝廷，仁者宜戰慄」；又絶叫出：「朱門酒肉臭，路有凍死骨」。（這樣，邦國就不能活了！）也就爲了「實欲邦國活」，所以大詩人於家室飢寒，幼子夭折之際，仍然「默思失業卒，因念遠戍卒」。這是悲歡「超」出乎一己，憂樂「有」關於天下的抒情詩。「咏懷五百字」之所以成爲偉大的詩篇者，以此。

且又不僅於此而已。

大批的人民失業，大隊的士卒遠征，必然導致整個社會和整個國家的崩潰（古今中外，同此理，同此例）。詩人由於自身的不幸而想到了「失業徒」和「遠戍卒」，這不但是偉大的人道主義，而且是偉大的政治思想。就算老杜那時只是感性認識也罷，但這是何等的了不起的感性認識啊！

（說「咏懷五百字」是抒情詩，只是爲了方便。這一首長詩實不止於抒情而已。老杜不曾作過史詩；但他的詩作歷來就有「詩史」之稱。「詩史」！這再恰當也沒有了。因爲老杜的許多詩都是一面、一面的鏡子，反映出當時唐代政治、社會的腐敗、崩潰的真正原因及其真實情況。）

（十四日寫）

現在，我再來試着作個小結：

一篇作品是一個整體，它完整得有如一件完美的藝術品。這整體又是由若干個體組成：積字成句，積句成章（段），積章成篇。字與字、句與句、章與章密切地聯繫着，成爲一連串的鏈索在運動着，在發展着：由低級到高級，由簡單到複雜。在發展的階段上，也自有其重要的環節。我曾說，老杜的「咏懷五百字」可分爲三節（也就是章）。在第一節裏，重要環節是：「窮年憂黎元」；第二節，是「彤庭所分帛，本自寒女出」和「朱門酒肉臭，路有凍死骨」；第三節，則是「默思失業徒，因念遠戍卒」。由第一環節的抽象概念出發，進而爲第二環節的具體描寫；再由第二環節的紀述京師之所見聞進而爲第三環節的對於全國的關懷：也是在運動，在發展着的。這就表現出大詩人的偉大的情感，同時，這偉大的情感之中，也就孕育着偉大的思想；因之，而寫成了偉大的詩篇。但我們也要注意到作者的偉大的藝術手腕。藝術手腕而說是偉大，就算它是我的誇張吧。但我以爲在詩歌中，作者必須具有偉大的藝術手腕，才能完美地表現出他的偉大的情感和思想來。一篇之中，章無剩句，句無剩字，自不必說，選詞造句，加工之後，復歸於自然，也不必說。我此刻要同學們注意的是：一個大詩人在寫作時，除了留心於字的意義、字的形象之外，尤其留心於字的聲音。他不但善於利用字義、字形來表現、而且還利用字音來表現他的情感和思想。蘇聯的教育家兼作家馬卡連柯說：「如果一個人記不得我們的優秀的詩人，聽不出語言的音調和其中交錯的旋律，他就不能成爲一個很好的散文作家。」（《和初學寫作者的談話》）散文且然，而況于詩？杜甫這一首「咏懷五百字」之中，可以說是沒有一字一句不是沉鬱，不是有力量，不是轟轟然、隆隆然（在那些警句中，尤其突出）。這樣，他就成功地表現出他的「積也厚」而又說也說不完、說也說不出的偉大的思想和情感來。這樣，他就寫出了既同乎《離騷》、而又不同乎《離騷》的、字背後有字的不朽的詩篇來。

（十五日寫）

以上爲一節，略析說杜甫的《自京赴奉先縣詠懷五百字》。

下節試說怎樣朗誦作品。

作品朗誦的基礎建築在對於作品的了解和體會上。不可能想像：對於作品沒有徹底的了解和甚深的體會，而能有成功的朗誦。

了解又是體會的基礎。沒有了解，就談不到體會。不可能想像：根本不曉得一篇作品的思想性及其藝術性，而能體會它的精神。

於此，必須解釋一下「體會」這一名詞的涵義。

曉得一篇作品的思想性及其藝術性，這是了解。在熟讀深思之後，作品的思想性及其藝術性不獨屬於作者，而融化在我們讀者的思想和情感裏，覺得作者在其作品裏所寫的、所說的一切都是讀者所要寫而寫不出，所要說而說不好的：到了這時候，我們才可以說作到了甚深的體會；同時，也就達到了徹底了解的程度。

據説譚鑫培（叫天）當年曾説過：「我演空城計，就是諸葛亮；演賣馬，就是秦瓊。」這就是説，叫天對於劇本的内容和劇中的人物性格有着徹底的了解和甚深的體會，所以在演出時，並不是叫天在扮戲，而是諸葛亮和秦瓊出現在臺上而言語、行動，而喜、怒、哀、樂。這是叫天成爲名震一時的演員的成功秘訣（其實也就是正確的方法）。叫天那麽説，是老實話，而不是「故神其説」。

蘇聯的史楚金以扮演列寧而名聞世界。他曾寫過一篇我怎樣扮演布雷喬夫。布雷喬夫是高爾基的劇作《耶果爾·布雷喬夫及其他》裏的主角。史楚金在這篇文章裏，自述他在扮演布雷喬夫之先，如何地「想爲自己的角色找尋大量的色彩、大量的素材」；如何地「積累更多的素材，……能理解和捉摸到布雷喬夫的性格和形象作爲活生生的人的特征」：我在這裏都無復述之必要。我只説：這就是史楚金事先要對布雷喬夫有徹底的了解。史楚金經過了一番辛勤的勞動之後，他在文章裏説：「在一個夜晚，我覺得我所擬定的、所感覺到的、個别地獲得的、並試圖加以發揮的許多特徵，突然在我身上結合了起來。我覺得，就是那時節，我真正開始用活的布雷喬夫的語言説話了，開始用布雷喬夫眼光看周圍的一切，用他的頭腦來思考了。這與肉包子熟了，面團變成面包時的那一不可捉摸的瞬間是很相像的。」這説得非常好，因爲他説出體會到了「瓜熟蒂落，水到渠成」的境界來。

不要説譚叫天和史楚金都是演員，所以才那麽説。一個教師也是一個演員。教師是演員：這不是我説的，而是蘇聯的教育家兼作家馬卡連柯説的。

馬卡連柯說：一個教師是一個演員，要會用十五種不同的聲調來說「到這兒來」這麼一句短語。我想教别的學科的教師也許不必一定如此；若是語文教師，則必須如此。

一個演員對劇本的內容和主題，對於劇中的人物性格一定要先有徹底的了解和甚深的體會，然後才能使自己所扮演的人物形象活靈活現地出現在舞臺上，並且使觀衆以爲不是演員在表演那一個人物，而是那一個人物在那裏生活着。

一個教師對於作品的思想性和藝術性，以及作品中的人物性格也一定要先有徹底的了解和甚深的體會，然後在講解時，才能將作者的情感和思想，以及作品中的人物形象傳達給聽衆；使他們如聞其聲，如見其人：這豈不是同演員一樣？

然而一個教師畢竟不是一個演員。

演員在表演時不只使用語言。他還有動作。若是古典歌劇，他還利用唱歌和舞蹈來顯現劇中人物的外表、內心活動；此外，又有佈景和音樂；而且一齣戲很少是獨角演唱，主角可以有配角，幫襯之下，相得益彰：如此等等，都給演員以便利。

一個教師就不成。

他没有以上說的那些便利。

首先，他演的是一齣「獨角戲」；有時還要表演兩個以上的人物。

其次，要表達作者的思想、情感，以及作品中人物性格等等，一個教師所使用的工具只有語言，普普通通的語言，不是唱歌，更談不到音樂。自然，除語言之外，他可以借助於動作，如手勢、眼神、面部的表情以及身上的姿態等等，以補語言之所不及，或增加語言的力量。然而其限度却比演員小得多，小到百分之一，甚至千分之一；略一過火，便成了笑話。（例如：歌劇演員演到劇中人物「痛哭流涕」或「放聲大笑」的情節，他可以哭，可以笑。教師就不行。倘若他講到作品中「痛哭流涕」或「放聲大笑」的地方，真地痛哭或大笑起來，那只有大糟而特糟，不可能有第二種結果。）

教師較之演員爲占便宜的例也有一件：講解。但講解假如只是枯燥的、呆板的、教條式的說明，那就沒有感染力；因之，也就沒有說服力。在講文學課時，尤其是如此。

演員有舞臺藝術。教師也有講臺藝術。二者有其相通之點；而這相通却又決非等同。

後者更難於前者，至少，半斤八兩，後者決不易于前者。

我不是向同學們講文學教學法，還是趕快談談朗誦吧。

說到朗誦，它可是更難於講解。因爲講解時所用的說明、分析等等都使不上了，只剩下了語言，特別是語調。手勢、眼神、表情和姿態當然可以利用；但其限度較之講解更其小，不用說演戲了。

朗誦者的工具（也就是武器）只有語調：我說的是語調的高低、強弱、長短、粗細。在這一點上，朗誦和歌唱有其相通、而不是等同的處所。朗誦者就使用高低、強弱、長短、粗細的語調這一工具來傳達、來表現作者的情感和思想以及作品中所有的人物形象和性格。

要完美無缺地使用這一工具或武器而極度地發揮出它的功能，不用說，事先必須對於所朗誦的作品下一番徹底了解和甚深體會的工夫。而爲了了解和體會，朗誦者最好先具有文學的修養和科學的知識，特別是邏輯學、文法學、修辭學、語言學諸學科的知識。

有了了解和體會，有了文學的修養和科學的知識，也不見得就能朗誦到盡美盡善的地步。朗誦者還必須掌握運用語調的技術——說是藝術，怕要更恰當些。

這技術，即藝術，最重要的有三項：

一、念字；

二、重音；

三、運氣。

所謂念字，是說朗誦時不要一個字一口呼出，而要如明代唱曲家似地念出它的頭、腹、尾來。譬如「念」這個字，要清晰地、接連地讀出n、i、an三個音。自然，中國字並不是每一個都具備聲母、介母和韻母。有的只有聲母和韻母；有的則只有韻母。但在朗誦時，即使遇到後兩種類型的字，也要念出它的頭、腹、尾來。普通話以北京音爲基礎，特別需要口齒有力，每個字在發音時，都要首先叼住它，然後噙住它，最後才將它噴出去。如其不然，一個字一口呼出，縱使是大聲疾呼，聽者也只是聽得這個字的韻母嗡嗡作響，而不能清楚地聽出是個什麼字來。

所謂重音，是說一句之中，在朗誦時，有一個字或幾個字念得特別響亮而有力，高出乎其它諸字之上。這不是可以隨便亂來的；要依着這一句的內容涵義而定。魯迅先生在一篇文章裏曾說：爲了怕得罪人而老說「我愛你」也不成；因爲這可以被了解爲只許我愛你而不許別人愛你，或我只愛你而不愛別人。的確，這三個字組成的一句簡單的話可以兼有此兩種涵義，特別要看重音放在哪一個字上。譬如放在「我」字上，是前義；放在「你」字上，是後義。但假如放在「愛」字上，還可以有第三義：那就是我只是愛你而不見得恭敬你或信服你等等。凡是句中重音讀出的字，特別要叨、噙、噴的工夫，念出它的頭、腹、尾來。

所謂運氣——怕我也說不明白；因爲我只是在朗誦時，感到有此需要，而這一感性認識此刻還不曾上升到理性認識的階段。現在姑且試說。上文說過，一篇好作品是一個完美的整體：這就要求朗誦者需要如瓶瀉水，從頭至尾，一氣讀完。然而一篇作品不是一句話，生理的限制，一個人一口氣讀完它是不可能的，勢須換氣（喘息）。上文也說過，一篇作品之爲整體，乃由若干個體，字、句、章三者集合而成。其間自然不無停頓、休止之處：這正是朗誦者換氣、喘息的地方。但又不要忘記一篇之中，字與字、句與句、章與章之間，雖其停頓、休止之處，換氣了，喘息了，而那語調的氣勢也須上下、前後相關聯：使聽衆聽來，依然是一氣呵成。換言之，即換氣處不可成爲俗說的「大喘氣」，或者「斷了氣」。

（三十日寫）

以上我說得也許不够明白，我的能力限制我只能說到這個程度。不過我還得說下去。

沒有平鋪直叙的好作品。作者以及作品中人物的思想和情感有高潮，也有低潮，正如崗嶺之有起伏，水流之有緩急。因此，朗誦者必須與之相消息、相呼應，隨之而起伏、而緩急。這消息、這呼應在讀書時，成爲體會；在朗誦時，則成爲語調。也就爲此，讀者、朗誦者決不能，也不應該不受作者及其作品的感染、甚至蠱惑。我説是蠱惑，絶不是壞意思。這蠱惑表現在感受者方面爲傾倒、爲信服；表現在作者及其作品方面，則爲説服力，魅人力。

説是受感染、受蠱惑，那麽，讀者和朗誦者（包括作爲講解者的教師）就俱都是站在被動者的地位嗎？那却又不必盡然。在對一篇作品的感性認識還没有上升爲理性認識的時節，讀者確是被動的：他的情感和思想依隨着作者及其作品内容而變動着。待到有了徹底了解和甚深體會的時節，也就是到了理性認識的階段，他就能主動地掌握作者及其作品内容的情感、思想的運動、發展的規律，而去講解那作品、朗誦那作品了。朗誦是以了解、體會爲基礎的：這就根本具有主動性。而且朗誦者在朗誦時，必須是主動的，就仿佛作者親口讀自己的作品似地，甚至可以説，如同説自己的話似地。在這一點上，朗誦者等同了演員。譚叫天在未演「空城計」、「賣馬」之前，他一定先是被諸葛亮、秦瓊的情感、思想感染了；及至於排演成熟，登臺之後，叫天就不是叫天，而是諸葛亮、秦瓊：這就成爲主動的了。史楚金之爲布雷喬夫亦然。

（十二月一日寫）

復次，有了了解和體會作爲基礎，善能運用念字、重音的技術，朗誦也不見得能到十全十美的地步。朗誦還要具有熱情。有了熱情，雖不必如舞臺演員之真哭、真笑，而朗誦者却能將先前從作品中受到的感染、蠱惑傳達給聽衆，使其同受此感染，同受此蠱惑；使聽衆的思想和情感跟隨着朗誦的語調，而與作品內容相消息、相呼應，隨之而起伏、而緩急。

是的，朗誦必須具備熱情。

然而這熱情又須加以控制，不能讓它成爲興奮、緊張。興奮、特別是緊張往往使人喪失了理智，失掉了主動性，因之而不能正確地掌握客觀事物的發展規律，其結果就把事物處理得一團糟。熱情是一匹駿馬，它可以「奔逸絶塵」；但又是一匹「劣」馬，有時不但蹦、躥、踢、咬，使騎者跌落、損傷，而且信足奔馳，逸出正途。馬的駕馭，正如熱情的控制，不是限制它，而是納入正規，盡量發揮它的能力。這熱情的控制，我也名之爲運氣：很近乎俗語所說「沉住氣」，但「沉」字未免近於消極，所以我不用「沉」而用「運」。

如果我把朗誦時的喘息叫作「運氣」是屬於生理作用，則上文我把熱情的控制也叫作運氣是屬於心理作用，或精神作用。

朗誦要有主動性，要有熱情，而且要能控制熱情：這些而統名之爲運氣，或者不甚妥當；但我想不出一個更好的名詞來，現在就姑且仍名之爲運氣。

再來一個小結：

朗誦者於朗誦之先，對於所要朗誦的作品熟讀深思，達到了徹底了解和甚深體會：這是第一步工夫。善能運用技術將作品的內容念出來，使聽衆受感染、受蠱惑：這是第二步工夫。

必須記住：作品是客觀存在。

如果講書是用了説明和分析來表達這一客觀存在在我們腦中的反映，朗誦則用語調。所有念字、重音和運氣都必須嚴密地符合於作品的內容：這也就是存在決定意識。

必須辯證地、靈活地運用念字、重音、運氣這三種技術，而不能是機械地、公式式地。

（二日至三日寫）

以上爲一節，略説怎樣朗誦作品。

下節略説我在朗誦杜甫的《咏懷》詩時所遭遇的困難，便作結束。

舊時學塾的學生最重視朗誦，那是爲了背誦和記憶。舊時代的文人最愛朗誦，那是爲了「玩味」名作的風格，或者熟習名作家的筆調以便於自己寫作時的仿效。

總之，他們都是爲了學習。

現在我們朗誦則是對了聽衆，用語調來表達作品內容及其藝術特點。

因此我在朗誦杜甫的《咏懷五百字》時，首先遭遇了三種困難：

其一、詩歌朗誦，七言較易於五言，雜言較易於五言和七言，因爲一句之中，字數較多，則音節較繁，且長短句尤富於變化。而《咏懷》則是一首五古，自首至尾，五字一句，朗誦起來不免平板。

其二、假如這首詩是用現代漢語寫成，而所寫的又是現代社會現象，朗誦起來也許容易得多。而老杜所用的可是古漢語，所寫的又是唐朝的事情。

其三、詩歌有韻，這本是朗誦上的一種便利。老杜這首詩押的是入聲韻。我是河北人，嘴裏根本没有入聲，即使勉强讀出，終不自然。照着説普通話的發音朗誦，則有些句子的韻脚聽去就不能互叶。

但這三者還不成其爲主要的困難。

我把《咏懷》體會爲字背後有字的詩作。

同時，我又把朗誦認爲是只用了語調來表達作品内容及其藝術特點的。

這在我的朗誦，是一個對立的矛盾，也就造成我在朗誦上的主要困難。

詩作裏的字背後的字只有用了講解，即分析和説明，才可以表達得出。朗誦只能依着原文讀下去，一個字也不能有所增減。我又并不像馬卡連柯所説，能使用「十五種」不同的聲調。紙面上的字有時尚且念不好，字背後的如何能表達得出來？因此，我想，假如這首詩譜成了一支歌，由一個有修養的天才歌手去唱，再加之以音樂的伴奏，絕對可以把那些字背後的字唱出來，使聽衆聽出來。但歌唱能辦到的事，朗誦有時簡直無能爲力。現在是朗誦，不是唱歌。《咏懷》是一首詩，不是一支歌。何況我又并非一個歌手，即使它是一支歌，我也不會唱。因此，我又想，也漫説我體會不出這首詩的字背後的字，即使體會得徹頭徹尾，絲毫不差，我也不能用了語調將我所體會的完全表達出來。

這是個矛盾。

同時，這也就是我朗誦這首詩所遭遇的最大的困難。

我感到，這矛盾，我没法使之統一，而這困難，我也無力克服。

但事先我已經答應了同學去朗誦這首詩了，所以到時我也只有硬着頭皮出席、上臺。老實説，我是預感到我的失敗，即抱了失敗主義去朗誦的。當然這並不意味着我就潦草塞責，敷衍了事。我在朗誦時，是尚心尚意地運用我所能運用的語調想念出我對《咏懷五百字》的體會，即這首詩的字背後的字來的。倘若同學們聽了，當時覺得有點兒意思，至今還有點兒印象的話，這也不能算在我的帳上，而應當歸功於同學們之預先對這首傑作有着一定程度的了解和體會。

陸機説得好：「落葉因風而隕，而風之力蓋寡；孟嘗遭雍門以泣，而琴之感以末。何者？欲隕之葉，無所假烈風；將墜之涕，不足煩哀響也。」

現在可真到了作總結的時候了。

朗誦在學習上，特別是語文學習上，的確是一道要緊的工夫。舊時學童及文人的朗誦習慣倒也未可厚非，雖然也不可完全效法。

在我書齋窗外的小樹林裏，常常有俄語系的同學捧了課本，念出聲來。我想這是對的。朗誦可以幫助記憶、了解和運用語言。

我以爲我們中文系同學們在學習古漢語和古典文學時，也應該養成朗誦的習慣；而且我相信有些同學已經養成了。

古語說：「讀書百遍，其意自見（現）」。這句話說得很好，不過需要辯證地去了解它。

有口無心，滑口讀過，這樣，即使千遍萬遍，「其義」也不會「自見」。

朗誦可以幫助了解。但其基礎仍然建築在了解上。即是說，朗誦之先，對於一篇作品的字句已經搞通了。倘不，即使背誦得滾瓜爛熟，又能誦出個什麼道理來呢？

古語又說：「口而誦，心而維（思）」。「誦」一定要結合着「維」。一方面，口裏念着作品的字句；一方面，心裏琢磨着其內容的思想性和其語言的藝術性，日積月累，我們就能達到徹底了解、甚深體會的時候。這也就是個從量變到質變。

同學們的專業是語文，而且不久的將來便要去作語文教師。

一個語文教師應該記住：在講授文學課時，朗誦是講解的很好的助手。講解帶有分析性，而朗誦則帶有綜合性。逐字、逐句、逐段地講解了之後，聽者對作品已有初步的了解；教師再將作品從頭至尾朗誦一過，聽者對作品便容易得到一個完整的印象。

不過倘若講解的不清楚，聽者沒有初步的了解，朗誦決不會起任何作用，只可謂之曰「白費」。特別在講授古典文學作品時，尤其如此。

我們作教師的不可偏廢朗誦，但也不可過於倚仗朗誦。朗誦能補助講解之所不及，但它決不能代替講解。

至於在朗誦會上所作的朗誦，也有和上述相仿佛的情形。假如聽衆根本聽不懂朗誦的是什麽，那麽，朗誦者縱使對於所朗誦的作品有着徹底了解和甚深體會，加之以熱情，再運用上語調的技術，聽衆依舊「不知所云」；於是很好的朗誦也還是成了「白費」。

朗誦也要看對象，尤其是在朗誦古典文學作品時；因爲古漢語雖然絶對不是外國語，但和現代語畢竟有距離：聽衆文化程度和文學修養的深淺也決定着朗誦者的成敗。

蘇聯的馬雅可夫斯基恐怕要算得起一位朗誦自己的詩作次數最多的詩人，同時又是朗誦得最成功，且獲得最多的聽衆的。一九二七年，他曾在九個大城市裏，三十次朗誦他的長詩《好！》。在莫斯科，有一次「在政治技術博物館的擠滿了人的大廳裏舉行的……集會上，馬雅可夫斯基剛念完了

第九章的幾句——

列寧在我們腦中，

槍在我們手中——

聽衆中有一位年青的紅軍戰士從座位上站起來說：『還有您的詩在我們心中，馬雅可夫斯基同志！』」（科洛斯科夫：《馬雅可夫斯基傳》）

這可真算得是詩歌朗誦史上最動人的場面。這是跟他的詩作的思想性和藝術性、跟他的天賦的嗓音和聲調、跟他的朗誦技術和他的熱情分不開的。

但還有一件，我們不要忘記：馬雅可夫斯基的詩是用人民大衆的語言加工而寫成的。所以聽衆在「聲入、心通」之下，受了感染，受了蠱惑；而那位青年戰士當時就情不自禁地發出了贊嘆。不用說，馬雅可夫斯基的詩倘用了古代俄語寫成，朗誦時就不會得到如此成功。又假如他朗誦給不懂俄語的人聽，一定也是徒勞。

朗誦會上朗誦的成敗，有它的主、客觀條件。

朗誦者對於作品的了解和體會、朗誦的技術和熱情屬於前者。

作品和聽衆則屬於後者。

這封信斷斷續續地寫了一個月，而且我不久就要上課，就此打住。

祝同學們學習進步。

（十二月五日寫訖）

（刊於天津師範學院《教學與科學研究通訊》第十期、第十一期，一九五七年五月二十日、六月十日）

# 關漢卿和他的雜劇

我國偉大的現實主義劇作家關漢卿生于祁州(今河北安國縣);因長期居住在大都(今北京),所以多以爲是大都人。他由金入元,也有人稱他爲元代的「金之遺民」。他生存于十三世紀一十年代至十三世紀八十年代(確實的生卒年月不可考),享年約七十餘歲。

元朝滅亡了金朝之後,廢棄了自唐以來科舉取士的制度,這就斷絕了封建時代讀書人「上進」的途徑。同時,他們遭受着從古未有的輕視:當時有「九儒、十丐」之目;即是説,人有十等,讀書人比乞丐略高一等,列在倒第二。而蒙古時代的漢族又因爲種族矛盾,被嚴酷地壓迫着、剥削着。在這樣的客觀環境下,作爲漢族知識份子的關漢卿可以説是「一生潦倒」。

在元代大都,所謂「燕趙才人」,也就是不得志的讀書人曾有「玉京書會」的組織,專門編寫小説和劇本供給藝人的説唱和演員的演出。關漢卿也是這個書會的成員。因爲元代手工業和國内外商業空前發達,促進了城市的繁榮,于是供市民娛樂的戲劇運動也就蓬勃地發展起來。由金朝繼承流傳下來的雜劇這一戲劇形式,尤其受到廣大人民羣衆以及統治貴族階級的歡迎和愛好。關漢卿的畢生精力也就花費在雜劇的創作上。

關漢卿的戲劇活動并不盡止于劇本的寫作而已。元末賈仲名《録鬼簿續編》裏的《弔詞》曾寫他的「驅梨園領袖、總編修師首、捻雜劇班頭」。明代臧晉叔在《元曲選》裏，更明顯地說：「關漢卿輩……躬踐排場，面傅粉墨，以爲我家生活，偶倡優而不辭。」這「捻雜劇」、這「踐排場」的舞臺經驗既使得關漢卿更能精通、掌握雜劇這一戲劇形式，以從事于創作；而這「偶倡優」更證明了關漢卿背離了原來的士大夫階級，而深入下層生活，了解了人民羣衆的痛苦，能和他們有着共同的思想感情和共同的語言，因而寫出了史詩一般的偉大現實主義的劇作(這一點，在下文將隨時加以申明)。

在蒙古時代劇作家中，關漢卿是一位行輩較高的劇作家。在戲劇史上，他還是一位最多產的劇作家。一生所作的雜劇，據記載，共有六十六本。可惜的是傳流下來的只有十八本，其中還有兩三本，還有人懷疑并非他的作品。這十八本今年已由中國戲劇出版社彙印成爲《關漢卿戲曲集》。

乍看來，這十八本雜劇好像可分爲三大類：屬于歷史故事的爲一類；屬于男女愛情的爲一類；第三類則屬于斷案折獄，或叫做「公案」。這似乎没有什麽不可以。但這只是從戲劇的人物和故事來看關漢卿的劇作，而加以分類；却并未曾觸着關漢卿劇作的本質，即其思想內容。假如我們不單是從前者、而是從後者着眼，則簡直可以不必分類。所有關漢卿的傑作都屬于一類。說得具體一點兒，即是，一條紅綫貫串着他的傑作：不拘是歷史故事，不拘是男女愛情，也不拘是斷案折獄，其思想內容總是正義與非正義的鬪爭。作爲一個偉大的現實主義而又具有偉大人道主義精神的劇作家，關漢卿的世界觀和人生觀是如此，他的創作方法及其創作意圖也是如此。

以《單刀會》爲例。這是一本歷史劇。但作者的意圖並不在于使「史實」重現舞臺。據歷史，魯肅本有許多優點，作者却將他寫成一個庸人。關羽本有許多缺點，却被寫成一個智勇兼全的完人。這是不合「史實」的。問題不在這裏。關漢卿主意要寫，關羽認爲荆州應屬蜀漢，這是正義；而魯肅的討荆州則是非正義。在這點上，作者把關羽寫得有信心，有勇氣。於是劇中的關羽就唱出：「我是三國英雄漢雲長，端的是豪氣有三千丈」；「大丈夫心別，我覷這單刀會似賽村社」。在全劇結尾，作者突出了主題，使關羽高唱出「百忙裏趁不了老兄心，急切裏倒不了俺漢家節」。

倘若再進一步的探討，我們便不由得要問：難道關漢卿只是爲了要寫一個歷史人物和一個歷史故事而寫成了《單刀會》這本雜劇的嗎？作爲一個偉大現實主義劇作家，其創作的動機決不會如此之簡單。

王季思先生在他的一篇文章裏曾說：「作者在這劇本裏强調了正統觀念，……聯繫當時的現實來看，就不能不令人感到其中多少包含有關于漢族的民族意識的隱喻」（《關漢卿研究論文集》五六頁）。這一個推論頗在情理之中。我們先不必「望文生義」，說什麽整本雜劇裏的「漢」字俱都暗示着漢族。但在蒙古時代，漢民族因爲種族矛盾而受着歧視和壓迫，這是一個客觀存在。且不說蒙古、色目的貴族是怎樣地剥削、壓榨漢族，即如當時法律就規定：蒙古人打死漢人，只斷罰出征；漢人若殺死蒙古人和色目人，就一定處死刑，而且蒙古人毆打漢人，漢人不能抵抗，只有忍受。因此，關漢卿就借了關羽的口，唱出「百忙裏趁不了老兄心，急切裏倒不了俺漢家節。」因而說《單刀會》中「多少包含了有關於漢族的民族意識的隱喻」，是在情理之中的。

其次以《竇娥冤》爲例。竇娥這個人物，受了歷史局限，是有着封建道德觀念的；即如情愿屈招殺人凶手，免得婆婆遭受苦刑，就是明證。問題不在這裏。《竇娥冤》裏女主人公是一位爲正義而戰鬥的英雄。她在黑暗的惡勢力層層壓迫之下，重重包圍之中，奮不顧身地戰鬥着，一直到死亡，而且死了之後，還要戰鬥下去。她反對婆婆改嫁張驢兒的父親。她決不改嫁張驢兒，縱然先有婆婆的勸誘，後有張驢兒用了人命來威逼。她忍受着「一杖下，一道血，一層皮」的嚴刑拷打，也不肯屈招自己是殺人凶手。後來，因爲「若是我不死，如何救得你（蔡婆婆）」，屈招了；但走向法場的時節，她還是唱出「不想天地也順水推船。地也，你不分好歹難爲地；天也，我今日負屈銜冤哀告天！」及至法場臨刑，她仍然有信心、有勇氣，立下了三樁願：「刀過處頭落，一腔熱血休落在地下，都飛在白練上者。若委實寃枉，如今是三伏天道，下尺瑞雪，遮了竇娥尸首。着這楚州亢旱三年。」這位爲正義而戰鬥的英雄就是這樣一直戰鬥到死，而且死了還要戰鬥下去的。

其實，不拘《救風塵》中的趙盼兒、《調風月》中的燕燕、《拜月亭》中的王瑞蘭或《望江亭》中的譚記兒，甚至《哭存孝》中的鄧夫人、《蝴蝶夢》中的王婆婆以及《謝天香》中的謝天香，都可以説是爲正義而戰鬭的正面人物，雖然不能一概算作英雄，縱然其鬬爭性有大有小、有深有淺、有强有弱。

至于「公案」劇如《智斬魯齋郎》和《蝴蝶夢》則明明寫出包待制的不畏强暴、平反寃獄，其爲正義和非正義的鬥爭，更爲顯而易見的了。這裏附帶説一句，兩本「公案」劇裏的包待制，雖然在故事情節上，都起着「槓桿」的作用，却不是以主角的身份出現于舞臺。這也并非關漢卿創作時的避重就輕，舍難求易；而是由于作者長久生活在下層社會裏，熟悉「被侮辱的和被損害的」人們的生活及其思想感情，同時，他對他（她）們又抱着極大的同情，所以主角就派在他（她）們身上，而不曾派在斷案的官員身上，即使是少有的「清似水、明如鏡」的好官，如包待制其人。換句話，即是説，關漢卿不是以舊文人、詩人抒寫懷抱、高吟自樂的士大夫身份來寫雜劇，而是背叛了本階級，站在下層社會裏被壓迫、被剥削的人民羣衆的立場上來從事于戲劇創作的。關漢卿之所以成爲不朽的劇作家，其劇作之所以成爲我們的寶貴文學遺産，主要原因就在于此。

自然，雜劇中的主角，不拘是男性的末和女性的旦，都是以正面的人物的身份而出現的。但這不等于説關漢卿就忽略了對反面人物（在雜劇中多以淨角身份出現）的描寫。這不單單是藝術手腕的問題。這不單單是兩種人物的對立可以加强戲劇内容的鬬爭性的問題。

我們都知道，現實主義是建築在社會現實的基礎上面的。關漢卿的劇作不會例外。元代政治之腐敗、官僚貴族之貪暴、商人之重利盤剥，這出現在關漢卿筆下，就成爲反面人物。他們有勢、有錢，敢于騎在人民頭上，胡作非爲。在《魯齋郎》裏，則有魯齋郎之嫌官小不做，嫌馬瘦不騎，專意搶奪人家的財産，霸占人家的妻室。在《蝴蝶夢》裏，則有坐在「閻王生死殿」裏、「東岳攝魂臺」上的官員和「手執無情棍，懷揣滴泪錢」的公人；還有自稱「我是個權豪勢要之家，我打死人不償命」的葛彪。在《四春園》（或題《緋衣夢》）裏，則由正旦王閏香唱出「罪人受十八重活地獄，公人立七十二惡凶神，如今富漢入衙門，便有那欺公事也不問」；同時還出現了以富壓人的王半州。在《望江亭》裏，則有自稱「街下小民聞吾怕，則我是勢力并行楊衙內」，爲了殺害白士中、强娶譚記兒，他把皇家的勢劍、金牌也胡弄在手裏。這裏必須注意，有了勢劍、金牌，楊衙內便是皇帝的代表。同時，關漢卿的意思是説，作爲奴隸主、地主頭子的皇帝同這個「花花太歲」，「浪子喪門」的壞蛋衙內正是一路貨色。在《竇娥冤》裏，則有害人命、賣毒藥的賽盧醫；有游手好閑、欺侮孤寡的張驢兒父子；有「告狀來的要金銀」、「來告狀的就是我衣食父母」、認爲「人是賤蟲，不打不招承」的貪虐的州官桃杌（他劇尚有，例不備舉）。

如是等等的反面人物，關漢卿雖然只用了寥寥幾筆來描繪他們，但這寥寥幾筆却并不是「粗放」，而是用了簡勁的硬綫條，入木三分地「鈎勒」出他們内心和靈魂深處的骯髒本質，使其醜態畢露。我們現在讀着劇本，對于他們，還禁不住發生甚深的憎恨，則當日人民羣衆看了演出，更應當是如何地切齒和唾駡！

關漢卿不是用了冷淡旁觀的自然主義手法來寫這些反面人物形象的。他愛憎分明地站在人民的一面，所采用的乃是現實主義手法。因此，所有這些壞蛋，其下場頭都一一按照罪惡的大小，得到應得的懲罰。有的被正面人物主動地懲治了，如《救風塵》中的周舍、《望江亭》中的楊衙內。有的則假手于清正官員置之刑憲，如《魯齋郎》中的魯齋郎和《四春園》中的裴炎及王半州。有的甚至用了死不瞑目的「不散」的寃魂來爲自己聲屈，使罪人伏法授首，如《竇娥冤》。這不是「善有善報，惡有惡報」的宿命論，這是偉大劇作家要表現人民爲正義而鬬爭的勇氣和信心；並且鼓勵他（她）們相信正義一定勝利，壓在人民頭上的惡勢力并非銅牆鐵壁，絶對可以摧垮；而爲人民所痛惡的惡人也并非不倒的金剛，絶對可以打垮。關漢卿之所以成爲不朽的劇作家，其劇作之所以成爲我們的寶貴文學遺産，其另一原因就在于此。

因此，關漢卿的雜劇就特别地源遠而流長。現在崑劇團演出的《訓子》《刀會》就是雜劇《單刀會》的第三、四折，雖然曲文略有節刪，字句小有變動，但大體還是原來的舊制。《竇娥冤》由明人改編爲傳奇，直到清末，還在演出。此外，如京劇、梆子以及其它劇種，或仍名《竇娥冤》，或改名《六月雪》，在演出時，依然博得觀衆的同情，甚至感動得下淚。至于新近各劇種改編的《燕燕》(《調風月》)、《望江亭》、《拜月亭》、《救風塵》等等，也無不受到觀衆的欣賞和贊美。

我們要向這位偉大戲曲家學習：學習他的生活在人民羣衆中；學習他的具有人民的思想感情和運用人民的語言來寫作；學習他的「蒸不爛、煮不熟、槌不扁、響璫璫、一粒銅豌豆」的堅强意志和戰鬬精神，甚至學習他的「行家生活」，精通劇本的創作規律，使之更富于戲劇性，而收到一定程度的舞臺效果。

但是，生活在十三世紀的關漢卿不能不有着他的局限性。首先，他的創作就受着雜劇這一戲劇形式的局限。我們知道，一本雜劇只有四折（幕），最多不過再加上一個極其短小的楔子（場）；而且四折還限于一個角色（末或旦）來唱，其餘角色只有説白。所有流傳下來的關漢卿的雜劇都不曾打破這個清規戒律。而當時的劇團裏又只有末、旦、淨、雜四種角色。戲劇的形式既如此短小，演員的角色又如此之簡單，這就妨害了大作家寫出更複雜衆多的人物形象、更瑰麗奇偉的舞臺場面和更曲折錯縱的故事情節。這還是次要的。

主要的是，關漢卿受着歷史局限。他雖然站在人民立場上，他却不能給人民指出一條明路。爲他們確定奮鬬的目標。他還看不出人民的集體力量，他只能把希望寄托在一個英雄身上，寄托在清正的官員身上，甚至寄托在精誠不散的鬼魂身上。當然，我們不能反歷史，但總不能不説關漢卿的創作有着歷史的局限性。

我們要肯定關漢卿的偉大之處。我們要向他學習。但我們并不迷信。我們較之關漢卿，在戲劇創作和戲劇運動上，都具有更爲有利的條件。我們生在一個偉大時代，頭腦是用馬克思列寧主義哲學武裝起來的，我們在戲劇史上一定能寫下光輝燦爛的一頁。後來居上，青勝于藍，這也是我們紀念我國偉大戲曲家、世界文化名人關漢卿的重要意義。

（寫於一九五八年。刊於《河北日報》一九五八年六月二十九日。收入中國戲劇出版社《關漢卿研究》第一輯）

# 論關漢卿《詐妮子調風月》雜劇

關漢卿的《詐妮子調風月》雜劇，簡稱「詐妮子」或「調風月」，各種刊本的及天一閣抄本的《録鬼簿》均著録。

錢南揚《宋元戲文輯佚》曾説明這一雜劇的本事如下：

有小千户作客于某氏家，某氏夫人叫侍妾燕燕去服侍他。燕燕是個聰明爽朗的女子，平常總笑人輕易和男子談愛，但是見了小千户，覺得他的品貌很合自己心意，所以不能拒絶他的請求，兩人有了私情。一日清明，小千户踏青回家，忽然落下一方手帕來，這分明是别人送他的表記。燕燕見了，覺得他用情不專，深自懊悔。後來小千户又向他的小姐求婚，燕燕非常氣憤，想在小姐面前説他些壞話，望小姐不允這頭親事。誰知剛説得一句話，就碰了個釘子，原來小姐早愿意了。……後來大概由相公夫人作主，燕燕作了小千户的二夫人。（頁二七三）

這一雜劇，現在所能見到的刻本只有日本帝國大學影印的《古今雜劇三十類》的一種本子（舊有中國影印本，但近來也不多見）。鄭振鐸所編的《世界文庫》本、盧前所編的《元人雜劇全集》本所根據的也就是這日本影刊本。錢南揚説：「可惜這個刻本，只有曲文，科白不全，不但看不到詳細關目，除燕燕外，連人名也無從知道。」不錯，這誠然「可惜」。但尤其可惜的是，曲文裏有着錯字和缺字，而且相當地多；而且也没有別的本子可以據作校、補。鄭振鐸和盧前在這方面曾作過一番工夫，但有些顯而易見的錯字和缺字却没有改正和添補；至于他們所加的標點，則有時不合曲律，而成了所謂「破句」。

不過，所幸的是：即使曲文裏面有着錯誤、殘缺，我們只要耐心地、細心地讀下去，仍然可以看出并且能够體會到古典現實主義的偉大劇作家怎樣在那裏塑造人物形象，怎樣在那裏運用文學語言。這篇短文所論及的也就是這兩點。

以上是小引。

根據流傳下來的關漢卿的雜劇，我們可以看出這位劇作家總愛替被壓迫的、善良正直的人們訴苦、抱不平，尤其是愛替「被侮辱的和被損害的」（用了陀思妥耶夫斯基的話）的女性訴苦、抱不平。可以説，在舊的男尊女卑的社會裏，不少的有着進步思想的詩人們也曾這樣地作了；但總不如關漢卿在其劇作裏，説起來的時節，説得那麽慷慨陳詞，那麽義憤填膺。自然，這與他所使用的文學形式不無關係：因爲戲曲這一形式，在創作上，較之其他舊的韻文更容易作到淋漓盡致。但更重要的是：關漢卿有着偉大的古典現實主義和人道主義精神。即如《錢大尹智寵謝天香》劇，作過歌妓的謝天香自述其來到大尹府内的苦況，曾唱出：

往常我在風塵，爲歌妓，止不過見了那幾個筵席；到家來須做個自由鬼。今日個，打我在無底磨、牢籠内。（「端正好」）

把這支曲子譯成了白話，就等于説：作歌妓以歌舞供人娛樂，席散回家，仍不失爲「自由」之身。進得府來之後，毫無生趣，而且永無出頭之日，生活簡直不如歌妓了。在舊日的「男性中心」社會裏，女子是男子的奴隸：一切聽命于男子，没有獨立自主的人格和權利。「在家從父；出嫁從夫；夫死從子」：這是「三從」，這是女性生活的金科玉律；這就使得女性自少至老、從生到死，一直在披枷帶鎖，永世不得翻身。而且越是在所謂「好人家」、「大人家」，越是如此。謝天香説得好（也就是關漢卿説得好）：打在了「無底磨、牢籠内」！關漢卿借了謝天香的口，替兩千年來、千百萬被壓迫的女性叫起了「撞天屈」！

舉此一例，以見一斑。此外，如《望江亭》劇中的譚記兒自道年少孀居之苦，第一折中所唱之「混江龍」（「我爲甚一聲長嘆」）章；《拜月亭》劇中的王瑞蘭怨恨其父，第三折中所唱之「三煞」之二（「則就那裏先肝腸、眉黛千千結」）章，等等，此處不再一一舉出。

《調風月》中的燕燕是官僚封建家庭裏的一個婢女（雅稱「侍妾」、賤稱「丫頭」），仿佛較之歌妓高出一籌。她曾自稱爲「半良半賤身軀」（見第二折「耍孩兒」章）。然而這樣的身分的女性所受的壓迫、摧殘，比起歌妓來，并不見得少或輕，縱然是另一種方式的壓迫和摧殘。這一雜劇的第一折裏，燕燕被老夫人派到書房裏去伏侍小千户，在伺候洗臉時，她曾唱出了：

等不得水温，一聲要面盆；恰遞與面盆，一聲要手巾；却執與手巾，一聲「解紐門」！使的人無淹潤，百般支分。（「那吒令」）

這一支曲子如聞其聲、如見其人地畫出了「主子」的派頭、「底下人」的勞役。這寫的當然只是一件小事——主人洗臉、奴才伺候而已。但舉一隅，以三隅反，洗臉如此，他事可知。從早到晚，主人的行、住、坐、卧，凡是一舉手、一投足之勞，一切俱由奴才來代辦。勞力的剥削還要深到什麽份兒去？一個奴隸談不到有什麽身份，即法律上的人格。他（她）如同犬馬一樣，主人喜歡，可以賞賜一點愛撫；不喜歡，打過來，罵過去，是家常便飯；還可以賣掉；甚至于處死（元代的法律：主人打死奴婢，并不償命）。誇大一點，如果説舊時代的家庭婦女、包括太太和小姐之被壓迫，是在第十八層地獄，那麽，丫頭又是服事太太和小姐的，則是在第十九層。

可以説，燕燕的環境生活較之「多見了幾個筵席」的歌妓，好不到哪裏去。

然而燕燕是一個有志氣的女孩子，即：富有鬥爭性的女孩子——怎樣的鬥爭是另一回事；鬥爭而失敗，又是另一回事。

關漢卿筆下所塑造的燕燕，一出場便道出内心的悲苦：「想俺這等人好難呵！」「人」是「這等」人；「難」是「好難」。但在燕燕心中，雖然是「這等人」，畢竟是人；至少，自家也要作個像樣兒的人；雖然「好難」，自家也不甘心爲這「難」所壓倒、所碾碎。第一支曲子便唱出：

半世爲人，不曾交大人心困。雖是搽烟（胭）粉，子（只）争不裹頭巾，將那等不做人的婆娘恨。（第一折「點絳唇」）

「搽胭粉」的是女人。「裹頭巾」的是男子。在男尊女卑的時代，有志氣的女人往往自恨非男子。

燕燕也就是如此。她說，她自己較之男子，所差的只是「搽胭粉」而「不裹頭巾」。她恨那些「不做人」的「婆娘」(元代女性之賤稱)。怎樣才算是「做人」呢？燕燕在第二支曲子「混江龍」裏說：

普天下漢子盡□都先有意；牢把定自己休不成人。

這裏的「不成人」即上一支曲子裏的「不做人」。燕燕認爲，要「休不成人」，必須先「牢把定自己」。兩千年以前，女性在愛情與婚姻上所得的經驗教訓就是：「吁嗟女兮，勿與士耽！」(《詩經·氓》)因爲「士之耽兮，猶可說也；女之耽兮，不可說也！」(同上)因此，燕燕之對于男性，不獨有戒心，而且有敵意。其實這也不止燕燕爲然。舊時代裏所有一切有志氣要「做人」、要「休不成人」的女性是無一而不如此的。燕燕只是一個典型。

燕燕把男子看作了專以玩弄、蹂躪女子爲「職責」、爲「事業」的人物。這怪不得她。歷史的教訓使她不能不這麽想。客觀的事實，她所耳聞目見的，使她不能不這麽想。根據《調風月》的本事，也證明了燕燕最初的這種看法、想法是正確的。

魯迅先生說：「但願不如所料，以爲未必竟如所料的事，却每每恰如所料的起來。」(《彷徨·祝福》)燕燕和小千户的一段「羅曼斯」也正是如此。

燕燕之對于小千户，也未嘗不怕他「竟如所料」，而且「恰如所料的起來」。她于應允小千户的請求之先，在内心裏，自己同自己已自作了鬥爭。是(答應)呢？否(拒絕)呢？心理上的天秤的兩個稱盤交替着一個上來，一個下去。

……我煞待嗔。我便惡相聞。(「上馬嬌」)〔否。顧隨注〕

……覷了他兀的模樣、這般身分，若脱過這好郎君，(「勝葫蘆」)交人道：眼裏無珍一世貧，〔是。顧隨注〕成就了，又怕辜恩。〔否。顧隨注〕若往常烈焰飛騰情性緊，若一遭兒恩愛再來不問，枉侵了這百年恩。(「么」)〔是。顧隨注〕

然而燕燕畢竟是個天真無邪、少不更事的幼女。她畢竟「眼裏無珍」(元諺：眼光不够鋭利之意；「珍」或作「筋」。顧隨注)。這個小千户地地道道屬于「背槽抛糞」、「負義忘恩」(見「後庭花草」章)之流，縱然燕燕將全部愛情傾注在他身上。所以到了這雜劇的第二折，燕燕發現了千户的手帕，知道他别有所愛的時節，就不由得十分怨恨、十分傷心。千户「薄行」之可恨，自不必説。使她傷心的是：她是個有志氣的、下定決心要不受男子的欺侮的、用了她自己的話，就是一個「將那等不做人的婆娘恨」的女孩子；然而此刻現在，她自己本身竟成爲她自己所深惡而痛絶的人了。這使得我們幾乎很難斷説，哪一方面的成分更多些，程度更深些：是恨自己？還是恨小千户？

于是燕燕的咒詛(我們當然不會忘記，這也正是偉大的古典現實主義劇作家替「被侮辱的和被損害的」、正直善良的女性所發出來的正義的呼聲)就冰雹一般撒在小千户的頭上：

……天果報無差移。子爭個來早來遲。——限時刻。十王地藏、六道輪迴、單勸化人間世。善惡天心、人意。人間私語、天聞若雷。但年高都是積善好心人；早壽夭都是辜恩負德賊；好説話，清晨；變了卦，今日；冷了心，晚夕！(「哨遍」)

這支曲子還是純對着小千户説。説到自己的「被侮辱和被損害」，則有以下的幾支曲子：

……你那浪心腸看得我忒容易：欺負我半良不賤身軀。……（「耍孩兒」）

……我往常受那無男兒煩惱；今日知有丈夫滋味。（「五煞」）

待爭來，怎地爭？待悔來，怎地悔？怎補得我這有氣分全身體？……（「四煞」）

而最爲沉痛的則是：

明日索一般供與他衣袂穿；一般過與他茶飯吃。到晚，送得他被底成雙睡。他做成暖帳三更夢；我撥盡寒爐一夜灰。有句話，存心記：則願得辜恩負德，一個個蔭子、封妻。（「三煞」）

但這還不止于沉痛。

一般地説來，我國古代有正義感的詩人、詞人和作曲家筆下的被壓迫的女性，其人物總被寫成嚴霜、冷風裏的小草，其言語總被寫成爲涼露、寒月裏的蟲鳴：荏弱得一絲兩氣，有如器樂上的一根眼下就要斷折的弦。（杜甫的「佳人」好得多，但是大詩人這樣的詩篇似乎少了些。）關漢卿就不然。他的劇作裏的女性，像《望江亭》的譚記兒、《救風塵》裏的趙盼兒，爲人則機智、勇敢，語言則堅決、爽朗，無論已。便是《竇娥冤》的女主人公，當他走進法場，臨近殺頭的時節，她也還是喊出了：「若有那一腔怨氣噴如火，定感得六出飛花滚似綿」。當然，這説不上什麽樂觀主義精神。我們不能以此來要求竇娥。同時，我們也不能要求關漢卿一定要借了竇娥的口説出這樣的語言。但是，劇中人物那種至死不屈、失敗了也還是繼續鬥爭的意態以及其語言，總還是凛凛猶生，使人振奮。

燕燕之處境和爲人，上不至于趙盼兒，更不至于譚記兒；下不至于竇娥。怨恨、傷心，誠然有之。但以她之爲人，即在怨恨、傷心之下，也決不可能成爲一根將斷的弦。「則願得辜恩負德，一個個蔭子、封妻。」怨恨、傷心得意氣崢嶸；語言則是「字向紙上皆軒昂」（韓愈詩句）；這是燕燕身上高貴的人格；這是關漢卿筆下獨特的風格。

就這樣發展下去，到了第三折，小千户于夜間再到燕燕房中時，她就唱出：

……本待麻綫道上不和你一處行。（云）你依得我一件事！（唱）依得我，願隨鞭鐙。（「梨花兒」）

你把遥天指定，指定那淡月、疏星。再説一個海誓山盟。我便收撮了火性，鋪撒了人情，忍氣吞聲，饒過你那虧人不志誠。賺出門桯，（入房科）呼的關上籠門，鋪（噗）的吹滅殘燈。（「紫花兒亭」）

夫人叫她給小千户向小姐提親時，她就唱出：

……老夫人隨邪水性，道我能言、快語、説合成。我説波，娘七代先靈！（「調笑令」）

小姐許了親事之後，她就唱：

女孩兒言着婚聘，則合低了咽頸，羞答答地噤聲。剗地面皮上笑容生，是一個不識羞伴等。俺那廝做事一滅行；這妮子更敢有四星！……（「鬼三臺」）

及至到了第四折，小千户和小姐業已拜堂成親了，但燕燕在那位「老孤」面前，對小姐仍極盡其咒詛之能事。她說：「煞曾看(勘?)婚來!」而且唱：

勘婚處，恰歲數，出嫁後，有衣禄；若言招女婿、下財錢，將她娶過去，(「喬牌兒」)是個硬敗家私鐵篲篲，没些兒發旺夫家處。可使絶子嗣，妨公婆，剋丈夫。臉上筆淚靨無理數，今年見吊客臨，喪門聚。反陰復陽，半載其餘。(「挂玉鈎」)

司馬遷說：「怨毒之于人，甚矣哉!」(《史記·伍子胥列傳》)以上所舉諸曲就是有着「怨毒」的人從心底裏所發出來的「怨毒」的呼聲，舊社會裏「被侮辱的和被損害的」女性的呼聲。燕燕不過是一個典型。這一點，上文也已經說過了。

以上說燕燕的人物形象。

偉大的作家，不拘是散文家或詩人，無例外地都一定是語言藝術大師。關漢卿當然不會不是。我國古代的文藝理論家在衡量一位作家的時節，關心的往往並不是作品的思想内容如何，而是作家怎樣驅使語言。元代曲家，自明代以來，共推關、白(仁甫)、鄭(德輝)、馬(致遠)。不知王實甫何以不曾列入。漢卿雖居首位，但在明代曲家眼裏，他的地位遠不如王實甫和馬致遠。明初朱權(寧獻王)在他的《太和正音譜》裏，曾說漢卿是「瓊筵醉客」。這句話的含義，我們頗難于捉摸。難道朱權以爲漢卿有時如醉人，語「多謬誤」嗎?(陶潛詩：「但恨多謬誤，君當恕醉人。」)但還有一句：「乃可上可下之才。」這很明顯：朱權認爲漢卿算不得第一流作家。近代王國維先生在他的《宋元戲曲考》裏，對漢卿極致推崇，說他「一空倚傍，自鑄偉詞；而其言曲盡人情，字字本色，故當爲元人第一。」王先生論曲，也不十分注意于作品的思想内容。他曾説:「元劇最佳之處,不在其思想結構,而在其文章。」這是王先生本身有他的局限性;這當然不對。(即以漢卿的劇作而論,其思想之深、之廣,已當得起是一位偉大作家;便是劇作之結構也是十分謹嚴,合乎事物的發展的規律的。不過這不在這篇短文所論及的範圍之内,故略而不説。)然而他對漢卿所下的評語却十分正確。關漢卿的語言藝術誠如王先生所説,是「一空依傍,自鑄偉詞」,是「曲盡人情,字字本色」。

其實這四個短語可以縮成兩個,即:「自鑄偉詞」、「曲盡人情」。因爲既是「自鑄」的「偉詞」,當然「一空依傍」,而且當然是「字字本色」。反言之,倘若不能「一空依傍」(襲用陳辭爛調就是「依傍」),不能「字字本色」(樸素就是本色),也就談不到「自鑄偉詞」。

何以見得關漢卿是「自鑄偉詞」呢?

盡人皆知,一個大作家必須有其獨特的風格;而這獨特風格之成立與其表現,又必有賴于這一作家的獨特的語言技巧;即是説,離開了語言技巧,作家就無從具有其風格。

盡人皆知,曲這一古典韻文形式是晚出的:在它之前,早已有了詩和詞。曲繼承了詩,特别是格律詩,尚是間接的。它繼承了詞,則是直接的。繼承之外,當然還有發展,而且最重要的是發展,因爲没有發展,也就談不上繼承。不過這不是這篇短文此刻所要觸及的論點。

就因爲曲繼承着詩和詞,所以曲家在運用語言時,往往沿用了詩詞的詞彙和語法。這一點,明代曲家最推重的「花間美人」的王實甫、「神鳳飛鳴」的馬致遠也還是有時未能免俗。自然,「有時」而已。并不是王、馬兩家老是在那裏沿用着「陳言」。但總之，兩家不如關漢卿所使用的語言那麼簡煉而富有彈力，樸素而并不淺薄，字句明白而意味深長。王、馬以下，更在所不論。

是的，簡煉而富有彈力、樸素而并不淺薄、字句明白而意味深長：這就是關漢卿劇作的語言藝術。這也就是王國維先生所謂「一空依傍，自鑄偉詞」，所謂「字字本色」。

運用着這樣的語言，「當爲元代第一」的關漢卿的劇作就有着它獨特的風格。

不過我們必須注意，「風格即是人格」；而語言和思想有其不可分割的關係，甚至可以説，語言即是思想，有聲的思想。

關漢卿的藝術語言之所以「當爲元代第一」以及其所以達到了這樣的境界，就因爲他具有着其他劇作家所不曾具有的人格，（可以這樣説嗎？）至少，也是别人所没有的思想。他的劇作，即以流傳下來的而論，大半是爲了「被侮辱的和被損害的」人們，尤其是婦女們鳴不平的。雖然他不曾給他們指出明路，歷史的局限也自使他没有可能作到這一步，但是能爲負屈的叫屈，銜寃的喊寃，同時揭露不合理的社會、政治制度之黑暗與腐敗，這是何等的偉大人道主義精神、也就是何等的偉大人格、偉大思想。

關漢卿的語言藝術之所以「爲元人第一」，其原故即在于此，這并非單單由于他賦有極高的文學天才（當然有！）而且具備甚深的文學修養（當然具備！）。

例，我不想舉，上文已舉了不少，雖然那只是爲了説明人物形象，而且只限于一個劇本；但我想，爲了了解大作家的語言藝術特點，以及其獨特風格，那些已經足够了。

但我想就關漢卿的語言藝術特點，再補充幾句。

凡是一個作家，不拘其成就如何，當他在寫作時，無不留心自己所使用的語言；也無不希圖自己所使用的是文學的語言。而且，既然是一個作家，也不論其成就如何，就必然在語言的學習上，或深或淺地下過一番工夫，在語言的運用上，也或多或少地早取得了一些經驗。然而寫出之後，他的語言往往却是那樣地平板和疲軟，縱然在字句的組織安排上，有工夫，甚至有技巧。這樣的語言可以叫做没有生命力的文學語言。它没有多大的感染力。它不能給與讀者以正直地、勇敢地生活下去的勇氣和力量。

在上文，我曾用了韓愈的一句詩「字向紙上皆軒昂」來形容燕燕的語言，也就是關漢卿所用的文學語言。此刻，我想再解釋一下「軒昂」，即：解釋一下大曲家的文學語言是怎樣的一個「軒昂」法。老杜在他的一篇賦裏，曾說：「九天之雲下垂，四海之水皆立。」文學語言的字若不軒昂則已，軒昂起來，就是這樣的軒昂法。

說文學語言「軒昂」得「海立」、「雲垂」，也許有人以爲這是過分的誇張。

這不是誇張，更没有過分。

一篇作品倘若没有這樣「軒昂」得「海立」、「雲垂」的文學語言，就便談不到感染力；同時，也就無從教育讀者，給與讀者以正直地、勇敢地生活下去的勇氣和力量。

又必須注意，作家的語言之所以「軒昂」到如此的境界，收到了前面所説的效果，不是僅僅由于學習的工夫和創作的經驗（没有這二者當然不行，而且也不可能没有），而主要地是由于作家的崇高、偉大思想和情感。作家語言之所以「軒昂」，就因爲作家的思想、感情之崇高而且偉大。而崇高、偉大的思想和情感又是互相結合着、互相推動着，而產生出軒昂得「海立」、「雲垂」的文學語言。

自然，情感自情感，思想自思想，我們通常并不把他們混爲一談。但是，它們的確是互相結合着、互相推動着的。我國古代哲人的「子」書，那思想性自不必説，但字裏行間，也未嘗不洋溢着無限崇高、偉大的熱情。屈原的《離騷》、杜甫的詩、辛棄疾的詞，熱情之洋溢于字裏行間自不必説，但時時處處却又閃閃地爆發出崇高、偉大的思想性的火花來。抛開了其作品之形式而專論其内容，不妨説：思想家就無一而不是個文學家或詩人；而文學家或詩人就無一而不是思想家。

是的，情感和思想必須、也不能不互相結合、互相推動。這一現象在詩人的作品裏尤其顯而易見。説得再明白一些，没有感情的思想是没有電力和蒸氣的馬達；反之，則是没有馬達，而空只有電力和蒸氣。

大曲家關漢卿的文學語言，「軒昂」得「海立」、「雲垂」，就是這個道理。

如上所説，崇高偉大的思想和情感可以被認作「軒昂」的文學語言的根源。但它們也不能是無根之木、無源之水。它們的根源是：一個人的生活的横寬與縱深；而且最好是下層生活的横寬與縱深。在舊社會裏，一個文人和詩人只有深入下層生活，能與「被侮辱的和被損害的」同命運、共呼吸，能與他們有着同一的思想和情感，能與他們有着共同的語言，不但此也，還必須發掘并且發現「被侮辱的和被損害的」思想、情感之崇高、之偉大，夫然後，文人、詩人才能具有崇高、偉大的思想和情感；于是，在他的作品裏，也不就愁没有「軒昂」得「海立」、「雲垂」的文學語言，而他的語言藝術也就不愁達不到崇高、偉大的境界。

只有這一條路，没有别的路。

而這一點，舊時代和舊社會裏的作家却非常之不容易作到，因爲他們多數是中小地主階級出身的，甚至屬于封建政治集團的知識分子。要作到這一點，他們首須成爲本階級、本階層的叛徒。倘不，即使生活在下層裏，他們也依然不能具有崇高、偉大的思想和情感，也就決不能運用「軒昂」的文學語言。

號稱「詩聖」的杜甫是如此。

王國維先生推爲「元人第一」的關漢卿也正是如此。

由于「文獻不足」，我們還不能全面地知道漢卿的生平。但根據所能掌握的材料，可以肯定説，他是舊社會上層中的知識分子。他作過官，雖然在舊日算不得「正途」（太醫院尹）。他是由金入元的。但在元代，他也并不得志。他的好「冶游」，不獨元人筆記中已有記載，他在自己的散曲裏，也曾叙述過。賈仲名的《録鬼簿》裏，又有「吊詞」説漢卿是「捻雜劇班頭」。這就是説，他演過戲，即使是個「票友」也罷。一位得志的知識分子是決不能時時狎妓，而且粉墨登場的。這生活上的不得志，特別是狎妓和演戲，就使得關漢卿有機會深入到下層社會，有機會多接觸「被侮辱的與被損害的」人們。他能不能發掘并且發現「被侮辱的和被損害的」思想、情感之崇高、之偉大（退一步說，也是光明磊落）呢？答案是肯定的：能，發掘了，發現了。這有他的劇作爲證，可以無須乎舉例；而且這篇短文所論及的「調風月」這一雜劇以及燕燕就是很好的例子，雖然只是一個。

好了，說到這裏，也就說明了關漢卿的文學語言爲什麽能够「曲盡人情」。我的意思是說，關漢卿既然有着横寬和縱深的下層生活，則他的劇作的文學語言之「曲盡人情」，便是自然而然的事，無須乎多說。

至于「調風月」這一劇本的結局，燕燕終于成爲小千户的「二夫人」，有人頗以爲嫌。但我以爲這是燕燕的「歷史的命運」。除了安心作「側室」或自殺之外，她不可能有第三條路綫。元朝法律，奴婢背主逃亡是有罪的；而且連收留他（她）的人也有罪，即使是他（她）的本生父母。燕燕既然生爲侍妾，又在當日的客觀環境之下，反抗而獲得勝利，萬萬不能。其結果只有死亡和屈服。那麽，關漢卿爲什麽不把燕燕寫成終于自殺，以加重這一劇本的悲劇氣氛呢？這只能說是大作家的階級局限和歷史局限。

不過，就這篇短文所涉及的範圍而論，這還是題外的文章了。

（寫於一九五八年，刊於天津師範學院《教學理論與實踐》一九五八年第一集）

# 元明殘劇八種（輯佚校勘）附録一種

## 引言

余之搜集元明佚劇，蓋源於搜集元人歌詠雙生蘇卿故事之散曲。嗣覺散曲内容至爲貧弱，遂復中輟，而專致力於佚劇。顧所依據之書，衹有《雍熙樂府》、《詞林摘艷》及《太和正音》《北詞廣正》二譜，參考既少，而又牽於課務，終未成書。及趙景深氏《元人雜劇輯逸》出版，覺余所發現者，趙氏太半已收，余之工作，大可停止，僅爲文評，載諸天津《益世報·讀書週刊》。而余對於曲之興味，乃由欣賞考訂而趨於創作矣。

今歲秋來，課事頗簡，顧身心不能兩閑，創作之途，竟爾茅塞。遂取舊稿，益以新得，整理而排比之，藉以消磨時日，排遣愁懷，遂成茲篇。凡爲劇八種（附録一種），爲套十有一。自一至六，皆余舊所考訂，第七種《後姚婆》一劇，乃最近所假定。其中只《刀劈史鴉霞》、《望思臺》、《後姚婆》三種，爲馬隅卿氏《録鬼簿新校注》所未收，餘俱箸録。稿將成，於鄭因百兄處見《暨南學報》二卷二號，復據鄭西諦氏《詞林摘艷裏的劇本及散曲作家考》一文，補劉東生《世間配偶》劇正宮端正好一套，鮑吉甫《秦少游》劇正宮端正好一套，用特聲明，並致謝意。至鮑劇正宮一套之所以列爲附録，則以未見原刊本《詞林摘艷》，復無旁証，僅據鄭氏此文，未敢自信，非不信鄭氏也。

至編輯體例，則先依《雍熙》録原文，而校以《摘艷》及《正音》《廣正》二譜；一套之中，《雍熙》或有佚曲，見於《摘艷》及二譜者，據補；考訂所見，附入跋語。所據書籍，具見文中，此亦不復臚舉。凡趙氏輯逸所收各套，俱不重録；若趙氏所收爲殘章，而余輯有全套者，則録之。趙氏所輯，限於元人；而其中亦收無名氏之作；《太和正音譜》於無名氏諸劇，冠曰「古今」，恐亦未必盡屬元作。余故命篇曰元明殘劇，不獨以收有劉東生一劇而已。

既脱稿，覆讀一過，不禁廢然而嘆。夫元人之曲，自王靜安先生《宋元戲曲考》出而論定，固已與唐詩宋詞同其地位。然而不朽之作，亦自有數。好學之士，競多尚奇，於是佚書秘籍之尚存於天壤者，羅掘殆盡；甚有流入異域，而重返中土者，烏乎盛已。然以文論之，舉無有復加乎《漢宫秋》、《梧桐雨》、《西廂記》之上者，搜求之難既如彼，而所得之僅又如此，不亦不償所失乎？此亦猶夫收藏家之古董，所爭只在古今與有無之間耳。自維儉腹，更復寡聞，僅據通行之籍，集得數篇，誠大海之涓滴，太倉之稊米，詎敢謂一得之愚，有補於來學？不如謂爲不作無益之事，何以遣有涯之生，尚足以自解也。一九三七年十一月十四日苦水識於舊京東城之習堇庵。

# 目録

# 從赤松張良辭朝雜劇

王仲文

〔仙呂點絳唇〕散誕逍遥，箇中玄妙，誰知道？惟有漁樵，一笑興亡了。

〔混江龍〕從吾所好，水邊林下把許由學。有道童隨引，無俗客相邀。六甲風雷袖裏藏，一壺春酒杖頭挑。出家兒不憂貧賤，本性待學憂道。繩樞甕牖，陋巷簞瓢。

〔油葫蘆〕忙處人多閑處少，把光陰虚度了。我子待一心辦道不臨朝。你覷這巍巍海上蓬萊島，索强如家家門外長安道。你子説有榮辱真紫襴，無拘束粗布袍，比及他鐘聲未響頭鷄叫，你在那朝門外馬蕭蕭。

〔天下樂〕怎如俺萬里風頭鶴背高。直睡到紅日上花稍，尚兀自睡未覺，蒙頭衲被熟睡着。甚的唤做海水潮？甚的唤做紅日曉？不識箇明星兒直到老。

〔那吒令〕閑來時迅脚，步崎嶇野橋。悶來時共酌，看山猿樹鶴。有時節醉倒，卧沙汀岸草。覺來時酒未醒，或朗吟開懷抱。這幽景難描。

〔鵲踏枝〕閑時節撅茯苓與泥炮，採靈枝帶根燒。家遶着這溪口灘頭，轉過他這山隱山遥。醉歸來把仙莊翫了，比人間景物逍遥。

〔寄生草〕腰金帶，衣紫袍，想人生一夢邯鄲道。你聰明不肯囘頭早，怎如俺尋真誤入蓬萊島？俺這裏白雲緑水鎮常閑，你那裏春花秋月何時了？

〔節節高〕俺這裏洞天深處，端的是世人不到。我子待埋名隱姓，無榮無辱，無煩無惱。你看那蝸角名，蠅頭利，多多少少。我子待夜睡到明，明睡到夜，夜睡到曉。呀，不覺的刮馬似光陰過了。

〔元和令〕我吃的是盤蔬，飲一瓢。穿的那布道服是一套。則待粗布淡飯且淹消。任天公饒不饒，我子待竹籬茅舍枕著山腰，掩柴扉靜悄悄，嘆人生空擾擾。

〔上馬嬌〕你子待家道興，名分高，兩件兒受煎熬。幾時得舒心樂意寬懷抱？常子是焦，煩惱蹙兩眉梢。

〔勝葫蘆〕你子待日夜思量計萬條，怎如我無事樂陶陶？俺這裏春夏秋冬草不凋。倚窗寄傲，杖笻凝眺，看鸚鵡摘金桃。門外清風和氣飄，元來是春酒釀葡萄。俺這裏花不知名分外嬌。我子待醉時一覺，醒時歡笑，直吃到紅日上花梢。

〔後庭花〕俺山中過一宵，你人間過了幾朝。恰纔桃李三春放，又早梧桐一葉凋。嘆節令不相饒，虛度了青春年少。怎如俺步烟霞閑迅脚，携琴書過野橋，採茶芽摘藥苗，砍青松連葉燒，撅蔓菁和土炮，種胡麻緑水邊，採靈芝澗水澆——我其實年益高。

〔青哥兒〕拜辭了皇家宣詔，情願待草履麻絛。出家兒貧不憂愁富不驕。我如今趁着年少，志誠學道，修煉丹藥。我子待假着嶺，靠着山，近着水，傍着橋，蓋一座無憂無慮草團瓢。稽首回歸，索强似凌烟閣。

## 校勘

〔混江龍〕《北詞廣正譜》所録與此小異：

從吾所好，水邊林下姿遊遨。有道童隨後，無俗客相邀。六甲風雷袖裏藏，一壺春酒杖頭挑。不憂貧，惟憂道，甘心受袁安甕牖，顔子簞瓢。

〔油葫蘆〕忙處人多《摘艶》作忙處得人多得字疑衍　比及《摘艶》作比强及

〔那吒令〕迅脚迅疑當作信　樹鶴《摘艶》作樹鳥

〔鵲踏枝〕與泥炮炮疑當作刨

〔節節高〕《北詞廣正譜》作村裏迓鼓，曲文與此小有同異：

則向洞門深處，世塵不到。我則待埋名隱姓，無榮辱，也無煩無惱。我想蝸角名，蠅頭利，都來多少；則這夜到明，明到夜，夜到曉，可早刮馬也似光陰過了。

〔元和令〕《北詞廣正譜》所録與此小異：

我則待盤飧蔬飯一瓢，我則待衣服是布衣一套，我則待粗布淡飯且淹消。任天公饒不饒，我向竹籬茅舍枕着山腰，掩柴門靜悄悄，嘆人生空擾擾。

〔上馬嬌〕蹙《摘艶》作簇

〔勝葫蘆〕杖笻《摘艶》杖作携

〔後庭花〕迅疑當作信　炮疑當作刨

〔青哥兒〕稽首回歸《摘艷》無回歸二字

苦水案：《録鬼簿》王仲文下注大都人。賈仲明詞曰：「仲文踪跡住金華。」蓋北人而流寓於南者。又所作劇《張良辭朝》下注「從赤松張良辭朝」。馬隅卿《録鬼簿新校注》曰：「曹本作漢張良辭朝歸山。《永樂大典》卷二零七五零雜劇十四有目，作張子房棄職歸山。有《北詞廣正譜》選仙吕調一首。」查《廣正譜》所録仙吕村裏迓鼓一章，下注「王仲文撰張子房劇」。又注：「此章與黄鐘節節高每互蒙其名。」蓋一曲而二名，譜若謂入仙吕則曰村裏迓鼓，入黄鐘則曰節節高耳。《雍熙樂府》與《詞林摘艷》俱有仙吕點絳唇（散誕逍遥）一套，《雍熙》題「歸隱」，《摘艷》無題，其中之節節高一章，曲詞與《廣正譜》所録之村裏迓鼓正復相類。因據定此套爲王仲文《張良辭朝》之某一折。然《廣正譜》所録混江龍（從吾所好）一章，及元和令第二格（我則待盤飡蔬飯一瓢）一章，曲詞與此套中之混江龍元和令亦復大同小異。而譜俱注爲李壽卿撰《嘆骷髏》。然則此套之爲王仲文《張良辭朝》，抑李壽卿《嘆骷髏》，尚屬疑問，惟是雜劇而非散曲則明甚。兹以青哥兒一章有「拜辭了皇家宣詔」之語，姑定爲王作。趙景深《元人雜劇輯逸》則依譜録村裏迓鼓一章歸《張良辭朝》，録混江龍元和令二章歸《嘆骷髏》。

# 神龍殿欒巴噀酒雜劇

李取進

〔南吕一枝花〕茜紅袍錦壓襴，鎖子甲金連貫，紫金冠簪獬豸，碧玉帶扣獅蠻。風吹動獸帶風翻。火星劍匣中按，我將這火葫蘆背上拴。火騾子跳踢彎犇，火猢猻慘交上竿。

〔梁州〕火猢猻生扭斷鐵索，火驢子頓斷了嚼環。這火焰焰騰騰黏著犯。我和那壬癸不睦，甲乙分顔。不比那漁燈古岸，鬼火空山，點動照石崖金丹。這火是爐中火煉老子金丹，這火是天上火照烈霞光，這火是太陽火照耀世間，這火是霹靂火撥斷天關。五星中强要壓班。輕輕的舒手將這雲頭按，觀乾象，聖吉讚，不比那半瘦斬龍須一例看。你與我高挑燈竿。

〔隔尾〕早是這無明烈火應難按，鎮壓我的紅旗則在這獸脊上安。我將這滰泗州的龜山做了寃患。將四城門緊關，荒殺他上産。我則見轟霹靂的金蛇則在這半空裏反。

〔牧羊關〕這火用篩攪黑霧長空暗。猛破古的狂風殺氣寒。逼的那太白皓首蒼顔，太陽星輻沓太陰星下班。教尾火虎攔住咸陽，教觜火猴截住眉山，教室火猪你與我屯蜀道，教翼火蛇横住劍關。

〔賀新郎〕火葫蘆指甲彈輕彈，則這轟赤的金星半空中飛散。烈西風萬道得金光燦。火塊滚縱横自起，我則道通紅了天上人間。焰光動欺大海，火氣震爆了崐山。烟遮的這森羅萬象無光燦。上沖着玉帝闕，下逼透鬼門關。

〔牧羊關〕雖不是改火鑽燧，謾燒了紀信庵。這火是傷人火人馬平安。火牛陣輕閑。韓王殿緊關。火燒了連雲棧。八百里火焰山。舉火諸侯戲，燒阿房宮壁未乾。

〔草池春〕不索問轉輪王把恩仇論，平等王算子攤。神不容奸。則爲諸行百户厮攢，零碎雜物衒販，金銀器合揮踏，斛斗等秤巴旱，□□截大手慳，花開柳户粧扮，濫官污吏好閑，居民百姓塗炭。從來奸漢自瞞，呆漢都不分揀。今朝天晚，明日清旦，四圍牆做了焦土胡爛。何難，情取哭長城四下裏拾麩炭。不會乘雲霧插翅天關，雖頑，假饒人心似鐵，休想佛眼相看。

〔尾聲〕準備着太行山底掏浮炭，便休想渭水河邊等釣竿。南隔江，北枕山，東連秦，西靠燕，四隅頭，馬嘗攔。十字街，自蹌番。人心荒，火氣莽，火著風，烈燄番。鐵鈎鐮枉了拴，鐵貓兒撾了搬。蔴搭鈎枉了安，鈎不着，拽不番。烟頭絶，火氣散。順風耳，千里眼，騎著這火騾子四聖超凡；你便有八駿馬，燄魔天上趕。

**校勘**

〔一枝花〕風吹動《摘艷》無此三字　火猢猻慘交上竿《摘艷》作火郎君攛梭健番

〔梁州〕火驢《摘艷》作火騾　點動照石崖金丹《摘艷》作不比那點燈火照釋迦金壇　這火是《摘艷》無此三字　照烈霞光《摘艷》作燄騰騰烈萬道霞光　撥斷《摘艷》作刮刮的撩斷　聖吉讚《摘艷》作勝祈讚　半瘦《摘艷》作半夜　龍須《摘艷》作龍沮　高挑《摘艷》作高挑起

〔隔尾〕《雍熙》移此章作尾聲此依《摘艷》　上産《雍熙》作上山　半空裏反反疑當作翻，《雍熙》作半空起

〔牧羊關〕用篩《摘艷》作用風篩　猛破古的狂風《摘艷》作狂夢婆鼓黄風　太白《摘艷》作太白星　輻杳《摘艷》作輪番　下班《摘艷》作壓班　咸陽《摘艷》作前路　屯《摘艷》作屯合了

〔賀新郎〕彈輕《摘艷》作但輕　則這轟赤的《摘艷》作迸滿地　烈《摘艷》作順　萬道得《摘艷》作萬萬道　自起《摘艷》作自趕　玉帝闕《摘艷》作玉皇府

〔牧羊關〕《摘艷》無此章

〔草池春〕《雍熙》《摘艷》俱遺此章據《北詞廣正譜》補

〔尾聲〕《雍熙》無此章此依《摘艷》

苦水案：李取進或作李進取，《録鬼簿》謂是大名人，醫大夫。所作劇《欒巴噀酒》下注「離火宮熒惑降災，神龍殿欒巴噀酒。」馬隅卿《録鬼簿新校注》曰：「有《詞林摘艷》選南吕一枝花套，雙調新水令套；《北詞廣正譜》選中吕調三句，南吕調一首。」南吕雙調兩套，《雍熙樂府》亦收之，不獨《詞林摘艷》也。其新水令（五更朝馬聚宮門）一套，趙景深《元人雜劇輯逸》已據《雍熙樂府》收入。南吕（茜紅袍錦壓襴）套，《摘艷》無題，《雍熙》則題「西蜀火災」。《神仙傳》曰：「巴爲尚書，正朝大會，巴獨後到。又飲酒西南噀之。有司奏巴不敬，有詔問巴。巴頓首謝曰：『臣本縣成都市失火，臣故因酒爲雨以滅火。臣不敢不敬。』詔即以驛書問成都。成都答言：正旦大失火，食時有雨從東北來，火乃息，雨皆酒臭。」則《雍熙》所題，不爲無據。馬氏定此套爲《欒巴噀酒》，是也。今録《雍熙》曲文，而校以《摘艷》，則《雍熙》較《摘艷》多出牧羊關一章，而尾聲則當依《摘艷》定爲隔尾，《摘艷》之尾聲，又《雍熙》所無。至《廣正譜》所録之南吕草池春一章，與此套爲一韻，詞意亦相連屬，決爲一折。《雍熙》與《摘艷》摘録劇曲，或多節删，以爾時歌者，畏難就易，删繁趨簡；而兩書多就普通流行之曲詞録之，不必盡依原本。草池春一章較爲冗長，伶人既不歌，兩書亦遂不録耳。今依元曲聯套慣例，列此章於牧羊關之後，尾聲之前。如是，則全套共有八曲，雖未必即復李氏原本之舊觀，庶幾近之。惟統觀全套之語氣，乃火神（熒惑）所唱而非如雙調一套之爲欒巴所唱。蓋元人劇曲，四折歌者必屬同一角色；而此角色所飾者未必爲一人，《黄粱夢》其顯著之例也。李氏此作，蓋亦如此。《録鬼簿》著録李氏劇目共三種，今俱不傳，幸而此劇，尚存兩折，嘗鼎一臠，亦可知味。余嘗謂元曲之咏物，甚近於賦，自漢賦絶響，舖陳之作，幾於滅亡。元曲蹶起，遺貌取神，遂以復古。如此套直火災賦耳，而又幻想多于寫實，奇情壯采，乃成偉觀。舊讀《貨郎旦》第四折之第五轉，每嘆其工。然彼僅一曲，此爲一套，筆力之横恣爲何如耶。惜《雍熙》所録，亥豕魯魚，幾不可通；《摘艷》較勝，然仍有可商榷處；至《廣正譜》之草池春，《摘艷》之尾聲，錯訛殘闕，無可校補，亦俱仍之，不敢意爲添改。每讀一過，輒覺如雲子飯中混雜砂礫，不禁悵恨不能已也。又《譜》所收中吕上小樓三句，兹亦附録，他日或有緣，當遇其全套。

明一會，暗一會，閉合天地。

# 死葬鴛鴦塚雜劇

郲經

〔南呂一枝花〕柳拖烟翡翠柔，花過雨臙脂淡。掃蛾眉山頻黛，分燕尾水柔藍。峭峭巉巉，我本待閑散心臨朱檻。把離人情意感：恨連天芳草爭榮，愁成陣楊花亂糝。

〔梁州〕錦字稀人遊在塞北，玉樓空夢遶在江南。怨天公不與離人鑑。眼睜睜紅愁綠慘，鬧垓垓燕兩鶯三。困騰騰遊人勒馬，笑吟吟仕女停驂。嬌滴滴動人情春色醺酣，絮叨叨訴離情燕語呢喃。往常時守鴛幃萬種愁煩，今日箇臨鸞鏡十分瘦減。好著我孤悶懨懨，對鶯花幾度羞慚。把春光自覽，恨東君不肯停時暫。少年心易坑陷。雲髻鬅鬆不欲簪，鬢髮髢鬖。

〔牧羊關〕羊羔被神獒啖，牡丹被野鹿啣。將一對并頭蓮生移在虎窟龍潭。竊玉的心忺，偷香的興減。在生時不能勾同衾枕，死後也同棺函。離愁似天樣闊，剗地教寄相思書一緘。

〔罵玉郎〕春山蹙損蛾眉淡，暢好是忒⿰鬼盧⿰鬼戚。尋消問息無明暗。温不和翡翠衾，接不上碧玉簪，門不合青銅鑑。

〔感皇恩〕呀，甘相思病已空躭，得團圓死而無憾。嬌滴滴好花枝，踈剌剌風摇卸，鬧炒炒燕鶯攙。連理枝將鋼刀來硬砍，並頭蓮探利爪偷删。子落的骨揑揑，黄乾乾，病懨懨。

〔採花歌〕你看他冷相攙，熱廝鑽，不明不暗話兒甜。畫地爲牢撮合山。少年坑陷我合甘。

〔哭皇天〕研香翰把霜豪蘸，寫不盡斷腸詞韻脚兒趆。離愁似天樣闊，詩句裏總包含。氣吁做愁雲荏苒。寫不盡碧雲箋上錦字書呈，千方百計，暮四朝三，我不合把相思、把相思一擔兒擔。

〔烏夜啼〕擔不起相思一擔，我不合當初自攬。望夫石當不的銜鋼鑽。似這般强風情地北天南，把盟山誓海神前懺，暢好是黑眼心饞，有苦無甘。臨川縣雙漸把撅其攙，潯陽岸上風頭難把扁舟纜。志誠心，咱批勘，相思易感，似這般啞禪，好著我難參。

〔尾〕金線池捨殘生，拚死和他淬。姻緣簿看幾行，排名兒厮對的岩。斬怪鍬，撇閑刀，把鋼蘸。演習來的吐談，打熬成的怪膽，者莫你統陣馬交鋒硬厮砍。

**校勘**

〔一枝花〕柔藍疑當作揉藍　峭峭《摘艷》作悄悄　爭榮《摘艷》作崢嶸

〔梁州〕怨天公《摘艷》作恨東君　臨鸞鏡《摘艷》作意遲遲臨粧奩　好著我孤悶懨懨對鶯花幾度羞慚《摘艷》作到如今對鶯花悶懨懨幾度羞慚

〔罵玉郎〕門不合《摘艷》作配不上

〔感皇恩〕攙《摘艷》作啗　探利爪偷删《摘艷》作探爪兒偷剗　黄乾乾《摘艷》作愁慽慽

〔哭皇天〕荏苒《摘艷》作冉冉　碧雲《摘艷》作碧玉　書呈《摘艷》作書緘

《北詞廣正譜》所録與此小異：

研香翰把霜毫蘸，寫不就斷腸詞將韻脚删。離愁天樣闊，詩句總包含。氣吁做愁雲冉冉。寫不就碧雲箋上錦字書緘。看時節愁和悶雨淚相攙。我不合把相思一擔兒擔。今日個遭逢着坑陷，當初不自攬。

〔烏夜啼〕擔不起相思一擔，我不合當初自攬《摘艷》以此二句歸哭皇天尾作今日箇遭逢着坑陷我不合當初自攬鋼鑽《摘艷》作銅鏨《北詞廣正譜》同　似這般强風情地北天南把盟山誓海神前懺《摘艷》與《廣正譜》俱無此二句黑眼《摘艷》作眼黑《廣正譜》同　潯陽岸上風頭難把扁舟纜《摘艷》作潯陽江上西風把蘭舟攬《廣正譜》作潯陽岸商婦把蘭舟纜　咱批勘《摘艷》作咱須鑒《廣正譜》作你須鑒　似這般啞禪好著我難參《摘艷》作啞謎難參《廣正譜》同

〔尾〕看幾行排名兒厮對的岩《摘艷》作排門兒隨機便厮嵌的嵒　演習來的《摘艷》作打叠起　打敖成的《摘艷》作收拾了　者莫你《摘艷》無此三字

苦水按：郲經，或作朱經，字仲誼，或作仲義。賈仲明《續録鬼簿》云：「隴人，號觀夢道士，又西清居士（《録鬼簿》題詞作西清道士）。以儒業起爲淛江省考試官，權衡允當，士林稱之。僑居吳山之下，因而家焉。……八分書極高，善琴操，德疑當作擅隱語。……有觀夢等集行於世。」作劇三種，今俱佚。只《鴛鴦塚》一種尚存黄鐘醉花陰（羞對鶯花緑窗掩）一套及南宫一枝花（柳拖烟翡翠柔）一套，俱見《雍熙樂府》及《詞林摘艷》二書。醉花陰一套，趙景深《元人雜劇輯逸》已收；惟一枝花套，只據《北詞廣正譜》録玄鶴鳴一章及烏夜啼二章而未收全套。今依《雍熙》録出，而校以《摘艷》及《廣正譜》。《雍熙》烏夜啼章起二句「擔不起相思一擔，我不合當初自攬」；據譜當是哭皇天（即玄鶴鳴）之末二句。《廣正譜》於玄鶴鳴章下注曰：「多有悮移末二句在烏夜啼作頭

者」，是也。《太和正音譜》於玄鶴鳴録馬致遠《陳摶高卧》中一章爲例，末二語爲兩四字句。此「相思一擔，當初自攬」二句八字，恰與之相當，而「擔不起」及「我不合」則襯耳。至烏夜啼本章自當由「望夫石當不過衡鋼鑽」起句，正格是七字句法；《正音譜》仍舉《陳摶高卧》劇中一章爲例，起句「幸然法正天心順」，亦正是七字。《廣正譜》烏夜啼第四格於「望夫石」句下，漏去「似這般强風情地北天南，把盟山誓海神前懺」二句，而注謂「本調自少首二句」，則大謬也。至《廣正譜》烏夜啼第三格（你和他單絲不綫）一章下，亦注《鴛鴦塚》。馬隅卿《録鬼簿新校注》趙景深《元人雜劇輯逸》俱認爲郗氏此劇之一章。然試置此章於全套中，詞意殊不相聯屬。又此套用監咸韻，而此章則用先天，晚元作家用韻極嚴，似非一套。余頗疑爲李玄玉之誤注，故擯而不録。又《廣正譜》黄鐘卷内收神仗兒（一時被閃）一章，注朱仲誼撰《玉嬌春》。趙景深即據録。馬隅卿《録鬼簿新校注》亦據此於郗氏所作劇目中補《玉嬌春》一種，並注「據《北詞廣正譜》補。有《北詞廣正譜》選黄鐘調一首。」余頗疑玉嬌春乃王嬌春之誤刻，而《鴛鴦塚》一劇之本事即出於宋梅洞之《嬌紅記》小説。小説謂王嬌娘、申生死後合葬爲鴛鴦塚，則王嬌春其即王嬌娘乎？若然，則朱氏此劇當名曰「王嬌春死葬鴛鴦塚」也。且《雍熙樂府》與《詞林摘艷》所收《鴛鴦塚》第二折黄鐘醉花陰一套，據《廣正譜》套數舉略，尚少古寨兒令，神仗兒，節節高犯，挂金索三章。是套爲廉纖韻，而此神仗兒（一時被閃）一章，亦廉纖韻，或即同爲一折，未可知也。若然，則此章應併入此套，馬隅卿氏亦不應於郗氏所作劇目另補《玉嬌春》一種矣。

苦水又按：鍾醜齋《録鬼簿》有郟氏所題折桂令一章，作於至正庚子，爲陳友諒稱帝之年。雪簑釣隱《青樓集》有郟氏序一篇，作於至正甲辰，爲朱元璋稱吴王之年，又三年而元亡。故序中有云：「覽是集者，尚感士之不遇時。」醜齋於元作家中，行輩已較晚，郟氏蓋更晚於醜齋，故鍾氏《録鬼簿》中無其名。賈仲明《續録鬼簿》曰：「交余甚深，日相游覽湖光山色於蘇堤林墓間。」賈氏於明初，以曲子爲燕邸上客，則郟氏或亦由元入明，特未出仕而已。晚元人之曲，亦猶晚唐人之詩。其高者詞意渾融，臻於圓熟之境。其下者詞浮於意，毫無生氣。蓋一種文體之將衰敝，其現象無不如是。今觀郟氏黄鐘醉花陰及南吕一枝花兩套，陳言腐詞，連篇累牘，以視元初作家之蒜酪風味，其猶鄉愿與草莽英雄之别乎？一九三七年十月二十五日，記於北平東城之習堇庵。

此稿既寫定，於鄭因百兄處得見鄭西諦氏《〈詞林摘艷〉裏的劇本及散曲作家考》一文（載《暨南學報》第二卷第二號），因借來一讀。鄭氏據原刊本《詞林摘艷》認黄鐘醉花陰（行色匆匆易傷感）一套爲《鴛鴦塚》雜劇之一折。但以此劇已有「羞對菱花緑窗掩」之醉花陰套，故鄭氏於此亦頗致疑，曰：「難道在一劇裏，可以用同宫調的套數至兩個麽？難道元劇的規律，到這時便已經變動些了麽？否則便是張氏有些錯誤了。」元人劇作，一劇之中，同一宫調可以用兩次。李直夫之《虎頭牌》曾兩用雙調，即其一例，但一用新水令，一用五供養，其中曲牌亦多不同耳。顧亦非所論於此兩套醉花陰。晚元作家，於雜劇規律，至爲講求，更無變動之可言。考醉花陰（行色匆匆易傷感）一套中之醉花陰章，刮地風章及寨兒令章，按此當據譜作塞雁兒俱見《北詞廣正譜》，均注套數，曾瑞卿撰，後二章且兼注「行色匆匆」，是此套乃曾氏之散曲，而不當混入邾氏之雜劇也。復查《重刊增益〈詞林摘艷〉》，此套未署題；余未見原刊本，意其下必注鴛鴦塚，若然，則張氏真「有些錯誤」矣。十一月六日苦水又識。

# 像生番語括罟旦雜劇

無名氏

〔中呂粉蝶兒〕心下疑猜，俺男兒慣曾出外，受了些無人烟日炙風篩。一來是爲邦家，二來因公幹，三來與國家除害。好是傷懷。怎當那滿懷愁，一天雪大。

〔醉春風〕飛柳絮，剪鵝毛，粉粧成銀世界。瓊花亂糝在空中，天氣兒好歹、歹。身上單寒，肚中饑餓，站車搬載。

〔紅繡鞋〕猛聽的一聲驚怪，莫不是俺官人認的明白。多管是軍陣中受驅馳恰回來。雪迷了人蹤跡，風吹我眼難開，常言道在家好敬客。

〔窮河西〕皓首蒼顏老宣差，駕車的心怯都麻呢咬兒只不毛兀刺你與我請過來。倘或問些兒箇無是麽管待，休笑我女裙釵，觸犯着你箇官人也少罪來。

〔播海令〕哎，你箇岸荅的官人你便休怪。若有俺那千户見了你個多才，這其間殺羊造酒，宰馬敲牛，爲男兒不在，帳房裏没甚麽、没甚麽東西東西這的五隔。一來是爲人在客，二來甫年高，三來是看上敬下，怎敢小覷俺這腰間明滴溜虎頭牌？

〔古竹馬〕齊上馬離氈帳，趕站車塵步埃。虎蘆站有妖怪；李陵站最難捱；罕虎蘆站上平川地；阿阿站上不停鞋；白馬河站上人烟少，走乏的那鋪馬最難捱。俺那裏怨無這嶺黑河水，淡烟籠罩李陵臺。我説的話明白，你與我記心懷。老官人休笑粗魯的旗婆到無甚麽管待。安插二三秋，有朝一日來到俺沙陀，道是騰忔里取曲律撒銀那顔，托賴著天地氣力，帝王福蔭，身奇安樂，馬無疾病，岸荅官人哎，你箇囊篋的房子裏那顔咬兒只不毛兀剌你與我請過來。

**校勘**

〔粉蝶兒〕男兒《摘艷》**作官人**　人烟《摘艷》作人情

〔窮河西〕心怯《摘艷》作心哎怯《廣正譜》同　少罪來《摘艷》作少罪責《廣正譜》同

〔播海令〕岸荅《摘艷》作俺荅《廣正譜》作淹荅　多才《摘艷》作官人《廣正譜》同　一來是《摘艷》於此三字上有〔公篇〕二字疑誤　甫年高《摘艷》作甫間年高《廣正譜》作甫問年高

〔古竹馬〕虎蘆站《摘艷》作道是葫蘆站《廣正譜》同　罕虎蘆《摘艷》作寒葫蘆《廣正譜》同　阿阿站《摘艷》作阿彌者《廣正譜》同　白馬河《摘艷》作白梨河《廣正譜》同　鋪馬最難捱《摘艷》作鋪馬痛傷懷《廣正譜》同　怨無《摘艷》作原無《廣正譜》同　安插二《摘艷》作安插兒《廣正譜》同　房子裏《摘艷》裏下有哎字《廣正譜》同

苦水按：賈仲明《續録鬼簿》「諸公傳奇失載名氏」者，有《括罟旦》，下注「風雪當站兀剌赤，像生番語括罟旦。」馬隅卿《新校注》曰：「《太和正音譜》作《罟罟旦》；《永樂大典》卷二零七四二：雜劇五，有目，作《像生番語罟罟旦》；錢目不載此目；《北詞廣正譜》作《罟罟旦》。有《太和正音譜》選正宫調一首；《詞林摘艷》選中吕粉蝶兒套；《北詞廣正譜》選正宫調一首，中吕調二首。」今依《雍熙樂府》録全套，而校以《摘艷》；至《正音譜》所收正宫窮河西一章，據《廣正譜》所考訂，則訛謬過甚，即亦不復據校也。元人之劇或以角色名之，如《還牢末》則爲末唱，《貨郎旦》則爲旦唱，而以旦名者尤夥，此《括罟旦》亦其一。括罟爲蒙古婦人冠子。或作罟罟，《輟耕録》曰：「承旨帶罟罟娘子十有五人」，是也。或作顧姑，《蒙韃備録》曰：「凡諸酋之妻，則有顧姑冠，用鐵絲結成，形如竹夫人，長三尺許，用紅青錦繡或珠金飾之。」或作固姑，《輟耕録》載聶碧窗詩：「江南有眼何曾見，爭捲珠簾看固姑。」《元朝秘史》亦作固姑。或作故故，丘長春《西遊記》曰：「其末如鵝鴨，名曰故故。」括罟蓋蒙古音譯，依音署字，故多歧異。其蒙古謂鵝鴨曰故故耶？今俗謂雞頭上毛隆起者曰罟罟頭，亦以突起像冠故名耳。至像生一詞，吴自牧《夢粱録》有之，蓋指剪采爲花，其形像生。此云像生番語，其義當與《夢粱録》異。又《貨郎旦》亦曰風雨像生。《貨郎旦》劇中第四折之旦色，以説唱貨郎兒詞爲生。貨郎兒爲荷擔或推車售賣閨閣用物者，度其叫賣，或曼聲叶韻。其後像其聲演唱故事，遂名曰貨郎兒詞。若是則像生當作像聲。今北平伎藝人有曰説相聲者，時模効各地方言或小販詩聲以博笑樂，豈其流耶？余頗疑像生番語者，本非胡婦，而操番語極流利之謂。顧本事不詳，未敢武斷。至烏剌赤，蓋蒙語馬夫之意。此外篇中所引用蒙古語尚夥，未詳其義，會有通人，加以詮釋。兹姑缺疑。一九三七年十月廿七日記。

# 刀劈史鴉霞雜劇

無名氏

〔商調集賢賓〕貪荒忙棘針科抓住戰衣，險諕殺小河西。行不動山坡下歇息，立不住東倒西推。眼張狂有似撈菱，行不動一絲兩氣。那將軍慣相持，能對壘，有軍來誰敢和他迎敵？則聽的捽天般發喊，震地凱征鼙。

〔逍遥樂〕端的是名傳萬世，看了他四海無雙，不枉了寰中第一。狄青將玉勒兜，寶鐙踢。獸壺中順手扯金鈚，鳳翎箭水磨端的直。弓彎神背，更壓着李廣養由基。

〔么〕箭着時支楞楞撇了畫戟，撲簌簌零了豹尾。我見他翻身落地馬空回。彎弓插箭覷了一會，將一頂紫冠來撞碎，我見他三思臺吞滿畫桃皮。

〔么〕史牙恰鎗使迎，狄將軍刀去的疾。我子見迎鎗着刀桿足律律火光飛。見鎗來躲過刀去劈。則見連肩帶臂，恰便似錦毛彪撲倒赤狻猊。

〔么〕狄將軍前面行，史牙恰後面隨。他兩個不曾答話便相持，恰便似六丁神撞着個霹靂鬼。天生下是本對，寰中少有世間稀。

〔尾〕你與我即便去，莫迎敵，得便宜則恐怕落便宜。他每都響珊珊笑將金鐙踢，喜孜孜還營威勢，打一面皂雕旗，齊和凱歌回。

## 校勘

〔集賢賓〕發喊《摘艷》作發喊聲

〔逍遥樂〕寰中第一《摘艷》逍遥樂章至此止以下作醋葫蘆　神背疑當作神胄

〔么一〕《摘艷》以此章與以下各么篇俱作醋葫蘆　紫冠《摘艷》作紫金冠

〔尾〕齊和《摘艷》作齊賀

苦水按：《太和正音譜》所録古今無名氏雜劇一百一十本中有《刀劈史鴉霞》一種。初不詳其本事。後偶閲某小報劇評，謂高陽崑弋班之《箭射史鴉霞》，係演狄青事。知《正音譜》所録之《刀劈史鴉霞》亦定是狄青事也。此商調集賢賓一套，《雍熙樂府》與《詞林摘艷》俱收之，兹依《雍熙》録而校以《摘艷》，字句差異，尚不甚多。惟《雍熙》之逍遥樂章，《摘艷》自「狄青將玉勒兜寶鐙踢」起，定爲醋葫蘆，而只以起首「端的是」三句爲逍遥樂。兹以《正音譜》及《北詞廣正譜》考之，《摘艷》是也。蓋當時歌者於逍遥樂只歌起首三句，以下便删去，直接醋葫蘆，《雍熙》編者未加詳察，亦遂合爲一章；又以以下三章，俱定爲逍遥樂之么篇，大謬，大謬。北曲中固無此種格式之逍遥樂也。余以爲曲中之狄將軍，即狄青。而史牙恰即史鴉霞，以外國人名，譯音署字，初無定規，一如華盛頓之或作瓦欣吞，牛頓之或作奈端耳。故余即斷定此套爲《刀劈史鴉霞》劇中之一折。惟詞意不甚連貫，且元劇中集賢賓一套，未有如是之簡單者。恐逍遥樂章以外，删節尚多。而曲中所謂小河西者，亦未悉爲何人。余未見崑弋班所演之《箭射史鴉霞》，不知其中亦有所謂小河西者否。此套馬隅卿《録鬼簿新校注》未箸録，趙景深《元人雜劇輯逸》亦未收。一九三七年十月三十日苦水記於故都東城之習堇庵。

# 望思臺雜劇

無名氏

〔商調集賢賓〕殿頭官恰纔傳宣勑，俺老臣入宮闈。不曾歇一時半刻，連宣到兩次三回。俺這裏鞠躬躬象簡當胸，寬綽綽紫袍簇地。按下俺這紗幞頭，更將這玉束帶整齊，登輦輅直叩丹墀。不聽的靜鞭三下響，那裏也文武兩班齊？

〔逍遥樂〕又不在長朝殿内，朝陽宮裏，多管在望思臺上坐地，每日家子是哭哭啼啼。你不合信讒言父子相離，可不道事要所思，免勞後悔。他並不知我暗藏着苗裔。我今日舉薦儲君，怕甚麼洩漏了天機。

〔梧葉兒〕君王悦，達著這聖主機，咱正是白髮故人稀。遥望見盤龍椅，怎敢道免拜禮？誰敢天了尊卑？我這裏舞蹈揚塵三叩畢，老微臣拜舞罷，山呼萬歲。

〔金菊香〕見如今毁將兵器爲農器，不動征旗挂酒旗。省刑罰，薄税斂，賊盗息，路不拾遺。普天下四海樂雍熙。

〔醋葫蘆〕那老兒他道是女配了夫，兒娶了妻。則他那有錢有物有東西；則他那親兒親女都來這裏慶八十。那老兒歡天喜地，倚仗他有官有禄有承襲。

〔么〕老微臣有官呵，襲與誰？有家私，誰做主意？無挨無靠無親戚。淚淹淹盡將袍袖溼，不由我啼天哭地，雙眸中雨淚似扒堆。

〔金菊香〕老微臣身死靠着誰？誰是我拖麻拽布的？做了個秦不收，魏不管，忠孝鬼。若到寒食，誰與我燒一陌紙錢灰？

〔村裏迓鼓〕餓的我黑乾憔悴，早難道飽食、飽食終日。深山内胡尋亂吃。他每都啣樹皮，也無那珍羞百味。渴飲澗水，飢飡榆樹，採蕨薇。也不是聖主孫，君王嗣，也不是太子妃，也做得過首陽山伯夷叔齊。

〔元和令〕小儲君腹内飢，委實的捱不得。將一個李延年剮割的血淋漓，與儲君胡亂吃。李延年剮皮割肉代粮食，做的個損別人，安自己。

〔上馬嬌〕怎當那肚裏飢，又無那身上衣。天也，做三口兒苦相隨。正寒天臘月在深山内，凍的似痴，捱不過這天氣。

〔遊四門〕則他那撲頭撲面雪花飛，凍損了病身體。逝天逝地寒風起，常好是命將危。幾口兒悲含恨有誰知？

〔勝葫蘆〕閣不住撲簌簌腮邊淚珠垂，三口兒痛傷悲。埋怨俺尊君忒下的：教別人斷送了苗裔，教別人欺瞞了尊位，教別人傾陷了漢華夷。

〔後庭花〕信江充歹見識，送東宮三不歸，有國難投奔，做了個不著墳墓鬼。那廝用心機把君王瞞昧，道東宮生歹意，行魘昧，圖反背，逐他在外壁。你朝中情俸給，思量起這潑賊，撥弄殺漢武帝。

〔柳葉兒〕我王却道甚養軍千日，誰承望泄了天機？實走了話，便索傳宣勑，把那賊親問罪，出宮闈，拿將這萬剮凌遲。

〔尾聲〕今日將社稷扶聖明主，賽堯年正好捧金盃，穩坐著盤龍亢金飛鳳椅。他正是君臣慶會，輔佐着山河日月袞龍衣。

**校勘**

〔集賢賓〕宣勑《摘艷》作聖勑　俺老臣《摘艷》作宣老漢　束帶疑當作帶束　輦輅《摘艷》輅作路

〔逍遥樂〕所思《摘艷》作前思　他並不知我《摘艷》作並不知伊　儲君《摘艷》作皇孫

〔梧葉兒〕《摘艷》此章前半詞句，與此大異：

都堂内，臺省裏，都一般法清正，理鹽梅。普天下黎民樂、黎民樂，罷了戰敵。我這裏跪在丹墀，舞蹈揚塵三叩頭，老微臣可便拜舞罷，急忙山呼萬歲。

〔金菊香〕前《摘艷》無此章

〔村裏迓鼓〕《摘艷》此章詞句較勝：

飢餓的黑乾憔悴，早難道飽食終日。深山内胡尋亂吃。啃樹皮似珍羞百味。餓的荒，飲澗水，食榆葉，採蕨薇。皇帝孫，君王嗣，太子妃，都做了首陽山伯夷叔齊。

〔元和令〕將一個李延年剮割的血淋漓《摘艷》作李延年割肉血淋漓　做的個《摘艷》作怎做的

〔遊四門〕常好是《摘艷》作太子　幾口兒悲含恨《摘艷》作含悲恨

〔勝葫蘆〕斷送《摘艷》作請　欺瞞了尊位《摘艷》作做了皇嗣　傾陷《摘艷》作情受

〔後庭花〕《雍熙》無此章依《摘艷》補

〔柳葉兒〕《雍熙》無此章依《摘艷》補

〔尾聲〕《摘艷》無此章

苦水按：此商調集賢賓一套，《雍熙樂府》與《詞林摘艷》俱收録。《摘艷》無題，《雍熙》題《忠臣輔國》。余初讀之，即斷爲譜漢代「巫蠱」事。《前漢書》卷六十三《戾太子傳》曰：「上憐太子無辜，乃作思子宫，爲歸來望思之臺於湖，天下聞而悲之。」今套中逍遥樂章有云：「又不在長朝殿内，朝陽宫裏，多管在思臺上坐地。」《太和正音譜》著録古今無名氏雜劇一百一十本中，有《望思臺》，則此套定是《望思臺》中之一折。惟首章所謂「老微臣」者，不悉爲何人，亦遂不能斷定爲何人所唱。《漢書》謂車千秋上書訟太子之寃，余初頗疑此老微臣即車千秋。然《漢書》車傳謂車有子順，嗣侯，官至雲中太守。而此套之醋葫蘆么篇章曰：「老微臣有官呵，襲與誰？有家私，誰做主意？」金菊香章又曰：「老微臣身死靠着誰？誰是我拖麻拽布的？」則此老微臣者固無子，似又非車千秋也。至其元和令章則曰：「小儲君腹内肌，委實地捱不得。李延年割肉血淋漓，與東宫胡亂吃。這的是剮皮割肉代糧食。怎做得損别人，安自己？」（據《摘艷》）似戾太子避難時，李延年曾割肉以食太子；而此割肉，似自動的出於延年之情願，而非被動的由於他人人剮割。《漢書》卷九十三《佞幸傳》謂延年「坐法腐刑，給事狗監中。」固應無子。則此老微臣者，其即李延年乎？延年列傳佞幸，此套所言，頗爲忠藎；然小説戲劇中人物事跡，未必即與正史相吻合，亦猶皮簧戲《法門寺》中之劉瑾，《忠孝全》中之王振，其爲人亦殊磊落光明，不同於正史中之窮兇極惡也。惟醋葫蘆章中所謂「那老兒他道是女配了夫，兒娶了妻，則他那有錢有物有東西」，此「老兒」又不識爲何人，其即主動巫蠱事件之江充耶？全劇既佚，又鮮旁證，只有闕疑以俟他日新材料之發現而已。此套《録鬼簿新校注》於《望思臺》目下未注録，《元劇輯佚》亦未收。余依《摘艷》校以《雍熙》則《雍熙》較《摘艷》多出金菊香及尾聲二章。顧《摘艷》之《後庭花》及《柳葉兒》二章，亦爲《雍熙》所未有。而所謂尾聲者，似當據《北詞廣正譜》作隨調煞也。商調與仙吕，笛色俱可用小工，故兩調之曲可以互借。惟此套自村裏迓鼓起，借用仙吕至七調之多，則現存元劇聯套所不多見耳。十一月二日苦水記於習堇庵中。

# 女學士三勸後姚婆雜劇

無名氏

〔越調鬥鵪鶉〕想當初無鹽安齊，虞姬送楚；賈氏誅龍，楊香跨虎；食麥賢妻，採桑烈女；舉案的是孟光，退軍的是義姑；捧印的三娘，墜樓的是緑珠。

〔紫花兒序〕上等女完全忠孝，中等女成就賢達，下等女敗壞了風俗。爲些個美甘甘茶飯，打眼的衣服，枉圖；辱父母，擇公婆，揀丈夫。奸猾女婦，將這座大院深宅，生扭做柳陌花衢。

〔小桃紅〕見他粉憔胭悴淡粧梳，却早博落了能治家私的賢達婦。往日相逢敬親故，有誰知？往常問一句，應三句，那能言快語，似噴珠噀玉。今日個做了個没口的悶葫蘆。

〔鬼三臺〕你休啼哭，休言語。這的是神天對付。你安自己，損別人，可知道奴婢忿怒，你待教大兒亡，小兒請俸禄。小兒還債負。送了他兩個王祥，那裏發付你這三移的孟母！

〔調笑令〕若説俺上祖，盡爲儒，輩輩無官士大夫。看太公家教蕭何律，大學小學和論語。三房頭是有幾個女，我活六十歲，幾曾見紙休書？

〔禿廝兒〕他待要憑河暴虎，再休想似水如魚。自家所爲，暗咈；從小兒也會讀文書，嗟吁！

〔聖藥王〕將着丈夫畫的手模，似三貞九烈美人圖。我不讀，你自讀，是你那辱門敗户大招伏，也不是你的護身符。

〔麻郎兒〕賢愚怎並居，水火不同爐。俺這裏不是你住處。那裏將你發付？

〔慶元真〕狀元堂内母親毒，授官廳上故人疏，碧桃花底鳳凰孤。荒疏，有去處，青山望你的兒夫。

〔尾聲〕枉着你子母每牽挂着親腸肚，省可裹啼啼哭哭。要見你嬌養的壽山兒，則你學那抱石投江的浣沙女。

苦水按：此套見《雍熙樂府》卷十三，《詞林摘艷》未收。《雍熙》未注題，余初見，即以爲决是雜劇而非散曲。元人套數如高祖還鄉，詠蘇卿之類，詞中固亦有本事而非單純之抒情。然人物姓名，俱詳細寫出，使讀者見之可知爲何人何事。劇曲則以羼有賓白之故，劇中人物之姓名時或略而不詳。《雍熙》《摘艷》二書，俱以散曲爲主體，每録劇曲，擯賓白而不録，又或不注作者，不録劇名，故祇讀曲文，往往令人忘其爲雜劇。此套尾聲章中雖有壽山兒一詞，似是人名，而普通流佈之小説中亦未經見，殊難推知其本事。然細繹詞意，多責勸繼母之語。《續録鬼簿》「諸公傳奇失載名氏」目中，有《後姚婆》一種，注「賢妳娘單教前妻子，女學士三勸後姚婆」。姚婆或作堯婆，繼母也，元曲中常見之。此套其即《後姚婆》之一折乎？本事不詳，旁證復闕，收録待考。十一月六日苦水記於習堇庵。

# 月下老定世間配偶雜劇

劉兑

## 第一折

〔仙吕點絳唇〕花信風微，燕泥雨霽，韶光麗。暖日遲遲，醞釀出遊春意。

〔混江龍〕艷陽天氣，遍園林無處不芳菲。柳條嬝娜，杏錦離披；翠草和煙雛燕語，碧桃凝露彩鸞棲；芍藥粉鉛華淺試，海棠絲絳臙低垂；翠檻暖香含荳蔻，畫欄暗香噴荼蘼；小徑撒金錢石竹，矮屏攢錦帶玫瑰。花撲撲一片錦模糊，暖溶溶三月春光媚。芳塵滚滚，香霧霏霏。

〔油葫蘆〕四十里紅香錦繡圍，風日美。香車寶馬趁晴暉，雕輪輕碾莎茵細，玉鞭亂拂楊花墜。恰轉過甃花磚萬字堦，早來到步金沙十里堤。立東風似覺非人世，却疑是乘彩鳳下瑶池。

〔天下樂〕十二樓臺擁翠微，高低，簾半垂。一處處啓紗窗，列銀屏錦繡幃。花香度門草亭，柳陰籠拾翠溪，有丹青難下筆。

〔那吒令〕蝴蝶兒對飛過葡萄架西，遊蜂兒競起落薔薇徑裏，黄鶯兒亂啼在櫻桃樹底。鴛鴦戲緑水濱，鸚鵡語金籠内，一聲聲似殢嬌痴。

〔鵲踏枝〕錦香堆，翠紅圍，纔過了元夜花朝，又早是禁煙寒食。看如此風光景致，儘遊人樂意忘歸。

〔寄生草〕泛曲水蘭舟漾，簇香風彩仗移。錦標收看罷鞦韆戲，翠鬟迎齊奏笙歌沸，玳筵開準備鸞鳳配。夜長拚向月中歸，春深莫惜花前醉。

〔么〕小隊按霓裳舞，新腔歌金縷低。隨花傍柳春明媚，調絲品竹仙音沸，烹龍炮鳳珍羞備。瑶臺飛下玉天仙，蓬壺幻出風流地。

〔後庭花〕酒痕香手帕兒濕，花枝重鬆髻兒低。酒醉後情偏熱，花深處眼欲迷。覷吴姬風流佳麗：粉酥胸，白雪肌；黛煙描，新月眉；寶釵橫，雲鬟堆；柳腰纖，玉一圍；啓朱唇，皓齒齊；蕩湘裙，蓮步移。

〔青歌兒〕呀，嬌靨笑，秋波、秋波生媚。安排着雨雲、雨雲情意。翠袖香温手共携。畫閣蘭閨，繡枕羅幃，琴瑟相宜，鸞鳳于飛，是一對美滿好夫妻風流配。

〔賺尾〕賞花時，尋芳意，問甚千金一刻。縱有遊絲百尺飛，碧天邊難繫春暉。到明日，緑暗紅稀，不忍聽空林叫的子規。常則是被流鶯唤起，更做到殢紅粧不睡，大古是惜花人愛月夜眠遲。

## 第二折

〔正宮端正好〕青靄靄柳陰濃，輕拂拂荷香蕩；小紅亭、嫩緑池塘。水晶簾動波紋漾，高捲起金鉤上。

〔滚繡球〕翠雲屏，青瑣窗；紫藤席，白象牀；罩湘煙、碧紗鴛帳；夢初回，浴罷蘭湯。出繡房，過畫堂，羅扇輕，晚風清爽，汗珠消、玉骨生涼。松濤細煮團龍茗，花霧濃薰睡鴨香：別是箇風光。

〔倘秀才〕蟬鬢嚲，斜簪鳳凰；粉臉淡，輕勻海棠；翠點眉心半額黄。縷金香串餅，雲錦藕絲裳，添了些晚妝。

〔滾繡球〕步盈盈羅襪涼，動珊珊瓊珮響，翠陰中倚闌凝望；浸樓臺雲影天光，小壺天風月場，萬花叢鴛鴦鄉；綵霞深，綠雲搖颺；顫巍巍羽蓋雲幢；蕊珠宮裏神仙侶，天女機頭雲錦章；景物無雙。

〔倘秀才〕綠槐蔭低低粉牆，碧梧覆陰陰井牀，葵蕚傾心捧日光；萱開黃鵲嘴，榴蹙絳紗囊；正紅稠綠攘。

〔賽鴻秋〕露滋花，花含露，珍珠輕綴在霞綃上。絮沾苔，苔鋪絮，粉錦碎點在絨氈上。柳藏鶯，鶯穿柳，綠絲亂拂在金梭上；藻擎魚，魚翻藻，錦書雙捧在銀盤上；白鷗下碧波，雪片飛江上。竹吟風，風篩竹，玉簫聲在青鸞上。

〔脱布衫〕蜜房瓜旋剖甘霜。銀絲膾細縷新薑。玉碗調冰壺蔗漿。荷筒注碧香春釀。

〔小梁州〕玳瑁筵前白晝長，錦片似排場。鳳簫鼉鼓間笙簧；瑶箏上，翠竹雁成行。

〔么篇〕雪兒對舞雲娥唱，按梨園一派宮商。醉眼狂，歡情暢，餘音嘹喨，齊和採蓮腔。

〔醉太平〕倚雙鬟豔妝，拂兩袖天香，棹歌驚散錦鴛鴦。小嬌娃蕩槳，泛滄浪，泝流光，小小蘭舟漾。挂空蒼，破昏黃，皎皎銀蟾上。送斜陽，釀新涼，渺渺彩雲長。醉歸來未央。

〔尾聲〕寶猊瑞靄浮珠晃，畫燭紗籠照翠廊，鳳髻堆雲珊枕涼，更箭浮蓮玉漏長，受用足青春富貴郎，可喜煞風流窈窕娘。彩索香囊，角黍蒲觴，準備下明日端陽再歡賞。

## 第三折

〔黃鐘醉花陰〕玉宇金風送殘暑，半霎兒輕雲細雨。秋意滿庭除，珊枕紗幮，頓覺涼如許。

〔喜遷鶯〕欲試繡羅襦，喚小玉爇龍涎，薰翠縷。睡紅生玉，映菱花秋水芙蕖。妝梳，點蘭膏，勻鳳酥，百寶光含絡臂珠。整珮琚，步雲階縹緲，對秋景歡娛。

〔出隊子〕綠窗朱户，弄新晴曉日初。合歡床鋪苦翠氍毹，連珠幄纓聯珠珞簌，一似蓬島仙家碧玉壺。

〔么篇〕園林景物，寫秋光作畫圖。芙蓉傍水錦千株，丹桂迎風香萬槲，掩映着楊柳梧桐深密處。

〔么篇〕紫微香露，染霞綃，攢細粟。鳳仙開，九苞秋暖錦毛舒；玉簪綻，六出花含檀韻吐；又早見亂撒金錢籬下菊。

〔么篇〕淡煙濃霧，看山光乍有無。咿啞啞賓鴻出塞遠相呼；啾唧唧社燕辭巢嬌對語；滴溜溜紅葉兒隨風零亂舞。

〔刮地風〕一弄兒秋聲不斷續，直乃是萬籟笙竽。一年好景休虛負。漸看那柳敗荷枯。畫屏般碧雲紅樹，錦機似彩鴛白鷺。爽氣浮，日影疏，送長天落霞孤鶩。掃纖塵，靜太虛，見冰輪飛出雲衢；剔團團碾破銀河路，放寒光照九區。

〔四門子〕上南樓似入清虛府，捲珠簾遙望舒。列玳筵，倒玉壺，簫聲似綵鸞雙鳳雛。丫鬟擁嬌艷姝，擺列着清歌妙舞。

〔古水仙子〕浥金波，泛醁醑，直吃到斗柄横斜桂影疏。畫燭高燒，玉山低趄，拚着個沉醉花前紅袖扶。問嫦娥今夜如何？願天長地久爲眷屬。這的是人間天上團圞處，盡今生歡愛永無虞。

〔寨兒令〕煞强如、煞强如廣寒宮一世幽居，常則是舞罷霓裳鏡鸞孤，珊枕剩，翠衾餘，空自把青春誤。

〔挂金索〕光爍爍燈月交輝，素魄流香霧。嬌滴滴粉黛成行，清影涵瓊樹。立停停羅襪生涼，疑是凌波步。舞飄飄羅袂乘風，恍然飛仙去。

〔尾聲〕不覺涼生桂花露，猶兀自醉眼模糊，共倚著玉闌十二曲。

## 第四折

〔雙調新水令〕翠簾深護小房櫳，滴溜溜玉鉤低控。駝絨氈斗帳，龜甲錦屏風。春意融融，梅梢上暗香動。

〔喬牌兒〕瑣窗疏影横，倒挂緑么鳳。梨雲一片羅浮夢，夜深沈，寒漏永。

〔滴滴金〕瓊樹生花，玉龍脱甲，銀河剪凍，瑞雪舞迴風。碧落無塵，淡月窺檐，彤雲接棟，白茫茫貝闕珠宮。

〔折桂令〕錦排場賞盡春工，二八仙鬟，十六歌童，花底藏鬮，樽前賭令，席上投瓊；嬌滴滴爭妍競寵，喜孜孜依翠偎紅；走斝飛觥，換羽移宮，妙舞清謳，慢撥輕籠。

〔水仙子〕麝煤香靄繡芙蓉；鳳蠍光摇金蝃蝀；象牀春暖花胡洞。粉胭香，珠翠叢；彩雲深，羅綺重重。

寶篆龍涎細，金爐獸炭紅，暖溶溶和氣春風。

〔雁兒落〕銀箏秋雁橫，玉管雛鶯弄；花明翡翠翹，酒滿玻璃甕。

〔得勝令〕彩袖捧金鐘，羅帕襯春葱。橙嫩經霜剖，茶香帶雪烹。歡濃，醉後情猶重。筵終，更深樂未窮。

〔沽美酒〕轉秋波一笑中，透靈犀兩情通。燈下端詳可意種，似嫦娥出月宮，如神女下巫峰。

〔太平令〕歌鬢嚲，金釵飛鳳；舞裙忺，翠縷盤龍；粉汗濕，鉛華嬌瑩；舌尖吐，丁香微送。看臂中、緊封、守宮，是一對雛鸞嬌鳳。

〔川撥棹〕喜相逢，喜相逢可喜種。柳困花慵，玉煖酥融，那一會風流受用：顫巍巍寶髻鬆，困騰騰秋水橫，曲彎彎眉黛濃。

〔七弟兄〕醉烘、玉容、暈微紅，尤花殢玉歡情縱。都疑身在睡魂中，蕊珠宮裏遊仙夢。

〔梅花酒〕恰收拾雲雨蹤，没亂煞見慣司空。禁鼓銅龍，簷馬丁東，隣雞唱，畫角終；玉蓮漏，咽銅龍；銀河燼，落金蟲；紗窗外，曉光籠。

〔收江南〕呀，轆轤聲在粉牆東，鴉啼金井下梧桐。春嬌滿眼未醒忪，將一段幽歡密寵，等閑驚覺惜匆匆。

〔鴛鴦煞〕纔歡恰入梅花詠，風光又到椒花頌。妝點新春，斷送殘冬。行樂莫相違，良辰不易逢。臘雪夜來消，春意明朝動。只幾日東風樓外翠如擁。

## 校勘

第一折

〔仙呂點絳唇〕麗《摘艷》作媚

〔混江龍〕燕語《摘艷》作燕舞　彩鸞《摘艷》作彩雲　欄暗《摘艷》暗作晴　一片《摘艷》作一簇　春光《摘艷》作春明

〔油葫蘆〕紅香《摘艷》作紅鄉　風日美《摘艷》作真箇是　金沙《摘艷》作金梭　似覺非人世《摘艷》作思却非塵世　彩鳳《摘艷》作丹鳳

〔天下樂〕錦繡《摘艷》錦作開

〔鵲踏枝〕樂意《摘艷》意作以

〔寄生草〕舟漾《摘艷》作舟近　翠鬟《摘艷》作翠環　齊奏《摘艷》作緩步　鳳配《摘艷》配作會

〔么〕腔歌《摘艷》歌作換　縷低《摘艷》低作依　春明《摘艷》作春情　音沸《摘艷》沸作配　飛下《摘艷》作舞下　幻出《摘艷》作擁出

〔後庭花〕酒醉《摘艷》無醉字　深處《摘艷》無處字　雲鬟《摘艷》作雲亂

〔青歌兒〕雨雲雨雲情意《摘艷》作雨情雨情雲意　美滿好夫妻風流配《摘艷》作美媚緣好夫妻成就了鴛鴦會

〔賺尾〕《北詞廣正譜》作賺煞賺尾是另一體　賞花《摘艷》上有休孤負　尋芳《摘艷》上有勿蹉跎　問甚《摘艷》作莫惜　不忍《摘艷》無不字　叫的《摘艷》無的字　大古是《摘艷》作這的是

第二折

〔正宫端正好〕捲起《摘艷》作捲在

〔滚繡球〕湘煙《摘艷》作湘裀　羅扇《摘艷》作扇羅

〔倘秀才〕輕匀《摘艷》作重匀

〔滚繡球〕霞深《摘艷》作霞收　天女《摘艷》作織錦　雲錦章《摘艷》作窈窕娘　景物無雙《摘艷》作淡抹濃妝

〔倘秀才〕低低粉牆《摘艷》作深深院牆　碧梧覆陰陰井牀《摘艷》作金井畔低低小房　傾心捧《摘艷》作捧心向

〔賽鴻秋〕碎點《摘艷》作碎剪　藻擎魚魚翻藻《摘艷》作藻驚魚魚驚藻　聲在《摘艷》作聲斷

〔脱布衫〕蜜房瓜旋剖《摘艷》作白蓮藕味美

〔小梁州〕白晝《摘艷》作春晝

〔么篇〕《摘艷》無此二字

〔醉太平〕《摘艷》此章詞句與此小異：

倚雕欄艷裝，拂兩袖天香，猛然驚散錦鴛鴦，俊嬌娃蕩槳，清波小小蘭舟漾，空蒼隱隱銀蟾見，夕陽緲緲彩雲長。

〔尾聲〕《摘艷》作「貨郎兒尾」：

紐結丁香，扣鎖鴛鴦，端的是占斷了風流窈窕娘。

第三折

〔喜遷鶯〕欲試繡羅襦喚小玉爇龍涎薰翠縷《摘艷》以此十四字作醉花陰尾

〔么篇一〕楊柳《摘艷》無此二字

〔么篇二〕九苞秋暖錦毛舒《摘艷》作似錦模糊　玉簪綻六出花含檀韻吐《摘艷》作丹桂花含香半吐

〔么篇三〕乍有無《摘艷》作如畫圖　咿啞啞《摘艷》作呀呀的　啾唧唧《摘艷》無此三字　辭巢《摘艷》作尋巢

〔刮地風〕一弄《正音譜》上有疏剌剌三字，《廣正譜》同　不斷《摘艷》作斯斷　影疏《正音譜》疎作晡《廣正譜》同　剔團圞碾破銀河路放寒光照九區《正音譜》移此二句作下四門子頭

〔四門子〕玉壺《正音譜》玉作翠　簫聲《正音譜》作玉簫聲　綵鸞《正音譜》作綵雲《摘艷》作綵鳳　丫鬟擁嬌艷姝《正音譜》作引小鬟擁艷姝

〔古水仙子〕横斜桂影《廣正譜》作欄桿轉綺

〔挂金索〕恍然《摘艷》作恍若

第四折

〔雙調新水令〕低控《摘艷》作雙控

〔喬牌兒〕緑么《摘艷》么作毛

〔滴滴金〕生花《摘艷》作生光

〔折桂令〕賞盡《摘艷》作賞翫

〔水仙子〕靄繡《摘艷》繡作散

〔雁兒落〕酒滿《摘艷》作酒散

〔太平令〕臂中緊封守宮《摘艷》作臂釧封守宫

〔川撥棹〕可喜《摘艷》作可意

〔七弟兄〕睡魂《摘艷》作醉魂

〔梅花酒〕收拾《摘艷》作便似　銅龍《摘艷》作憑敲　蓮漏《摘艷》作漏滴　銀河《摘艷》作銀荷　金蟲《摘艷》作火蟲　光籠《摘艷》於此下有碧天邊日初融叠句

〔鴛鴦煞〕纔歡恰《摘艷》作共歡娛

苦水按：《續録鬼簿》曰：「劉東生名兑，作《月下老定世間配偶》四套，極爲駢麗，傳誦人口。」而未列所作劇目。馬隅卿《新校注》據《太和正音譜》補《月下老世間配偶》及《嬌紅記》二種。《世間配偶》下復注「有《詞林摘艷》選正宫端正好套，雙調新水令套；《北詞廣正譜》選仙吕調二句，黄鐘調二首。」鄭西諦《〈詞林摘艷〉裏的劇本及散曲作家考》曰：「《月下老問世間配偶》一劇，《太和正音譜》也箸録之。今未見傳本。但《摘艷》收至三折之多，已所缺無幾了。一爲點絳唇（花信風微），一爲端正好（青靄靄柳陰濃），一爲新水令（翠簾深護小房櫳）。」鄭氏所録，較之馬氏，多出仙吕一套。惟不識二氏何以俱逸去黄鐘（玉宇金風送殘暑）一套。此套《詞林摘艷》亦收之。其中刮地風及古水仙子二章俱見《北詞廣正譜》，注明劉東生撰《世間配偶》劇。《正音譜》亦收刮地風及四門子二章，惟不注劉東生雜劇而注「劉東生散套」耳。鄭氏又曰：「邵曾祺的《元明劇輯逸》所輯凡四折，均據《雍熙樂府》，已全。」（邵君此書未刊）此四套《雍熙》與《摘艷》均收之，不必專據《雍熙》也。《雍熙》於仙吕套署題曰春景，正宫套曰夏景，黄鐘套曰秋景，雙調套曰冬景，《摘艷》祇於雙調套注「《月下老問世間配偶》雜劇第四折，皇明劉東生」，其餘三套，均未署題。惟據《廣正譜》賺煞變格「聲」條曰：「近亭軒或仄，到明日作去。」下注「劉東生《世間配偶》劇。」今此「花信風微」仙吕套之賺尾章正有「到明日」三字，則此套之屬《世間配偶》，殆無可疑。黄鐘一套，亦有《譜》録二章可證。至正宫一套，馬氏鄭氏俱認爲此劇之一折，想係依原刊本之《摘艷》耳。今依《雍熙》全録四套，而校以《摘艷》及二《譜》。《正音譜》著録劉氏雜劇，只有二種，《嬌紅記》既由東土，重返中華，《世間配偶》之曲文四折亦由碎錦，成爲完幅。較之元人作品泰半散佚而不可見者，劉氏亦云幸已。然細繹四套詞意，春夏秋冬，依序排列，皆爲抒情寫景，毫無本事，自來劇曲，未有如此作法。意者賓白之中，尚有穿插科諢；删白存曲之後，遂致如此耶？《續録鬼簿》只云「四套」而不云雜劇，又未録目。《正音譜》録目矣，而黄鐘宫之二章又只注散套。則此四套之爲雜劇抑爲散曲，亦尚未可定也。一九三七年十一月十日苦水識於舊京東城之習堇庵。

復按：馬氏所謂有《廣正譜》仙吕調二句者，當作一句。譜若曰《西廂記》賺煞中近亭軒之軒字可仄，如《世間配偶》劇賺煞中到明日之日字也。苦水又誌。

# 〔附録〕王妙妙死哭秦少游雜劇

鮑天佑

〔正宮端正好〕支楞的斷了冰弦，擊玎的分開鸞鏡，撲蓼的井墜銀瓶，滴溜的半窗明月影，兀的不又感起心頭病。

〔滚繡球〕每日家愁没亂心不寧，睡不着，夢又驚。乍離別怎捱那凄涼光景？想多才必定是飄零。雖然他無定準，難道他無志誠。既無情呵，可怎生頻捎書把咱來欽敬？既有情呵，可怎生過三冬不見回程？我這裏懨懨瘦損銷磨了這悶。他那裏緊緊相纏教我怎不動情？這些時魚雁無憑。

〔倘秀才〕每夜家愁悶到三更四更，長吁道千聲萬聲。似這般枕冷燈昏好着我睡不成。一個冷落在臨川縣，一個寂寞在豫章城，他兩個一般病症。

〔滚繡球〕染霜毫濕墨濃，端溪硯秋水傾，拂花箋巧叠成個方勝。不由人雨淚盈盈。我比那題橋的無定準，駕車的無信行。兩般兒不當不正。紙和筆包藏着兩字關情；展開紙呵，怎禁那目邊點水淹難盡，我援起筆，恰使似門裏挑心寫不成，將斑管來高擎。

〔賽鴻秋〕行時思，坐時想，閑時論；怕人知，嗔人講，嫌人問。圖他些恬，愛他些俏，貪他些俊；因此上躭着驚，受着怕，懷揣着悶。風流人可憎，可意堪人敬，怕不我口兒裏强，身子兒掙，心兒裏順。

〔脱布衫〕這簫吹起來閑悶閑縈，引的人來無緒無情。再誰敢道憑欄倚樓，再誰敢道放懷遣興。

〔小梁州〕這簫他引鳳勾鸞感起舊情，又不比月夜聞箏。則俺這憂愁哀怨不堪聽，是一曲陽關令，吹徹斷腸聲。

〔么篇〕朣朧皓月如懸鏡，入簾櫳照得傷情。我愁聞這角聲韻頻，越感起心頭病。則我這影兒孤另，因此上嫌殺月兒明。

**校勘**

〔正宮端正好〕擊玎的《摘艷》作琣玎璫

〔滚繡球〕銷磨了這悶《摘艷》作添愁悶　教我怎不動情《摘艷》作割不斷情

〔倘秀才〕燈昏好着我睡不成《摘艷》作衾寒夢不成　他兩個《摘艷》作兩下裏

《摘艷》於此章下，尚有二章，爲《雍熙》所無。

〔滚繡球〕偎著呵，咱便温；撇著呵，咱便冷。俺兩個同生死，一言爲定；休學那不堅牢紙做的湯瓶。害相思如病酒，看看的脱了形。執迷著徒（疑當作俊）郎君飄零水性。兩般兒勞意勞形：因他舊恨添新恨，待道無情却有情，忘不了海誓山盟。

〔倘秀才〕怕的是更長漏永，愁的是衾寒枕冷，恨的是羅帶同心結未成。題心事，訴離情，把文房强整。

〔滚繡球〕濕墨《摘艷》濕作麝　端溪硯《摘艷》作潤端溪　不由人至不當不正《摘艷》無此四句　淹難《摘艷》

淹作言

〔賽鴻秋〕恬《摘艷》作甜　搘《摘艷》作掣

〔小梁州〕憂愁《摘艷》作離人　是一曲《摘艷》作吹的是

〔么篇〕《摘艷》無此兩字　朧朧《摘艷》作雲龍　入簾櫳照得傷情《摘艷》作上紗牕照咱離情　我愁聞這角聲韻《摘艷》作愁的是皎潔蟾　則我這影兒《摘艷》作照的人影

苦水按：天一閣明鈔本《録鬼簿》曰：「錢吉甫，名天祐，杭州人。」馬氏《新校注》於天祐所作劇目《秦少游》下注：「有《詞林摘艷》選雙調新水令套；《北詞廣正譜》選雙調一首，正宮調一首。」新水令（似一江春水向東流）套，正宮煞尾（金杯空冷落了尊前興）章，趙景深《元人雜劇輯逸》已收。鄭振鐸《〈詞林摘艷〉裏的劇本及散曲作家考》曰：「鮑吉甫名天祐，《摘艷》收他的雜劇《王妙妙死哭秦少游》的二折，一爲新水令『似一江春水向東流』，一爲端正好『支楞的斷了冰弦』。元人雜劇輯逸失收後者，僅據《北詞廣正譜》録存煞尾一曲而已。」端正好套，《重刊增益詞林摘艷》及《雍熙樂府》俱收之。《摘艷》無題，《雍熙》則署《月下吹簫訴别》，而《譜》所録煞尾一章，雖與此套爲一韻，而兩書所收此套中俱無之，僅至小梁州么篇而止。不知西諦何據定此套爲《秦少游》劇之一折，豈原刊本《詞林摘艷》已注明此套爲《秦少游》劇，而小梁州么篇之後即接煞尾耶？未見原書，不敢臆斷，姑依鄭氏之説，假定爲鮑劇。又今春余曾爲此二宮煞尾一章作一小文，登諸燕大國文學會《文學年報》，茲亦節録：

金盃空冷落了尊前興，錦瑟閑生疏了弦上聲。便今宵待怎生？乍離別，不慣經，分外春寒被兒冷。

右一章是正宮之煞尾曲，《北詞廣正譜》收之，注「雜劇，鮑吉甫撰《秦少游》。」近人趙景深氏《元人雜劇輯逸》據録以爲鮑劇某一折中之一章。然《廣正譜》以此章爲正宮煞尾第二格，其第一格則爲：

團團黄串焚金鼎，夜夜濃薰暖翠屏。偏今宵是怎生？乍離別，不慣經，睡不安，坐不寧；分外春寒被兒冷。

下注「套數，馬昂夫撰小庭幽。」余初讀此二曲，覺其字句不無雷同，頗疑是一曲。然一注鮑劇，一注馬套，疑不能明。因檢《雍熙樂府》，則小庭幽套赫然在。其中煞尾一曲，正與《譜》所録同，只少「乍離別不慣經」而已。至《譜》録之煞尾第二格中「金盃空」二句，亦見於是套之三錯煞尾中，惟「弦上聲」做「月下聲」耳。《詞林摘艷》亦收之，「錦瑟閑」則作「錦瑟弦」。《雍熙》與《摘艷》此套俱無作者主名。而套中之三錯煞及煞尾，《廣正譜》俱收之，又俱注馬昂夫撰套數，決不當謂爲鮑劇。《録鬼簿》中，鮑爲「方今已亡名公才人」，馬爲「方今名公」，則兩人並世；若有作，不應互相抄襲。然《廣正譜》所録之正宮煞尾第二格（注鮑劇者），首二句與馬套三錯煞之首二句同；末三句又與馬套煞尾之末數語同。謂爲偶然，則不當如此之巧合也。《録鬼簿》謂馬昂夫有樂府（散曲）而無傳奇（雜劇）。意者鮑氏作劇時，遂徑襲用馬氏套曲中之詞句乎？

一九三七年十一月十三日脱稿

（刊于一九三七年《燕京學報》第二十二期，另有《燕京學報》單行本）

# 看《小五義》

私意嘗欲分書爲三類。一爲讀的書，凡具有莊嚴性，深刻性，即所謂硬性的書籍，或本非硬性，而讀者却以之爲學術研究的對象屬之。其次爲唸（用「念」字不得，非加「口」旁不可）的書，凡只須朗誦而不必瞭解其意義的書籍，如村塾中學童所唸的「三」「百」「千」「萬」，和尚所唪誦的經咒之類，屬之。其三則爲看的書，凡只用眼睛去看，而不必一定研究其意義，朗誦其文字的書籍，屬之。前二者，此刻不想談，因爲我既不想成爲學者，而且已經不是村塾中的學童，也並未變作一個和尚。現在只談一談看書。

先説看。這看字正如俗語所謂看小説的看，所以衹用眼睛，既不必下死工夫去研究，也無須乎高聲朗誦。忘記了是廚川白村還是鶴見祐輔——方才查了半日，急得汗出如漿，也不曾查出，乾脆不查了，曾説過讀書有悠然見南山式的讀法。我現在所説的看書的看，也正是見南山的見，雖然看字與見字壓根兒語義並不一樣。然而倘若説看書是姑以遣日的無聊消遣，却又斷斷乎不可。這看書正如吃點心，喝清茶，乃是生活中的真正享受。所以不是被逼迫着非讀不可，也並無有功利之心，想在書裏面榨取些什麽物事。我時常以爲倘不是老於讀書，善於讀書的人，就很不容易會看書。

但我雖然如上云云的説了，我自己的看書却又並不然。我讀書的時候極少，信不信由你：有許多朋友説我用功，即是常常讀書，實在是過奬，我每次聽見了，總不免惶恐而且慚愧。至於看書的時候之不多，則正一如我的讀書。況且如我其人，怕也根本不會看書，因爲心浮氣粗，很少能悠然見南山似的「心清如水，物來畢照」。不過我多少年來養成了一種不良的習慣：不拘晝眠夕寐，就枕之後必須看書方能入睡。假若説我也看書，怕也衹是如此而已，與前所云云未免大異其趣了。

在淪陷之先，有許多年臨睡時所看的書真是三教九流，古今中外無所不有，亦無所不可。有時得到一部新書，常常這樣想：「現在先不要看，留着睡覺的時候再看吧。」淪陷之後，失眠病加劇，便不成了。不看書絶對睡不了，看書也往往照舊失眠。經過相當的日期和痛苦，我覺察出來了。艱深的書不能看，新得的書不能看，太有意趣的書不能看，還有，便是太無意趣的書也不能看。這麽一來，可苦了。非看書不成，到底應當看些什麽書才能請得睏神附體呢？又經過相當的日期和痛苦，才知道衹有看小時候曾經看過的舊小説。於是我的牀頭便總有《水滸》，《説岳全傳》，《七俠五義》，《聊齋誌異》，《閲微草堂筆記》之類的書籍。以備我週而復始地看。看這類書，主旨是招請睏神，不求瞭解，所以無須乎研讀；不求記憶，所以無須乎朗誦。雖説是看，却又並非享受。但因爲翻來覆去地閲看，也許是悠然見南山吧，也頗看出了一點什麽來。現在就先談一談《小五義》。爲什麽呢？也没有爲什麽。衹是想先談一談它。

胡適之先生在他的《中國五十年來之文學》（？）裏，似乎祇提及《七俠五義》，且引了一段智化盗冠時化妝作工的原文，而並未説到《小五義》。魯迅先生的《中國小説史略》裏，曾正式提及此書。並且說：「序雖云二書（小五義和續小五義）皆石玉崑舊本，而較之上部（案：此指七俠五義），則中部荒率實甚，入下又稍細，因疑草創或出一人。潤色則由衆手，其伎倆有工拙，故正續遂差異也。」《小五義》是否出於石玉崑之手，現在我還不想談。但是小說史略還録了一段《小五義》的原文，是徐慶和展昭君山被擒後的事。魯迅先生舉出這一段的用意，先不必商量；我個人却以爲《小五義》中寫徐三爺，有幾處確是精神。文筆既好，徐慶的爲人亦可愛。如其陷君山被囚在鬼眼川時，寨主鍾雄差嘍兵請他到大寨赴宴。他正倒剪着兩臂滿山亂跑，聽嘍兵說寨主請他吃酒，便問：「請了展護衛（昭）沒有？倘若他沒去，我可不去。」嘍兵騙他說：「去了。」他要嘍兵給他鬆綁，而且說不鬆綁他也不去。嘍兵說：

「……我們寨主派出來請你來了，沒有吩咐解綁不解綁。我若……私自解開，我們寨主一有氣說：『你什麽東西，怎麽配與三老爺解綁？』我也擔不了罪名了，於你臉上，也不好看。暫受一時之屈，見我們寨主，下位親解其縛，可不體面嗎？」徐慶說：「有理，有理。」

及至蔣平來救他，他首先問：「展老爺你救了沒有？」蔣爺一想：「嘍兵都能寃他，難道我就不會哄他麽？」便說：「我先救展護衛，後來救你。」三爺說：「可別寃我。……人家是我把他蠱惑來的。一同墜坑中被捉，先救我出去，對不起人家。」諸如此類，抄不勝抄；總之，凡是寫徐慶的處所皆有可觀。徐三爺的鹵莽，單純，爽快和憨厚固使讀者如聞其聲，如見其人，而尤其使我佩服的是作者使用素樸的活的語言的本領。我自己也曾寫過一兩篇小說，也曾試驗着這樣做，然而說也慚愧，我是輸給《小五義》的作者了。

話又說回來了，雖然本書作者曾說「正續小五義二百餘回，盡是徐良的事多」，我總以爲寫徐良不如寫徐慶寫得好。自然也有着許多無理取鬧，即是所謂起哄的處所，如徐慶首次會見兒子的師父魏真的時候，便說：

「見過家信，我也知道小子與道爺學本領。聽說小子與你一樣，一點也不差。你也一點兒没藏私。好小子，真有你的，難得你們都一個樣。」

然而此等處却是一般平話小說的通病。即雅馴如燕北閒人的《兒女英雄傳》亦且尚未能免。至如《彭公案》，《施公案》，《永慶昇平》之類，則更下一等，還作不到《小五義》的地步。

竊嘗謂作小說行文方面有二難：一爲故事組織，一爲人物的創造。而人物的創造尤爲重要，同時也更較不易。假如在此一方面得到某一種程度的成功，則雖在故事的組織上稍差，也滿可以得到讀者的贊賞。《水滸傳》之所以高踞於舊小說的王座者即在於此。最近有人在《華北日報》的文學版上寫文，開端便說：「莎士比亞的劇中人物，最有趣味最能引人討論的，除了哈姆雷特之外，大概就要算是福斯泰夫了。」說得「於我心有戚戚焉」。但假如有人問我：「你以爲哪一個更有趣味些，哈姆雷特還是福斯泰夫？」如是云云，自然也有關於我個人的學識與天性。但我總覺得莎士比亞當創造福斯泰夫這個人物時，較之創造哈姆雷特時更爲自在些，自然些，用了中國舊日論文的話頭，即是更較有左右逢其源之妙些。哈姆雷特誠然是深刻、複雜，或者說偉大。但莎士比亞筆下的福斯泰夫雖然是個壞蛋，却創造得天真而且可愛。石玉崑（？）《小五義》裏面的穿山鼠也正是如此。他使我時常想到《論語》的一句話：「魯無君子者，斯焉取斯。」

當然，這不過是異中取同而已，我並非說《小五義》相當於莎士比亞的戲劇，而徐三爺即等於福斯泰夫。讀者亦決不會以文害辭，以辭害志的。倘若嚴格地硏討起來，則不但石玉崑《小五義》裏的徐慶不能和莎士比亞戲劇裏的福斯泰夫相提並論，恐怕任何中國舊小說裏的任何人物都不能與之相比的。緣故是中國舊小說的作者所創造的人物倘不是模糊、混沌，使人看不清楚其面貌，便是單純而一面倒：即是說好的永遠好，幾如美玉之無瑕；壞的也祇是壞，更無絲毫之可取。其實又不獨莎士比亞的戲劇裏面的人物而已，許許多多西洋小說家筆下所創造出來的人物都是有着複雜的，矛盾的個性；而這複雜與矛盾却又調和了成爲那人物的人性的。便是方才上文所提到高踞於舊小說的王座的《水滸傳》，讀了也還不免覺得其中人物有偏於單純之感，不像西洋小說中人物那麽聰明而時愚蠢，正直而時自私，大方而時小氣，而且Vice-versa。這如果不是因爲作者的體驗、觀察和想象有高下深淺之分，便是中國人的民族性壓根兒就是單純，或者喜愛單純。

不過徐慶還不能算《小五義》作者創造出來的人物，因爲《七俠五義》裏已有徐慶其人了，而且其個性便即如此，縱然《小五義》裏寫得更生動，更清楚些。《小五義》裏的「小五義」，寫得都不甚高明：白芸生有如能活動的紙紮人兒，韓天錦太傻；徐良不大方；盧珍失之「瘟」；艾虎失之「土」。其它更不在話下。然而有一個人却寫得頗好玩——這好玩兩字我頂不喜歡，無論是說話或作文都不愛用，然而於此我衹好用這兩個字，我想不出再好一些的詞兒來了。我說的是第八十六回紀神行無影谷雲飛的出現。白芸生失蹤了，艾虎在小酒館裏，從一個醉鬼劉光華口中探聽出芸生是被困在一個叫作雲翠菴的尼姑廟裏。他正想走出酒館，却見一個人，衣服極其襤褸，像貌也極其猥瑣，倒騎一匹黑驢進來了。

……瞧他這個下驢各別：倒騎着一扶驢，嗖的一聲，就下來了。艾虎那麼快的眼睛，直沒瞧見他怎麼下的驢。可也不拴着，他說話是南方的口音，說：「唔呀，站住！」驢就四足牢紮。他就進了屋子要酒。過賣……拿過兩壺酒來，問道：「這驢不拴上麼？要跑了呢？」回答說：「唔呀，除非你安著心偷。」……見他把酒拿起，一口就是一壺。……喝了兩壺，又要了兩壺，就是吃了一塊豆腐塊。他叫過賣算帳……他又攔住說：「我算出來了。……一共十八個錢，明天帶來罷。」過賣說：「今天怎麼都是這個事呢？全是一個老錢沒有，就敢喝酒。」這個騎驢的惱着說：「教你記上，你不記上，驢丟了，賠我驢罷！」……過賣說：「我明白你這個意思了。我們這酒錢不要了，管包你也不要驢了罷？」那人說：「敢情那樣好。要不我們兩便了罷。」

這之間，艾虎過來解圍說：

「酒錢我候了，這個驢怎麼着呢？」那人說：「我這個驢，不怕的，丟不了。我是出來騙點酒喝，那驢到人家有牲口的地方，槽頭上騙點草吃就得了。」衹見他一捏嘴，一聲胡哨……那驢連竄帶进回來了。過賣說：「難道你怎麼排練來着。」就見他一抱拳，並不道個謝字，也並不問名姓，說了聲「再見」，……已經上驢去，在驢上騎着呢。……這回這個驢可是騎正了。過賣成心要笑他，說：「你騎倒哩。」那人道：「皆因我多貪了兩壺酒，我醉了。……」艾虎見他又把雙腿往上一起，在半懸空中打了一個旋風，彷彿是摔那個一字轉環（換？）岔相似，好身法！好快當！就把身子轉過去了，仍是倒騎着驢。那驢也真快。艾虎追下去，出了魚鱗鎮西口，路北有座廟，見那個騎驢的下了驢在門口那裏自言自語的，瞧着山門上頭說：「這就是雲翠菴。」艾虎心中一動：「原來雲翠菴就在這裏。」見那人拉着驢往廟後去了，艾虎遂即瞧了瞧廟門，也就跟到後邊來了。到了廟後，有一片小樹林。過這一個小樹林，正北是一個大葦塘。找那個人，可就蹤跡不見了。艾虎……直到葦塘邊上，……看見小驢蹄的印了。……離着葦子越近，地勢越陷，驢蹄子印越看得真。……一件怪事，這個驢蹄子印就到葦塘邊上，再往裏找，一個印也没有了：往回去的印也没有了，往别處去的印也没有。

這個倒騎驢的便是神行無影谷雲飛。在我十歲以前初次讀《小五義》的時節，我就覺得寫得好；尤妙在前部《小五義》中，谷雲飛祇在八十六，八十九及九十回中略一渲染，以後再也不提，我至今仍以爲大似神龍之見首不見尾。此在他書或不足爲奇，以評話小説的《小五義》而能有之，則不得不謂之爲難能可貴。我在前面抄録第八十六回中記谷雲飛出現的原文，雖然竭力剪裁，求其簡短，仍然用去了兩頁原稿紙，而字數也還在一千以上，就因爲我不能再多所割愛了。《三俠五義》或《大五義》，經過曲園老人的潤色，而成爲《七俠五義》，較之《小五義》當然雅馴得多。然而像寫出谷雲飛這麽一個人的想像力，或即名之爲創造力吧，在《七俠五義》中也沒有，自然這也不能與莎翁或其他西洋名小説家的人物創造相比，但無論如何，不可不謂之爲有創造力，因爲他至少也創造出一個新鮮生動的神行無影來；而且作者所用的是多麼樸素的活的語言啊！

我的「看小五義」至此已辭意俱盡，大可擱筆。但我還要抄小説史略論《三俠五義》的話，借作《小五義》的總評。我之所以要如此作者，既不是要用魯迅翁的金字招牌來壯小號的門面，也談不到借他人之杯酒，澆胸中之塊壘，不過是三家村中村學究作八股的路子，覺得不這樣收煞不住而已：

「三俠五義爲市井細民寫心，乃似較有水滸餘韻，然亦僅其外貌而非精神。時去明亡已久遠，説書之地又爲北京，其先又屢平內亂，游民輒以從軍得功名，亦甚動野人歆羨，故凡俠義小説中之英雄，在民間每極粗豪，大有綠林結習，而終必爲一大僚隸卒，供使令奔走以爲寵榮，此蓋非心悦誠服，樂爲臣僕之時不辦也。然當時於此等書，則以爲『善人必獲福報，惡人總有禍臨，邪者定遭凶殃，正者終逢吉庇，報應分明，昭彰不爽，使讀者有拍案稱快之樂，無廢書長嘆之時……』(《三俠五義》及永慶昇平序)云」——《中國小説史略》，頁三五三—四。

一九四八年七月二十一日寫訖

附記：寫完之後便去喫午飯，喫完之後便又去睡午覺，醒來又將此稿從頭至尾細閱一過，發現尚有兩點忘記提及。其一是《小五義》於一回之開端往往先説一段小故事，頗有古講史評話之遺風，這是當時其他的「俠義小説及公案」之所未有。其二是一回之前多有一首詩或詞，這

《七俠五義》與《續小五義》也都没有。而這一首詩或詞則又多是作書者所自作以咏一回中之事蹟的，如第四十四回「假害怕哄信雷英，伏薰香捉拿彭啓」之開端，詩曰：「不知何處問原因，破陣須尋擺陣人；捉虎先來探虎穴，降龍且去覓龍津。五行消息深深秘，八卦機緘簇簇新。終屬薰香爲奥妙，拿他當作愚蠢身。」又如第一百二十四回「衆豪傑墜落銅網陣，黑妖狐涉險沖霄樓」開端之西江月詞的前半闕有云：「彈指幾朝幾代，到頭誰弱誰强？人間戰鬥迭興亡，直似弈棋模樣。」這詩與詞當然説不到怎樣高明，但也還不至於像緑野仙蹤上面所説的「哥罐」。但作者有時也抄録前人之作，最妙的是居然有李義山的一首律詩（二月二日江上行），和一首絶句（人欲天從竟不疑）。二詩與小説的事蹟毫不相干，不知何以竟被採用，列於一回之開端；但至少我們可以知道《小五義》的作者或潤色者是讀過李義山詩的。

同日下午又記

（寫於一九四八年七月，刊於同年之《華北日報·文學副刊》）

# 看《説岳全傳》

「雨之類衹是下。」這是一位日本作家在他的小説裏所寫出的一句話。每逢霖雨不晴的天氣，我總要念誦它一兩遍。這半個月以來，北京市正在「雨之類衹是下」了。屋裏的方甎墁地早已有如潑過水；木器著地的部分，譬如説牀脚和桌腿吧，就潮濕了一寸多了；一雙舊鞋扔在牀下，幾日未穿，也長得通身白毛。「物猶如此，人何以堪？」何況我早已長着風濕病，於是腿脚腰臂也就終朝每日在酸疼。幸而學校裏放了暑假，可以不用出門了。最近一位朋友從上海回來，向我背誦尹默師的兩句詩，道是「無事不愁雨，有錢常買花。」我想假如應用到我身上，這兩句須改爲「無事也愁雨，有錢常買烟」才得。因爲天一下雨，有事出門，在我固然是痛苦，没事在家，筋骨也仍然是酸疼。這「烟」自然指的是紙烟，但如依舊詩裏借對的例子來説，「烟」同「雨」不正也是工對嗎？

筋骨酸疼是病，没有什麽可驕傲的。在家無事，悶坐斗室，可也感到無聊嗎？酸疼急切無藥可醫，我看過不少的中醫和西醫，服過許多的中藥和西藥，此外還加之以烤電及日光浴，總也不能大好，好在不是死在眼前的病，且隨他去。至於無聊之説却不能成立，因爲爲人爲己，應該作的事，以畏難和偷懶之故，積壓了許多而且許久了，有事不作，却向大家訴説無聊，真乃豈有此理！别的不説，即如應許下朋友的文章，就有一年半載交不了卷的。現下雨天無事，正好清理這一筆舊債。老實說，我寫不登堂看書札記的動機，「如此衹如此」而已。況且稿費到手，還可以買紙烟吸，一舉兩得，真如《西遊記》孫大聖所云：「既照顧了郎中，又醫得眼好」了。那麽，爲什麽先寫看《小五義》的呢？

這個問題在前篇也曾提出，然而並没有具體的答覆。現在可以如此説：在用了「引車賣漿」者之流的語言所寫的，而且衹供「引車賣漿」者之流所閲讀的小説裏面，《小五義》確是一部非凡的書。無論其結構是怎樣的鬆懈，意境是怎樣的不高，衹看他全書一百二十回之中，很少涉及於妖異，神仙之處：就這一點，縱然燕北閒人摇頭晃腦自以爲他寫《兒女英雄傳》用的是龍門筆法，較之《小五義》的作者，已經不免相形見絀，何況等而下之的什麽「公案」之流？不過第七十四回曾記朱起龍的鬼魂向鄧知縣訴冤，在一百二十四回中，此處真乃白璧微瑕：若説「大德不踰閑，小德出入可也」，則不免太爲《小五義》佔地步，然而書中的這一段鬼話，乃用之於「生發」，而不是用之於「補救」——即是所謂「戲不够，神仙凑」，我們大可以抬手放過而不必吹毛求疵了。

《説岳全傳》就不行了。

《説岳》一開頭便是「我佛如來」和「陳摶老祖」糾纏了一個不清，於是大鵬是岳飛，女土蝠是秦檜的老婆王氏，而金兀朮是赤鬚龍轉世，万俟卨是一個王八精降生云。結果是冤冤相報，因果分明。我且不説作書的是如何地不高明。這是如何的缺乏創造性，這是如何地没有趣啊！這個趣字却不必一定解作義趣或興趣，我的意思乃是生趣。塞萬提斯所創造的吉訶德先生，有人以之與莎士比亞的哈姆雷特相比，説：後者是徘徊不前，而前者乃是勇猛精進；這兩種人類的共同不變的模型，將與人類共垂永久。立論誠然不差，陳義却未免過高。我則以爲塞萬提斯的《吉訶德先生》一書，不光是吉訶德一人，所有作者所創造的任何人物，大大小小，男男女女，沒有一個不是生趣盎然。祇此，塞萬提斯與此書已俱足以不朽了。我不解我國的舊小說家何以老利用報應、因果的公式而不感到厭煩；若說這樣便可以證明國人之富於惰性，也就是不長進，沒出息，雖亦不無理由，却也不免深文周內。但小說家在此種情形之下所創造出來的人物之懨懨無生氣，是毫無疑義的。換句話說，即是凡側重於因果報應的小說，書中的人物十分之九皆無甚可觀。自然也有例外，譬如不周生（蒲松齡的筆名）的《醒世因緣》，其寫悍婦與懦夫頗有繪聲繪色之妙。不過例外終竟是例外，非所論於《說岳全傳》。

《說岳》在舊日是歸在演義之類的小說，勉强說，即是歷史小說（Historical story）吧。因爲其中人物泰半見於正史，其中事蹟亦多少有點兒史的根據，不比《小五義》裏的多數皆不見經傳。《說岳》的後部一小半寫岳雷掃北而結之以「虎騎龍背，笑死牛皋，氣死兀朮」，自是胡說八道，即其前部的一大半，如以近代的歷史小說的定義繩之，毫無是處。按歷史小說的作法，縱使其人物事蹟並不見於正史，而其人物的行動與思想及生活習慣等必須切合於這一部小說的時代。司格特的《撒格遜英雄略（I vannoe）》及弗羅貝爾的《薩郎波（Salammbo）》便是最顯著的例。作這類小說，作者於下筆之前，必須先下過一番歷史底考據的工夫，因此，所以也有人嘲笑之以爲「教授小說」。中國的歷史演義雖未必汗牛充棟，確也爲數匪尠；其中偏於臆造者多成爲齊東野人之語，而守繩墨者亦不過賊德之鄉愿。前者例如《隋唐》；後者例如《列國》。如果以近代歷史小說的作法稱量之，盡屬不合。

但演義多出於「講史」與説書人之手，倒不可拿這種「義法」去批評他們。倘若真地一定那樣作，則未免把演義之類看得過高……而且對着夏蟲語冰，自己也失之於迂闊了。就此帶住。

然而我還不能帶住。

小説在今日是與詩歌和戲劇各列爲文藝上的三鼎甲之一的了。其在舊日，將他認爲是茶餘飯後的消遣品者，尚是高看他一步，道學先生還視之爲壞人心術，甚至以爲誨淫誨盜，而禁止其子弟之閲讀。其實不拘好的或壞的，第一流的或未入流的小説，都自具有其嚴肅的歷史性的。有心的讀者可以在書中發現作者有意或無意地所反映出來的時代精神。這時代精神則是比着中國一般人所公認爲正史者還要嚴肅。我並非指的可以補正史之闕，可以匡正史之謬的野史和筆記之類，乃是説凡是小説，他所反映出來的時代精神皆即是史而已。如果這與正史有差别，即在於正史的歷史性是縱的，而小説的則是横的。而且小説的史底正確性較之正史亦有過之而無不及。例如《鏡花緣》，其中事蹟是假托發生於唐代武后之時，其人物除極少數幾個之外，皆不見於正史，認真地講起來，自然當不起「歷史小説」這名稱的。縱然有人説此書的作者李汝珍是尊重女權，提倡女子教育，也不過讓一些小姐們去練習文章詩賦，去中舉會進士；而且作者雖然在書中有一段反對女子纏足的鴻論，然而他所創造出來的這一百位才女也依然不是「大脚板兒」——書中自有明文，此際亦不暇舉例。這些小姐們之所以必須應舉與纏足，不也就真確地嚴肅地反映出李汝珍的時代，即所謂歷史性麽？

再如《兒女英雄傳》裏的安公子，本是漢軍旗世家，文康不使其中狀元放八府巡按，自然是文家避熟的手法，然而畢竟也點了探花，放了學臺，兼了觀風整俗使了，這不但是五十步笑百步，而且是換湯不換藥。又這位安少老爺雖然是旗下，娶的兩位夫人却是漢人，真乃一之爲甚，豈可再乎？作者也是在旗的，却於書中大書一筆曰："「兩個人的脚合起來，營造尺還不够一尺有零」；又自釋之曰：「上古原不纏足。自中古以後，也就相沿既久了，一時改了，轉不及本來面目好看。」鐵山先生自負通文，我也不敢以《兒女英雄傳》和引車賣漿者之流的評話家與説書人的小説相比。不過於此我想要和他起個鬨：好看與否不提；什麽叫作「本來面目」呀？裹得了脚板丫子叫作「本來」「面目」麽？這點探花與娶兩位小脚太太不也正反映出《兒女英雄傳》的作者之時代——即歷史性來了麽？

我再跑一蹚野馬。我在當年學文的時候（説也好笑，彷彿我現在並不學文似地；我衹是説近來外務頗多，不能專心學文了），弗蘭士（Anatole France）的《Thais》曾與我以極深刻的印象，而且這印象至今仍未磨滅。原因即在其行文之佳妙，作者除了保持法國文人的明淨的美德之外，儘有許多詩底描寫，於此也來不及細談。最使我佩服的是全書有十分之九寫古代修道士之言談、行動和思想，寫得有來歷，有根據，而又生動，又深刻，讀之使人發思古之幽情，然而作者却又並非要寫一部宗教的歷史小説，如顯克維支（Sienkiewicz）的《你往何處去？（Quo radis？）》似地，雖然使初讀者於未讀完時不免作如是想；待到全書將完，也就是所謂「圖窮而匕首現」吧，突然表明主旨，遂使通篇變色：我時常想，甚麽時候，我也能寫出這樣的一部書呢？這真是題外的文章，趕快帶住。如今且説弗蘭士的《苔依斯》既不是歷史小説，却並非没有歷史性：從艱苦的清修一變而爲靈肉的鬥爭，這也就表示作者是現代的人，有着現代的思想，這不正自有其歷史性麽？倘若異中取同，這豈不正如李汝珍和文康無論如何有思想，腦子里總不免是取科甲，裹小脚麽？自然，弗蘭士與李汝珍、文康不同：因爲前者是有意的抒寫，而後二人則是無心的流露。但畢竟可得一個結論：歷史小説的歷史性，小説的事蹟代表之，非歷史小説，也可以説凡是小説的歷史性，則有關於作者的個人。

野馬跑得太遠了，現在決意帶住來説説《説岳全傳》了。演義的《説岳全傳》誠然無當於現代所謂之歷史小説。但亦自不無其歷史性的，教忠教孝，福善禍淫，前世來生，報應不爽，在過去的君主專制政體之下，這豈不又是百分之九十以上的人們的共同思想嗎？不是歷史，又是什麽？我再補充幾句話，也就是説自己爲自己加一番注釋：我之所謂小説中的歷史性，即是説我們在讀小説時，可以看出書中的人物或作者在某一個時代有着怎樣的思想——内在的行動，怎樣的行動——外在的思想，不拘那小説寫得是好是壞。無論那作品如何不成東西，倘若用了讀史的精神去看它，也還是有一讀的價值的。舊日的將小説看作了茶餘飯後之品乃是讀者自身的墮落，而認爲壞人心術及誨淫誨盜者乃是神經不健全。所以爲了學文，自然要選擇第一流的作品去讀；倘使爲了研究學術，便是壞到不成東西的小説也要細細地翻閲的。據我自己的經驗，則前者樂而後者苦，而這苦乃不亞如古代聖王神農氏之嘗百草。至於二者之嚴肅性則又一個半斤，一個八兩，不容有軒輕於其間的。

嚴肅，嚴肅，我這「不登堂札記」寫着，寫着，雖不見得即「成爲非常的氣勢」，也未免於「像煞有介事」，勢須改弦更張了。且説《説岳》一書，即在我就枕閲讀的小説裏面，也仍然算作不行的之類，甚至看了不能入睡。最大的原因則在於作者創造出來的人物，幾乎無一可取。所有的武將們衹將武器亂耍一陣，饒他們力敵萬人，有什麽看頭兒。而岳爺雖是書中的主腦人物，也並没有一點生氣。作者的想像力真乃貧乏得可憐。牛臯總該生動些了吧，然而不必以之去比《水滸傳》裏的李二哥，便是《小五義》裏的徐三爺也較之牛將軍奕奕有神。到了下半部裏牛臯的兒子牛通簡直是個野貓，不可以人齒。更可氣——我不説可笑，因爲我實在不能笑——的是六十七回「趙王府莽漢鬧新房」是抄的《水滸傳》裏的「花和尚大鬧桃花村」，第六十八回「綁牛通智取晝南關」則又抄「花和尚單打二龍山」；而抄得又是那樣蹩脚。作者也許覺得這只小牛的性情有與魯大師相同的地方，或者要把牛通寫成了魯智深，姑且俱不必管，衹是如此的抄法，簡直是金人瑞氏批評《續西廂記》的話：「咬人矢橛，不是好狗」了。不行，不行，第三個不行！我不愛看《説岳》，衹有别的書，如大小五義之類，翻來覆去地看得遍數太多了的時候，才飢不擇食似地拿它來救救急。

抛開了人物創造不説，倘若再善善從長，書中有一段文字頗可取，但説也奇怪，這段文字却又並非説「岳」。那是寫韓世忠的夫人梁紅玉的擂鼓戰金山：

「那兀朮到了三更，……駕着五百號戰船，望焦山大營進發。……梁夫人早已準備砲架弓弩，遠者砲打，近者箭射，……不許吶喊。……兀朮在後邊船上……忽聽一聲砲響，箭如雨發，又有轟天大砲打來。……慌忙下令轉船，從斜刺裏往北而來。怎禁得梁夫人在高桅之上，看得分明，即將戰鼓敲起……號旗上挂起燈球：兀朮向北，也向北；兀朮向南，也向南。韓元帥……率領游兵照着號旗截殺。看看天色已明，韓尚德從東殺上，韓彥直從西殺來，三面夾攻，兀朮那裏招架得住？……這一陣祇殺得兀朮上天無路，入地無門，祇得敗回黃天蕩去了。那梁夫人在桅頂上……把那戰鼓敲得不絕聲的響；險些兒使壞了細腰玉軟風流臂，喜透了香汗春融窈窕心！至今《宋史》上一筆寫着：『韓世忠大敗兀朮於金山，妻梁氏自擊桴鼓』。」

《說岳全傳》全書八十回，祇此一段尚有可觀。也許有人以爲無甚「了得」，便是我自己也不能說這段文字的意境是如何的高明。但是我也如同鶴見祐輔似的將書分爲「讀的文章與聽的文字」的。鶴見氏的主旨是在講文章家與雄辯家之不同；他不是說「訴於耳的人，易爲音律所拘，訴於目者，又易偏於思想」云云（《思想·山水·人物》，見《魯迅全集》第十三册），今亦不暇細論。不過講史，評話和說書正是訴於耳的東西，勉强地說來，就算它是聽的文字吧。因爲是「訴於耳」的，是「聽的」，所以講史，評話和說書的文字必須作到講者易於上口，聽者覺得悅耳。又爲了要達到此目的，所以其文字最好能利用素樸的生動的活的語言，其次，便是要字句整飭，音節和諧，假如誇大地說來，要作到類似乎所謂散文詩的地步。那麽，前面所抄的一段擂鼓戰金山，怕也是說書的文字之正宗，正未可知哩。

但是全書裏就祇此一段，再也没有了，難道《說岳全傳》的作者誤打誤撞地寫了出來的嗎？魯迅先生的《中國小說史略》上說：

「有宋武穆王演義，熊大本編，有岳王傳演義，金應鰲編，又有精忠全傳，鄒元標編，皆記宋岳飛功績及冤獄；復有說岳全傳，則就其事而演之。」

前三書，我都不曾見過，作者之中，我衹知道鄒元標是明代人，熊大本和金應鰲大概也是，好在不是作考據文字，現在也都不去查考了。至於《説岳全傳》的作者，便是魯迅翁也並未舉出，淺學如我，當然更無從説起；但《説岳》之出於前三書之後，却是毫無可疑。那麽，《説岳》的作者曾抄過《水滸傳》，則擂鼓戰金山的一段，焉知不是抄自前三書中的或一部。倘真個如此，則《説岳全傳》的作者，除了前文所説的於無意中流露出歷史性以外，任麽也不曾寫出，依着我這國文教員評閲國文卷子的辦法，於是，就預備給他鷄子喫。

（一九四八年七月二十九日寫訖，刊于一九四八年《華北日報·文學副刊》）

# 小説家之魯迅

## （一九四七年在中法大學文史學會講演稿）

陽曆年才過了不幾日，中法文史學會便要我舉行一次講演。我本不善于説話，而講演則尤其怕；加之考試閲卷之餘，精力亦覺不濟。况且雖説過了年，魯迅先生説得好：舊曆年底畢竟最像年底，寓中頗有些瑣事，所以當時便推説過了舊年再説吧。轉眼舊曆年就來到而且過去了，絲毫没有準備。待到上星期三到中法上課，文史學會又來催了，可不好説過了舊曆的燈節再説；于是就定規在今天。

然而接着就要講題目了。好吧，就談一談魯迅先生的小説。心想二十幾年常常念《吶喊》與《彷徨》，到時好像不必準備，也不愁無話可説。然而説定之後，歸來一想，覺得這個題目太大了，我的學識也還不够，那就是説：我還不配來談魯迅先生的小説。不過戲碼既然定了，既不好臨時改戲，又不好回戲，於是衹好硬了頭皮來唱一次了。我想：我既没有什麽「新鮮的」、「真個的」可説，諸君聽了之後，一定要失望的。「戲，齣齣是好的，可惜被孩子們唱壞了。」一位戲班教師的話。

魯迅，在學術與文藝上説起來，同時是思想家，文學家，藝術家，考據學家，史學家，詩人又是小説家，集許多「家」於一身，簡直無以名之，也許就是博學而無所成名，與大而化之之爲聖吧。在這一點上看來，在中國可以説是空前，而且假如我們後人不努力，一定要成爲絶後的。這，魯迅先生並不希望其如此。我個人也並不希望其如此，但又時時恐怕其如此的。話落到書題，現在我所要同諸位一談的，乃是小説家的魯迅(Lu Xun as a Novelist)。

爲節省自己的精力，也就是所謂偷嬾，並節省諸位的時間，我將《朝華夕拾》與《故事新編》除外，而單舉《吶喊》和《彷徨》。魯迅先生之成爲小説家，這兩部書便已足够而且有餘。在兩部書中，先生表現出除了成爲一個小説家思想家而外，同時是詩人。我所要談的特別是後一點。而這一點，許是先生的作風特別成熟之故，在《彷徨》中表現得尤其顯而易見。在表現先生人生哲學的《孤獨者》《傷逝》裏，在處處流露出傷感氣氛的《在酒樓上》、《祝福》裏，那詩味的濃厚自不必説；即在《肥皂》《兄弟》以及其他所謂諷刺小説裏面，也還是舉不勝舉。諸位知道：諷刺文章是最難寫成爲詩底的。

《肥皂》裏的主人翁四銘先生的下意識的弱點被四銘太太覺察出，被女兒明喊出「咯支咯支，不要臉……」之後，「他來回的踱，一不小心，母鷄和小鷄又唧唧足足的叫了起來……。經過許多時，堂屋裏的燈移到卧室裏去了。他看見一地月光，彷佛滿舖了無縫的白紗，玉盤似的月亮現在白雲間，看不出一點缺。他很有些悲傷，似乎也像孝女一樣，成了『無告之民』，孤苦零丁了。」且不要説那鷄聲和月色，和四銘之孤苦零丁是如何地有詩意，祇看「堂屋裏的燈移到卧室裏去了」一句簡單的話，那靜穆，那纖細，唐宋以後的舊詩人就据盡了平平仄仄，仄仄平平，也還描寫不出。

《兄弟》一篇中，沛君在醫生診斷出他的弟弟是出疹子而非傷寒之後，心是平靜下去了，於是「院子裏滿是月色，白得如銀；「在白帝城」的鄰人已經睡覺了，一切都很幽靜。祇有桌上的鬧鐘愉快而平勻地札札地作響；雖然聽到病人的呼吸，却是很調和。」調和嗎？是的。魯迅先生明明地寫出了。但那月色的如銀，鬧鐘的作響，早已將那調和表現得十足。如果說詩——無論什麼樣的詩，其最高的境界也總是調和，先生的這描寫不也就是最好的詩嗎？

又如在《高老夫子》一篇中的寫打麻雀牌，「萬籟無聲，祇有打出來的牌拍在紫檀桌面上的聲音，在初夜的寂靜中清徹地作響。」打牌雖然是國技，我自己當年也頗喜歡，但總是一件不足以自豪的事情，有先生的這一描繪，真是鹽車之馬，得伯樂一顧而增價了。然而以上所舉，也還是舊詩的境界，也就是我在講堂上所說的中國詩的傳統的精神。

是詩，而又非舊詩的境界，也就是打破了中國詩的傳統的精神，是《幸福的家庭》中的主人公，在理想回到現實，幻想歸於幻滅之後，那是先之以劈柴的川流不息地到了牀下，繼之以白菜的堆成A字地出現於背後書架的旁邊之後了，也就是五五二十五，九九八十一，主人公將稿紙揉了幾揉，展開來拭了孩子的眼淚和鼻涕之後了，他想要定一定神，回轉頭，閉了眼睛，息了雜念，平心靜氣地坐着——靜不得的，一靜，於是乎詩來了：眼前浮出一朵扁圓的烏花，橙黃心，從左眼的左角漂到右，消失了；接着一朵明綠花，墨綠色的心；接着一座六株的白菜堆，屹然地向他疊成一個很大的A字。這是象徵，是神秘，而又是寫實的詩。總之，已經不得再是舊詩的境界，而又的的確確地是詩，毫無可疑。

還有，真個是舉不勝舉。我嘗以爲中國的詩人不能也不會或者根本就不想寫夏天。這恐怕是神經衰弱，受不得那威脅和壓迫的緣故吧，此刻也不暇細講。然而魯迅先生在他的《示衆》裏寫了夏天了，而且是沙漠似的大城的夏天：「火燄燄的太陽雖然還未直照，但路上的沙土彷彿已是閃爍地生光；酷熱滿和在空氣裏面，到處發揮着盛夏的威力。……但是，自然也有例外的。遠處隱隱有兩個銅盞相擊的聲音，使人憶起酸梅湯，依稀感到涼意，可是那懶懶地單調的金屬音的間作，却使那寂靜更其深遠了。」但是描寫却還並非先生的絕調。下面還有：「熱的包子咧！剛出屜的……」十一二歲的胖孩子，細着眼睛，歪了嘴在路旁的店門前叫喊。聲音已經嘶嗄了，還帶些睡意，如給夏天的長日以催眠。他旁邊的破桌子上，就有二、三十個饅頭包子，毫無熱氣，冷冷地坐着。這是夏天，這是北平城裏的夏天，這也就是整個兒的北平的象徵；（小說寫於一九二五年，就算他是民國十四年時的北平的象徵吧。）而且這不但是小說的描寫，而是詩的表現。孩子要胖，胖的孩子的眼睛要細，嘴要歪。這是夏天。唉唉，還有二、三十個饅頭包子冷冷地在夏天裏坐着……這是……這是什麼呢？象徵！詩的象徵！

就帶住吧。先生的小說裏面，到處吹着詩的風，瀰漫着詩的氣息，真是陸機《文賦》中所謂「彼瓊敷與玉藻，若中原之有菽。」（穆柯寨中焦贊所謂降龍木在穆柯山前後，拿小棍撥拉撥拉，到處皆是。）諸公不必聽我胡說，最好是「歸而求之」，那下面就是「有餘師」。然而我還不能帶住。魯迅先生有的是一顆詩的心：愛不得，所以憎；熱烈不得，所以冷酷；生活不得，所以寂寞；死不得，所以仍舊在「吶喊」。也就是《西遊記》中孫大聖說的「哭不得了，所以笑也。」

忘記是什麽人批評怎樣的一個作家的話了，此刻嬾怠去查書——其實呢，我是時時刻刻都嬾怠去查書的。那是這樣意思的一句話：「抱了一顆無所不愛而又不得所愛的心。」魯迅先生也正是如此。即使退一步講，也還是廚川白村氏所謂「惟其愛得極，所以憎得也深。」《阿Q正傳》是先生的不朽之作，説是先生震動全世界的作品也無不可的，所以有日文翻譯本，有英文翻譯本，有俄文法文翻譯本。我時常説每一個中國人或者説全人類都應該站在《阿Q正傳》這一面孽鏡臺前照一照自己的嘴臉，神氣，思想，靈魂，看一看有没有阿Q的氣息和成分，夫然後有則改之，無則加勉，然後中國人或者説全世界的人才有進步，才不至於滅亡。方才我説魯迅先生是這樣那樣的家，但我還忘記説先生是醫學家。是的，先生是醫學家，他診斷明白了中國人的病入膏肓的症候，《阿Q正傳》是一張偉大的脈案。先生是怎樣的深惡痛絶而且詛咒這諱疾忌醫，自取滅亡的病夫啊！《阿Q正傳》中的阿Q是典型人物；並且正傳中所有的人物無一不是阿Q式。小D，王鬍，趙太爺，趙白眼，趙司晨，鄒七嫂，吴媽，酒店主人……無一不是。真是聚而爲一，集中於阿Q；散而爲無數，分播爲全傳中的任何人物。不過衆矢之的當然是阿Q。然而先生寫着這一篇諷刺，不，應該説是詛咒的小説，也還禁不住詩心之流露的。

顯而易見的是《阿Q正傳》的第五章《生計問題》。阿Q爲了要求食而走出了未莊了。「村外多是水田，滿眼是新秋的嫩緑，夾着幾個圓形的活動的黑點，便是耕田的農夫。」接着他走到靜修菴的牆外了。「粉牆突出在新緑裏」。阿Q終於跳到牆裏面了：「裏面真是郁郁葱葱」，「靠西牆是竹叢，下面許多笋……還有油菜早經結子，芥菜已將開花，小白菜也很老了。」這是詩，而且是素詩，英文所謂「NaKed poetry」。是那一般掂平仄，講格調，看花飲酒，吟風弄月的詩人不能，或者壓根兒就不曾想，或者想也寫不出來的詩。

然而爲了寫阿Q也值得浪費先生的詩筆嗎？阿Q也配放在這樣詩的美麗的環境裏嗎？上文交代過：先生對阿Q是深惡而痛絶之的。然而先生竟將這樣的一個人物安置在那樣的一個境界裏。這是先生的不自愛惜自己的筆墨嗎？怕也未必，而且絶對不是的。先生的詩才不必説，方才説過先生是有着一顆詩的心的。抱定了這樣的詩心，具有那樣的詩才，先生是無處不，無時不流露出詩的作風來的。所以寫阿Q也用詩筆，而阿Q也被放在詩的美麗的環境裏了。契訶夫有一篇《可愛的人》，用意是諷刺與表露女性的弱點的。然而篇中的女主人公是寫得那麼有詩意，有温情，不獨是軟弱得可憐，簡直是偉大得可愛可敬了。托爾斯泰的批評説有時我們想要把某人扶起，反而將他撞倒；契訶夫是想要將那篇中的女主人公撞倒的，反而將她扶起了。偉大的托爾斯泰啊！真是與契訶夫相賞於牝牡驪黄之外了。然而這也不在話下。我所要請大家注意的，是：魯迅先生是想將那位阿Q撞倒，而且置之死地，使之萬劫不能翻身的，但是先生在這一段裏，雖不曾將阿Q完全扶起，至少也把他寄放在可愛的處所裏了。

一個偉大的藝術家必是一個大詩人大文人。而一個大詩人大文人也必是一個大藝術家。因此，他們都特別注意自己的作品的完整——我説完整，爲了避免「美」這一個籠統而又濫用得化石了的字眼。復次，他們的天才，心境，力量，技術，無一不是有餘裕的。日本的夏目漱石的作品，是號稱爲有餘裕的文學的。那完全是另一回事，與我毫不相干。先此聲明，以防誤會。我之所謂有餘裕，質言之，即是寬綽有餘，創作的時候，不至於力竭聲嘶得勉强完卷的。爲了注意到作品的完整而又有餘裕的原故，在必要的部分之外，常常有些多餘的附加。而這附加就使那作品更爲藝術化，更爲有詩意。據説唐代的吴道子所畫的《地獄變相》，是神來之筆。假使真地有地獄，有許多人——應説是靈魂——在那裏面受着刀山，劍樹，碓搗，磨研的刑罰，我想我們如果稍有人心，無論如何是不能站在一旁去欣賞的。不過等到大藝術家畫了出來之後，無論怎樣地逼真，無論怎樣的驚心動魄，我們是可以當作藝術品而任情地去欣賞了。藝術的真與事實的真在這裏遂不能合而爲一。其理由當然並不簡單。但我想「多餘的附加」是一定有關係的。再如舊小説中的《水滸傳》，其中的人物是强盜，事蹟則是殺人放火，我也常常注意到必要的部分之外的多餘的附加。譬如血濺鴛鴦樓這一場，武松右手提刀，左手楂開五指撲上樓來，却見「三五枝燈燭輝煌，一兩處月光射入」。智取無爲軍這一回，宋江領了弟兄們過江去殺黄文炳的舉家滿門，在船上時，作書的却寫道：「此時正是七月盡天氣，夜涼風静，月白江清，水影山光，上下一碧。」我想這和魯迅先生之寫阿Q求食，而把他安置在詩的環境裏，是一鼻孔出氣的。然而現在的小説家就少有人能注意及此了。

魯迅先生是有着東方高爾基之徽號的。在高爾基的作品裏，我也發現了不少詩的描寫。像《秋夜》之寫雨；《馬爾華及凱爾卡》之寫海；《奥洛夫夫婦》之寫郊野；《一個人的誕生》之寫山，寫草原。

我以爲高爾基之寫大自然之美是近代少有人及得的名手。那原因是在於其他詩人文人的寫大自然，多少總有點先從書篇中得來了印象，然後再加以實際的印證；於是他們創作時，也就往往不免墜落在前人的窠臼裏。好一點的還能參加上作者自己的聯想，想象，幻想。二三流以下，便祇成爲粗制濫造的翻印與仿造了。高爾基呢？則在少年流浪的時節完全生存於大自然裏面，他的身心是直接的而非間接的與自然發生了關係的。所以他對大自然的描寫多是生動，新鮮，而且有生命。在這一點上，我總疑惑我們魯迅先生——東方的高爾基，較之也有遜色的。高爾基與魯迅都是讀破萬卷書的。但我可不可以這樣說呢？高爾基是先生活，後讀書。而東方的這位高爾基則是先讀書，後生活的。如果諸位嫌我武斷，我可以改作魯迅是讀書與生活並行的。至少我可以説：高爾基的書齋外的生活是較之魯迅先生多得多。

魯迅先生在幼年時的確與貧苦奮斗過，這當然並非書齋以内的生活。這，我們可以在《朝華夕拾》以及其他零星的自傳式的文章裏看得出來的。先生受過壓迫，束縛；高爾基也受過，而且超過了先生的。然而，又是然而，我今天用得然而太多了，然而不用又轉不過來，那麽就再然而一回——然而高爾基逃出來過，自然，逃出來之後，飢寒的壓迫與束縛當然會更有增而無減的，不過精神的桎梏就被大自然完全給脱掉——這也就是一切詩人文人愛好大自然的一個原因；倘不如此，則這位詩人文人就根本不會瞭解自然，欣賞自然，同化於自然，更談不到對大自然的詩的描寫與表現的。魯迅先生却一向不曾逃出來過。這是先生的幸呢？不幸呢？總之，在這裏，先生與高爾基大異其趣的。幸與不幸都非我此刻要談的主題了。

先生是太也深愛人生了。愛人生，這又是中外古今的大詩人大文人的共同之點。先生愛人生，是將人生抓住了不撒手，刁住了不撒嘴的。先生說過他討厭中國仙人飲着啤酒汽水似的瓊漿玉液，吃着五香牛肉乾似的龍肝鳳髓那種生活的。逃嗎？他根本就不想。真是薑桂之性，老而愈辣。爲了這，先生是步步爲營，變成了戰士，紮硬寨，打死仗，直至於死的。所以先生與高爾基比較起來，那氣象之闊大，表現之自然，是不可相提並論的；然而那意志之堅强，先生較之高爾基是有過之，無不及。英雄造時勢，時勢亦造英雄。中國的時勢，是將先生造成那麽樣的一個英雄了。就在描寫表現大自然而具有詩的美這一點上，高爾基是自由一點；而先生就顯得非常之冷峭與謹嚴。這也並非無緣無故（偶然），而且不得不然（必然）的。我並未曾讀過高爾基全集，因此，也就不敢斗膽去批評他的整個兒的作風。但衹就我零零碎碎地見到的他的小説而論，我總覺得那作品有時好像是一片草地；或者説得偉大一點，像是一座天然的森林，如《水滸傳》上所説，好一座猛惡林子。而魯迅先生的好的作品則簡直使人覺得好像一座經過整理了的園林。像《彷徨》裏的《傷逝》一篇，結構之謹嚴，字句之錘鍊，即是在極細微的地方，作者也不曾輕輕放過；於是讀者覺得其無懈可擊，即使在舊的詩詞的短篇作品裏也很少看到的。這樣的小説我以爲，當然是我以爲，高爾基無論如何寫不出。我如此説，既非抬高魯迅之身份，也並未貶低高爾基之聲價；我是取了純客觀的態度來説明這事實，這現象的。

但兩位高爾基——東方的與西方的——對於大自然的詩的表現與描寫，在動機上，在方法上，在作風上，也許大異其趣，而在其作品中有着詩的表現與描寫這事實，則是共同的。也就是他們兩位的作品中「在必要的部份」之外都有着「多餘的附加」。並且他們的作品中的「多餘的附加」，雖然那麽有詩意，那麽富於藝術性，我總覺得那「多餘」幾幾乎成爲過剩，嚴格地講起來，幾幾乎成爲不必要。這需要好好地説明一下。我的意思是説：小説是人生的表現，無論是什麽派，傳奇，寫實，自然，新傳奇，新寫實，其前題總是表現人生。在其中，大自然的詩的描寫與表現，雖然有時可以增加文章美，而在幫助表現小説中人物的情感，思想，甚至於行爲的時候，縱然不是完全無用，也總有偏於靜的方面的嫌疑。而人生呢？可完全是動的。因此，那靜的描寫與表現也就不免減低了小説中人物的動力，並且沖淡了小説中的人生的色彩。前面所舉的《水滸傳》的兩節，就是犯了這毛病；再如莫泊桑的《人心》(Notre boeur)雖是在心理分析上得到了成功，因爲太偏於思索，而衹是一篇不成其爲小説的小説。附帶聲明：我並不是説小説中不應當表現思想；但是那思想須以行爲、動作來表現的。魯迅先生的《阿Q正傳》第五章生計問題，寫阿Q因求食而走出未莊之後，那些詩的寫法，據我的愚見，也就幾幾乎成爲過賸，幾幾乎成爲不必要了。《論語》上説：「質勝文則野，文勝質則史。」史不史倒還在其次，而魯迅先生於此不免有「文勝質」的嫌疑的。高爾基的小説，也有此病。恕我不舉例了。而現在我國的許多小説家，却是「質勝文則野」。

説着説着，我自己打了自己的嘴巴了，而且是兩個。

其一、我説魯迅先生愛人生，但既是愛人生，爲什麽又有許多對於大自然的多餘，應該説過剩或不必要的描寫呢？這兩種現象，在先生的小説中，都是無可遮掩的事實。同時也是先生的矛盾。那就是説：既愛人生，就不應該對大自然有着那麽多的過賸與不必要的描寫；然而居然有。這，我以爲是先生的舊文人的習氣還未洗刷淨盡的緣故。他是中國人，又讀過許多舊詩人的作品，並且那麽富於詩才，所以寫小説的時候不知不覺自然而然地流露出來了。

其二、我説小説是人生的表現，而對於大自然的詩的描寫與表現又妨害着小説的故事的發展，人物的動力，那麽，在小説中，詩的描寫與表現要得，要不得呢？於此，我更有説。在小説中，詩的描寫與表現是必要的，然而却不是對於大自然。是要將那人生與動力一齊詩化了，而加以詩的描寫與表現，無需乎藉了大自然的幫忙與陪襯的。上文曾舉過《水滸》，但那兩段，却不能算作《水滸》藝術表現的最高的境界。魯智深三拳打死了鎮關西之後，「回到下處，急急捲了些衣服盤纏細軟銀兩，但是舊衣麄重都棄了，提了一條齊眉短棒，奔出南門，一道煙走了。」林冲在滄州聽李小二説高太尉差陸虞侯前來不利於他之後，買了「把解腕尖刀帶在身上，前街後巷，一地裏去尋。……次日天明起來，……帶了刀又去滄州城裏城外，小街夾巷，團團地尋了三日。」宋公明得知何濤來到鄆城捉拿晁天王之後，先穩住了何濤，便去「槽上鞁了馬，牽出後門外去，袖了鞭子，慌忙的跳上馬，慢慢地離了縣治；出得東門，打上兩鞭，那馬潑喇喇的望東溪村攛將去；没半個時辰早到晁蓋莊上。」以上三段以及諸如此類的文筆纔是《水滸傳》作者絶活。也就是説：這纔是小説中的詩的描寫與表現；因爲他將人物的動力完全詩化了，而一點不借大自然的幫忙與陪襯。上文還舉過魯迅先生的《示衆》，說他寫夏天寫得好；但那前半段還無甚了得——用《水滸傳》中一個名詞，到了後半段，「胖孩子，細了眼睛，歪着脖子，裂了嘴，在喊熱的包子……」那才是先生的絕活。再有《傷逝》中的涓生與子君，在與生活奮鬥到生離死別的前前後後，那也都是詩筆。理由同上，恕不一一說明。

然而，又是然而，魯迅先生不獨寫自然，便是寫人生，也有偏於靜的傾向之嫌疑。若單就這一點而論，先生的文筆，還有遜於《水滸》。我說：衹就這一點。但是有什麼法子呢？先生的《吶喊》與《彷徨》是着手於一九一八，而斷筆於一九二五——那是民國七年到十四年之間，其時全中國到處是瀰漫着暮氣，死氣與屍氣的，雖是五四運動已經發生了。先生在《吶喊》自序上明明地寫着：「這寂寞又一天一天的長大起來，如大毒蛇，纏住我的靈魂了。」序是一九二二年，即民國十一年所寫的。先生雖然憤慨，而自己又看見自已：「就是我決不是一個振臂一呼應者雲集的英雄」了。那周圍的暮氣、死氣與屍氣，與他自心的寂寞與悲哀，就逼迫着先生在創作中流露出靜的氣氛了。我們還能對先生有什麼不滿與抱怨嗎？

我嘗說：世人永不會以「人」待人，如果他不把你當作天神，便把你看成一個不知什麼名兒的玩意兒，或者簡直不是玩意兒。如果不是什麼事都不認爲你能作，便是什麼事你都應當能作。小人之於人求備，《論語》上的話。不錯，魯迅是這樣那樣的家，是天才，是偉大的作家，然而歸根徹底，先生也是人，而且是中國人。在作品中流露着靜的氣氛，我們對於先生還是擔待了吧。然而，我再用一回然而，以先生的躬自厚而薄責於人的精神，先生是無須乎我們的擔待的。至少，先生是有自知之明的，他自己也覺察到這一點。先生翻譯過日本有島武郎的《與幼小者》，收在《現代日本小説集》裏。先生對那一篇的批評，此刻已經記憶不清，還是嬾怠去查書。但大意，我約略記得：是説有島那篇誠然好；終總不免有些傷感，悽愴；先生還希望將來的作家是前進的，並且是愉快的，也就是没有那一些傷感與悽愴。這不明明地是先生的「夫子自道」嗎？後死者不得辭其責，這又是一句很有意義的成語。諸位都知道。

我説得這麼亂，但説來説去，畢竟也逼出一個結論來。

小説中的詩的成份必須要多；豈獨小説而已哉？人生、人世、事事物物，必須有了詩意，人類的生活才越加豐富而有意義。如今書歸正傳，還是説小説。小説中的詩的成份，也還得分個三六九等。寫一篇小説而没有詩意，是没有成其爲小説的理由的。這且不必去説它。小説中寫大自然，雖然寫成詩了，如果與小説中人物生活無關，活動無關，也算不得成功。在小説中將大自然寫成詩了，並且藉以幫助表現人物的思想、情感、甚至於行動時，也還不是最上乘。小説是要詩化了人物的動作，而且所有的動作、生活，也必然都是詩，無論那生活與動作是丑惡的，或美麗的。作到這一步，避免着前兩項，我們才能在魯迅先生園地之外開闢新園地，我們才對得起魯迅先生，而魯迅先生也不白到人間來一蹚。而且我敢擔保先生的在天之靈是無日無夜地盼望着我們這些後死者如此去作的。否則雖然天天崇拜魯迅，讚美魯迅，紀念魯迅，甚至將魯迅供起來，天天去三炷香，九叩首，先生也還是死不瞑目的。我的話説到這裏，就算結束了吧。不過我還要加上幾句淡話。

我本想説了上面那些廢話之後，再談一談文體家的魯迅和古典派作者魯迅的。(Lu Xun as a classicist,Lu Xun as a stylist) 精力實在來不及，學識也還不够。而時間也相當長了，於是説完上一段，就凑坡下驢了。

有勞諸位久坐，抱歉之至。

（寫於一九四七年一月末至二月一日，刊於《文獻》總第十一輯〈一九八二年〉）

# 《彷徨》與《離騷》

魯迅先生的第二部小説集《彷徨》採用了《離騷》中的八句作爲題辭。這八句是：

「朝發軔於蒼梧兮，夕余至乎縣圃；欲少留此靈瑣兮，日忽忽其將暮。」

「吾令羲和弭節兮，望崦嵫而勿迫；路漫漫其修遠兮，吾將上下而求索。」

現在把這八句分析一下。

蒼梧，傳説是舜墓所在之地，在今湖南。縣圃，神話中説在崑崙山上，是神仙所居。靈瑣是神宮的代詞。前四句大意是：早晨從舜墓出發，傍晚到達崑崙，自己雖然想在神宮略作休息，然而天色眼看就要入夜了（詩人的意思是説，崑崙神宮並非他的目的地，所以不願在此停留，並且擔心天晚了，不能再踏上前進的道路）。

羲和是神話中的日御，白天趕着「日車」西去，早晨再把它從東方推上來。崦嵫，山名，傳説是日落之處。後四句大意是：我要教羲和慢慢地趕着「日車」，不要匆匆忙忙地落進山裏去；我所要走的路是漫長的，我要上天下地去追求哩。

總和八句的意思有三點：

①不停留；

②要前進；

③要追求（「求索」）。

最要緊的是第三點：追求（「求索」）。

這裏，我們要問：大詩人所追求的是什麼呢？從《離騷》全篇看來，屈原所追求的是：正直的、可與共事（特别在政治上）的人物；清明的、可以有所作爲（至少不至於受迫害）的社會環境。這樣，他就可以憂國憂民，進而救國救民，而實現自己的理想，也就是「抱負」了。

「求索」成功了没有呢？没有。結果是大詩人的身投汨羅。不過這已是「後話」。

魯迅先生爲什麼選中了《離騷》的這八句作爲《彷徨》的題辭的呢？先生自己曾經答復了這一問題。

一九三二年，先生自序《自選集》，曾説到從一九一八年起，發表在《新青年》上的小説（後來都編進《吶喊》），「這些確可以算作那時的『革命文學』。」又説：「這些也可以説，是『遵命文學』。不過我所遵奉的，是那時革命的前驅者的命令，……」「後來《新青年》的團體散掉了，有的高升，有的退隱，有的前進，我……依然在沙漠中走來走去，……得到較整齊的材料，還是作短篇小説，衹因爲成了游勇，佈不成陣了，所以技術雖然比先前好一些，思路也似乎較無拘束，而戰鬥的意氣却冷得不少。新的戰友在那裏呢？我想，這是很不好的。於是集印了這時期的十一篇作品，謂之《彷徨》，願以後不再這模樣。」

這一段文字之下，先生緊接着便引用了兩句《離騷》，也就是《彷徨》題辭的最末兩句：

「路漫漫其修遠兮，吾將上下而求索。」

在這前一年，先生曾寫過《題彷徨》的小詩，更精煉概括地寫出那一時期的心情：

「寂寞新文苑，平安舊戰場。
兩間餘一卒，荷戟獨彷徨。」

人在彷徨之際，有懷疑，也有苦悶，這很痛苦；然而要緊的還是，彷徨既躭誤了前進，又減少了戰鬭的鋭氣。先生清楚地意識到「這是很不好的」，而且「願以後不再這模樣」，所以引用《離騷》八句作爲《彷徨》的題辭。但是魯迅先生即使在彷徨之際，在懷疑和苦悶之中，也不曾忘掉揭露舊社會的黑暗，更不曾爲黑暗的勢力所屈服，更不用説，先生永遠也不會向反動派投降了。我們知道，結集在《彷徨》裏的十一篇小説俱寫成於一九二四和一九二五兩年之内。我們也知道，這兩年間，中國軍閥在外國帝國主義支持下，發動了多次混戰；每次動員兵力一二十萬、二三十萬乃至三四十萬，人民日益陷入於水深火熱之中。同時，先生所居住的北京也正在反動的烏雲籠罩之下。軍閥統治自不必説，文化界和文藝界亦日趨於黑暗和没落：《新青年》停刊了，「敷衍，偷生，獻媚，弄權，自私，然而能够假借大義，竊取美名」（魯迅：《十四年的『讀經』》，見《華蓋集》）的「正人君子之流」正像瘋狗或「吧兒狗」一般地狂吠；而其攻擊的矛頭又多集中於先生之身。就在這樣的環境裏，先生也還是立馬陣頭，「舉起了投槍」，奮勇作戰。我們不能片面地衹看見先生那時彷徨，而忽略了這一點。毛澤東同志説：「魯迅是在文化戰線上，代表全民族的大多數，向着敵人衝鋒陷陣的最正確、最勇敢、最堅決、最忠實、最熱忱的空前的民族英雄。」（《新民主主義論》）這是對魯迅所下的天公地道的評語，沒有半點溢美之詞。

是的，在「漫漫其修遠」的道路上，要前進，要「求索」，這是魯迅同乎屈原的。但先生的「求索」，正如古語所説的「求而得之」，西洋諺語所説的「尋求的，就找到。」這是不同乎屈原的。先生找到了。他從一個進化論者成爲一個階級論者；從一個民主革命「闖將」，成爲一個無產階級戰士。這一點，先生和屈原有着天壤之别。我們不説有幸、有不幸。這是因爲兩代人所處的歷史階段有所不同。先生生存的時代，在國際，已經有了蘇聯的十月革命；在國内，已經有了中國共産黨。

先生自己説得很明白。一九三四年在《答國際文學社問》裏他曾説：「先前，舊社會的腐敗，我是覺到了的，我希望着新的社會的起來，但不知道這『新的』該是什麽；而且也不知道『新的』起來以後，是否一定就好。待到十月革命後，我才知道這『新的』社會的創造者是無産階級，……蘇聯的存在和成功，使我確切的相信無産階級社會一定要出現，不但完全掃除了懷疑，而且增加許多勇氣了。」

這是魯迅先生所走過的「漫漫其修遠」的路；這是魯迅先生的「求索」。這也正是一切舊知識分子所應該走的路和應該致力的「求索」。可惋惜的是，先生死得早了一些，不曾看見全國解放，以及建國以來黨和毛澤東同志領導着六億人民所作的社會主義建設。我們現在較之先生，則是「近水樓臺先得月」。我們除了跟着黨走，聽黨的話以外，還能有其它別的什麽路和其他別的什麽「求索」嗎？

完了，以下的一段是附記。

這篇小文實在「卑之無甚高論」。現在談談寫文的動機。最近因爲客觀需要，我把擱置了十年的《離騷》重新讀了一遍。我覺得大詩人這篇古今以來篇幅最長的抒情詩，在風格方面，縹緲得好像一片雲海（所以後人於詩、賦之外，另立「騷體」）；因而在結構方面，也就使得讀者不容易看出文勢的運動及其發展的規律。這在初學，尤其感到如此。因此，我聯想到《彷徨》上用作題辭的那八句。抛開它們與這部小説集及其作者有其精神相通的處所，而單體會這八句，我覺得它們確實表現出了屈原的不畏險阻，一心追求正義和真理的精神面貌。屈原之所以爲偉大詩人者以此；《離騷》之所以爲不朽詩篇者也正以此。我們要認識屈原，要了解《離騷》，不妨從這八句着眼、着手。同時，在全篇中，我們也不妨以這八句爲中心，爲樞紐。因爲這以前，除了開頭的序家世、寫抱負以外，俱是述説君主之昏暗、小人之作惡、自己終不變節屈服；總之，多屬於古典現實主義的手法。這以下，則是「求女」、占卜、降神，以至「升皇」（「皇」是天）；總之，多屬於古典浪漫主義的手法。假如以上假設可以算是這次重讀《離騷》的小小收穫的話，也還多虧了魯迅先生給我的啓發，我以前是見不及此，雖然早就知道《彷徨》有那麽八句題辭。我本想寫文説明以上那些觀點，但又因爲才學習了黨的文件，而魯迅先生的精神又吸引着我，於是越寫越不由我自己，結果是魯迅先生及其《彷徨》成爲主題，我的原意反而怎麽也寫不進去了。附記在後面，算是畫蛇添足吧。

（寫於一九五九年；刊於《新港》一九六一年九、十月合刊）

# 《文心雕龍·誇飾篇》後記

## 王充和劉勰論藝術誇張

在我國古代，首先注意到文學創作中的誇張問題的，是東漢的王充。他的傑作《論衡》八十五篇中的《語增》、《儒增》和《藝增》三篇，就談到了這個問題。所謂「增」即是我們現在說的誇張。「語」是史書或傳說。「儒」指儒家的書。「藝」並不是文藝，而是六藝，即六經。

《論衡》並不是一部講文藝理論的書，其中充滿了樸素的唯物論的見解和論斷。作者提出了誇張的問題，却不是從文藝創作上來談的。老實說，他很不滿意這「增」。因爲依他看來，——「增」就失去真，便不足信了。他在「語增」篇說：「天下之事，不可增損。考察前後，效驗自判。」這種觀點，在《藝增》篇裏就說得更明顯。

王充這種實事求是的精神是無可非難的。不過就文藝的創作來說，照他這麼一說，藝術誇張就連根拔掉，無從說起了。

以後，到了魏晉，在曹丕《論文》和陸機的《文賦》裏，都不曾提到藝術誇張的問題。

首先正式提出文學創作上的誇張問題的是劉勰《文心雕龍》裏面的《誇飾》篇。他提出這一問題，是因爲六朝末期的文風日趨浮華，毫無內容，幾乎是爲了誇飾而誇飾，使得劉勰觸目驚心，不得不提出這一問題，以矯正弊習。

在這篇文章裏，作者首先承認誇張是文學創作常常遇見的現象，他説：「文辭所被（及），誇飾恒存（常有）。」（引文括弧内的文字，是本文作者所加的注解，下同）這點就説明劉勰對於誇張，抱了肯定的態度。

其次，他舉《詩經》和《書經》爲例，斷説：「事必宜廣（誇），文亦過（飾）焉」；「辭雖已甚，其義無害（妨）」；「並意深褒贊，故義成矯飾」。這樣，他就不獨肯定了「詩」、「書」裏面誇張的詞句，還承認這類詞藻是後人創作時誇張的準則。

劉勰對《楚辭》誇張方面，似乎没有什麽不滿，對於漢賦的作家，却是毫不客氣。漢代第一位辭賦大作家司馬相如，就得到了「詭（不正）濫（過度）愈甚」的評語。揚雄是「理無不驗（考究）」，飾尤未窮（到家）」。到了張衡，就是「義睽刺也（事與理不合）」。

總之，劉勰認爲漢賦作家及其作品的誇張過火了，不合理，也就是不可以效仿。

後來，他説到他的近代和同時的作家在藝術上的誇張是越來越凶了。他們互相鼓勵，互相標榜，每逢創作，一意誇張。劉勰對這種情況説得雖頗爲含蓄委婉，但也十分辭嚴義正。他批評揚、馬之誇張爲「甚泰」（加工得過分），又説：「誇過其理，則名實兩乖。」（誇大得不合理，文辭與事實也就兩相矛盾了）這就説盡了無節制的藝術誇張的害處。

誇張是文學創作上的普遍現象，是一種作者常用的表現手段，而過度地誇張，又會損害文學創作，那麼，誇張的標準應該怎樣建立呢？劉勰在「誇飾」篇的結尾作了這樣的斷語和結論：「若能酌《詩》、《書》之曠旨，翦揚、馬之甚泰，使誇而有節，飾而不誣，亦可謂之懿也。」（若能够採取經典著作的手法，排斥司馬相如、揚雄一般漢賦作家的過分的誇大，誇張得有分寸，粉飾得不違反事物的本質，這就可以算作好了。）

《誇飾》篇雖有不詳盡的地方，對藝術誇張還缺欠作進一步的分析，但是我們對一個一千五百年以前的文藝理論家，不能要求他的態度再嚴肅，論斷再公允了。

把劉勰的《誇飾》同王充的《藝增》比較一下，顯而易見，有兩點不同：一、對於誇張，王充取否定的態度，劉勰却是肯定的。二、王充就讀者的效果而言，他說：「譽人不增其美，則聞者不快其意，毁人不益其惡，則聽者不愜於心。」劉勰就誇張的動機而言，他說：「並意深褒贊，故義成矯飾」。關於第一點，没有討論的必要。關於第二點，劉勰和王充似乎相反，實則相成；有了前者的動機，才有後者所説的效果。説得再清楚一點，就是：正是爲了要譽人增美，使聞者快意，毁人增惡，使聽者愜心，才能够「並意深褒贊，故義成矯飾」（存心要把一個人説得更好一點，所以就用藝術誇張的手法）。倘使作者的情感和感覺不真實，不深刻，縱使譽人增其美，聞者也不會快其意；縱使毁人益其惡，聽者也不會愜於心的。這不盡是語言技巧的問題。

## 劉知幾的「望表而知裏」

初唐的劉知幾(約六六一——七二一年)是一位史學家，同時又有很深的文學修養。在他的史學名著《史通》裏面，許多篇觸及修辭和創作方法。《史通》的第二十一篇是《浮詞》，它的內容有關於藝術誇張。

劉知幾在這一篇裏說：「至於本事之外，時寄抑揚(時時帶着褒貶)，此乃得失稟於片言，是非由於一句。」這樣論史，就很近於劉勰《誇飾》篇的論文：「並意深褒贊，故義成矯飾。」而劉知幾說得更圓全些，因爲劉勰只提到了「褒」，而忘記了「貶」。

劉知幾在作上面那一結論以前，曾舉了史書上的幾個例子。其中一個是《史記·酷吏列傳》寫郅都說：匈奴人都怕郅都，紮個草人說是郅都，用箭來射，也射不中。劉知幾認爲這是《史記》的誇張地方。但是，他認爲史家可以這樣寫。他不像王充那樣死板地求真。

他也反對濫用「浮詞」(誇張)。他說：「但近代作者，溺於煩富(蕪雜冗長)，則有發言失中，加字不快(不快在這裏是有病的意思)，遂令後之覽者，難以取信。」這就很近於「誇飾」篇內說的「誇而有節，飾而不誣」的論調。當然，劉知幾是就反面來說的。他甚至毫不客氣地說：「奢言無限，何其厚顏！」而這「奢言無限」的根源，他以爲是由於「心挾愛憎；詞多出沒」(出是過其實，沒是不及其實)。

他已肯定作家可以「抑揚」，這裏却又否定「愛憎」，看來似乎有些矛盾。不過，他的意思只是說：

作家不能正確地分析事物的本質，只憑着個人感情去愛憎是要不得的，這樣寫出文章來必定會「詞多出沒」。所以，他在下文又說：「斯皆鑒裁非遠（批判的能力不强），知識不周，而輕弄筆端，肆情高下（隨意褒貶）……取惑無知（迷惑無識見的人），見嗤有識（被有識見的人所譏笑）。」

然而，劉知幾最精闢的議論却在《史通》第二十二篇《叙事》裏。他在這一篇裏，也舉了不少例子，這裏只提出兩個來：

其一，《左傳》記，宋萬在殺了宋君閔公以後，逃到陳國。陳國的人將他灌醉了，用犀牛皮把他裹起來，又用繩索綁好，送回宋國。路上，宋萬酒醒了，極力掙扎。等到了宋國，宋萬「手足皆見」。這裏的「見」，即「現」字，露出來的意思。宋萬在犀牛皮緊裹、繩索捆綁之下，却掙扎得「手足皆見」，足見其勇。這是左丘明的誇張。

其二，也出於《左傳》。楚王有一次出兵打仗，正趕上冬天，巫臣勸告楚王說：兵士們都在挨凍，你如果到軍隊裏巡視一下，拊（拍拍兵士們的肩或背）而勉之，三軍之士，皆如挾纊（兵士們就暖和得如帶上絲綿一樣）了。

劉知幾以爲「手足皆見」和「皆如挾纊」誇張得好。他的解釋是：「斯皆言近而旨遠，辭淺而義深。……使夫讀者望表而知裏，捫毛而辨骨；睹一事於句中，反三隅於字外。」這幾句話，把「手足皆見」、「皆如挾纊」解釋得有多麽好！而且説盡了藝術誇張的功能和目的。王充和劉勰都不如他説得這麽形象，這麽動人。

藝術誇張，正應該做到像劉知幾説的，讓讀者望表見裏，即是從現象看到本質，反三隅於字外，即是由此及彼。這樣的藝術誇張是合乎馬克思列寧主義認識論的。

## 藝術誇張和生活的真實

文學的語言出於羣衆的語言。没有人民的語言，就決不可能有文學的語言。在分析、研究藝術誇張以前，先看一看羣衆口語中使用誇張的技巧和藝術，很有必要。

羣衆的口語是常有誇張的。説一個人笨，就説「笨得像條牛」。聽的人通過了「牛」這一形象，得出了那一個人的笨的概念和形象。當然，聽的人不會當真把這一個人當成是「牛」。

在我的家鄉（河北省南部），説某人老是賣弄聰明，其實並不聰明的時候，就説：「天底下數了猴兒精，就數着他精了。」這可以説是藝術誇張。「數了猴兒精，就數着他精」，這句話的涵意是：這個「他」，是多麽淺薄而不自覺；同時又體現出説話的人對這個「他」是如何地輕蔑。這不就是「完全合乎規律的必然的」藝術誇張嗎？

文學的語言是從羣衆口語的基礎上生長、發展起來的。羣衆爲了表情達意，口頭上已經長久地、普遍地使用誇張，那麽，作家在創作時爲了達到一定的目的而使用誇張，也自然是合理的，有根據的。

藝術誇張是爲了更美更善地體現生活的真實，揭示生活的本質。上文説到的「笨得像條牛」，就能鮮明地刻劃出一個人的笨的真實的形象。「數了猴兒精，就數着他精」就能有力、深刻地暴露出「他」的性格缺點的本質，這種誇張，既是生活的真實，又是藝術的真實。

現在再舉大詩人杜甫的兩句詩爲例。平常説馬日行千里，已是誇張。杜甫在他的《房兵曹胡馬》詩裏却説：「所向無空闊，真堪托死生。」「空闊」是空間距離的意思。人們知道，從起點到終點的空間距離總是消滅不了的，杜甫却説「無」。人們讀了他的詩，也衹覺得馬走如飛，並不考究這句詩是否合乎科學真實。正如果戈理寫了「很少的鳥兒能够飛得到河的中流」一樣，誰也不會責備他歪曲了第聶伯河河面的真正寬度。在這裏，杜甫和果戈理運用了藝術誇張的技巧，發揮了藝術誇張的力量，就加深了讀者的印象。

魯迅先生的《阿Q正傳》裏，説到把總逮捕阿Q的時節，曾有這麽一段叙述：

「那時恰是暗夜，一隊兵，一隊團丁，一隊警察，五個偵探，悄悄地到了未莊，乘昏暗圍住土穀祠，正對門架好機關槍；……懸了二十千的賞，才有兩個團丁冒了險，逾垣進去，裏應外合，一擁而入，……」

記得曾有人批評魯迅先生這樣寫，是過甚其辭。且不説説那樣話的人如何地不懂藝術誇張是怎麽回事，那位把總可不像他，知道要捕捉的對象（膽敢搶劫「舉人老爺」家的「土匪」）就是又瘦又乏的阿Q啊！而且昏庸老朽的小官僚如把總這種人，不獨懦弱無能，還是神經衰弱。没有一隊隊的兵、團丁、警察和偵察，架着機關槍，他就不敢凑近土穀祠的邊兒，更不用説是對阿Q的面兒了。因此，魯迅先生這樣描寫，正好是深刻地揭露了那些小官僚外强中乾的本質。這怎能説是過甚其辭，只能説是巧妙的藝術誇張。

藝術誇張在其極嚴格極正確的意義上來説，是現實主義文藝創作的必不可少的手段，也是現實主義作家常常使用的手法。

我們中國人最富於現實感和幽默感，所以在日常口語中和文藝創作中，常常運用藝術誇張；便是先秦的哲學家在其哲學著作中，爲了體現哲學思想，也每每不肯放過藝術誇張。

一個作家善於向人民羣衆的口語、古典現實主義作家和同代作家的作品中，學習藝術誇張的手段和手法，才能更好地完成社會主義現實主義的文藝創作使命。

當然，藝術誇張在文藝創作上，是有其最嚴密的限度的，就像《誇飾》篇中説到的：「誇而有節，飾而不誣。」

家常烹飪，在做魚時，除了必要的佐料以外，還要加一點辣子，加一點糖，提一提魚肉本身的鮮味。這糖和辣子少不得，少了，鮮味便提不出來；也多不得，多了，鮮味便被破壞了。畢竟加多少才好，這要看做魚的人的手藝和是哪一種魚，或是哪一種作法（如紅燒還是清蒸），有時要多加一點，有時要少加一點，既没有刻板的公式，也不是可以亂來的。

藝術誇張對文藝創作來説，也恰恰如此。

（寫於一九五九年，刊於《河北日報》一九五九年六月七日、十四日、二十一日）

# 揣籥録

## 一、小　引

揣籥者何？蘇東坡《日喻》曰：「生而瞽者不識日。……或告之曰：『日之光如燭。』捫燭而得其形，他日，揣籥以爲日也。」此則揣籥之由來。至於苦水所以用此二字，則意謂今茲所録，有如瞽者之於日，一誤於捫燭，再誤於揣籥，簡直滿不是那麽回子事。其始既不止於毫釐相差，則其結果也不僅天地懸隔而已。

然而終於有此録者，《世間解》月刊行將出版，中行道兄要我寫一篇關於禪的文字，這真使我不勝其惶恐之至。不錯，十餘年來，我確乎讀過幾部禪宗的語録，也看過一兩部佛經。不過這讀這看，一如陶公淵明之讀書不求甚解，則其了解之程度，亦復可想而知。然則隨便翻翻，以遣有涯之生乎？即又不然。苦水雖非姚江學派篤信知行合一之説，而平生亦頗注意於行其所知，以爲倘知而不能行，則其所知即成爲身外之物，其未得也患得之，其既得也患失之。於此，我將仿孟子「萬鍾於我何加焉」之語，而曰「多知於我何加焉？」反不如安分隨緣，信步行去，雖作不到浩浩落落，海闊天空，亦庶幾乎簡簡單單，心安夢穩也。我之於經與語録不求甚解的原故，倒不盡在乎震其艱深，知難而退。而是因爲現在所知之一星半點已經不能見諸實行，那麽，將來所知雖多，亦奚以爲乎？譬如《心經》

所云「無罣礙故，無有恐怖，遠離顛倒夢想，究竟涅槃」，究竟涅槃且置，試問如何能作到遠離夢想去？如何能作到無恐怖去，無罣礙去？若說苦水現下實際工夫業已達到此等境界，豈非大言不慚，自欺而又欺人？若說以此四句經作爲題目，令苦水作一篇文字，則苦水自信即使不能說得天花亂墜，三五千字的論文卷子是可以拿得出手去的。若當其欣於所遇，暫得於己，便是萬兒八千字，亦復何難？且不說依經說教，三世佛寃，亦且不說錯下一轉語，五百世墮野狐身；試問臘月三十日到來時，閻羅老子面前吃鐵棒時，便將這三五千，甚至於萬兒八千字去抵敵的麽？笑話，笑話！哀哉，哀哉！古德的嘴尚只堪挂在牆上，則苦水的筆豈不應該扔在臭茅廁裏也哉。

不過苦水雖不敢自命爲文人，而半生學文，習焉成性。於讀語録時，頗悟得爲文之法。（即於讀經，亦復如此，罪過，罪過。）洪覺範的《石門文字禪》，無甚了得，於文於禪，兩無所當，不必援以爲例。湛堂準和尚總不愧爲一代宗匠，而他於讀孔明《出師表》，却悟得作文章。其所作《水磨記》有云：「……故有以破麥也，即爲其磑。欲變米也，即爲其碾。欲取麪也，即爲其羅。欲去糠也，即爲其扇。而規模法則總有關捩；消息既通，皆不撥而自轉。以其水也，一波纔動，前波後波，波波應而無盡。以其磑也，一輪纔舉，大輪小輪，輪輪運而無窮。……」準公此文，意在藉物明心，依境説禪，所可斷言。然而文者見之爲文，其所云「波波應而無盡」與夫「輪輪運而無窮」者，則又豈不是活潑潑地絶妙文心，有如雪堂行和尚所謂「虛而靈，寂而妙，如水上胡盧子相似，蕩蕩地無拘無絆，撈着便動，捺着便轉」者耶？古來文人當其創作時文心能達到此種境界者，恐怕紀事祇有盲左，説理祇有蒙莊。此外，便是太史公之雄健，王仲任之堅實，仍不免尚隔一塵。話又説回來，難道苦水學文工夫已到達此等境界麽？那又當然是不，不，一點也不。然則今兹所録，去禪固遠，離文亦並不近，踈脚法師，説得行不得，此處正好斷章取義，借用「啼得血流無用處，不如緘口度殘春」那兩句也。然而古德有言：「行取説不得底；説取行不得底。」夫行取説不得底，真乃高高山頂立，深深水底行；自家的工夫與見地亦俱不能到此，如今且將這話擱開一邊。至於説取行不得底，且不可認作雷聲大，雨點小；説大話，使小錢；若是如此，所謂錯認驢鞍橋作阿爺下頦，孤負他古人不淺。所以者何？説取行不得底者，乃是學人提心在口，念兹在兹，鞭策自己勇猛精進的一種手段。不見夫湯之《盤銘》乎：「苟日新，又日新，日日新。」者位聖人作此銘時，祇是個自勉，倘若已經作到此種地步，還要此銘作甚？這正是説取行不得底一個證見。説到這裏，苦水此録，自然應無，却亦正不害其有。

鄭板橋自題其家書曰：「有些好處，大家看看；如無好處，糊窗糊壁，覆瓿覆盎而已。」至於明眼大師，棘手作家，毒喝痛棒，苦水則又無不歡喜承當也。

以上小引竟。

一九四七年六月下旬於倦駝菴

## 二、第二月

何謂第二月？

《楞嚴經》云：「如第二月，非是月影。」夫第二月並月影亦不是，則其於月也何有？然而有人注曰：「人以手捏目望月遂成二輪，取其捏出者爲第二月。……第二月雖非真月，然離真月，亦無第二月之可見。」苦水具足凡夫，一本小九九歌，念了許多時候，還祇説九九是八十三，知道甚底是禪？如今惹火燒身，自救不了，被中行道兄一把抓住，迫教每期《世間解》都要有一篇胡説，而且不許曳白出場。因念昔時古德上堂，未曾説法，先道「山僧今日事不獲已。」苦水今日既非古德，不便以此藉口。曾記得有一位先輩，常常寫文章發表於各種刊物上，他表明他自己的態度，輒曰「伏侍天下看官。」苦水即又不爾。蘇子瞻謫居黄州之日，有客來訪，往往强之説鬼，辭以不能，則曰：「姑妄言之。」以今比昔，中行大似東坡，而苦水則是被强以説鬼之客耳。既曰妄言，必非真知。坡老達人，聽亦不信。不過今日所説，畢竟非鬼，乃第二月。第二月並非月影，何干真月？然不有真月，此第二月亦無由生。是故於此亦復可説：此第二月不離真月。

甚麽叫作禪？

苦水今日自設此問，不必揚眉瞬目，不必拈槌豎拂，不必併卻咽喉唇舌，只許病鳥棲蘆，困魚止濼，要如三家村中塾師教書，先從《百家姓》中第一句「趙錢孫李」説起。禪之一詞乃簡稱，全稱當云禪那，據説是巴利語「羌哈那」的音譯，而梵語則爲Dhyana，意譯則曰「思惟修」。《大智論》曰：「諸禪定功德，總是思惟修也。禪者，秦謂思惟。」其在《圓覺經》疏説，則曰：「梵語禪那，此言靜慮。靜即定；慮即慧也。」其在《六祖法寶壇經》，禪或單舉，則曰：「内見自性不動，名爲禪。」然又雙舉禪定，曰：「外離相爲禪；内不亂爲定。外若著相，内心即亂；外若離相，心即不亂。」復又諄諄告誡曰：「善知識！外離相即禪；内不亂即定。」準前二説，禪是思惟，亦即定慧；思與定慧是一非二。準《壇經》説，外不着相，内心不亂，禪之與定，亦復爲一。《經》云「内見自性不動」者何？其曰内見，即外離相；自性不動，即心不亂，亦復是定。六祖於此雖不言慧，決非無視。其意若謂：定自生慧，定亦即慧。是故《壇經》又云：「大衆勿迷，言定慧别。定慧一體不是二。定是慧體，慧是定用。即慧之時定在慧；即定之時慧在定」也。復次，禪是靜慮，學人勿疑既已是靜，如何云慮？若已是慮，云何成靜？欲決此疑，一準《壇經》定慧體用。

《大智度論》説，《圓覺經》疏説，如今且置。若夫六祖爲人倜儻磊落，壁立千仞，更何待言。神秀説菩提是樹，明鏡是臺，六祖便説菩提非樹，明鏡非臺。卧輪説有伎倆，能斷百思想，六祖便説無伎倆，不斷百思想。或云風動，或云幡動，六祖便説非風非幡，直是心動。真乃絡籠不肯住，呼喚不回頭，放出自家圓光，遮天蓋地。及至説禪，簡則曰内見自性不動，不過是六個大字。繁則曰外離相，内不亂，也仍然不過是六個大字。直捷也甚直捷，明白也甚明白，祇是有甚奇特？總只爲老婆心切，深恐怕後來兒孫聽話不明，傳事不真，所以長話兒與他一個短説，深話兒與他一個淺説，竪説一番是六個字，横説一番恰恰又是六個字。今世學人要會甚麼叫作禪麼，如此只如此。奇特原也無甚奇特，祇是學人如何得會悟去，如何得履踐去，如何得相應去，如何得不向這兩説十二個大字下死却去？到這裏，無意氣時添意氣，不風流處也風流，這無奇特恰又不妨是甚奇特。要會這甚奇特麼？三歲孩兒也不妨道得。

以上所説，皆是貧道揑目所見之第二月。頂門具眼底人聽者亂道作麼？且認取第一月去。

**附記**

《圓覺經》載，威德菩薩請佛爲説「一切方便漸次，並修行人共有幾種？」佛告威德：諸修行人循性差別當有三種方便。一者，奢摩他，此云止。二者，三摩鉢提，此云觀。三者，「若諸菩薩悟淨圓覺，以淨覺心，不取幻化及諸靜相；了知身心皆爲罣礙；無知覺明，不依諸礙，永得超過礙無礙境，受用世界及與身心相在塵域，如器中鍠，聲出於外，煩惱涅槃不用留礙……此方便者名爲禪那。」其在偈中，復約説曰：「禪那唯寂滅，如彼器中鍠。」礙與無礙且置之，學人且細細會取器中鍠是個甚底？爲在器中？爲在器外？爲二俱在？爲俱不在？爲有爲無？爲實爲虛？爲向爲背？若於此會得，參禪有分。雖然傍教説禪，宗門大忌，不見道離經一字，即成魔説。

一九四七年七月上旬於倦駝菴

## 三、第二月之二

白楊順病中示衆云：「久病未嘗推木枕，人來多是問如何。山僧據問隨緣對，腮外黃鸝口更多。衆中作者試爲山僧指出病源，七尺之軀什麼處受病？」衆下語皆不契。自代：撫掌一下，口作嘔吐聲；又云：「好箇木枕子。」

苦水今日緣何拈此一則公案？只因比來秋陰不散，霖雨間作，牽動舊疾：筋骨酸疼，要背作楚，飲食不香甘，睡眠不安穩；明知地火水風，因緣和合，暫時湊泊，不可認爲己有，無奈啞子吃黃連，實實有說不出來的苦。到此生計困窮之際，不免要向他人通融一句半合，周濟自家餓肚。所以行住坐臥，總要念誦一句半句。於是白楊順和尚遮一則公案，不由地便泛上心頭，吐出舌尖，如今且一直滾到筆下來也。

不過白楊這位闍黎忒煞作意作態，又是撫掌，又是嘔吐，又硬拉他木枕子作箇墊背，有什麼了期？苦水當日若在場，便直向他說道：「嗚呼哀哉，伏維尚饗。」縱然不契白楊意，諒他久病之餘，未必然仍有氣力亂棒向苦水頭上打來。何以故？若是身病，則自有四大承當，干你白楊底事？若是心病，則心病還須心藥醫，又將病源問他別人作麼？病了許多時候，尚不肯休去歇去，開兩片嘴唇皮，人前亂道，苦水直想將他活埋却了，說道是「哀哉」「尚饗」，還是客氣語也。

那麼，白楊全無箇落處麼？

不然，不然。這撫掌，這嘔吐，以及木枕子，也還是箇第二月。

所以者何？倘無第一月，自然無第二月，前已説過。然而揑目見第二月者，倘若説向別人的時節，其形態亦必去第一月不遠——或者説簡直是一般無二。有心人聽過之後，細心體認，定可以識得第一月。如其不然，便是將第一月指示給他，也仍然是千里萬里。然則何以不直説第一月，而偏要説第二月，遮豈非捨近求遠？則曰：不是不説第一月，只是第一月没得可説。又怕説了之後，學人只記得説月底語言，不肯自家下一番死工夫去尋覓，去體認第一月去。而且即使學人在聽説第一月之後，竟能尋覓得，體認得，怕也仍有不切實處，不見道從門入者終非家珍，總不如無師自通之爲得。古德云：「生也不道，死也不道。」又曰：「我若向你説，你以後罵我去也。」

問：何如並第二月亦不説？

苦水曰：苦也，苦也！西天二十八代，東土六祖以及歷代大師更無一箇不爲者箇問題所苦。他們更無一箇不想並第二月亦不説，其奈會下學法弟子除却一半箇上根上智，其餘中下之流，專一向言語邊尋覓，所以不得不降格俯就，向舌尖唇邊透露些子消息，者箇又是啞子吃黄連實實有説不出來的苦。不見當年長老須菩提問佛：「善男子，善女人發阿耨多羅三藐三菩提心，云何應住？云何降伏其心？」當時釋迦慈悲憐憫，金口許説；及至説來説去，九九歸一，卻道：「若人言如來有所説法，即爲謗佛。」又曰：「説法者，無法可説，是名説法。」夫既是無法可説，還説箇甚底？然而三百餘會，一大藏教，豈非盡是我佛金口所説底法乎？儒家的孟夫子説得好：「予豈好辯哉？予不得已也！」

苦也，苦也。釋迦出世，要爲普天下衆生解纏去縛，斷却煩惱，而自家却深深地陷在這一箇煩惱海中，譬如老象溺泥，不能自出，豈不悲哉！佛不入地獄，誰入地獄：其斯之謂歟？後來趙州和尚上堂，大聲疾呼，道是「佛是煩惱，煩惱是佛。」僧問：「未審佛是誰家煩惱？」師曰：「與一切人煩惱。」曰：「如何免得？」師曰：「用免作麽！」趙州這老漢見得明，說得出，「用免作麽」四箇大字不特是斬釘截鐵，而且簡直是「將此深心奉塵刹，是則名爲報佛恩」也已。其故即在於趙州和尚了解我佛不說第二月而又不能不說底苦處。

復次，又不見馬祖陞堂，衆纔集，百丈海禪師出，卷却席。祖便下座。夫大衆纔集，便即卷席，吾人難道好說百丈海是蠻作，更無一語，當時下座，吾人難道好說馬大師是疲輭？須知馬祖當日陞堂，欲說不能，不說不可，正是陷落在煩惱海中；百丈卷席，正是一片慈孝之心，知恩報恩。所以大師無言下座，恰似老萊子斑衣戲綵，老人點頭。你若認作百丈海是當仁不讓於師，或者獅子身中蟲，還吃獅子肉，早已是喚鐘作甕了也。不過百丈這一着子也還是馬祖教底。不是「卷席」的前一日還有一則「野鴨子」公案，百丈曾被馬祖扭得鼻頭痛不徹而哀哀大哭麽？苦水敢說昨日馬祖倘不扭得百丈鼻痛，百丈今日也無從施展遮卷席的手段。好笑好笑！馬大師於此，大似勾賊破家，引狼入室。然而天下的真正慈父，還有一箇不希望自家兒子聰明伶俐，强爺勝祖底麽？所以馬祖歸方丈，百丈隨至之後，祖問：「我適來未曾說話，汝爲甚卷却席？」丈曰：「昨日被和尚扭得鼻頭痛。」祖曰：「汝昨日向甚處留心？」丈曰：「今日鼻頭又不痛也。」祖曰：「汝深明昨日事。」不說第一月，仍說第二月；從此第二月，彼此共賞第一月：父慈子孝，自然家運興隆。

寫到者裏，反回去自己檢閱一番：一篇小文，開端由白楊順病中示衆說起，將世尊，須菩提長者，馬大師，百丈海，趙州和尚一齊拉入渾水，真是何苦？苦水有嘴說旁人，没嘴說自己，帶了一身病痛，自救不了，拈一管破筆，直寫得手酸臂疼，真乃一場話靶。總被他第二月牽扯住，自身没有快刀斬亂麻底手段，所以一說不已，至於再說。寫到者裏，苦水作賊人心虚，生怕有人問：你上來所說第二月乃是自家捏目所見，如今又說歷代祖師所說亦是第二月，難道你所見底和祖師所說底同是一個第二月麽？苦水於此，只有遍體流汗，滿面慚惶：那裏，那裏？決不，決不。兩篇小文，適逢其會，所立題目，同此假名，如何可以混爲一談？雖然失檢有罪，聞說自首可以減等，是不？到者裏，得好休時便好休。然而畫蛇還要添足在：

僧問法眼：「如何是第二月？」

眼曰：「森羅萬象。」

問：「如何是第一月？」

眼曰：「萬象森羅。」

今日舉此話頭，當作懺悔，得麽？而且預先約下：下期倘若仍然亂銃，決不再說第二月，雖然所說仍是第二月而非第一月。

一九四七年九月上旬於倦駝菴

## 四、不可説

五代時的長樂老馮道使人讀《老子》，卧而聽之。其人開卷，以第一句中「道」字觸犯相公諱，乃讀曰：「不可説可不可説，非常不可説。」

聞此一則故事，當無不覺得好笑者。據説長樂老當時自家亦不禁爲之冁然也。然而若把這個與州官名登，以避諱故，遂將放燈三日改爲放火三日者視同一例，則不可。所以者何？後者衹是謬誤得可發一笑，此外並無意義。前者則是俗諺所謂，歪打正着，緣此謬誤，翻成正確；還不止於點石成金，化腐臭爲神奇已也。夫《老子》曰：「道可道，非常道」者，其意豈不是説：道而可以言説，便非經常不變之道。細按下去，此小吏所説豈不正得老子之意？無心人講話，最怕有心人聽，却又正要有心人去聽。不然者，即使我佛出世，作獅子吼，發海潮音，宣説微妙至上第一義諦，天雨四華，地摇六動，倘教無心人聽去，如果不是大雨淋蝦蟆，只管翻白眼，也成爲鴨子聽雷，莫名其妙。不見當年輪扁對齊桓公自述其斲輪之妙技而終之曰：

「……得之於手而應於心，口不能言，有數存焉於其間。臣不能以喻臣之子；臣之子亦不能受之於臣。是以行年七十而老斲輪。」

這位老扁並非倚老賣老，大言不慚；實是地道的一位斲輪大匠。且夫所謂得於手而應於心者，何耶？輪扁亦曾自言之，曰：「徐則甘而不固，疾則苦而不入。」如即就斲輪起一番葛藤，則遮兩句豈不即是斲輪的第一月？若說老扁不會，他何以能失口道出？若說他會，他何以又說口不能言，而且並他的親兒子亦復不能受之？至親莫如父子，難道他的絕技還不肯傳之於其子麽？須知老扁雖然行年七十而老斲輪，絕技終屬小技；所以抖擻屎腸，尚能道出兩句。然而遮兩句縱使是斲輪底第一月，於其親兒，也仍舊是東風之吹馬耳，没得絲毫用處。學藝雖不能說即同學道，傳技雖不能說即同傳法；不過於此總有些微近似，却斷斷乎不可否認。技與藝尚且如此，則道與法更當如何？不然者，皇帝底傳國玉璽而已，瞎子手中底一條明杖棍而已，於道於法復何有哉！

輪扁斲輪是莊子的寓言，而莊子《南華》又是教外之書，如今且將遮葛藤椿子放倒，省得葫蘆蔓纏到黃瓜架上，糾紛不清。記得當年苦水東西亂跑時，東鑾大師曾一再相勸去看《維摩詰經》。大概東鑾爾時見到苦水病骨支離，塵心不淨，所以大發慈悲，指示入處。苦水感激盛意，此後時時諷誦是經。若說維摩詰遮位西天居士，倒也真個非同小可：平時既已「深殖善本」，又以「饒益衆生」方便之故，現身有疾，及至上自國王，下至王子官屬前來問疾之時，居士且爲之說法：

「諸仁者，是身無常，無强，無力，無堅：速朽之法，不可信也。」

以儒門家法論之，自是毫無怨尤，矜平躁釋；以佛法論之，更是以智慧劍，斷煩惱網，以是因緣，方便說法也。不意他竟自念：「寢疾於牀，世尊大慈，寧不垂愍」。苦水於此，幾欲失笑：元來此位長者，依然是個孩子，一有些病兒疼兒，便想一頭倒在娘懷裏，還說甚底以饒益衆生方便之故，現身有疾？果然，世尊大明，即知其意；世尊大慈，俯如所請，當命弟子行詣問疾。又誰知自舍利弗起，直至長者子善德，一羣老古椎個個俱是中看不中吃，以前既曾向維摩手裏納過敗闕，如今更是敗將不足言勇，俱云：「不任詣彼問疾。」遮也難怪，吾輩今日試看經中所載維摩與遮一堆菩薩往來酬答底話語，也真是出人頭地，正如圜悟批評五祖演和尚的話：「他大段會說。……分明是個老大蟲」也。

如今且說佛會下乃有文殊師利菩薩雖然明知「彼上人者，難爲酬對」，仍然自告奮勇：「承佛金旨，詣彼問疾。」蛇無頭而不行，於是「諸菩薩，大弟子，釋梵，四天王咸作是念：二大士……共談，必說妙法」，於是圍繞文殊，簇擁而去。果也不虛此行，一部大經至今流傳；而且當時即蒙佛印可：「是經名爲維摩詰所說，亦名不可思議解脱法門。」據說羅什法師四位高弟，生，肇，融，叡，共助什師繙譯此經，至不可思議品，一齊擱筆。何況苦水鈍根，於此經義，能全解會？但却也有小小意見，今日不免提出共學人商量。即如維摩詰問：「諸仁者，云何菩薩入不二法門？」當時會中自法自在菩薩說起，最末，文殊乃曰：

「如我意者，於一切法，無言，無說，無示，無識，離諸問答，是爲入不二法門。」

於是文殊又問維摩：「仁者當說何等是菩薩入不二法門？」時維摩詰默然無言。文殊歎曰：

「善哉，善哉！乃至無有文字語言，是真入不二法門。」

此一則公案至今流傳，道是：語底是文殊，默底是維摩。遮語，遮默，豈不俱是所以顯示此不二法門？

今日先不必分，語底是，抑默底是；姑且打成兩截，先論維摩之默，繼論文殊之語。

夫維摩居士於是之前，固已曾以法戰爭服舍利弗等一十四位菩薩及五百大弟子者也；而且及至問疾，又復宣說聖諦妙義，成爲此經；則其智慧辯才，直欲齊肩釋迦文佛，真成只有天在上，更無山與齊了也。何獨至於文殊菩薩反口問及「何等是菩薩入不二法門」之時，遂乃默然更無一語？「言者不知，知者不言」乎？「莫道無語，其聲如雷」乎？抑是失張失智，作意作態乎？出家兒是大丈夫，禪宗門下一等是頂門具眼，知有佛向上事，却並聖諦亦不爲；達摩也是猢猻胡，於此維摩一個老凍膿，那得不細搜嚴拷去！

復次，文殊之「無言無說……」，於入不二法門，是得不得？如得，萬事全休；若也不得，文殊還成其爲文殊麽？維摩默然之後，文殊失口讚歎，實乃虛懷若谷，見善如不及：遮個正是文殊之所以爲文殊也。你且莫漫說維摩底默是第一義，第一月；而文殊底語則是第二義，第二月。試問：默然之前，倘無文殊之說，默然之後，倘無文殊之解，則維摩的默將落在什麽處？假如將此云何入不二法門一問去問一個聾子啞子，聾子啞子也正默然，難道便將此聾子啞子與文殊等量齊觀？須知文殊師利菩薩摩訶薩乃說那不可說底，以言語顯那不可言語底，以此之故，老婆心切，遂不免有落草之談，致使維摩詰長者占却上風：吾輩後人對於文殊且不得孤負。更須知文殊之讚是佛法中事，若在宗門下，於維摩默然之後，直須大喝一聲，對他道：「情知你是道不得！」管教遮老病夫登時氣絶身死，壽終正寢；即不然者，也使他面紅耳熱，恨無地縫可鑽。說到者裏，苦水於此兩大士，忒煞擡一個，搊一個。倘若鐵面無私，言出法隨：文殊維摩，狼狽爲奸，於今贓證俱全，正好一串拴來，同坑埋却。

不可說可不可說，非常不可說。

悲莫悲兮生離別；苦莫苦於不得已。說甚祖禰不了，殃及兒孫？還是自救不了，墜坑落塹。

馬鳴菩薩《大乘起信論》曰：

「言說之極，因言遣言。」

好笑，好笑！事不獲已，不能無言，言了之後，又須遣去，大似狐搰狐埋，古德有言：「矢上加尖」：是之云矣。及至後來雲門大師示衆，却又說：

「佛法也大有，只是舌頭短。」

又是一場好笑：遮老漢分明自納敗闕了也。直饒他是雲門一宗開山祖師，直饒有人說「雲門氣宇如王」，苦水若在場，劈脊便棒，且棒且問：

「廣長舌聻？廣長舌聻！」

看官且道：廣長舌長若干？舌頭短又短多少？倘若有底答道：「廣長舌即舌頭短，舌頭短即廣長舌」，苦水將擺手。倘若有底答道：「廣長舌也並無長，舌頭短也並非短」，苦水將搖頭。倘若答：「廣長舌忒煞短，舌頭短忒煞長了也」，苦水於是擲筆而起，呵呵大笑曰：

「你得，你得！」

何以故？只因爲苦水此刻正不得也。

三一〇

十月朔一日於倦駝菴

## 五、不是不是

中秋重九俱已來臨，而又過去，天地肅殺，草木黄落，已是淮南子所謂「長年悲」的時候了。文人詩人，遮些日來，飲酒，持螯，賞菊，登高，插茱萸，看紅葉……正在閑裏偷忙，靜中取閙。遮都不干苦水底事。苦水却别有一套，則是每年此時的照例文章，其名曰傷風，作燒，頭重，骨疼，而又加之以咳嗽。其實年年如此，毫不新鮮，今年滿可以不須如此，然而仍然必得如此。有趣自然不見得。痛苦麼？一個人如果常常生病，便不免習而安焉，是一位外國文人的話：病久了，藥的滋味也覺得是可留戀的了。何况古德曾謂「病中正好着力」乎？

有一位大師，大約亦是傷風之餘，上堂却説：「維摩病，説盡道理；山僧病，咳嗽不已。説盡道理，咳嗽不已；咳嗽不已，説盡道理。」苦水如今素咳嗽行乎咳嗽，一並無言可説，無理可申，只管咳嗽不已。然而昨夜中行道兄親自送到《世間解》第四期，而且叮囑説：「《揣籥録》的第五篇也該著手了。」苦水應之曰：「唯，唯。」遮唯唯並不是敷衍語，應酬語，却是佛家底不打誑語。自交了第四篇的卷子，我便已擬定了第五篇的題目，即是現在寫在篇前的四個大字：不是不是。待到一過月半，早已想好大意，準備寫出。其所以必得候到《世間解》第四期出版，中行道兄叮囑之後的今日方才下手者，亦祇是忙於咳嗽之故，特此聲明：並無禪機。

在第四卷卷首編輯室雜記中，有曰：「苦水先生説禪，最初也許是逼上梁山。繼而寫過兩次，禪機時動，就欲罷不能了。」我不曾問，但想來遮一定是中行道兄底手筆。苦水心事，被道兄一眼覷破，一口道出了也。記得勝利之後，第一次通默師書，自道八年以來爲學次第，其中一段説到了自己的學禪，有曰：「學道之念雖切，而工夫不純，未敢自信，關於禪學述作，至今並無隻字。則以未到大徹大悟，文字表現無寧稍後。」我時時覺得學道固須自證自悟，然在自修期間，更須自知；自知尤須知慚愧。此所謂知慚愧，即是知恥，有羞惡心。《佛遺教經》曰：

「慚恥之服，於諸莊嚴最爲第一。慚如鐵鉤，能制人非法。……若離慚恥，則失諸功德。有愧之人則有善法；若無愧者，與諸禽獸無相異也。」

嗟乎，世尊説法與人，慈悲悱惻，一如慈母之語愛子矣。苦水博地凡夫，尚在道念不堅，還説甚道眼不明？但是慚恥之服，却時時不敢卸却，生怕落入驢胎馬腹裏去。所以四個月前中行道兄到小庵來相囑談禪的時節，一再推辭。這推辭一非高抬身分，二非故作客氣，三非有意刁難，一言以蔽之曰：自知其學識不足，不敢出手而已。然而終於有作者，却不過情面尚在其次，大旨一如黄金臺故事，「請自隗始」；於諺亦有之，曰：「抛磚引玉。」

不過寫雖寫了，慚愧之心固在，時時刻刻，兢兢業業，生怕見笑方家。試看往古來今，凡有説禪底，那個不是氣壓諸方，孩撫時輩，一朝權在手，便把令來行，即使釋迦出世，彌勒下生，幾曾看到眼裏，放在心上？誰個又如苦水一再聲明自己是個凡夫？編輯室雜記又曰：「現在由於欲罷不能，果然，就寫長了。」贓證現在，《揣籥録》確是一篇長似一篇，只是不見得即如中行道兄所説底禪機時動。作賊心虛，再來一番自首：也只是個説得口滑，寫得手熟。孟子曰：「羞惡之心，人皆有之。」其論牛山之木，則曰：「……斧斤伐之，可以爲美乎？是其日夜之所息，雨露之所潤，非無萌蘖之生焉；牛羊又從而牧之，是以若彼濯濯也。」其論良心之放失，則又曰：「其旦晝之所爲，有梏亡之矣。梏之反覆，則其夜氣不足以存；夜氣不足以存，則其違禽獸不遠矣。」這與前面所舉《遺教經》一段雖不能説如出一轍，却不能不説是依稀彷彿。苦水嘗想，一個慣於説謊底人，當其初次撒謊時，即使並無内疚，也不免有點兒不自然；及其日積月累，久而久之，習與性成，自然開口便是謊，沛然若決江河，莫之能禦了也。若再觸類而長之，則凡一切失節喪德，及夫不悟謂悟，不證謂證，大言不慚，自欺欺人，皆可準知。苦水底《揣籥録》所以一篇長似一篇者，亦若是焉則已矣。

所以假如有人問苦水：「你如今寫底《揣籥録》便即是禪麽？」苦水將不加思索，立即否認，曰：「不是，不是！」

看官道苦水這兩個「不是」祇是一句謙辭麽？實犯實供，謙在什麽處？但假如放過苦水，高處着眼，則歷代祖師，一千七百則公案，以及汗牛充棟底諸家語録，那怕他一句中具三玄門，一門中具三要，説向上，説向下，分賓主，奪人境，直得錦簇花團，龍飛鳳舞，正眼觀來，也只堪還他一個「不是，不是！」極而言之，豈獨達摩是甚貉獠胡，古德尚說「一大藏教是拭瘡疣紙」，世尊也好「一棒打殺，與狗子吃」，那裏討得一個「是」來？所以黃檗大師諄諄告囑：「嗚呼！勸你兄弟家，趁色力康健時，討取個分曉處，不被人瞞底一段大事。」又曰：「不被天下老和尚舌頭瞞。」假若聽他們道了，看他們說了，只管道是了又是，更何處討取這一段不被人瞞底大事也？看官看見苦水如是說，莫又道苦水受了黃檗大師底瞞麼？一任，一任。

寫到這裏，縱然不見得入虎穴，得虎子，下龍潭，探龍珠，也是一棒將老虎打死，辭意俱盡，正好放下手中筆，不須再潑第二杓惡水。一則恐怕有孤中行道兄嫌短的雅意，二則手下儘管不寫，口裏也是咳嗽，左右是左右，索性塵羹餿飯一起端來，搜尋古人閒言賸語，另行葛藤一番——

僧問石霜：「如何是祖師西來意？」師乃齩齒示之。僧不會，後問九峰曰：「先師齩齒意旨如何？」峰曰：「我寧可截舌，不犯國諱。」又問雲蓋。蓋曰：「我與先師有甚麼冤讎？」

石霜這老漢被人將一頂没量大底帽子壓在頭上，直得努牙劈齒，且莫批評他更無半點兒閃展騰挪；苦水却敬愛他不發風，不作怪，是十足的一位老實頭本分衲僧。於此若再說「無言無說」，便犯了作文大忌，曰「犯上。」不說也罷。而且我現下意也不在乎此。至於那僧更不見長進，泛泛一問亦尚可，及至被人齩齒相示之後，竟落得箇「不會」，但也不值得我每失驚打怪。妙在又將齩齒意旨一問九峯，再問雲蓋，夫「西來意」尚未破除，如今又添上一箇「齩齒意」，枷上添枷，鏁上加鏁，幾時是出頭之日？又焉知問了九峰與雲蓋之後，不再加上一箇「截舌意」和一箇「甚冤讎意」耶？不會，會取，不會，罷了：除此二途，參學更於甚處着力？而這僧只管問了又問，驢年去？但苦水也還愛他不自欺的老實；同時又覺得同坑無異土，這僧雖是不會，畢竟不媿爲石霜門下。不過我意仍不在乎此。

若夫道虔（九峰）志元（雲蓋）這兩個不即溜漢，雖是石霜傳法弟子，而且開堂説法，出世爲人；一個「截舌不犯諱」，一個「與師無寃讎」，真乃龍生龍，鳳生鳳，耗子生兒只會打洞，元來只將先師底斂齒一嘴刁住更不放鬆。「無改於父之道可謂孝」，則不無；若是光宗耀祖，改換門庭，直饒他轉世投胎，再來脩行，也未夢見在。好男不吃祖爺飯，好女不穿嫁妝衣。説甚九峰？一峰也不見；説甚云蓋？只是個鑊蓋。石霜斂齒原無不可，誰想到直將道虔與志元齊齊斂殺了也。要會這斂殺麽？只爲他兩個漢不會道個「不是，不是！」

不見馬祖聞大梅住山，乃令僧問：「和尚見馬大師，得個甚麽，便住此山？」師曰：「大師向我道：『即心是佛』，我便向這裏住。」僧曰：「大師近日佛法又別。」師曰：「作麽生？」曰：「又道：『非心非佛。』」師曰：「這老漢惑亂人未有了日。任他非心非佛，我祇管即心即佛！」其僧回，舉似馬祖。祖曰：「梅子熟也！」且夫大梅當年初參馬祖，便問：「如何是佛？」想見他不但有個佛字横在胸中，而且大有向外尋求之意。馬祖答以「即心是佛。」正使他回心内向，照見本來，所謂「旋汝倒聞機，返聞，聞自性。」大梅當時大悟，又正是直下承當，無委曲相。然而倘使那僧説過馬祖佛法又別之後，大梅不能別下一轉語，遮梅子也還是一個生梅子。看他聽了即心是佛，言下大悟，先還他馬祖一個「是。」任他非心非佛，我祇管即心即佛，再還他馬祖一個「不是。」能照能用，有爲有爲，方消得馬大師助喜：「梅子熟也。」不過饒他梅子透頂熟，也還是流酸濺齒牙，不成其爲甜瓜澈蒂甜。不見他南泉普願禪師曾説：「江西馬祖説即心即佛；王老師不恁麽道。不是心，不是佛，不是物。」直還他馬祖三個「不是」，更無一個「是」。龍得水時添意氣，虎逢山勢長威獰。馬祖入室弟子一百三十九人，各爲一方宗主，轉化無窮，而大師却單單以「獨超物外」許南泉，爭怪得他？而且南泉門下趙州和尚聞得南泉恁麽道了之後，當即禮拜而出，看他孝子賢孫，繩繩相繼，好不欣羡煞人也！

到者裏，再重複一遍：苦水具足凡夫，曉得甚底是禪，説去説來，寫來寫去，觸不着向上關捩子，談不到末後一句子，理之當然，無足怪者。雖不能瞎卻天下人眼睛，想早已笑掉大方家底牙齒。若是初學發心。有志參禪之士，想要向《揣籥録》中摸索一線路徑，管包你是向鷄蛋裏找骨頭，求之愈勤，去之轉遠。然而苦水之所以靦顔説之又説，寫了還寫，也還有個小小落處。他們得底人，即是到家的人，所談底俱是屋裏事。苦水是未得底人，縱然亂道，所道底或是途中事，到家的人自然用他不著，但也許有一句半句可供打包行脚者之參考。今日拈出「不是，不是」來，正是個此物此志也。

即如「如何是祖師西來意？」這一問，有底答：「坐久成勞」；有底答：「一寸龜毛重九斤」……有底答：「待洞水逆流，即向汝道。」真是舉不勝舉。而趙州和尚所答「庭前柏樹子」一句，更是流傳宇宙，震鑠古今；然而石火電光，如何湊拍？他們到家的人，屋裏説話，途中人作麽生明得？阿汝不是天縱生知，試問如何承當？且莫聽得古德恁麽道了，便即顢頇地，籠統地道一個「是」，倘然如此，孤負佛祖，褻瀆先聖，入地獄如箭射，更不須說承言者喪，滯句者迷也。時其不會。不妨疑着：這疑當然不是個「是」，却又不見得是個「不是」。但如果你肯疑，疑來疑去，也不見得不生出「不是」來。大疑，大悟；小疑，小悟。學佛要信；參禪須疑。你祇管不疑去，坐在無事甲裏，何日是悟日耶？山是山，水是水，牙齒一具牙，耳朵兩片皮，師姑元是女人作，以及諸如此類的話頭，倘不先疑着一番，倘不向這疑下身死氣絶一番，饒你至心信着，開口道着，苦水也仍然還你個「不是，不是！」

雖然不曾說盡道理，却照舊咳嗽不已。攙糠使水，攀藤附葛，這番所寫，較之已往四篇又長了些。禪機動了麼？

——不是，不是！

十一月上旬於倦駝菴

## 六、無

北平節令最是準確，「大雪」到了，真個就下了一場雪。若說天道無爲，何以有一場雪？若說行乎其不得不行，想見老天亦自有他底不得已處。「深冬雪後，風景淒清」，尚在其次。至於天寒歲莫，苦水縱然道力不堅，亦還不至於百無聊賴。惟念屈子《離騷》有曰：「日月忽其不淹兮，春與秋其代序。惟草木之零落兮，恐美人之遲莫。」多少人對下兩句低迴讚美；依苦水看來，倒是前兩句說得最懇切：直得懦夫起立，敗子回頭。有如黄檗大師所説：「不知光陰能有幾何，一息不回，便是來生。」或者要説：苦水你錯了也。屈子作文，黄檗講道，如何能混爲一談？豈非茄子地差到黄瓜地裏？則將應之曰：文之與道初非兩致，道心文心豈分二途？莊子尚説「盗亦有道」，何况於文？又不見佛説「一切法皆是佛法」，又曰：「是法平等，無有高下乎」？此説甚長，付在來日。

記得初寫《揣籥録》時，正在夏日。轉眼不覺半年；而今擁爐向火，多病之軀依然枯木倚寒岩，三冬無暖氣。看看《世間解》月刊第六期又將付印，勢須搜索枯腸，拼湊他三兩千字。寫在文前的題目的一個「無」字原本也是交了上期文稿之後所預定好了的；不知何以此刻只是寫不下去，一如腕中有鬼似地。難道心思腦力也被滴水滴凍的天氣給凍結了不成？相傳有一位學士，素不信佛，擬作「無佛論」，夜深猶在對燈構思。其妻問：「相公何不就寢？」學士答以擬作無佛論。妻曰：「既無矣，論個甚底？」學士於言下大悟。無佛論當然不復著筆。又有一位老宿上堂云：「我在老師會中得個末後句，不免將來布施大衆。」良久，云：「不與萬法爲侶者是什麽人？待汝一口吸盡西江水，即向汝道。」便下座。大慧禪師見之，後來上堂却云：「山僧即不然。我在老師會中得個末後句，不免舉似大衆。」便下座。有條攀條，有例攀例。苦水此際亦頗思抄襲那位學士和大慧禪師的舊作，只將寫着這「無」字題目的空白稿紙送與中行道兄，着他照樣登出，而且留着三兩千字的空白。假使真地如是作了，既非偷懶，亦非取巧，更非弄喧；倒老老實實地有一二分衲僧氣息。所以者何？題目既是個「無」，還説個寫個甚的？假如有的説，有的寫，這「無」早已是「有」而非「無」了也。西國有一文士勸人沉默，下筆不能自休，寫成了一部大書，至今傳以爲笑，正是絶好的一個前車之鑒。不過真地將有目無文的稿紙送去，先不必問中行道兄肯不肯就如法炮製；而苦水此時先就覺得不好意思，於此愈見苦水之説得行不得，還説什麽「有諸真實」，「無委曲相？」還談得什麽禪？

以上所説，雖非教中的第一義，却是苦水的第一義，到此正好斷手。看官至多也只應看到者裏，以下所説，俱是閑言中底閑言，賸語中底賸語，看官儘可不看。倘若看了，惹得氣惱，莫謂苦水預先不曾下得警告也。於此忽又想起一則公案，不免舉似諸公。

有一位古德上堂説：

「十字街頭起一間茅廁，只是不許人屙。」

其後又有一位大師上堂，拈舉之後，却説：

「是你先屙了，更教阿誰屙?!」

苦水今日獻醜了也；好在也並不是自今日始，諸公莫道苦水無恥。

考教中大小二乘，俱析爲「空」，「有」二宗。以空對有，而不以無。我於梵文一個字母亦不識得，想來「空」字較近原文，而「無」字較遠乎？不然，便是古德譯經時，特别迴避遮個「無」字，以免有混於道家所立之「無」也。然而經中却少不得遮「無」字。即如盡人皆知的《心經》，其中就説：

「空中無色，無受，想，行，識；無眼，耳，鼻，舌，身，意；無色，聲，香，味，觸，法；無眼界，乃至無意識界；無無明，亦無無明盡；乃至無老死，亦無老死盡；無苦，集，滅，道；無智亦無得。」

一連串下了十三個「無」字，而其中省掉底與「無明」之「無」尚不與焉。至於《涅槃經》中，佛爲須跋陀説實相，自「善男子，無相之相爲實相」以下——直寫經文麽？不但費事，而且有文抄公之嫌。查數麽？上面一段《心經》已是半日没弄清楚，這一大段怕不得一兩日方能數完？總之，是纍纍然如貫珠的一大串「無」字。若再繙他經，更舉不勝舉。是故於此可説經中不廢「無」字。

然而心經衆「無」之上，有一句曰：「是諸法空相。」是故此衆「無」者，所以成「空」；假如不「無」，此「空」不就。此「空相」是第一義實：既非虚空，亦非頑空。是故《涅槃經》中乃云「無相之相爲實相」也。或有問曰：老子曾謂「損之又損，」與此「空」「無」，頗相當不？應曰：不然。方寸之木，日去其半，萬世不滅；損之又損，只成削減，不得「空」「無」。復次，老氏之意在「無不爲。」佛教意在由「無」立「空」，即「空」即「實」。是故老氏意主功用；佛説空相與夫實相乃爲道體：二家之義區以别矣。

以上略説佛教之「無」，以下續明禪宗之「無」。仍拈公案以便舉揚：

僧問趙州：「狗子還有佛性也無？」

州曰：「無。」

同時黄檗大師亦曾拈舉此一則公案，却説：「但去二六時中看個『無』字，晝參，夜參。行，住，坐，卧，著衣，吃飯處，屙屎，放尿處，心心相顧，猛著精彩，守個『無』字。日久月深，打成一片，忽然心花頓發，悟佛祖之機；便不被天下老和尚瞞，便會開大口。達摩西來，無風起浪；世尊拈花，一場敗闕。到者裏，説甚麽閻羅老子？千聖尚不奈你何！」黄檗者老漢於此，鼓粥飯氣，將趙州和尚底一個「無」

字舉揚得如天普蓋，似地普擎。難道他是向趙州關下遞下降書降表了麼？倘若說是，不獨孤負黃檗，亦且不認識趙州。如今即先說趙州。

遥想趙州當日四十年除二時粥飯外，更無雜用心處：一何其用心之專耶？年登八十，尚著草鞋行脚；既被雲居質問：「老老大大，何不覓個住處？」又著他茱萸訶責「老老大大，住處也不知！」又何其用力之勤耶？及至出世爲人，直銷得雪峰存禪師燒香禮拜，讚作「古佛」。再看他示衆則曰：「把一枝草爲丈六金身用，把丈六金身爲一枝草用。」接人則曰：「汝被十二時辰使，老僧使得十二時辰。」兩卷語録真乃言言錦繡，字字珠璣；且莫説他光明磊落，直須看他老實，質直始得。但遮老漢有時却答話衹同兒戲：即如僧問：「學人有疑時，如何？」師曰：「大宜，小宜？」曰：「大疑。」師曰：「大宜東北角；小宜僧堂後。」若斯之類，幾同家常。總爲他見得真實，悟得明白，所以掉臂遊行，得大自在也。又如前面所舉僧問：「狗子有佛性也無？」師答曰：「無。」其後又有人如此問，師却答曰：「有。」兩答不同，然而更無人説他信口開合。倘説有無正同，一如佛説空相之與實相，苦水於此又成傍教説禪，罪過非輕。此刻不暇細細分疏，學人且各自疑着去。如今再説黃檗。

前面所舉狗子無佛性話，黃檗只舉到「無」字爲止。其實下面還有兩句：

僧曰：「蠢動含靈皆有佛性，狗子因甚却無？」

州曰：「爲伊業識在。」

黃檗太阿在手，殺活擒縱，一任己意；於是斷章取義，單只舉到「無」字，下二語更不照顧。不但此也，他也並不理會「無」字上面那一問，將狗子有無佛性的問題一脚踢開，只抓住一個「無」字撤下了天羅地網。方便善巧，時節因緣，兼而有之，説甚麽向他趙州關下竪降旗，納降表？於是黄檗口裏的「無」字，雖然從趙州處偷取將來，却完全成爲黄檗所有，而趙州無分：大似大盗手下，失主亦不敢前來認贜。作家哉！作家哉！

不過吾輩今日如不辜負斷際大師，且須參究他所説的「日久月深，打成一片，忽然心花頓開」一句子。日久月深，打成一片：則固然已。學人且道頓開的心花，是怎的一種顔色，怎的一種様範？是紅，是白？是大，是小？且不可見他前人恁般道了，亦便稗販去，學語去，一如嬰武，吉了似地輕易地便將此「心花頓開」四個大字掛在唇吻邊也。假若不到此心花頓開的境地，且信去，且疑去，且悟去，總而言之：且「無」去！遮個暫時抛開，黄檗的遮「無」字當然不同老莊之「無」，學人且道：遮與經中之「無」，相去多少？苦水適來已曾亂銃過了也，道是經中衆無乃所以成空相，即實相，亦即道體。黄檗所舉揚之「無」，亦復如然麽？決不，決不。遮祇是個「無」，更非别有。發脚自「無」，努力以「無」，結果成「無」。徹頭徹尾是個「無」也。有誰懷疑苦水如此説麽？苦水胳臂今日雖然疼痛，且喜並未斷折；既然不能將空白稿紙送上，一不作，二不休，秃筆殘墨，且繼續寫將下去。

依俗眼看來，歷代宗師縱非無法與人，亦是胸有城府，深藏若谷，彷彿慳吝性成，收得至寶，不肯出以示人。苦水於此一不説在智不增，在愚不減；二不説不道無禪，只是無師。祇説此事别人爲你著手脚不得。譬如吃飯，别人可能爲得一絲毫力麽？即使嚼飯相哺，也要你自家肯嚥，嚥了能消。且不可說如今科學發達，可以注射維他命X了；即是注射，也須你身上自有生機始得；否則向死屍身上注射，問他可能吸取？黃檗上堂，亟勸兄弟家不被人瞞。趙州上堂，大叫「一從見老僧後，更不是別人，只是個主人公。」遮不被人瞞，遮主人公，只是要你自己作得飯了自己來吃。亦不必再向我佛口裏討取「說法者無法可說」那一句子也。

復次，依俗眼看來，天下之學莫難於學禪，以爲他全無巴鼻，不可捉摸。苦水於此一不說天下無難事，只怕有心人；二不說易，易！百草頭上祖師意。只說你不肯「無」將去。不見他古人學書，却於屋漏痕、公孫大娘舞劍器處悟得筆法。我問你：那屋漏痕，舞劍器處可是有字的所在麽？盡大地是藥，得却病來不肯服用；盡大地是門，有得脚來不肯走進。只管道難之又難，試問易了又待如何？說什麽作家宗師，便是佛出也救你不得。大師出世爲人，無一不怕祖燈滅絶，喪我兒孫，那個不是用盡吃奶力氣來拈舉提唱？黃檗更是婆婆媽媽氣十足，生怕學人無從着力，單只提出一個「無」字來，可謂簡便已極。你且信去，疑去，悟去，「無」去，管他心花甚顏色，甚樣範？時節若至，其理自彰。管他空相，實相？古人不是並「聖諦亦不爲」來耶？不可一如攢錢放債的人只管打着算盤計算將來連本帶利收回若干錢來。倘然如是，豈獨參禪不得，並作人復亦不得。

不過說到極處，連此「無」字也不消看得！大慧曾道：「你但灰却心念來看。灰來灰去，驀然冷灰裏一粒豆爆在爐外，便是沒事人也。」但遮「沒事人」也還不成。何以故？——「直饒萬里無雲，青天也須吃棒：」

## 附録：論老氏之「無」

華夏古哲之善於言無者，其惟老聃乎？其論無之用，則曰：「三十輻，共一轂，當其無，有車之用。埏埴以爲器，當其無，有器之用。鑿户牖以爲室，當其無，有室之用。故有之以爲利，無之以爲用。」老子雖不否認「有」之利，而以爲「有」之用則在於「無」；假如無「無」，「有」亦無所「用」之。故又曰：「爲學日益，爲道日損；損之又損，以至於無爲。無爲而無不爲。」老氏意在治天下，故不主無所爲。但「爲」必基於「無爲」，「無爲」可以「無不爲」。反言之，有「爲」即不能「無不爲」，亦不足以治天下。此老氏之政治哲學，亦即其人生藝術；後世雖尊之爲道教之祖，而老子固非宗教家也。及至唐代，則又追謚爲玄元皇帝，雖不免滑稽，但細按之，固亦不無真切處也。

其在兩漢，黄老並稱；然世代緬遠，書籍殘闕，黄帝之義諦，或多出之傳聞與夫假託，既難徵實，無由較考已。迨至六代，則又老莊兼舉。莊子之書流傳至今，人人得而讀之。吾嘗取蒙叟之説，證以老氏之義，覺二家實有差别，較之孟軻之去孔聖爲更遠。夫老氏之言「無」，其意在於「無爲」、「無爲而無不爲」，則意在於「無爲」者，即在於「無不爲」；則於是「無爲」爲用而非的。莊子之言「無」，其意在於「無用」，「無用」即「用」，於是「無用」乃成爲終竟之的矣。故惠子謂莊子曰：「子言無用」，而莊子答之曰：「知無用而始可與言用矣。夫天地非不廣且大也，人之所用，容足耳。然則刖足而蟄之致黃泉，人尚有用乎？」其有寓言，亦顯斯義。是故山木以不材長年，無用也；白龜以中卜見殺，有用也。若此之類，莊子書中，更僕難數。反觀老聃，則曰：「天下之至柔，馳騁天下之至堅；無有入無間。吾是以知無爲之有益。」其言之渾厚者，則「我無爲而民自化；我好靜而民自正；我無事而民自富；我無欲而民自化。」（附註：上一句主，下三句賓。）其言之顯刻者，則「將欲歙之，必固張之；將欲弱之，必固强之；將欲廢之，必固興之；將欲奪之，必固與之。」（附註：上三句賓，下一句主。）若此之類，老子書中，亦更僕難數。是乃有人謂老氏爲自私，自利，爲姦巧，陰謀者矣。然自私，自利者害他，而老子有三寶，其首爲「慈」。姦巧，陰謀者妨人，而老子曰：「聖人亦不傷民。」則世之以自私，自利，姦巧，陰謀目老子者，何不於吾前所云政治哲學與夫生活藝術者而一細究之耶？苟其究之而與予心有同然，則於吾前所云玄元皇帝之尊號亦不無真切處者，將亦不復致疑也耶？

莊子記庖丁自述其解牛之技曰：「……彼節者有間，而刀刃者無厚。」此固大似乎老氏所謂「無有入無間」之言矣。然而繼之曰：「以無厚入有間，恢恢乎其於遊刃必有餘地。」則一何其安閒耶？又曰：「每至於族，吾見其難爲。怵然爲戒，視爲止，行爲遲，動刀甚微。」此又大似乎老氏所謂「聖人猶難，故終無難」之言矣。然而又繼之曰：「謋然已解，如土委地，提刀而立，爲之四顧，爲之躊躇滿志——善刀而藏之。」則又一何其自在耶？吾每讀老氏之書，輒覺其戒慎恐懼，莊子不如是也。吾每讀莊子之書，輒覺其放浪姿肆，老氏即又不如是也。所以者何？曰：老氏以「無」爲用；

而莊子則用「無」也。莊子之意，只在「無爲」；而老氏則意在於「無不爲」也。斯則老莊之大較也。

然老氏言「無」，其對有「有」，故曰：「有無相生。」又其言「無」，其終在「無爲」，故曰：「損之又損，以至於無爲」。則其所謂「無」者固非絶對矣。

一九四七年十二月中旬於倦駝菴

## 小記

吾爲此「無」字小文，初擬釐爲上，中，下三篇。上篇論老氏之「無」，中篇下篇分論教宗之「無」。文體則上用文言，中做譯經，下仍語録。及寫上篇時，運思澀滯，下筆拙遲，屢思閣置，交稿期迫，未能自已，遂乃勉强成幅。吾生性疏闊而躁急，每不能入微而守靜。比者寒流潛襲，冬意更深，病骨支離，精神疲敝。加以北陸南躔，日晷浸短，俗務牽縈，少有餘暇，稍一周旋，便已黄昏。晚夕燈下不能構思，十載以來，漸成慣習。况復電力不繼，須藉燈燭，微光如燐，倦目生花。凡此種種皆屬叵耐，恇儴之餘，思致益窘。陸氏文賦所謂「意不稱物，文不逮意」者，而今乃識之矣。於是改弦易轍，不復區分，仍復沿用語録體裁隨手揮灑。曩時計劃乃歸烏有。顧上篇已成，不忍摧毁，過而存之，則今之附録是也。然私意亦非全爲家有敝帚，享之千金。兹更略言，就正有道。溯禪之一詞，本出佛說；然只以之作學佛之階梯，而非爲道之終竟。及夫達摩西來，大鑒受衣，江西南岳既江漢以同流，一花五葉亦嶽宗而分峙。呵佛罵祖，直指單傳，意氣如雲，目光如炬，風靡天下，奔走世人者，自唐及清，且千有餘歲焉。大似賦出於詩，本屬附庸，後來離立乃成大國也已。粵在魏晉，「玄風獨扇，爲學窮於柱下，博物止乎七篇。」然隱侯斯言實不盡碻。則以爾時北抵河朔，南至江左，朝野上下，佛教盛行；智者體其般若菩提，愚者仰其因果報應；玄學祇及於上流，而大教兼被於民間也。於是朝士喜遊林下，道流亦多友文人，玄風教義，遂互相影響。教義之漸於玄風者今姑置之。玄風之染及教義者，蓄積既深，發揚益烈，追至有唐，大闡宗風。然則禪宗雖出於佛教，而非教義所能盡包，即謂爲華夏所獨刱，亦何不可之有？吾十餘年來研讀經籍，時有斯感，每擬操觚著爲專論。學識既苦譾陋，生活亦病擾攘，遲遲至今，未克著手。聊於小記露其緒端。是則不能不有冀於並世賢達賜以是正，後來學人續與鑽研者矣。自寫揣籥録以來，迄今六篇。而此「無」字一首費時十餘日，爲前此所未有。縱使篇幅之較長，究異禪機之時動；正文即不類於珥貂，「録」「記」亦適成爲狗尾。人或見諒，心終內慚。月攘鄰鷄者有言曰：「以待來年，然後正之。」

一九四七年歲不盡一十有二日倦駝菴苦水又識

## 七、老僧好殺

揣録今兹已寫至第七篇，真所謂「始願固不及此，今及此豈非天乎？」天者何？因緣是已。在去年六月，即在寫《揣籥録》底小引之前，苦水豈但没有寫《揣籥録》之意，而且亦決並没有寫任何形式底談禪文字之心；此無他，見地既未明白，膽力亦未堅剛而已。《世間解》月刊要出版了，中行道兄來相邀了，見地與膽力依然，而機緣却已成熟，於是寫之又寫，遂乃至於七寫矣。

本刊第七期之與看官相見，正值一九四八年之開始。往昔大師於結夏要上堂，解夏亦要上堂；開爐要上堂；冬至，除夕亦要上堂；至於新年新歲，更不必說。即如投子禪師於故歲已去，新歲到來接人之際，亦不免要說：「元正啓祚，萬物咸新。」投子禪師向來被推爲「以無畏之辯，隨問隨答，啐啄同時」者也。者一句循例隨俗之語却用得甚是奇特，所謂真正吉祥文字者是。萬物倘不咸新，元正還啓得甚麽祚？只嫌他忒煞狷潔自好，一字不肯多說，未免乾爆爆地。宋代的真淨禪師住洞山時，歲旦上堂，却滔滔地說：

「去年貧未是貧；今年貧始是貧。去年貧，猶有卓錐之地；今年貧，錐也無。香嚴與麽道，奇特甚奇特；要且只知其貧，不知其富。洞山即不然。去年富未是富；今年富始是富。去年富，唯有一領黑黲布褊衫；今年富，添得一條百衲山水袈裟。歲朝抖擻呈禪衆，實謂風流出當家……。」

看他抖擻風流，固自非凡。怪不得五祖演和尚見他語録，乃讚云：「此是大智慧人」也。夫香嚴之「錐也無」話，道流拈舉，衆口傳揚，更無一人道個不字；祇有真淨老子還他顔色，道他只知其貧，不知其富，不妨是好手手中呈好手，紅心心裏中紅心。但據苦水看來，香嚴之貧，大似一個富翁家有萬頃良田，懷揣照夜明珠，特意著得百結鶉衣向人前哭窮；真淨之富，大似一個貧兒忽然掘得窖藏黃金忍不住心頭歡喜，身上作燒，逢人縱不賣弄，也要露些馬脚。兩位老漢於此俱未免有欠本色。苦水今日雖然遇着新年新歲，也不哭窮，也不詐富，運一隻病胳臂，拈一管破毛錐，左說右說，横寫竪寫，說什麼尋常茶飯，隨緣過活，正是故我依然，了無長進。只是世人新春見面，尚道恭喜發財，苦水遇節遇令一句子且作麼生道？——諸公雖不曾向苦水乞醯，苦水却仍須向他東鄰西舍一面乞求，一面布施。

清代有一位俞仲華，立意要與宋官家爭氣，要與「施耐菴」較力，作了一部《蕩寇志》，又名《結水滸》。其書末之結子中有四句曰：「天遣魔君殺不平；不平人殺不平人。不平又殺不平者，殺盡不平方太平。」無論《蕩寇志》遮一部書如何地不滿人意，上舉四句却不無可取；苦水尤其愛他有些兒禪宗氣息。且莫説苦水老老大大，大年初一，舉了許多「殺」字，連忌諱也不知。試看結尾不是有「太平」二字麼？遮還要吉祥到那裏去也？不見當年趙州和尚——又是趙州和尚——與官人遊園次，兔見乃驚走。官人遂問：「和尚是大善知識，兔見爲甚麼走？」師曰：

「老僧好殺！」

苦水於此敢説：無論飽參以及初學，更没一個疑惑，既是大善知識，爲什麼却又好殺？也没一個來問既是好殺，出家人慈悲何在？祇是苦水却要問：趙州既是好殺，却殺些個甚底？莫是殺那兔子麼？那可應了佛眼和尚底話：「討甚兔子」了也。笑話，笑話！倘若説遮殺即是「境殺心則凡，心殺境則聖」底下一句中的殺境，那也成爲牆頭草隨風倒，而且倒向一邊，大不似衲僧話語。且道畢竟殺個甚底？臨濟大師早已下了注脚了也：

「道流，你欲得如法見解，但莫受人惑。向裏向外，逢着便殺：逢佛殺佛，逢祖殺祖，逢羅漢殺羅漢，逢父母殺父母，逢親眷殺親眷，始得解脱，不爲物拘，透脱自在。」阿耶耶！遮位祖師爺盡法無民，自佛祖羅漢以至父母親眷無一不殺，恁般殺法，直須殺光了天下人也未見得住手在。想他當日在黄檗會下三載之久，碌碌庸庸，了不見有甚出息。多虧睦州巨眼識英雄於風塵之際，先勸臨濟去問，後勸黄檗去接。果也一株大樹覆蔭天下人。及至臨濟有一把茅蓋頭，晚參示衆，誇下海口，直説：「山僧見處便與釋迦無别。」(注：「釋迦」，《五燈會元》作「祖佛」；此從《古尊宿語録》。)遂使後來衲僧十個有雙五淹殺在他家齏甕裏。然則睦州老兒之流毒一何其酷烈耶？雲門要將世尊打殺，而陳蒲鞋却强替他臨濟出頭：學人且道那一個修福？那一個作孽？不過遮一篇陳帳先揭開去。

且説臨濟三度問，三度被打，三度不領深旨：朽木不可雕也。千不合，萬不該，黄檗却指教去高安灘頭參見大愚。大愚遮位多口阿師，又千不合，萬不該爲畫龍點睛，以致臨濟如虎生翼，飛而食肉，大動殺機，當時即在大愚肋下築了三拳。大愚不道罪有應得，却思嫁禍於人，道是「汝師黄檗，非干我事。」臨濟歸來之後，史有明文：曾經兩度掌擊黄檗。看官當知遮兩掌在黄檗吃得無所謂寃枉。且道後之兩度掌對前之三頓棒是報恩？是報讎？又是一篇陳帳，再揭過去。不過學人若要理會前面所舉臨濟殺佛祖乃至親眷底來源，却且不妨參考這兩篇兒陳帳去！

復次，僧問曹山寂禪師：「國内按劍者是誰？」師曰：「曹山。」曰：「擬殺何人？」師曰：「一切總殺。」曰：「忽遇本生父母，又作麼生？」師曰：「揀甚麽？」曰：「争奈自己何？」師曰：「誰奈我何？」曰：

「何不自殺？」師曰：「無下手處。」遮一段問答底前半，據苦水看來，與上來所舉臨濟一段話語無甚差別。祇是後半那僧有心陷陣，遂致曹山立意出奇。然而「誰奈我何」一句子不妨是藝高人膽大，「無下手處」一句子却未免龍頭而蛇尾。倘使是苦水，於那僧問了「何不自殺」之後，便向伊道：「你倒便宜！」那僧若再不會，苦水將不惜口孽，向伊如是說：「老僧頭在。」良以衲僧家横按莫邪，倒提三尺，生殺之權操諸自己，爲甚倒怪人何不自殺？倘是個漢，説甚切玉吹毛，殺人如草不聞聲？不是寸鐵也可以殺人麽？説甚寸鐵，一喝也如金剛王寶劍！你如是一員戰將，狹路相逢，老僧性命在你手裏。不然者，莫怪老僧頭在項上，苟全性命於亂世也。苦水今日爲曹山出氣，可勉强充得過一筆新帳麽？也不消算得！

夫曹山者，乃洞山嫡子；而曹洞一宗之做工夫則又以細密見推於世者也。此與臨濟門下之痛快，固自稍異其趣。且放過一邊。宋代底宗杲禪師則是臨濟兒孫中傑出底一位——而且我總以爲是臨濟一宗，最末後底一位「大」師。他自東京變亂中脱身往省其師圜悟於雲居。第二日，悟即舉之爲座元，而且特地爲此上堂曰：「鵰兒未出窩，已有摩霄志；虎子未絶乳，已有食牛氣：況復羽翼成，況復爪牙備。奮迅即驚羣，八面清風起……」云云。圜悟固有知人之明，杲上座確也不負此舉。及至冬至秉拂，昭覺元出衆問曰：「眉間挂劍時如何？」杲曰：「血濺梵天。」圜悟於座下以手約住，曰：「住，住！問得極好，答得更奇。」看他三人，可謂有其父必有其子，有其子又必有其父。所以者何？「眉間挂劍」，殺氣已顯；「血濺梵天」，殺機大作。到此之際，辭意俱盡；再如有語，反成蛇足。圜悟以手約住：讚道問好答奇，又所謂正是時也。父父子子，將老祖底殺法運用得如此精當老練，真不愧爲臨濟門下兒孫，較之曹山之龍頭蛇尾，反成後來居上也已。

自趙州以來，臨濟而後，衲僧門下，殺氣成習，有曰：「佛來也殺，魔來也殺」者，有曰：「凡聖皆殺」者，幾如馬上皇帝之統帥雄兵猛將掃蕩羣寇，又如諸葛之入蜀，治亂國須用嚴刑矣。他人無論，臨濟較之趙州行輩稍晚，其亦或受趙州之影響耶？又州鄉籍曹州郝鄉，濟鄉籍爲曹州南華，無乃地域鄉風，傳統受性有自然共同者耶？州示寂於唐昭宗乾寧四年（公元八九七），世壽百有二十歲。濟示寂於唐懿宗咸通八年（公元八六七），則早於州者三十年；惟世壽僧臘兩無可考，難資較證。今姑以世系爲準，定「好殺」一機起於趙州。（注：南泉願與百丈海同師馬祖。南泉出趙州；百丈出黄檗；而黄檗則臨濟之師也。故趙州爲南嶽下三世，臨濟爲南嶽下四世。）

向於《揣籥録》第三篇中曾説百丈捲席的手段是馬祖教底。那麽，趙州之「好殺」，看似新鮮，實非杜撰，而正是南泉教底。不見南泉會下東西兩堂爭猫兒，師遇之，白衆曰：「道得即救却猫兒；道不得，即斬却也。」衆無對。師便斬之。趙州自外歸，師舉前語示之。州乃脱履安頭上而出。師曰：「子若在，即救得猫兒也。」記得苦水早年初讀語録，見此一則公案，直得毛髮卓豎。然則南泉之於猫兒真個斬却，而趙州之於兔子則不過説了一聲而已。雖然如是，看他鬧得王老師恁麽舉了之後，當即脱履安頭上而出，而南泉却許他能救得猫兒：可知他是會得王老師之意。那麽，趙州之好殺，不是南泉教底，又是那個先生教底？然而苦水如是云云，亦不過説的向來祖師接人示衆愛用此機而已，並非即謂爲弟子者一定須要死在先師言句裏：此意於拙録底前幾篇中屢有發揮，兹不復絮。學人且道南泉之斬猫與趙州之好殺是同，是别？倘若明得，説甚猫兒兔子？佛也不奈你何。倘若明不得，小心提防被他猫兒兔子齩殺，佛出也救你不得！

今夫天下之水有流水，有止水，有鹹水，有淡水，有寒泉，有温泉，所含礦質有多有少，比重有大有小，若是其不同也。然而除去遮些流，止，鹹，淡，寒，温，多，少，大，小，必同歸於輕二養。苟不如是，那便一定非水。苦水今日一不暇分疏「教外」是否一定有個「别傳」，二不暇分疏「傍教説禪」與「言不干典」，仍就「殺」之一字繼續葛藤。説到遮「殺」字，正如同天下之水不獨異派同源，萬流歸海，而且除去流止乃至大小之分，同爲一水，正不止宗門爲爾，教義亦復如然。謹案教中説有三種精進：一者披甲精進，二者攝善精進，三者利樂精進。攝善、利樂兩精進且置，如何披甲精進？《四十二章經》有云：「佛言：夫爲道者譬如一人與萬人戰，挂鎧出門，意或怯弱，或半路而退，或格鬭而死，或得勝而還。沙門學道，當堅持其心，精進勇鋭，不畏前境。」《遺教經》有云：「譬如著鎧入陣則無所畏。」且不説遮挂鎧，著鎧即是披甲，衹遮「與萬人戰」，「著鎧入陣」，豈非即是要殺？

或曰：「苦水你忒煞斷章取義了也。即如上舉《四十二章經》一段，那下面尚有『破滅衆魔而得道果』；《遺教經》兩句底上面尚有『雖入五欲賊中，不爲所害』。爲何不舉？世尊縱使好殺，亦是有區别殺，所殺者爲魔爲欲，不似祖師門下一味好殺，乃無區别殺，所殺者乃佛乃祖。如今混爲一談，苦水你錯了也！」於此，苦水若大喝一聲，説道「我只舉到遮裏！」説甚門庭嚴峻，使人疑著，而且也太不客氣，失却新年恭喜底態度。不嫌絮聒，且葛藤下去：

上來所舉四十二章與遺教二經底兩節亦且揭過去。依苦水看來，號稱大雄，備具無畏底世尊亦還是無所不殺。佛之於祖，能既相同，所亦無別。即如「心生種種法生」一句子，盡人皆知，有誰不說？然而《金剛經》曰：「過去心不可得，現在心不可得，未來心不可得」：心於何有？所言一切法者即非一切法：法於何在？其在《遺教經》，佛於娑羅雙樹間將入涅槃之際，且諄諄付囑：「心之可畏，甚於毒蛇，惡獸，怨賊；大火越逸，未足喻也。」夫心既較蛇，獸，賊，火尤爲可畏，不殺何待？你不殺他，他便殺了你也。宋代有一位黃龍禪師自號曰死心，其亦有會於世尊此言也歟？有底人嫌學者偷心不死，其實豈只偷心而已哉？說什麼方法唯心，一切心俱須一併殺却，一併死却方得也。莫又見苦水如此說，即道苦水杜撰麼？不見我佛曾說「實無有法發阿耨多羅三藐三菩提心者」來耶？復次，即如小文開端所舉「因緣」一詞，於宗於教，亦俱是說得口臭，聽得耳繭，一若一座推不倒底須彌山，一條喝不盡的西江水。然而世尊當年在室羅筏城爲阿難說：「世間諸因緣相非第一義。」又曰：「精覺妙明，非因，非緣；亦非自然，非不自然；無非不非，無是非是；離一切相，即一切法。」吃薑還是老底辣，又道是老將出馬，一個頂倆，說到殺法利害，自然仍數釋迦文佛：此則兩足尊之所以爲天上天下唯我獨尊也耶？饒他南泉斬猫，趙州好殺，乃至歷代大師之殺氣瀰漫，也還是西遊記上所載孫大聖一斛斗十萬八千里，未曾跳出佛爺底手心去在。

佛言：「吾法念無念念，行無行行，言無言言，修無修修。」如不殺去，無念之念如何念？無行之行如何行？無言之言如何言？無修之修又如何修？

古德亦言：「此是選佛場，心空及第歸。」如不殺去，心又怎生空得？

倘有人問：「會了，殺？殺了，會？」

苦水亦將良久……乃云：「會了，殺。殺了，會。」

雖說殺盡不平方太平，畢竟仍是滿紙殺氣；此亦正如雖說新年到來，畢竟仍是數九寒天。好在屈指算去，從今日起，立春相距也不過一月有零——

明年更有新條在，惱亂春風卒未休。

一九四八年一月二日脱稿

## 八、兔子與鯉魚

僧問新興嚴陽尊者：「如何是佛？」

師曰：「土塊。」

曰：「如何是法？」

師曰：「地動也。」

曰：「如何是僧？」

師曰：「喫粥喫飯。」

嚴陽尊者是趙州和尚傳法弟子，縱然不見得能如諗大師之「把一枝草爲丈六金身用，把丈六金身爲一枝草用」，而看此一段佛法僧三寶往來酬答，即便是意境稍狹，手段略小，但也已不止於有子之言似夫子，而且簡直是顏淵之學聖人，具體而微。怪不得後來妙喜老人讚曰：「似遮般法門，恰如兒戲相似。入得遮般法門，方安樂得人」；又曰：「瘥病不假驢駝藥。若是對病與藥，籬根下拾得一莖草，便可療病，說什麽朱砂，附子，人參。白朮？」但是妙喜雖然滿口稱讚，而其平時爲人，却總是「眉間挂劍，血濺梵天」底手段，没有恁般安閑暇豫，從容自在底氣象。妙喜且置。即如遮般法門，實是非可容易入得。聞之者既往往視作兒戲，而學之者又每每流爲惡口。倘不是小處見大，熟處有生，見地十分透澈，工夫十分嫻熟，去遮般法門大遠在！然則妙喜老人底知而不用，或竟是會而不用，正是魯男子之學柳下惠，亦殊未可知也。不過怕也只有趙州門下始有遮般法門。趙州無論已。即如法眼問覺鐵嘴曰：「承聞趙州有『庭前柏樹子』話，是否？」覺曰：「無。」眼曰：「往來皆謂僧問如何是祖師西來意，州曰：『庭前柏樹子。』上座何得言無？」覺曰：「先師實無此語，莫謗先師好！」又如僧問多福：「如何是多福一叢竹？」福曰：「一莖兩莖斜。」曰：「學人不會。」福曰：「三莖四莖曲。」又如有居士謂西睦曰：「和尚便是一頭驢。」睦曰：「老僧被汝騎。」覺鐵嘴，多福，西睦與前所舉之嚴陽尊者皆親見趙州和尚者也，其接人下語俱可謂不墜家風也已。慨夫宗門之中，祖師而下，施棒行喝既成家常，拈槌竪拂亦不新鮮。於是進前退後，輥木毬，弄師子，乃至打圓相，作女人拜，種種怪相，流轉仿效，創始者既是猪八戒啃沙鍋片，只管自已脆生，不顧別人牙磣；模襲者亦東施效顰，更不自知其醜。佛有三十二相，尚說無相不相；出乖弄醜之謂何？又有一種不肖兒孫，坐却曲彔牀子，開兩片嘴唇皮，務要驚奇立異，直如醉漢囈語，甚或開眼溺牀，如清代茆溪之流，真乃可恨，可慨，可嘆，可悲。妙喜老人當年亦曾說：「今時人只解順顛倒，不解順正理。如何是佛？云：『即心是佛』，却以爲尋常。及至問如何是佛，云：『燈籠緣壁上天台』，便道是奇特。豈不是順顛倒？」誠有味乎其言之也。又如僧問趙州：「如何是玄中玄？」州曰：「汝玄來多少時耶？」曰：「玄之久矣。」州曰：「闍黎若不遇老僧，幾被玄殺。」哀哉，哀哉！末法中底衲子有幾個不是纏藤擔篋的客作，坐牀面壁的死漢！更有幾個不是鑽故紙，記話頭，琢磨新鮮言句的糊塗桶，一如三家村中秀才之抱高頭講章揣摩場屋中帖括制藝的文章！然則宗風之墜地，又豈無因而致然哉？看他趙州父子不捏怪，不出奇，又不坐在無事甲裏；執着平常心是道；於芥子中現須彌山，於一粒沙中現大千世界：信知趙州古佛之讚爲非謬也。

縱筆至此，猶未落題，大似「書券三紙，不見驢字。」如今亦不必玩甚麽搭橋過渡的花着，直下就先說兔子：

今夫兔子之爲物，固以無能與膽小著名者也。在我的故鄉就流傳着一個故事：古時候兔子終日提心弔膽地生活得不耐煩了，於是聚族而議曰：「如此生活，終朝每日毫無樂趣，還不如去自殺吧。」大家也都覺得縮短了生命，就結果了痛苦，當時全場一致通過這提議。又議定了自殺的方法是投水。一些兔子成羣搭夥，縷縷行行地到河邊去了。方到河邊，不少的青蛙慌忙得撲通撲通地跳下水去。就有一隻兔子說：「我看咱們不必自殺了，還有怕咱們的哩。」於是兔子們雖然並不驕傲，却也心滿意足地回去了。他們的種族就一直繁殖到現在。除掉遮個故事而外，還流行着許多諺語與遮小動物有關，而且對他俱含有不敬之意。此刻不暇一一舉似。即在典册中，也看不出兔子有甚光彩。《毛詩》曰：「躍躍毚兔，遇犬獲之。」《國語》曰：「見兔而顧犬。」彷彿開天闢地以來，他就遇着致命的强敵：犬。而他除掉逃命外，就別無其他的抵禦的方法。古詩云：「焭焭狡兔，東走西顧」，抑何其可憐相也！倘若說兔子還有可誇耀的處所，怕衹有兵法所云：「守如處女，出如脱兔」了。然而以上所說俱是世諦，其在宗門中却另有一種看法。即如洞山與密師伯行次，見草中竄出兔兒，密曰：「俊哉！大似白衣拜相。」山曰：「老老大大，作恁般話語！」密曰：「子又作麼生？」山曰：「積代簪纓，暫時落魄。」夫密師伯之「白衣拜相」一句子誠可謂之爲兔子出氣，較之「守如處女，出如脱兔」，更上層樓。難道密公與兔子有甚姻親交誼，爲之作一篇翻案文字？抑或衹是路見不平，拔刀相助？須知此語雖不見得即是遮天蓋地，却底底確確自密公胸襟中流出，是因兔子而發；說出之後，却與兔子絲毫無干，水米無交。說甚翻案文字？何來拔刀相助？假若有人說：「苦水如是說，乃是扭曲作直，指鹿爲馬。」苦水於此有一個譬喻在：古人見屋漏痕而悟得用筆之法，是載在簡册流傳衆口的一則故事。屋漏痕並非字，何來筆法？古人所見而悟得筆法者，你道真個便是屋漏痕麼？苟其如是，何以有成千累萬的人看見過屋漏痕却並不覺得與筆法有任何干係？假如再有一個學書底，聽得古人有此一則公案，於是盡廢臨池之工，二六時中只看屋漏痕，那豈非如同參學人聽說靈雲見桃花而悟道，遂乃日日煮桃花作飯喫；聽説茶陵喫蹶有省，遂乃天天摔跟頭？天下寧有恁般的笨漢乎？然而千真萬確，古人却又明明於屋漏痕悟得用筆之法。學人於此若能會得，便也會得密公見了草中竄出的兔子而説底那一句「白衣拜相」之是兔子，亦即非兔子。豈惟屋漏痕之於書法，豈惟兔子之於白衣拜相爲然哉？且如西天東土歷代佛祖，那個不有言句示人？難道吾輩後人看了聽了之後，便即囫圇吞去，整個兒扁出麽？黄檗大師道：「那有樹上天生底木杓？你也須自去作個轉變始得。」古往今來有多少人只將佛祖言句當作天生底木杓。「杜撰禪和」一語乃是宗門中一句駡人底話頭，須知更無一位大師不是杜撰。不然者，世尊拈花，迦葉微笑；文殊問法，維摩默然；微笑與默然，誰又不能？是故見漏痕而悟筆法，漏痕正所以爲漏痕，即非漏痕；見兔子而曰拜相，兔子正所以爲兔子，亦即非兔子。葛藤至是，真乃老大敗闕。但亦自不妨。則以苦水本不會禪，敗闕正其本分。可惜者糟蹋了《世間解》雜誌底許多篇幅，讀者倘再認真讀去，此種八十歲老婆婆似地絮絮叨叨地説教又糟蹋了諸公許多寶貴的時間和精神耳。而且截至此刻，尚餘洞山之「積代簪纓暫時落魄」一句未説。有人該擔心苦水不將一直如此絮聒下去耶？苦水於此，一不敢説「止止不須説，我法妙難思」，二不敢説「一點水墨，兩處成龍」，然而却會長話兒短説一着子；密公洞山下語雖自各異，恰是水出一源，學人會得則一齊會得，不會則全盤不會。是以苦水一説便是全説。倘若説洞山力爭上流，其意若曰：大修行底人，佛眼覷不見，千聖亦不識，這隻兔子露相了也，有甚俊？俊個甚底？遮般説法不但成爲義學沙門底話語，而且輕量天下士，其罪過較之絮聒更加一等。且休去。

上來説兔子竟，下文續説鯉魚：

説起鯉魚的家世，較之兔子可冠冕堂皇得不能同日而語。《毛詩》曰：「豈其食魚，必河之鯉？」尚是正話兒反説。到了後人詩中之「門前九曲黄河水，千點桃花尺半魚，」那魚自然是「河之鯉」，就令在家肉食底人不禁爲之自啖其舌。假使他再能躍過龍門，由雷火燒掉了尾巴，可就成了噴雲吐霧，爲霖爲雨底夭矯變化底龍，更加了不起。其在唐朝，皇帝老兒且與之通譜聯宗，認作真正本家，又詔禁天下臣民捕食鯉魚，犯者有罪云。若彼兔子即有三窟，寧能與之校量夫閥閲之高低哉？然而以上所説亦俱是世諦，其在宗門中仍舊另有一種看法。不見奉先深禪師同明和尚到淮河，見人牽網，有魚從網透出。師曰：「明兄，俊哉！一似個衲僧相似。」明曰：「雖然如此，爭如當初不撞入網羅好？」師曰：「明兄，你欠悟在！」明至夜中方省。如今先就明兄説起。此位明兄想來即是與深公共同嗣法雲門底清凉智明禪師。當年江南李主請他上堂的時節，小長老問：「凡有言句盡落方便；不落方便，請師速道。」明曰：「國主在此，不敢無禮。」下語如此，可見又是一位老實頭本分衲僧。怪不得他聽了深公恁般説了，却道「不撞入網羅好。」去「俊」之一字直不知其若干由旬也。即使所謂「明兄」，並非即此智明，然既稱爲「師兄」，決定與深公同隸雲門大師門下。不過雖然如此，而且雖然他於聽説「欠悟之後而中夜方省」，也還是枉見作家。所以者何？參禪人既須無委曲相，又須當機立斷。兔起鶻落，稍縱即逝；當時欠悟，中夜方省，縱非刻舟求劍，已是駟不及舌了也。至如深公見魚透網，恁般下語，雖不能如雲門之「高古」，却頗有是真名士自風流底意態。苦水有時覺得遮比古人答「透網金鱗以何爲食」底「牢籠不肯住，呼喚不回頭」底那二語還好。然而苦水鈍根，記得初閱《燈録》至於此處，倒是多虧明師兄那一問，方才有金篦刮目之快。故於明師兄頗有些子感謝之意。天下不乏夙惠飽參，自然無須乎此。倘若有底來問：「深公此語較之雲門底『東海鯉魚打一棒，雨似盆傾』，則誠何如？」苦水將應之曰：雲門是作家爲人底手段；深禪師則自述學者自得底境界：妙旨宏深，出語高古，自然推他雲門老子；若論氣象朗暢，見地明白，深公亦自不無可取。此固不必以師弟之分定高下之别也。至於「雨似盆傾」與「從網透出」之與鯉魚無干，正如「白衣拜相」與「暫時落魄」之與兔子。既可準知，不必複述。於此設再有人致疑，謂「《燈録》只云『有魚從網透出』，未曾明説是鯉，今兹苦水何所見而一口咬定是鯉而非他魚？」此則本可不復置辯，正好任天下學人自去疑着；或竟不疑，亦自簡當。然而苦水本身既非大師，短説小文亦異語録，何必作意留此漏逗？倘然大喝一聲，説道：「我道是鯉魚，一定是鯉魚！」如此不但有失和氣，亦且有傷雅道。索性來一個「公自注」。記得先君子當日自道幼年捕魚底經驗，謂網之將出水而未出水也，其躍起數尺，翻身落水，瞥然而逝者，或網目稍有破朽陳舊，能横身裂損之而出者，皆鯉魚也。若其他魚，則竟東鑽一頭，西攛一尾，其終也亦隨網而上而已耳。準此，故知深禪師所見透網而出之魚決定是鯉而非其他。苦水記此似屬蛇足，然而此不獨博物君子之所容或不棄，參學之士其亦或藉之而了然於透網金鱗之決非凡品也耶？雖然，即非鯉魚，亦自何礙？深公所見便即是鯉，下語之後，於鯉魚乎何有！

以上説鯉魚竟。

至是而苦水亦幾將兔子與鯉魚遮箇截搭題東一片西一片地寫完卷矣。不過遮終究不是箇「無情搭」。不見密公與深公兩人所下之語雖然一箇對兔子而一箇對鯉魚，然開口却俱是一「俊」字。遮箇「俊」字亦殊不必定依字書解作材過千人抑或萬人；私意倒覺得他與《尚書》「克明俊德」底「俊」字之訓高，有點兒相近。再引申之，則鶴立鷄羣之意是。出家是大丈夫事，衲僧門下更須有鶴立鷄羣的精神，方不至走入披毛戴角隊裏。雲門大師道：「若未有箇入頭處，遇着本色齩猪狗手脚，不惜性命，入泥入水相爲，有可齩嚼，眨上眉毛，高挂鉢囊，拗折拄杖，十年二十年辦取徹頭，莫愁不成辦。直是今生不得徹頭，來生亦不失人身。……」苦水却道：説甚來生不失人身？假如你具有此鶴立鷄羣底精神，即使遇不着本色齩猪狗手段……無可齩嚼，即使不能得箇徹頭，直是今生亦不失却人身。彼氣息奄奄，筋力茶敝，局促如轅下駒者之流，不須等待來生，直是今生早已失却人身了也！説甚來生三生，要不失掉人身直須從此生辦起。苟無今生，何處更有來生三生？是故此一「俊」字正是孔夫子所取底狂狷，孟子所謂使「貪夫廉，懦夫有立志」底伯夷柳下惠之風；宋儒所説「我雖不識一箇字，也要堂堂地作一箇人」，亦復正是此箇道理。學者於此説甚成佛作祖，大澈大悟，留得青山在，不怕没柴燒，且自好好保持人身去在。看官且道苦水如是説與雲門老漢是同是別。遮箇姑且緩辦。不見當年尼妙道禪師上堂，問答罷，乃曰：「問話且止！直饒有傾湫之辯，倒嶽之機，衲僧門下，一點用不着。且佛未出世時，一事全無；我祖西來，便有許多建立，至今累及兒孫。山僧於人天衆前，無風起浪；語默該不盡底，彌亘大方；言詮説不及處，徧周沙界；通身是眼，覿面當機，電卷星馳，如何湊拍？

有時一喝，生殺全威；有時一喝，佛祖莫辨；有時一喝，八面受敵；有時一喝，自救不了……」又不見當年尼妙總禪師上堂道：「……山僧今日與此界他方，乃佛乃祖，山河大地，草木叢林，現前四衆，各轉大法輪，交光相羅，如寶絲網。若一草一木不轉法輪，則不得名爲轉大法輪。所以道：於一毫端現寶王刹，坐微塵裏轉大法輪；乘時於其中間作無量無邊廣大佛事，周徧法界：一爲無量，無量爲一；小中現大，大中現小；不動步，游彌勒樓閣；不返聞，入觀音普門；情與無情，性相平等。不是神通妙用，亦非法爾如然。於此倜儻分明，皇恩佛恩一時報足。且道如何是報恩一句？——天高羣象正，海闊百川朝。」看此兩位比丘尼出言吐氣直賽過草中竄出底兔子，網中透出的鯉魚，一何其俊耶！總師並且親口道出倜儻分明四箇大字，令人真有幾箇男兒是丈夫之感。或者要說：「苦水，你且慢葛藤。試問遮個「俊」字何以與禪人有如是密切關係？」對此一問，苦水將遠打週遭先從禪字說起。禪之一字，今日一不必說西天我佛，二不必說教外別傳，三不必說東土歷代祖師，苦水先自杜撰一番。禪者何？創造是。禪者何？象徵是。何以謂之創造？試看作家爲人，縱然千言萬語，比及要緊關頭，無一個不是戛然而止，一任學人自己疑去悟去，死去活去。「恁麼也不得，不恁麼也不得，恁麼不恁麼總不得，」無論已；甚者要「驅耕夫之牛，奪飢人之食」，諸如此類，更僕難數，罄竹難書。其意只要學人自己創造去也。其在學人，既不許稗販師說，又不許向句下死去。甚者昨夕所說方蒙印可，今晨重述又遭痛棒。大師愛說：「見過於師，方堪傳授；見與師齊，減師半德。」初學發心更須具有「丈夫自有沖天志，不向如來行處行」底意態。無非要作一箇上下古今不可無一，不可有二底人物。遮不可無一，不可有二，豈不是又要學人創造去，不許有絲毫因襲模倣去？此則創造之説。何以謂之象徵？祖師開口無一句一字不是包八荒而鑠四天，決不是字句所能限。所以者何？象徵也。是故棒不可作棒會，罵不可作罵會，一喝亦且不可作一喝會。遺貌取神，正復大類屈子《離騷》之美人香草，若其言近而指遠，語短而心長，且又過之。大雄説法有權有實，遮權亦即象徵。且莫説實便了，權作麽？若説權所以顯實，或者説權即是實，亦不但是頭上安頭，而且是夢中説夢。何以故？天下事理到得細中之細，真中之真底境界，盡屬言語道盡。而靈山會上，祖師門下又有非説不可底苦處，於是乃有所謂權。權之一字，乃是假名，然而實之一字又何嘗不是？所以者何？一切名相皆非真故，但有言説都無實義故。是以權之與實，一箇半斤，一箇八兩，正如華岱之對峙，江漢之分流。世尊當日有此二種方便。若認作權是顯實，即實，已復大錯；若再謂爲藏頭露尾，炫俗駭世，更是厚誣先聖：地獄之設正爲此輩。此則象徵之説。然而苦水如是説了，學人却又萬不可認創造與象徵爲兩事。須知象徵亦復即是創造。彼詩人者尚道第一箇以花比美人底是天才，第二箇恁麽説底即是鈍漢。何得大事而不如然？是故説法雖曰薪火流布，心燈遞傳，而於下語，佛佛不同，祖祖各異。則亦以其爲是創作故，非模擬故，非勦襲故。於此或説象徵統於創造，亦無不可。夫禪之爲創造，爲象徵，既如上説矣；若二者之有關於「俊」之一字抑又何耶？則以既俊矣，自然不肯作奴。既不作奴，自然便肯創造。既能創造，則象徵隨之矣。理至簡易，無煩多言。看官莫見苦水如是説，又即謂之杜撰。世尊有言曰：「如此良馬，見鞭影而行。」俊之義也夫，復次，秀圓通因雪下曾説：「雪下有三種僧：上等底僧堂中坐禪；中等磨墨點筆作雪詩；下等圍爐説食。」秀大師此語顯有臧否人物之意。苦水今日亦説僧有三種，却只是説明而並非月旦；故亦不復區爲等次。一者恬憺枯寂；一者堅苦卓絶；一者倜儻分明。恬憺枯寂者，如湛堂準禪師領徒弘法之後，仍不易在衆時。晨興，後架取小杓湯洗面，復用濯足。纔放參罷方丈，行者人力便如路人；掃地煎茶皆躬爲之。又如小説所載「削髮辭親淨六塵，自家且了自家身；仁民利物非吾事，自有周公孔聖人」之類。堅苦卓絶者，如千里尋訪，海北天南，跋山涉水；單丁住山，刀耕火種，搗松和糜。又如立死限，結死關，攀古木，立懸崖；凡爲法忘軀，斷臂截頭，皆屬之。至若浮山遠，天衣懷之往參葉縣省和尚，正值雪寒，省則訶罵驅逐，甚至以水潑旦過，衣服皆濕。他僧皆怒而去。遠、懷併疊敷具整衣仍坐旦過中。省到，訶曰：「你更不去，我打你！」遠曰：「某二人數千里特來參和尚禪，豈以一杓水潑之便去？若打殺也不去。」若斯之類，尚在所弗論。倜儻分明者，俊是已；前已數四敷衍，不再複説。凡此三者，參學衲子或兼或偏，要不能全無。申言之，則恬憺者本分；堅苦者有守；而倜儻者有爲；既有關於根器，亦大繫乎師承。倘或有人强迫苦水，使評優劣，則苦水將援引舊案，抄録前説，其意非在委過於人，只圖省却另起爐竈。白雲祥禪師曰：「但向街頭市尾，屠兒魁劊，地獄鑊湯處會取。若恁麼會得，堪與人天爲師。若向衲僧門下，天地懸隔。更有一般底，祇向長連牀上作好人去。汝道此兩般人那箇有長處？」當年道吾、雲巖兩人在藥山會下，一日侍立次，藥山指按山上枯榮二樹問道吾曰：「枯者是？榮者是？」吾曰：「榮者是。」山曰：「灼然一切處光明燦爛去。」又問雲巖：

「枯者是？榮者是？」巖曰：「枯者是。」山曰：「灼然一切處放教枯淡去。」高沙彌忽至，山曰：「枯者是？榮者是？」彌曰：「枯者從他枯；榮者從他榮。」山顧道吾，雲巖曰：「不是，不是！」苦水亂銃，值什麽？諸公且去細細體會上舉兩則公案着。然而遮倜儻，即是遮俊，亦須是學人實到恁麽田地始得。孟子曰：「有伊尹之志則可：無伊尹之志則篡也。」如何是可？如何是篡？且不可輕易放過！即如雲門要打殺世尊餵狗，丹霞曾燒取木佛取煖；此兩大師底言行，雖不能說衹是一箇倜儻，衹是一箇俊，不過苦水若說此是遮倜儻，遮俊底發揚光大，看官想不至於謂苦水爲證龜成鼈也乎？但是《水滸傳》中魯大師酒醉之後，打倒金剛而哈哈大笑，則又何如？又筆記中記一僧作詩曰：「狗肉鍋中猶未熟，伽藍再取一尊來。」則又何如？如此說去，未免刻劃無鹽，唐突西施，趕快打住！且如古人曾設一問曰：「萬丈懸崖，千尋喬木，將你手脚繩綑索綁了，却教口銜樹枝，憑空吊起。此際忽然有人來問你佛法，你還道得麽？」古人此問，苦口婆心，切實爲人，吾輩萬不可草草，固已；然又不可只向奇特處認取。苦水此時急於結束此文，亦不暇細細分疏。却於此問下又設得兩問：即如爾時你若怕口一張開，身便墜落，更不作聲，一箇臭皮囊懸空恰與一箇吊死鬼相似，倜儻在什麽處？俊在什麽處？又假如你不惜身命，勉强開口，那麽，語聲未絕，四體着地，且不必說氣絕身死，也不必說發昏章第十一，我衹問你：皮破血流，恰與一箇爛柿子一般，何處又見得倜儻，又見得俊耶？風力所轉，終歸幻滅。玄沙備尚說「昭昭靈靈亦非真實，衹是向五蘊身田裏作主宰。」學人且道遮俊得如何保任去？莫見苦水如此說，於遮俊字又有些疑著麽？有多少俊字從古人口裏迸出來，典册具在，且自去檢看；苦水此刻腕臂欲折，亦不復一一舉似。倘若懶去檢書，只去疑着，亦自大佳！

至是苦水便好閣筆喫茶去也——

有筒好事多口底忽然出來問道：「且慢。遮倜儻，遮俊，以及那兔子，那鯉魚，俱有下落；請問開端底趙州家風一段作何交代？」

苦水聽了，手忙脚亂，不禁叫道：

「呀！一事最奇君聽取：新年過了又新年。」

一九四八年二月九日，即舊丁亥之十二月三十日

## 附記

拙録至是已有八篇。鹵莽滅裂，怪誕支離，無待諸公之不肯，亦已自知其無當。至於兹篇殆尤甚焉。始寫之，終印之者，敝帚自珍，文債見迫，固已。去斯二者，則爲筆者自信語出至誠，雖其行文或似戲論。平居思維，以爲宗教哲理，陳義愈高，析理愈細，即索解愈難，去人愈遠；而其自身亦由是而孤立，而衰頹，而澌滅矣。太白詩云：「君平既棄世，世亦棄君平。」引申別解，實得吾心。大教之來東土，迄今已數千年。漸染傳流，宏深悠久。民間生活，口頭習語，隨時隨地皆可證知。然而愚者只信輪迴，學人多修淨土。至於微言與大義，殆猶河漢而無極。教中龍象，得見者已訝爲景星卿雲；教外士夫，深通者幾等於龜毛兔角。初祖西來，禪宗蹶起，直指本心，不立文字，其曲彌高，其和彌寡。歷代祖師，繼闡此事，結茅住山，施棒行喝，雖云心苦，其奈知

稀。什師偈曰：「哀鸞孤桐上，清音澈九天。」識者既多謂其可悲，則吾前所引「棄世」與「世棄」者，學人亦當知其匪妄。又作家指示，宗匠語言多屬到家而非在途，俱爲細大而鮮平易。此於初學，更歎望洋。雖然，吾爲此言，非謂宗門教義俱當淺近鄙俚。但行遠自邇，登高自卑，古之明訓，今之恒言。高處着眼，低處着手，既利爲人，復適爲己。且教義推行，宗風闡述，必有賴於教外，方普及於人間，離衆脱俗即可貴，悲天憫人之謂何？此又義理所皆同，非復禪宗所獨爾者矣。文既脱稿，復有欲言，聊爲兹記，兼作自剖。飽參初學或共有取焉耳。

同日苦水自記於舊京前海之後，後海之前

## 九、從取捨説到悲智（上）

「舊歷年底畢竟最像年底」。糖瓜年糕既羅列以堆積；竈君財神亦奔走而後先；看看臘月三十日到來，更是人仰馬翻，手忙脚亂。較之陽曆過年時，一則熱鬧喧嚣，一則枯寂冷淡。參學之士且道孰是孰非，孰正孰邪？山中無曆日，寒盡不知年，則忒煞孤傲。你過你的年，我過我的年，則忒煞固執。試問畢究如何底是？苦水俗人却管不得許多閑事，另有一些俗務紛至沓來，排解不開，分疏不下。雖然人境結廬，門無車馬，難説吸風餐露，不憂鹽醬。上期一篇小文即於如是情況下勉强交卷，後顧前瞻，失枝脱節，見笑見原，一任看官。若乃《法華經》云：「一切治生産業皆與實相不相違背」；《維摩詰經》云：「不斷淫怒癡，亦不與俱；不壞於身而隨一相；不滅癡愛，而起解脱」，以及趙州和尚所説之「佛是煩惱，煩惱是佛」；又如古人訓徒或多流俗鄙事；學人求法乃至請爲淨頭：若斯之類，說是具大神通；得大自在也得；說是事理圓融也得；說是知行合一也得；說是無入而不自得也得；說是終日吃飯，未曾齩着一粒米，終日着衣，未曾挂一縷絲也得；說是無事人也得：總之，到此境地，方爲打成一片。假若有人援引《春秋》責備賢者之義，以此責備苦水，苦水實無辭以對。然而你也須曉得苦水亦尚未成爲賢者，雖然時時刻刻不敢不勉；你且慢責備着。假若苦水自謂佛祖如是，我亦如是，那豈非又是以前曾說過底不知慚媿？苦水縱使無恥，也終竟有個分寸，有個限度，萬萬不至於此。

假若再有人問：宗門常舉「獅子嚬呻，香象渡河」，便是「龍得水時添意氣，虎逢山勢長威獰」兩句，亦是口頭話語，而且你於第五期演說南泉三個「不是」的時節，亦曾用過；上來何以俱不提倡，却祇說他出草底兔子，透網底鯉魚？遮一問直使苦水張口結舌，面紅耳熱。然而苦水於寫上期那篇小文之時，却確實曾經想到獅、虎、龍、象來；而且本想於小文結尾附帶說及，藉作收煞。結尾之所以不曾說及，則以舊曆年關底到來，瑣事如毛，急於閣筆之故。但如此說去，雖非遁辭，亦還不是主因。主因維何？苦水十餘年來，身染痼疾，求醫尋方，百計不愈。平居自念，未嘗不愧身非龍象，不能擔荷大法。八載淪陷，墜落胡塵，雖求道念切，而閉門造車，既未遇大師賜與針劄，亦未得益友共同砥礪。及至《世間解》出版，說甚時節因緣？只是陰差陽錯。出一期獻一次醜，看官且道苦水面皮厚多少。遮個亦且莫商量。且道苦水有一絲毫獅、虎、龍、象底氣息麽？倘若道無，你爭怪得苦水不說？倘若道有而苦水如今偏不說，是你錯，是苦水錯？古人曰：「少年一段風流事，祇許佳人獨自知。」又曰：「頻呼小玉元無事，祇要檀郎認得聲。」是則是，祇嫌他忒煞自得，忒煞矜貴。苦水當年讀西洋小說，記得有一篇寫一女性發現所愛男子之弱點，決將棄捨的時節，却大加責斥，至於聲淚俱下。那男子坦然地說道：「你在初以爲我是一位英雄而愛我，現在發現了我是一個庸人而恨我。但我壓根兒就是庸人而非英雄，那麽，遮是你底不對還是我底不對？」爾時，苦水讀至此節，直得分開八片頂陽骨，傾下一瓢冰雪水，爲之食不知味，寢不安席者累日夜。看官！面赤不如語直；且不可說他無憀無賴，自暴自棄也。「智不及處，切忌道着；道着則頭角生」；且置。「佛門第一不打誑語」，再且置。便是不學道底俗人難道可以隨意說謊麽？我有一位朋友，一日在家晨起自用薙刀刮臉。他的小侄子忽然走來向他說道：「叔父，你又薙嘴哩麽？」此語至今尚在友朋間傳以爲笑。然而若使苦水去談獅，虎，龍，象，則其可笑恐怕更甚於這位世兄之謂「刮臉」之爲「薙嘴」。而且豈但其可笑更甚而已？怕其真實還有不及處哩。所以者何？他道刮臉是薙嘴，細按之，元本無甚可笑也。夫以薙刀去髮謂之曰薙頭，則以薙刀去胡須豈不正可謂之曰薙嘴乎？以薙刀去胡須不妨看作真實相，至於或曰刮臉，或曰薙嘴，則俱是假名，何必刮臉之爲是，而薙嘴之爲非？須知他是真確地看見了去胡須這實相，且又未受傳統底束縛，因襲底限制，自出心裁，運用字彙，而喊出薙嘴一詞，正是他底創作：有甚可笑？獅、虎、龍、象原自不無。祇是苦水尚未見到獅、虎、龍、象底實相，冒然寫去說去，結果祇有走上盲人揣籥底路上去，較之摸象更慘，則以摸象者雖不能得象之全體，尚能得其一部分，若揣籥則其去太陽也遠矣。夫如是，還有膽量去笑那位世兄乎哉？

復此，苦水之所以拈舉此兔兒之出草與鯉魚之透網，尚有二義在。其一、此在初學爲入道之門，修道之基。古人云：「直趨無上菩提，一切是非莫管。」倘不具有道「出草」與「透網」的氣象，如何得到「直趣」與「莫管」去耶？其二、自大鑒再傳而後，宗門中諸大師，饒他得實參實悟，坐曲彔牀，稱善知識，向千峯頂上，坐斷天下人舌頭，饒他棒如雨點，喝似奔雷，門庭險峻絕攀緣，機鋒迅速難酬對，若依苦水看來，十個倒有九個多少有兔兒出草，鯉魚透網底模樣。苦水如是見，如是寫，看官如能見信，大好，大好。倘不見信，苦水却仍舊要寫下去，何以故？苦水底嘴雖然挂在牆上，筆却依然拏在手裏也。其大師中底少數亦頗有不如此者。然而遮不如此底之中，其工夫實在者有些乾爆爆地，縱然熟飯熱茶，總帶着些兒土氣息，泥滋味。平庸者則又水漉漉地，縱然專心至致志，適成爲新婦子，老婆禪。前者既不得人心，後者亦不異人意。反不如兔子出草與鯉魚透網之尚有些兒超以象外也。當年圜悟之貶剥密印長老也，其言曰：「四年前見他恁麼地。乃至來金山陞座，也祇恁麼地。打一個回合了，又打一個回合，祇管無收煞，如何爲得人？恰如載一車實劍相似，將一柄出了，又將一柄出，祇要搬盡。若是本分手段，拈得一柄便殺人去，那裏祇管將出來弄？」學人可能辨得出密印長老是土氣息，泥滋味，抑是新婦子，老婆禪麼？總之，此「打回合」，「無收煞」，「搬」劍，「弄」劍，去兔兒底出草和鯉魚底透網大遠在。洞山當年尚被人謂之爲「好佛祇是無光。」若密印長老者，怕連「好佛」也作不到，木雕泥塑，灰頭土面，還說什麼光之有無？問：兔出草與魚透網在宗門下何以如此之重要乎？苦水於此將別有說。夫學人之做工夫，不可死於句下，夫人而知之矣。尤不可上他機境。古人曰：「如何謂之機境？佛謂之機境，法謂之機境。」夫佛與法猶是機境，猶不可上，何況一切名相、語言、文字乎？遮不死於句下，遮不上他機境，自然非可容易作到，一不許顢頇，二不許莽鹵，三不許勞動知見情解。倘若日日夜夜，戰戰兢兢，二六時中，戒慎恐懼，祇怕死於句下，上他機境，不獨是著敗絮行荊棘林中，全無半點自由自在；而且早已是死於句下，上他機境了也。但假如能有出草和透網底倜儻分明底精神，則遮不死於句下，不上他機境，却亦正復不難。若再能薰習精進，發揚光大，便是千聖亦不識，佛祖無奈何，世尊初生，喊出「天上天下，唯我獨尊」，是此一番作用；雲門要將世尊一棒打殺餵狗也是此一番作用；世尊四十九年，説一大藏教，是此一番作用；德山説十二分教是鬼神簿，拭瘡疣紙，也正是此一番作用也。還説什麽死於句下，上他機境？

然而説着説着，不覺已是惹火燒身；如果有一位刻舟求劍之士，聽得苦水如是舉揚，便死死地向兔子鯉魚隊裏尋討，那又早是死於句下，上他機境了也。苦水生於窮鄉僻壤，弱冠之年始見到一部《金剛經》，取而讀之，則見有所謂「衆生非衆生」，「説法者無法可説」，「實無衆生得滅度者」，「乃至無有少法可得」，諸如此類，雖不曾驚怖其言猶河漢而無極，也覺得大似猪八戒之喫人參果。如今眨眼便已三十餘年，工夫縱使略進，依然博地凡夫，不過已經稍稍明瞭世尊底苦衷。然則苦水所説底兔子與鯉魚，亦正非兔子與鯉魚；而且壓根兒也就不曾有兔子與鯉魚耳。佛且置，法且置，教意祖意亦俱且置。竊謂凡一切爲學，必須具有兩種精神：一曰取，二曰捨。而且取了捨，捨了取。捨捨取取，如滚珠然；取取捨捨，如循環然。現在先説取。你必須取，方能擔荷；方能進去。不見夫世人乎？祇想脱卸，祇想逃避，説甚麽道法？説甚麽義學？説甚麽責任與義務？祇一個「人」字，你問他可敢正眼兒覰着麽？試看古人：斷臂立雪無論已。便是跋山涉水，草衣木食，長連牀上坐如鐵橛，萬仞峰頭結得死關，難道俱是無所爲麽？若其並非無所爲，則其有取也可知。如今再説捨。此亦不必説釋迦老子棄萬乘之尊而入雪山。孔夫子不云乎？「士志於道而恥惡衣惡食者，未足與議也。」又曰：「士而懷居，不足以爲士矣。」便是孟子輿氏所謂「志士不忘在溝壑；勇士不忘喪其元」：不也俱都是捨麽？至於世人之不能取，已如上來所云爾矣。其實他又何嘗有一毛頭、一毫端之能捨耶？凡其所有，無一不視等性命，愛似頭目。小之，則上牀認得妻和子，下牀認得一雙鞋，一文錢尚且穿在肋骨上面。大之，則恨不得極天下之有，佔敵國之富；於是始而有損於人，有利於己者無不爲之；繼之，無利於己而有損於人者亦無不爲之；終焉即稍有妨於己而大有害於人者亦無不爲之。於此而使之有捨，不等於與虎謀皮也哉？但是苦水如是説，已經大似落入世諦，並義學沙門亦算不得，豈惟不似宗門中説話而已乎？如今亦不必説什麽「善巧方便」，「能近取譬」以自爲解嘲。鳳凰飛上梧桐樹，一任旁人説短長。

若夫爲學之有取夫取與捨則又何耶？

夫爲學之必有所取，此義之顯，殆等於説喫飽了之便即不餓，故亦不復詳爲詮釋。學既有取，取必有得。若於所得，拳拳服膺，守而弗失，雖非自畫，終難大成。若是小成，縱非無成，究屬不成。昔者孔子自述其爲學之次第曰：「十有五而志於學；三十而立；四十而不惑；五十而知天命；六十而耳順；七十而從心所欲，不踰矩。」四十以前姑且不說。看他五十時便捨却不惑而取知天命；六十時又捨却知命而取耳順；及至七十，知命與耳順一齊捨却而取得從心所欲，不踰矩了。此是何等底自强不息，日進不已！真乃儒門千古爲學底楷則也。孔子之壽亦不幸而止於七十有三而已耳。假使而八十焉，九十焉，且百歲焉，則必不停止於此從心不踰矩而將别有所取，可斷斷言也。學者勿謂孔子至五十而捨不惑而取知天命，即不不惑。苟其爲是言，便又是死於句下。何以故？凡人之爲學，其工夫到處，自然成一境界。遮個正是皇天不負苦心人。但倘若於此境界，心滿意足，自謂到家，便是親手作得了棺材，將自己盛裝入殮，結果只有準備著抬埋。又凡拳拳而守者，即使已到得一種境界，而其工夫必是仍未臻於純熟之域。若使左右逢源，無入而不自得，自然日用而不知，自然無需乎拳拳，無需乎守。你每天喫飯，可曾留心到右手五指是怎樣地舞弄着兩根筷子麽？當你夾起魚肉菜蔬送到口内時，你可曾覺得光榮而傲驕麽？當菜飯備好，坐到案前之際，使筷，夾菜，送入口中，直是無意到自然而然。且道是記得，是忘却？是有知，是無知？可憐世人知得會得一星半點，便復滿心傲矜，人前賣弄，甚且若將終身焉，此與埳井之蛙有甚差别？不見當年世尊在耆闍崛山中爲大莊嚴菩薩及八萬菩薩摩訶薩説《無量義經》而曰：「種種説法，以方便力；四十餘年未顯真實。」又曰：「水雖俱洗，而井非池，池非江河，谿渠非海。如如來世雄於法自在，所説諸法亦復如是。初、中、後説皆能洗除衆生煩惱；而初非中，而中非後。初、中、後説，文詞雖一而義各異。」夫佛自起樹王，入鹿野苑，初轉法輪，便已度得阿若憍陳如，至是爲大莊嚴説無量義，乃曰「四十餘年未顯真實」，抑又何耶？爲復是撝謙之辭？爲復即是如實說？如謂是謙辭，則須先於謙辭檢校一番。謙辭者何？自知其未可，自覺其不足之辭，皆發於至誠而無僞；若然，則非謙也，正如實說也。若其語謙而志滿，貌謙而神驕，則說謊而已，謙於何有？如來世雄，明星悟道，出世說法，何來未可？何來不足？若夫說謊，寧有我佛而說謊哉？又如世尊自謂初中後說，其義各異，此又何耶？世尊難道亦不惜以今日之我與昨日之我戰麽？「君子於其言無所苟而已矣」。世尊難道會三口兩舌麽？孔子曾曰：「君子道者三，我無能焉，仁者不憂，智者不惑，勇者不懼。」學人且道孔子是能不能？若說他不能，則不成其爲孔子；若說他能，他何以又自曰無能？子貢曰：「夫子自道也。」於此會得，自然也就會得世尊底「未顯真實」。又如蘧伯玉行年五十而知四十九年之非。難道遮位蘧公五十以前底言行全無是處麽？難道蘧公於五十畫一箇區分線，前後成爲兩截人麽？於此會得，自然也就會得世尊底初，中，後說，其義各異——。

寫到遮裏，略一檢點，所言也不高，也不深，也不玄，也不妙，祇是有些囉嗦，有些纏夾。不過吾意在說取與捨，故而牽扯到釋迦文佛，蓋謂此位黄面老子雖然無相不相，不相無相，也還是不得不起動着取與捨。可有人不相信苦水如此說麽？苦水今日索性葛藤到底。夫捨有取無，佛祖之所同然。然「無」了亦非究竟，因爲立「無」成有，所以又必須連「無」也捨，於是乎無「無」。不過無「無」了仍非究竟，「無無」亦有也，又必須並「無無」而捨之。無「無無」了也還要捨下去。蘇髯公說得好：「轉而相之，容有既乎？」也就成了數學中底無限。捨有取空亦可準知。苦水如是說，縱非戲論，亦幾成爲詭辯矣。然其在宗門，亦曰：「大悟十八遍，小悟無其數。」也正是遮取與捨在那裏作用着。其實所謂十八遍者，正不必拘泥，不必十八，亦何必止於十八？是以古人又說：「如人學射，久久方中」也。倘說：竟如是其煩耶？遮又是請現成飯喫，尋取天生木杓用底見解了也。倘說：「空滅滅已，寂滅爲樂」，到得涅槃，豈尚有事乎取捨？苦水於此問並不否定。實則豈惟教義云爾？即如德山鑒禪師一被其弟子巖頭龕謂爲「於唱教門中，猶較些子」；再被其謂爲「未會末後句在」；然而德山上堂，也還能說出「遮裏無祖無佛；達磨是老臊胡；釋迦老子是乾屎橛；文殊普賢是擔屎漢；等覺妙覺是破執凡夫；菩提涅槃是繫驢橛；十二分教是鬼神簿，拭瘡疣紙；四果、三賢、初心、十地是守古塚鬼，自救不了。」見地至此，亦豈容有取與捨？乃至「一悟永悟，一得永得」；以及「桶底脱」、「無事人」……，亦寧或有一星星一點點底取與捨於其中間耶？苦水自家昏沉散亂，沉淪生死海中，縱然未悟未得，亦豈敢厚誣古人，對之道不道無？趙州和尚曾引《三祖信心銘》曰：「至道無難，唯嫌揀擇。」你且莫以此問我。倘問，我便問你：此一句子是會揀擇底人所說，還是不會揀擇底人所說？你且不可學他趙州老漢拏「田庫奴！甚麽處是揀擇！」來喝我。倘喝，我便問你：你是趙州麽？法眼大師亦曾說：「取捨之心成巧僞。」更是明明推倒取捨。你且莫又以此問我。我問你：你我之中可有一箇是法眼麽？想來你我俱不能說「我是。」二俱不是，爲什麽又搬出法眼底話頭共作商量？古人謂，譬如賣柴人擔，一條扁擔立在十字街頭，却問中書堂今日商量個甚底。苦水却並不以爲遮賣柴人可笑，祇覺得其意雖可嘉，而其愚不可及也。你也須實到恁麽田地始得，且不可仗恃話頭熟，記性好，趁取口快亂說。即如大師問僧：「大德如否？」曰：「如。」師又問：「木石如否？」曰：「如。」師曰：「大德與木石何別？」僧無語。我問你：木石一無揀擇，二無取捨，木石也還合道麼？若於此下得一轉語，苦水此文你儘可以不看。若看了而氣惱，你是有取捨抑是無取捨？又若下不得一轉語，則苦水正不妨寫下去。趙州與法眼所言者爲道，故無揀擇，棄取捨。苦水所言者爲做工夫，任憑遮兩位堂頭老漢恁地説，苦水衹管取捨。觀自在菩薩不也是行深般若波羅密多而照見五蘊皆空乎？三世諸佛不也是依般若波羅蜜多而得阿耨多羅三藐三菩提乎？苦水鷄肋，不足以當尊拳；尊駕且打倒觀自在與三世諸佛去者。

一九四八年二月中旬於倦駝庵

## 十、從取捨説到悲智（下）

以上論取與捨，拉雜寫來，字數已超過預算。文辭拖沓，義理膚淺，於此正好收煞，然已自知其爲時過晚，若把寫得底抹去，則又不能割愛。於此可見苦水之能説不能行，即於行文，尚未克作到捨之一字也。至於取捨之有關乎兔兒出草，鯉魚透網者何？則以爲學之士，苟能倜儻分明，自然要提即提，要放即放；要行即行，要住即住；遇寒即寒，遇熱即熱；饑來喫飯，困來打眠；自然能取能捨。到得工夫純熟，方取方捨；即捨即取；非不取捨，亦非取捨；非無捨取，亦非有捨取。如是方可謂之到家人，無事人，還説什麽終日喫飯，未嘗齩着一粒米；終日着衣，未嘗挂一縷絲；説什麽「運糞入」，「運糞出」？説什麽百川歸於大海，大海投於一滴？直是潙山所謂「事理不二，即如如佛」了也。不過我又要說：工夫與見地也須實到恁麼田地始無走作。不然者，便是「開門七件不離他：柴米油鹽醬醋茶。我也管他孃不得，後門溜去看梅花」底意態，甚底名士，直是個無賴賊：還有甚底取捨之可談？

復次，祖師門下，雖要人脚跟點地，却絕對不許人有立脚處。所以此事既不在兩頭，亦不在中間。即如香嚴一頌：「去年貧，未是貧；今年貧，始是貧。去年貧，猶有卓錐之地；今年貧，錐也無。」原是流傳衆口底話頭。然在當時，仰山尚不肯他，而謂之曰：「如來禪，許師弟會；祖師禪，未夢見在！」仰山之所以如此苦口，就因爲担心他遮位賢師弟立定脚在「錐也無」三箇大字上也。至於不許有立脚處底原故，却不必完全同於羚羊挂角。因爲既不是怕人覷破，也不是怕人跟踪。遮祇是自家屋裏事，與別人無半點干涉。上篇說過禪是創造。如有一點立脚處，便即減少一分創造力。如死釘在立脚處，那便是方才所謂「親手作得了棺材，將自己盛裝入殮，結果祇有準備着抬埋。」昔日南塔涌禪師自臨濟歸謁仰山。山曰：「汝來作甚麼？」涌曰：「禮覲和尚。」山曰：「還見和尚麼？」涌曰：「見。」山曰：「和尚何似驢？」涌曰：「某甲見和尚亦不似佛。」山曰：「若不似佛，似個甚麼？」涌曰：「若有所似，與驢何別？」山大驚曰：「凡聖兩忘，情盡體露，吾以此驗人二十年，無決了者。子保任之。」看他父子二人，父不知其子惡，子不言其父之過；父爲子隱，子爲父隱；慈孝則有之矣。苦水時時却嫌他兩個忒煞自屎不覺臭。但如不以人廢言，則南塔之若有所似與驢無別，與仰山之凡聖兩忘，情盡體露，正是苦水前面所提倡底無立脚處。再引申之，也復即是取與捨底極致也。宗門中公案如此類之可以作爲苦水底注脚者正不知其凡幾。初學發心之士若能搜尋觸磕，當有不勝其「若中原之有菽」之感也。

唯是出草、透網即所謂倜儻分明，當其發展至於崇高，運用及於純熟，其在大師自己，固是高高山頭立，深深水底行；豈特目送飛鴻，眼鑠四天，吾輩後人於此爭怪得他。然而其於爲人，則橫按莫耶，全行正令，乃至奪飢人之食，驅耕夫之牛；若其「你有拄杖子，我與你拄杖子，你無拄杖子，我奪却你拄杖子」者，手段尚屬客氣者也。大慧禪師曾說：「須是從頭與他拈却到無氣味處，泊在平地上。從上來作家宗師能爲人，惟睦州見你有坐地處，便剗却；從頭祇是剗將去。」（註：睦州即陳尊宿，又稱陳蒲鞋，與臨濟同出黃檗門下。）又說：「恰如將個琉璃瓶子來，護惜如什麽，我一見便爲你打破。你又將得摩尼珠來，我又奪了。見你恁地來，我又和你兩手截了。」遮兩則話語說得最是明顯。豈惟睦州？豈惟大慧？歷代大師幾無不如此，祇是運用得略有大小、輕重之別。若說手段苦辣，原自不無；置之死地而後生，用心亦自不差，而且遮也正是宗門大師一貫底作風。不過老吏斷獄，嚴酷少恩，盡法無民，是之云矣。孔子曰：「如得其情，則哀矜而勿喜。」宗門大師底爲人，得其情則固然已，若說他喜，亦未免深文周内；然而却絶對地不見他有哀矜。「棒頭如雨點，打出玉麒麟」，固是宗門中底佳話。然此喫棒底人即使原非麒麟，也須根本是玉方得。不然者，大師縱然神通廣大，手眼通天，倘將棒去打一塊泥土，可能打出玉麒麟來麽？且又不可說；此事在智不增，在愚不減。智不增，愚不減者，在元來，在最後則然耳。從元來至最後底中間遮一段過程，將若之何，所以宗門於此又不得不講根器。倘若單是智不增，愚不減便得，還講他根器作麽？門庭設施既已如彼，後來艱難，如何攀援？固當不能不生「仰之彌高，鑽之彌堅，瞻之在前，忽焉在後」之悲。望洋、自畫者無論已，饒「君自此遠矣」，有多少人從此竟「至崖而返」也！即如馬祖門下，會衆何止數千萬人，而其入室弟子亦不過一百三十有九。此百三十九人中傑出者亦不過百丈、南泉輩數人耳。什師偈曰：「哀鸞孤桐上，清音徹九天。」雖其高徹於九天，而不克普遍於閻浮；什師既自哀，吾亦爲什師哀；且又不僅爲「什師」哀，爲什師「哀」也。

抑更有進者。大師自己既然倜儻了復倜儻，分明了還要分明，而且連立脚處也没有，其接人也用「剗」，又是「從頭剗將去」，其自爲也又何嘗不爾？倘爲人用「剗」，「從頭剗將去」，而其自爲則拖泥帶水，豈非躬自薄而厚責於人，尚得成爲大師麽？你莫又要駁苦水，以爲他們得底人一得永得，悟底人一悟永悟，何事於「剗」而且「從頭地剗」耶？不見趙州掃地次，僧問：「和尚是大善知識，爲甚麽掃地？」州曰：「塵從外來。」曰：「既是清淨伽藍，爲甚麽有塵？」州曰：「又一點也！」你當趙州老子是同那僧鬪口麽？遮掃地豈非即是剗麽？苦水如是說，亦自知其爲義學而少衲僧氣息；好在苦水原是俗人，今日所談壓根兒就不是禪，即如是説了，或可減等發落耳。然而歷來衲子於呈説自家所悟得底之後，大師與他印可了，證明了，甚且助喜了，也往往敦囑其「善爲護持」，「善自保任」。看官且不得捉苦水底敗闕，說：「你上來不是說日用而不知，無需乎拳拳與守麽？」好在遮護持，遮保任乃是古人所説底，苦水今日大可不必代人受過。然而我道遮「護持」，遮「保任」，也還是「剗」，「從頭剗」。所以者何？倘其不然，即是「運糞入」與有立脚處了也。便大不似悟底人與得底人底行逕了也。遮且不談，且說剗來剗去，結果直得道窮凡聖，體露真常，從而接人示衆便常用没意智一着子，或可謂之爲無情說法。傅大士有頌曰：「空手把鋤頭；步行騎水牛。人從橋上過，橋流水不流。」自古及今，叢林傳誦。便是「瓦礫說法，熾然灼然」，以及「如何是道？乾屎橛」之類，參學衲子誰個不曉？便是趙州當年也曾如此接人。如僧問：「承聞和尚親見南泉，是否？」州曰：「鎮州出大蘿蔔頭。」僧問：「萬法歸一，一歸何處？」州曰：「老僧在青州作得一領布衫重七斤。」說甚麼妄想卜度，知見情解？到遮裏，便是菩提，涅槃，真如，佛性，亦「盡是體貼衣服，亦名煩惱實際理地，甚麼處着？」然而趙州雖然堅苦卓絕，本質終是一位老實人，故其下語用布衫，用蘿蔔，一何其質樸耶？及至雲門老漢出世，運用得更其倜儻，更其俊爽。如僧問：「如何是諸佛出身處？」門曰：「東山水上行。」僧問：「如何是透法身句？」門曰：「北斗裏藏身。」以及「火燄爲三世諸佛說法，三世諸佛立地聽」，「拈燈籠向佛殿裏，將三門來燈籠上」之類，皆是倜儻分明到倜儻分明以上。要說此事劃一不二，不能別有，雲門與趙州兩位老漢正復從同。但如祇就下語看來，其體雖一，其用則別。世謂「雲門氣宇如王」，當即以是而言。若夫趙州雖然可與八大龍王鬥富，而較之王者，則總不免楞頭楞腦，有些兒土財主氣，遮個且留與學人自去理會。學人若於此不被人謾，則於石女生兒，泥牛入海，峯頭浪起，海底塵飛，乃至火裏蝍蟟吞大蟲，眼裏瞳人吹叫子，日午打三更，面南看北斗等等句子，庶幾不至有無可齩嚼之感。總之，不可以識識，不可以智知。是故南泉曰：「擬向即乖。」又自詮釋之曰：「不屬知，不屬不知。知是妄覺；不知是無記。」說以上諸語是南泉此話底證明亦可；說南泉此話是以上諸語底注脚亦得也。

又自達摩西來之後，乃有教外別傳之說。遮「教外別傳」四個字，宗門下甚自矜貴。他人無論，即如元朝底中峯本，其爲人亦不失爲識好醜底有志之士，在其《山房夜話》中雖承認《法華》、《金剛》、《圓覺》、《楞嚴》諸經以至諸論爲「以文字顯總持」，然仍謂「將大乘經論相似之語記憶在心，古所謂依他作解，障自悟門；又以金屑入眼爲喻。宜深思之，勿自惑也。」甚且謂「經教文字不同達摩所指之理」。歷代宗師雖往往與學徒商量祖意教意是同是別，雖不主張鑽故紙，閱經卷，而其旗幟之鮮明當少有超過中峰者；看他直説經教文字不同達摩所直指，便可知也。苦水於此假如喝他中峰者：佛法是什麽，説有説無，説同説別！即未免擅作威福。且舉一則公案者。昔年泗州大聖被人問何姓，便云姓何，又問住何國，便云住何國。後來馮楫居士與烏龍長老話次，龍云：「大聖本不姓何，亦非何國人。」楫笑曰：「大聖決定姓何，住何國。」迄不能決，乃致書於大慧乞斷。慧曰：「有六十棒，將三十棒打大聖不合道姓何；三十打濟川（註：馮楫字）不合道大聖決定姓何。若是烏龍長老，教自領出去。」此個教外别傳，依上例，若道有，喫三十棒有分；若道無，喫三十棒亦有分也。不過喫棒也算不得甚麽大事，遮六十棒苦水今日一客不煩二主，一齊承當去也。依苦水看來，離經一字，即成魔説，如何能有個别傳？此是説無。先領却三十。然而上文所説底没意智一着子與無情説法却實實爲宗門所獨擅，祇此一家，並無分號。「傳」與非「傳」且置之，却千真萬真地是箇「别」，你翻徧一大藏教，管包不能發現一絲頭。此是説有。再喫却三十。六十棒領訖。看官且道無情棒子，有情皮肉，苦水今日着甚死急？

綜合上文所言，那不許人有立脚處，那剗，那從頭底剗，那没意智一着子，那無情説法，總而言之，倜儻分明到倜儻分明以上底那倜儻分明，在其自爲，不妨本分，然而却使初入叢林之子如何承當得去，真所謂蚊子上鐵牛，全無下嘴處了也。當日明太祖見王保兒酒醉免冠露頂，髮無幾莖，笑謂之曰：「保兒，你髮禿如是耶？」王曰：「臣猶嫌其多，恨不盡髡之。」歷代大師已經作到上所云云了，使學人已經無可齩嚼了，尚復如王保兒之嫌其髮多而未盡髡，於是良久了又良久，無語下座了又無語下座，大衆纔集了便一時趕散，又一直打下法堂去，喝了又喝，棒了又棒，猶自嫌其多事而曰：「我若一向舉揚宗乘，法堂前草深一丈。」曰：「隔江望見資福刹竿，脚跟下好與三十棒；況過江來？」苦水則謂遮一羣老漢縱然盡力施爲，却也並非杜撰，依然是孫猴子十萬八千里底觔斗雲未曾跳出佛爺爺底手心去在。《圓覺經》曰：「一切菩薩及末世衆生應當遠離一切幻化虚妄境界。由堅執遠離心故，心如幻者，亦復遠離；遠離爲幻，亦復遠離；離遠離幻，亦復遠離；得無所離，即除諸幻。」《楞嚴經》曰：「縱滅一切見聞覺知，内守幽閒猶爲法塵分别影事。」又同經，佛爲阿難開示「意、法、意界，本非因緣，非自然性」時，再三宣説「但有言説都無實義」。若再證之他經，將更累楮而不能盡。然則所有宗師亦奉行，充其量不過發揚佛旨而已耳，亦復豈能别有？臨濟大師説：「若約山僧見處，便與釋迦無别。」正是如實説，如法説也。然而祖之與佛究有些子不同處：仍即是上來所説之無情與無哀矜。《燈録》載鄧隱峰推車次，馬祖展脚在路上坐，峰曰：「請師收足。」祖曰：「已展不縮。」峰曰：「已進不退。」乃推車碾損祖脚。祖歸法堂執斧子曰：「適來碾損老僧脚底出來！」峰便出於祖前引頸。祖乃置斧。苦水最初見到遮一則公案底時節，以爲强將手下無弱兵，可喜，可喜。後來覺得獅子身中蟲，還喫獅子肉，可敬，可敬。如今則認爲當仁不讓師，也得，也得；然而臨機不識爺，何必，何必。看官中不乏善知識，見苦水如此說，莫又說苦水底工夫是顛倒了做得否？說即一任說，苦水決不置一辭。但是馬大師被碾損底脚，你可修治得麽？你若下得一轉語使得馬大師不至傷筋動骨，苦水喫棒有分。若能一轉語使得馬大師健步如飛，苦水性命在你手裏，打殺何妨。

馬祖且休，鄧隱峰且休，苦水更不在話下。相傳玄奘法師在西天見一東土扇子而病。（一説是法顯大師事，莫理會。）後來有一僧聞之讚歎曰：「好一個多情底和尚！」苦水每逢上堂時其拈舉遮一則公案，輒謂學人曰：病底大是；讚嘆底也具眼。所以者何？倘奘師在異國見了故土底扇子而不能病，亦決不能爲了大法而經過千山萬水喫盡萬苦千辛到西天去也。少不了又有人說玄奘是法師，與宗門下無交涉。苦水半月以來，爲此小文直得腰臂欲折，此刻何暇再爲奘師出席辯護？《遺教經》記大雄氏於娑羅雙樹間將入涅槃，爲諸弟子略說法要，有曰：「汝等比丘若欲脱諸苦惱，當觀知足。……不知足者常爲五欲所牽，爲知足者之所憐憫。」又「世尊欲令此諸大衆皆得堅固，以大悲心復爲衆說」云云。看此金口所說，金經所記，遮「憐憫」，遮「大悲心」，豈能與宗門之無哀矜者相提並論？有誰敢說世尊如是亦復正同「人之將死，其言也善；鳥之將死，其鳴也哀」麽？看遮黄面老子三百餘會中每逢弟子迷悞不解之際，輒曰：「深可憐憫。」宗門大師可有此種話頭麽？又如宗師順世，或坐脱，或立化，或大吼，或覆船，或右脅吉祥，或一足垂下；若鄧隱峰之倒立而化，亭亭然其依順體；若「大禪佛」之積薪郊原，執炬自登，以笠置頂後作圓光相，手執拄杖作降魔杵勢，立終於紅焰中；若斯之類，或安詳，或出奇，或神通，或捏怪，舉不勝舉。若其有偈頌流傳，亦祇是顯現其倜儻分明，了不見其有所謂大悲心；換言之，即祇是表露他自己，不顧及別人；或有訓徒告衆，諄諄付屬，也仍然一本平日險峻底作風，更無半點世尊涅槃時底慈祥。肇法師臨刑時說偈曰：「四大元無主，五陰本來空；將頭臨白刃，猶似斬春風。」肇公既非禪宗，而且又係被難，似未便與以上所舉底爲一談。然而誇大地說他遮四句偈語恰如一個模子被後來許多衲僧於圓寂頃變化使用著，却亦未嘗不可。玄沙備曰：「肇法師臨死猶寱語。」嗚呼，豈特肇法師而已哉！遮臨死猶寱語底原因也還在於上來所說底兔子鯉魚乃至無情說法。一言以蔽之，禪宗門下不曾有着如來世雄底一句子：

「悲智雙修」。

中峯本曰：「密宗、春也。天台、賢首、慈恩等宗，夏也。南山律宗，秋也。少林單傳之宗，冬也。」春夏秋拋開，遮箇冬字下得有來頭，有斤兩，有分寸。少林一枝既占却了一個冬字，然則沍寒凝閉之餘，智即不無，悲則不有，悲智雙修則斷斷乎一脚趯開。是不爲也，非不能也。夫陰陽慘舒，寒暑代序，四時成歲，萬物化生，他家單獨行得一個冬令，冬之爲言：終也，學人且道：可不有些兒偏枯也耶？又，苦水此文上下兩篇，累累贅贅，絮絮叨叨，當與無當擱在一邊，學人且道：苦水是爲世尊出氣？抑爲宗門張目？

倘有人說：「請苦水道。」

苦水今日手插魚籃，避不得鯉，不惜口孽，再露端倪，諦聽，諦聽。

樹樹皆秋色，山山惟落暉。牧童驅犢返，獵馬帶禽歸。
不免有人說：「苦水！遮底是秋！」
苦水至是負痛裹創，矢盡弓折，猪八戒敗陣，倒搭一耙，那麽——
採菊東籬下悠然見南山山氣日夕佳飛鳥相與還聻！
又是秋也！Aurevoir！

一九四八年二月二十七日於倦駝菴

## 十一、南無阿彌陀佛

北平有句諺語，道是「騎著馬找馬。」其意若曰：眼下遮不甚滿意底事由先將就作著，然後再去尋找更好底事由。在我底故鄉，也有這麽一句話，恰恰也正是遮五個字，而其意義則滿不是那麽回子事。蓋北平人遮一句子，是進可以戰，退可以守；引申之，則壽陵學步，雖然不似邯鄲，也還不至於失其故步也。若夫故鄉此語，則是道在邇而求諸遠之義，大類宗門大師常說底騎驢覓驢焉。抛開平諺不談，如若單單拈舉鄉諺，或是說騎驢覓驢，就譬喻言之，不獨聽之耳熟，見之眼慣，便是自己也正復未能免此。倘若照直解釋，即訓故上之所謂「如字」解，却是耳所未聞，目所未覩；世上豈有如此胡塗桶：偌大一匹馬或一頭驢，騎在胯下，渾不自覺，而反張皇四顧地去尋覓耶？顧天地之大，無奇不有，奇外出奇，意想不到，而且奇外無奇，只是尋常：據我所知，就真有騎著驢丟掉了驢底。我有一位好要錢底朋友，有一次他在他底朋友家裏要了一夜錢，騎了一頭毛驢回自己家去。那驢子讓他來騎也忒小，而他底身法讓那驢子來馱也忒大：他騎在驢上必須時時蹺起些腿來，才不致兩脚擦地。他有些睏；被三二月間底陽光一曬，和風一吹，不由得前仰後合，東搖西擺地打盹。就遮樣，走着，走着，走進了一條道溝。於此我必須加以注釋：道溝也者，一條道路比着平地低下去有幾尺深，一到大雨時行底季節，它就往往成了類似乎河之流底東西；所以遮道溝很像山澗了。我遮朋友走着，走着，走進了一條道溝——遮道溝又頗狹窄，他於睡意朦朧中不知怎地一來，兩脚便登着溝底兩旁，略一使勁，一欠身，兩脚踏實，朦朧中覺得自家不那麽「仰」、「合」、「搖」、「擺」了，心想：「遮可睡罷！」又不知經過了幾多時候，他睜眼低頭一看，胯下空空，驢子走失了。遮個豈不是騎驢丟驢麽？倘說遮祇是偶然，那麽，天下儘有許多不可無一、不可有二底事情，祇如多少人見過桃花，却單是靈雲悟道，多少人讀《金剛經》，却單是六祖聽了「應無所住而生其心」而大悟去，你也祇認作偶然麽？

倘若依世法論之，說是「孤文單證」，其說不圓，則苦水尚有第二句惡水在。是我底一位長親，大概也是熬夜要錢之後，騎在驢子背上，也像我那位朋友似地「仰」、「合」、「搖」、「擺」，他在朦朧底下意識中，只恨不能穩睡。行行重行行，忽然對面又有人騎着驢來了，他合着眼，當然不理會，那胯下的驢子就自動地左左右右地躲閃；一來，二來，我遮老長親便從驢背上跌下來，還大翻了一個身，於是脊背著地，他心裏想：「可得穩睡一下子了。」待到睜眼看時，驢早跑遠了。遮豈不又是騎驢丟驢的第二個例證麽？夫驢其小焉者也，便是馬，亦復有丟之者矣。《詩經·邶風·擊鼓》篇之第三章曰：「爰居爰處，爰喪其馬，于以求之，于林之下。」此一章先不必管他毛傳，鄭箋，倒是朱子集傳説得直截了當。集傳之言曰：「於是居，於是處，於是喪其馬：見其失伍離次，無鬬志也。」夫《擊鼓》一篇，本寫「踴躍用兵」之事，乃其士卒竟至丟掉了戰馬，便使並非騎在胯下而丟掉了底，其士卒亦當復成爲何等之士卒也耶？而且曰：「于以求之，于林之下，」則其求馬之心並不切實，又可想而知也。所以者何？馬本善走，深山曠野，是處可到，於何見得必在林下，且於是而求之？在有馬之時，不知怎地一來，遂致爰喪其馬。及至喪馬之後，驟然于以求之，也並非志在必得。敷敷衍衍，悠悠忽忽，神不守舍，職是之謂。不見當年懶安老漢在潙山會下，躬耕助道，比及潙山順世，衆請住持，上堂却説：「安在潙山三十來年，喫潙山飯，屙潙山屎，不學潙山禪。」難道遮老漢除了拽耙扶鋤，春耘秋穫以外，任事不作，百麽不會？他自己説來説去，自行洩漏，元來：

「衹看一頭水牯牛！若落路入草，便把鼻孔拽轉來。纔犯人苗稼，即鞭打。調伏既久，可憐生受人言語！如今變作個露地白牛，常在面前，終日露迥迥地，趁亦不去。」

懶安畢竟不懶，終朝每日專心致志，只在看牛，更不敢絲毫放鬆。倘使其騎驢，定然不會胯下走失；倘使其從軍，亦決不至於爰喪其馬也。然而懶安之名畢竟不虛，看來看去，看到究竟，一頭水牯牛，既不駕車，亦不負重，更不去拖犂拉耙，却只終日露迥迥地，常在面前，趁亦不去。記得他當日初見百丈，禮而問曰：「學人欲求識佛，何者即是？」丈曰：「大似騎牛覓牛。」安曰：「識得後如何？」丈曰：「如人騎牛至家。」安曰：「未審始終如何保任。」丈曰：「如牧牛人執杖視之，不令犯人苗稼。」安自茲領旨，更不馳求。於今一不必説百丈忒煞老婆心切，開口便爲學人點破，更不怕教壞人家男女；二不必説懶安先頭既不能無師自通，後來又不能離師自立，畢生作個牧牛漢，有甚出豁？且就咬文嚼字上起一番葛藤。原來騎馬找馬，騎驢覓驢之外，尚有百丈底騎牛覓牛一句子，真乃傳不傳有幸不幸，竟會不曾時時被人提掇拈舉，然則馬也，驢也，牛也，殆三而一，一而三者耶？假如説苦水如是説，未免望文生義，苦水則將别置一問：諸君且道：懶安之看牛與胯下丟驢相去多少？孰得，孰失？

有底人見了苦水此問，或將覺得好笑：以爲苦水縱未證龜成鼈，早已喚鐘作甕，牧牛底與丟驢底如何能混爲一談？止止不須説，不笑不足以爲道。夫笑苦水者豈不以爲苦水是非不明，皂白不分，況且苦水於前文中已説喪馬（註：喪馬等於丟驢）者是神不守舍，而牧牛者則是專心致志，如今反問孰得，孰失，一何其顢頇之至於如是也！然而有説焉。西洋有一位文人曾經説過：「沒有『否』（NO）底語言，是沒有力量底語言。」此語頗有味。因爲一種語言中，倘若沒有了「否」，則便只剩下「是」；而只有「是」底語言則只有因襲和保守，而更不會有革新與創造了。而且那位西洋文人底這一句子，在宗門中，恰恰亦用得着。馬祖先説即心即佛，衹是個「是」；後説非心非佛，恰是個「否」。「踏殺天下人」，爭怪得他？南泉出世，一切不管，却説：「不是心，不是佛，不是物」；一口氣三個「否」，更不曾有一個「是」。「獨超物外」；信有之矣。便是雲門要將釋迦老子一棒打殺與狗子喫，雖然敢説敢講，有膽有識，近於自「是」，其骨子裏却有一個「否」在那裏作用著。「氣宇如王」，誠然，誠然。至於德山說：「達摩是老臊胡；釋迦老子是乾屎橛；文殊，普賢是擔屎漢；等覺、妙覺是破執凡夫；菩提、涅槃是繫驢橛；十二分教是鬼神簿、拭瘡疣紙；四果、三賢、初心、十地是守古塚鬼。」縱然一連串下了七個「是」，其骨子裏却正是七個「否」。「一條脊梁骨，硬似鐵，拗不折」，不差不差。此義，苦水於拙録第五篇「不是，不是」中，已略敷衍，茲不再三。祇看他向來祖師於萬仞峯頭，登高一呼，千尺海底，自在遊行，別底俱不必説，此是何等「力量」。大安一付懶骨頭，縱然叫出「在溈山三十年，喫溈山飯，屙溈山屎，不學溈山禪」，像煞一條漢子；然而自從於百丈老師手裏領來一頭水牯牛之後，兢兢業業，守而弗失，即使不失爲孝子，到底也還是個乏貨。乏者何？北地俗諺無力量之意也。莊周在其《駢拇》篇曾有言曰：

「臧與穀二人相與放羊，而俱亡其羊。問臧奚事？則挾策讀書。問穀奚事？則博塞以遊。二人者，事業不同，其於亡羊，均也。」

準此，胯下丟驢、林中求馬，固失之矣；三十年只看水牯牛，而且使之成爲露地白牛者，亦未見其爲得也。

寫至此處，看官中也許有人出問苦水：「看你上來所寫幾篇中，似亦頗注意於爲學之次第及方法；今茲懶安看一頭水牯牛，看來看去，直看成了一個露地白牛，此豈非懶安爲學之次第及方法？而謂之不得，然則必若之何乃可謂之得耶？」苦水於此問一不拒絶，二不答覆，却擬先問：此位懶安是否宗門下兒孫？據《燈録》，大安者，馬祖親孫，百丈嫡子，其爲宗門兒孫，夫何待言？苦水所大惑不解者，乃在其竟如此做工夫。若説心不走作，工不唐捐，苦水縱不肯他，即亦不能否認。只是恁般用工，饒他是馬祖，百丈底親孫和嫡子，也並不十分像個宗門下兒孫。有得如此，則何如去念「南無阿彌陀佛」之更較直截而了當，簡單而省事？《阿彌陀經》曰：

「若有善男子，善女人，聞説阿彌陀佛，執持名號，若一日，若二日，若三日，若四日，若五日，若六日，若七日，一心不亂。其人臨命終時，阿彌陀佛與諸聖衆現在其前。是人終時心不顛倒，即得往生阿彌陀佛極樂國土。」

世尊説法，方便多門；而此彌陀一經，淨土一宗，尤其最最方便。所以者何？爲其最最省事故。彼看牛者雖然功深養到以後，可以使其趁亦不去，然當其在半路途中，還須拽轉鼻孔，恐其落路入草，又須時時鞭打，防其犯人苗稼，一何其不憚煩？若説看牛與念佛正復一般，通是一心不亂；何必念佛之定是，而看牛之必非？然而大慈世尊已經分明指與平川路了，何必不念佛而定去看牛？隔河跳井，懶安之謂也夫！有個性急底，不免於此挺身出來，大喊一聲：「錯也，錯也！念佛底是與阿彌陀佛爲奴，而看牛底乃是與露地白牛作主。苦水於主奴之間尚擘劃不清，可煞渾沌！」苦水聞之，既不言喝，更不瞎棒，祇有啞然大笑。大安遮一頭水牯牛乃是從百丈處偷來底，原本不屬於他自己。物屬於己，己爲物主；贓不屬賊，賊難主贓。饒他將遮水牯牛改頭換面，變作了露地白牛，追本窮源，也還算不得大安所有，一個「主」字從何説起？倘説此乃子承父業，不得謂之偷來，即亦不能説是賊贓，那麽，好男不喫祖爺飯，好女不穿嫁妝衣？如是葛藤，終落世諦。苦水於此將別有説：怕它落路入草，即須拽轉鼻孔，怕它犯人苗稼，還須時時鞭打：大安忒煞「奴」了也。世諺有「牧豬奴」一辭，若大安則十足地是一個看牛奴也，「主」於何有？他自道三十年喫潙山飯，屙潙山屎，不學潙山禪，縱算他不失爲有守，畢竟算不得有爲。奴與非奴姑置之，他雖不肯潙山，而潙山終於獨自建立門庭；他雖自肯，却終於畢生在百丈門下看牛。可憐，可憐！宗門下兒孫如此作工夫，則何不索性去二六時中常念「南無阿彌陀佛」也？

然而「恁麼也不得，不恁麼也不得，恁麼不恁麼總不得」，是故奴不得，主也不得。斷崖欽當日曾問高峯曰：「日間浩浩時還作得主麼？」峯曰：「作得主。」又問：「睡夢中作得主麼？」峯曰：「作得主。」復問：「正睡着時，無夢無想，無見無聞，主在什麼處？」峯無語，從此奮志入臨安龍鬚山中，自誓曰：「拚一生做個痴獃漢，決要遮一著子明白！」一住五載，一夕聞同宿推枕落地，方得大徹。看他古人於一個「主」字，直得如此判命，苦水具足凡夫，尚復有何話可說？然而葛藤樁子也還不能即時放倒。同宿推枕落地，於「主」何干？高峯聞之而大徹，徹個甚底？難道仍舊是「作得主」麼？遮且莫理會。試問：即使作得主了，又是誰作主？不錯，趙州和尚曾絶叫出「祇是個主人公」一句子，你且慢囫圇承當者，你曉得此主人公又是伊誰麼？依世法論，或可道是個「我」，但在佛法，絶對不成。四大本空，五蘊非有，「我」向何處著？《大智度論》卷十九曰：「多觀無我。」又同書第二十二卷論「佛法印有三種」時，再三説：「一切法無我。」更不必説《金剛經》中佛説底「無我相」也。「我」尚不有，法何作「主」？復次、試問：此主人公又是與誰作主？倘不是與一切爲主，便終非主。倘說是與一切爲主，苦水於此一不用「和合假」、「無自性」云等義來破「一切」之有；二不强人所難，着你去拾瓦礫作黃金，攪長河爲酪酥；我只問你餓了可能作得主不喫飯麽？我再讓步一次，承認你與一切爲主，然而與一切爲主，豈不正等於與一切爲奴？斯威夫特(Swift)說：「主人較之奴僕更不自由。」又如家長可以算作一家之主了罷，但他須得負責一家的生計，正是與一家作馬，作牛，任重行遠；而且，稍有不敷，輕則室人交謫，重則衆叛親離，主不得了也。然則家「主」豈不即是家「奴」乎？準此，與一切爲主，亦是與一切爲奴。巧者勞而拙者逸，彼道家實最悉此義。若說我與自己爲主，此則等於Egoist(唯我論者)所說：「I am my own God」(我是我自己底上帝)，十足地邪見和魔說也。衹有將其送入精神病院，預備一間小屋，一任去閉了門作皇帝——隨您尊意，作上帝亦無不可也。由是觀之，奴固不成，主亦不得，遮葛籐椿子更無商量之餘地，勢非推倒不可！

不見他古人曾說：「『此事』如塗毒鼓，聞之者喪身失命；如大火聚，近之者焦頭爛額。」夫如是，則曰主曰奴，二俱不是。壯志沖霄，豪氣凌雲之士於此試挺身起來道一句看。假如有人問苦水：「你敢道麽？」苦水早知有此一問，幸而預前準備下了。記得有人作趙州答狗子有佛性語頌曰：「家家有塊遮羞布，放下便能當雨露。却笑當年老趙州，脱却布衫頂却褌。」苦水雖然窮家生活，不周不備，遮羞布却大有在。性急底不免要說：「不必張智，速道，速道！」苦水良久，乃云：

「你着甚死急？你聽我道：南無阿彌陀佛。」

一九四八年十月一日於倦駝菴

# 後記

有人作布袋和尚讚曰：「行也布袋，坐也布袋，放下布袋，何等自在！」苦水自從本年二月杪放下了《揣籥録》遮一條破布袋，眨眼不覺半載有餘，其自在可知也。不意上月中旬中行道兄駕臨小菴，道是《世間解》繼續出版，《揣籥録》第十一篇務須早早著手。聽説之後，即不似秀才之遇見歲考，也有如懶驢之牽上磨道，其不自在又可知也。記得去年一再與道兄約下，拙録要寫他十二篇：與朋友交，言而有信，更不必説佛門不打誑語；於是只好將遮一條破布袋重新掮起。題自是早已擬好了底，但是待到執筆面對稿紙，却苦於文思不來。此亦無怪其然：六個多月以來，看雜書，寫雜文，忙雜務，「自恣」過甚，殆十餘年來所未有。則其臨文而無話可説，無理可申，勢之所必至矣。但又不能不寫，於是硬着頭皮去寫，搜索枯腸去寫，大約每日衹能寫到一兩百字罷。福不雙至，禍不單行，有如本刊上期編輯室雜記所言「上課的鐘聲響了」，雖然如是，課餘却仍舊去寫。説也可憐，一七日間，却寫了不滿三頁稿紙，計其字數也不過千把。但總可以慰情聊勝無了。又不料從頭自看一過，發覺此三頁紙，千把字簡直要不得，倘若不曳白出場，勢必須從頭另寫；遮之間，上課的鐘聲越響越緊，交稿的日限越來越近，心想：莫管它！一狠二狠，終於棄去舊稿，另起爐竈；但其中有一段，至今未能割愛，現在就抄録下來：「……小菴位於古城底前海之後，後海之前，海邊有着不少底楊柳。記得劉同人記白石莊之柳樹曰：『春黃淺而芽，綠淺而眉，深而眼，春老絮而白，夏絲迢迢以風，陰隆隆以日，秋葉黃而落，而墜條當當，而霜葉鳴於柯』云云，就不啻爲菴旁海畔底柳樹寫照。苦水於拙録第十篇交卷時，楊柳尚是黃淺而未芽，於今第十一篇開頭，雖未到得黃落，墜條與霜葉，然而屈指計之，個月期程，便是霜降，想來黃落云云會當不遠。此尚就今歲言之。算來住菴於此瞬將十稔，一年之中每日經行，劉同人氏所言，種種是見不見？如説不見，如何不見？待説見，又是怎地見法？『樹猶如此，人何以堪』乎？惶恐，惶恐！『對境心數起，菩提作麼長』乎？不敢，不敢！待説『心物一如』，則正如莊子所説『不知周之夢爲胡蝶歟，胡蝶之夢爲周歟？』如今將轉苦水爲楊柳與？抑將轉楊柳爲苦水也？……」如是寫去，亦似要得；終於棄去者何？則以下筆之先，本擬自行檢舉，説自家半年以來，不能收其放心，大類丢驢和喪馬了；如今被它柳樹繞住，繞來繞去，書券三紙，不見驢字，如之何其可？是故一狠二狠，終於另寫。另寫之始，心中忐忑：此番如再失敗，真乃片甲不歸。不知是絶後再甦，抑是置之死地而後生，也居然寫下去了，雖其不能如瓶之瀉水也如故。寫着，寫着，大約是寫到大安禪師正看他底水牯牛底時節罷，病來了。屋漏偏遭連夜雨，船傾更遇打頭風！病是舊病，即第五篇中所説底「其名曰傷風，作燒，頭重，骨疼，而又加之以咳嗽。」不過今年來得早些個，因爲中秋雖已過去，重九尚未來臨也。今秋天氣和暖，又少淒風苦雨，此際大可不必傷風了，還是傷了風，説什麼也不成。還好，我再來一個「莫管它」，依舊寫，居然完了卷。但是行文之際，有許多想到底話，因爲偷懶，俱行删節，不曾寫出：遮樣若就節約看官底眼力言之，或恐正是有功無過。不過任憑我無論怎地删節了許多想到底話，却删節不了我底咳嗽；咳嗽著寫，寫着咳嗽，現在後記也要寫完了，仍舊是咳嗽不已。鼓山當日上堂，曾說：「鼓山門下，不得咳嗽。」有僧咳嗽一聲，山問：「作什麽？」其僧曰：「傷風。」山曰：「傷風即得。」依苦水看，鼓山老漢不獨嘴甜心苦，笑中有刀，而且腦後見腮，吾輩切記：莫與往來。只是苦水自身如今也在咳嗽，諸公倘問：「作什麽？」苦水也答：「傷風。」諸公且莫再道：「傷風即得。」所以者何？

同日又記，仍於倦駝菴中

## 十二、末後句

魯迅先生的《阿Q正傳》大約民十頃發表於《北京晨報》之副刊。而副刊的編者則是孫伏園。後來，魯迅追紀當時的情形曰：「那時伏園雖然没有現在這麽胖，然而已經笑嘻嘻地頗善於催稿子了。」看其語氣，頗若有憾於孫公者然。《正傳》尚没有登完，這之間，孫公不知爲了什麽事而告假回南了。代理編輯的一位某公，史無明文，其胖與瘦雖不可得而知，我想定是不那麽笑嘻嘻地善於催稿子，於是魯迅就將阿Q槍決了，而《正傳》也就以「大團圓」收場。魯迅於此曾說：倘若伏園不離開北京（那時當然還没有「北平」遮箇名稱），他一定不讓阿Q被正法。現在，我們感謝孫公之善於催稿，同時，我們也致憾於其告假，以致阿Q竟在《正傳》之第九章綁上了法場；如其不然，阿Q底壽命一定更爲長些，而《正傳》也將有第十章或第十七章了。然而過去底事終竟是過去底事，説什麽也挽救不回來，正如人死之不可復生。如今且説苦水之寫《揣籥録》，自其開端之「小引」，一直到現在寫着底「末後句」，没有一篇不曾受過中行道兄之督促，就是道兄自己也曾説苦水之寫此録是「逼上了梁山」。於此我必須聲明：中行道兄永遠瘦，過去是，現在是，而且將來也永遠一定是，雖然苦水並不懂得麻衣相法。在編輯底中途，道兄積勞成疾，還生了一次不輕底病：肺炎。記得我去看他底時節，雖已十愈八九，但他仍須躺在牀上和我説法，看其面貌較之平時也並不算瘦；其時我想道兄大概平時早已瘦到不能再瘦底程度了罷。至於道兄之善於催稿子則決不弱於孫公伏園，即使苦水並非魯迅，而且他也並不笑嘻嘻。他底面貌永遠是那麽静穆，語音永遠是那麽平和，總而言之，一句話：他永遠不着急，不起火。遮常使我想：道兄真不媿爲有道之士也。而其静穆底面貌與其平和底語音却有一種「逼人力」，即是説：他讓你寫稿子，你便不能不寫，不好意思不寫；即使是擠（魯迅所謂擠牛奶之擠）也罷。多謝道兄：以苦水之無恒與無學，拙録竟託了談禪之名出現於佛學月刊底《世間解》上，得與天下看官相見；而且一年有半底期限之中，竟寫出了十有二篇。不過「多謝」云者，自苦水個人方面言之則然耳。在本刊第七期「老僧好殺」一文中，苦水曾拈舉陳蒲鞋先攛掇臨濟老祖去問，後勸説黄檗大師去接底一則公案，且曰：「雲門要將世尊打殺，而陳蒲鞋却强替他臨濟出頭：學人且道那一個修福？那一個造孽？」苦水有嘴説旁人，難道没嘴説自己？苦水之寫此録，正所謂自作孽，不可活。看官且道道兄之善於催稿，且催得苦水直寫了「一打」惡札：修福與？抑造孽耶？若說此乃道兄與苦水底膠葛，不必起動天下看官，那麽，苦水此際已下了魯迅先生槍斃阿Q底決心，立誓拙録於此第十二篇斷手，平諺曰：沙鍋子搗蒜，一錘子買賣，我不必再拉攏主顧，我也不怕道兄多心，就請道兄於編輯室中自責招狀！

閑話揭開，且說「末後句」遮一個題目乃是去年此際所早已擬定。說起去年此際，如果不是苦水最專心學道底時期，至少也可以說是苦水最高興說禪底時期。那高興底程度真乃不下於「食於羹，寢於牆」云。自從本年二月閣筆以後，學道之心即不無，說禪之興乃大減。上期一篇「南無阿彌陀佛」已是筆墨無靈，於今草此一篇「末後句」，更是言說道斷。月前，中行道兄怕我臨期交不出稿去，曾囑早早下手，爾時亦曾寫得三頁稿紙，現在拆了東牆補西牆，就整箇兒移植於下面，其文曰：

伸開稿紙，標上題目，自念飢驅病纏之餘，拙録居然寫到第十有二篇，於今也不必再說什麽始願固不及此，今及此豈非天乎之類底餿話，祇是覺得强弩之末，尚且不穿魯縞，何況苦水之壓根兒並非硬弓，現在又復力盡者乎？古德嘗言：事不獲已。苦水一向不敢援以自護，然而此刻除此四字，更無其他理由可以說明此第十二篇之非寫不可。然則其所以不獲已者雖不同，而其不獲已則無異。吾嘗謂不獲已於世諦中可分爲二種：其一爲外在底逼迫，其二則爲內心底需要。如以教義言之，前者近於「因緣」，而後者則頗似「心生」。古人之不獲已，理當別有；若苦水之不獲已，實兼上舉二者。雖然，吾所欲言，前十一篇已具言之，今茲尚復何言？惟自寫此録以還，時有所感，十一篇中或不暇言及；或言之而不能詳且盡者亦往往而有，於此正不妨補言之，申言之：——

其一，苦水雖寫此録，實不會禪；此意於第五篇「不是，不是」中説得最爲明顯，其言曰：「凡有説禪底，那個不是氣壓諸方，孩撫時輩，……誰個又如苦水一再聲明自己是個凡夫？」又曰：「苦水具足凡夫，曉得甚底是禪？説去説來，寫來寫去，觸不着向上關捩子，談不到末後一句，理之當然，無足怪者。……初學發心，有志參禪之士想要向《揣籥録》中摸索一線路徑，管包你是向鷄蛋裏找骨頭，求之愈勤，去之轉遠。」此類話頭，在其他各篇，亦時有之，想來早在看官鑒察之中。切莫道俱是謙詞。何以故？若苦水實會而偏説不會，則是誑語，不得謂之謙。若苦水實實不會，如此説了，正是實話實説，實犯實供，謙從何來？若謂苦水此録乃依禪而起，亦自不無，或謂爲因緣生法，已是勉强，若其去禪之遠，殆不知若干由旬也。明眼大師一笑置之，亦固其所。佛門廣大，何所不容？醉漢囈語亦是尋常。如見之而氣惱，毒喝痛棒，請勿吝惜。

其二，自拙録問世以來，各地大德或來書鼓勵奬掖。苦水凡夫，滿懷俗情，得此寧不歡喜。然自視缺然，又未嘗不覺得慚惶。而此所謂歡喜與慚惶也者，尚非初心之所在。蓋寫此録最大之動機與希望，乃在於得到大德之賜教。苦水爲此言，亦非謂真理以辯論而愈顯，自信所見之必不差，將以筆墨征服天下；而只是自覺十餘年來閉門造車，幾等井蛙，多病之軀加之以衣食之累，更無餘暇餘力出而參訪尋求，今茲借本刊之園地，自陳淺見，倘蒙飽參不棄與以鍼劄，以增益其所不能：此則苦水之大愿也。

外此尚有奢愿二。一者，即嚮所謂「請自隗始」與夫「拋磚引玉」。二者，自清代有所謂「愚僧政策」以來，禪學幾於中絶，苦水誠不敢自居於唱導統帥之列，然而負弩先驅，摇旗吶喊，假使因此而引起一般學人之注意與研究，則苦水雖以口孽，墮落泥犂，又或五百世作野狐身，亦豈惟在所弗計，抑且甘之如飴。顧願力雖宏，智力至微，一念及此，中必如搗矣。

其三，禪宗雖溯源於達摩，實暢流於大鑒。《法寶壇經》流傳天壤，迹其所言，不獨鞭辟入裏，亦且明白曉暢：幾如香山之詩，老嫗能解。幾經蜕變，乃成玄言；後來兒孫，拈槌、竪拂，施棒、行喝，極之而輥球，而弄獅，而進前，而退後，而打圓相，而作女人拜，其心即不差，其迹似不可。苦水之爲此録也，初意本擬出以簡明平易之筆，故於第二篇「第二月」中曾有言曰：「要如三家村中塾師教書，先從《百家姓》中第一句趙錢孫李説起。」然自第四篇以下，漸不能保持其初心，苦水淺人，何來深語？説理無當，亦固其所。而其行文，亦已不免蕩閑踰檢，鹵莽滅裂，如自文其陋，何異於欺人？况復言隱於榮華耶？中行嘗告苦水：有人謂本刊文字以拙録爲最難索解，聞此言未嘗不内咎也。於此乃知深入者始能淺出；苦水於説禪之文字未能淺出，正以其學禪之工夫未能深入而已。

以上是一個月前所寫。説「已」便「已」，當下閣筆。不過倘有人問：「『上所云云，即是苦水底末後句耶？』」苦水將答曰：那裏，那裏。末後句者，不説則千言萬語，説則半句也無。上所云云，當然不是半句也無，而且也並非千言萬語，烏在其爲末後句耶？有一位老宿上堂：「我在老師會中得個末後句，不免將來布施大衆。」良久，乃云：「不與萬法爲侣者是什麽人？待汝一口吸盡西江水，即向汝道。」便下座。妙喜見之，却説：「山僧即不然，我在老師會中得個末後句，不免舉似大衆。」便下座。苦水看來，那位老宿私通車馬，嘴裏大似官不容鍼。妙喜老人官不容鍼，意中却又正是私通車馬。於此正好一案辦理，同坑埋却！不見道：趙州八十尚行脚，只爲胸中未悄然；及至歸家無一事，方知虛費草鞋錢——如問苦水：「你自家的末後一句畢竟作麽生？」於詩有之，曰：

「民亦勞止，汔可小康！」

一九四八年十二月十日於後海之前

（第一——十一篇刊於一九四七——一九四八年佛學月刊《世間解》第一——十一期；其中第八、九、十三篇於一九四八年七月以《兔子與鯉魚》爲題出版單行本；最後一篇據手稿排印。）

# 佛典翻譯文學選

## ——漢三國晉南北朝時期

### 引言

中國在早只有原始信仰而無宗教。所謂宗教是從外國傳來的。首先且影響最廣大而悠久的是佛教。(道教雖然屬於「國産」，但它是佛教的仿製品，即是：比着佛教的規模而建立起來的。我國古代祇有道家，並没有道教。)

佛教之來中國是有其歷史和地理的條件的，這先不必去説它，我們不是在研究佛教史。現在只説一説它來到中國之後，發生的影響。這可以分三部分來講：一、迷信；二、哲理；三、文學。

第一先説迷信。佛家因果之説，一方面是報應、輪迴，另一方面是極樂世界的淨土。這就使得舊封建社會中被剥削、被壓迫、窮苦無告的人民大衆最易於接受。但接受之後，不修今世修來世，於是乎不但不反抗、不鬭爭，而且無論處在怎樣水深火熱之中，但因爲他們堅決相信那一張萬劫不能兑現的空頭支票，便也如同臨近被屠的羔羊，一聲也不叫唤了。這就説明了自漢而後，歷代帝王、特別是那些號稱「英明」之主爲什麼那麼尊崇佛教。我們讀歷史，可曾看見過僧徒或佛教徒起義嗎？（在這點上我開個玩笑，道教徒倒比佛教徒有反抗性，因爲道教主教龍虎山張天師的始祖就是漢末農民起義「黄巾」的領袖張角。）這怕也是歷代皇帝老兒之所以那麼喜歡佛教的原因之一。自然他們還希望「承佛威力」得以江山萬里，子孫萬代；我們祗看現在保留下來的廟宇，其匾額往往還帶有「護國」的字樣（那些統是官家立的）就明白了。釋迦牟尼①是一個聰明人而且是一個心地善良的人，他當年在「西天」説教的動機未必如此，而且並不如此；然而他所建立的佛教流入東土以後，其結果却確鑿如此。這可不是「阿彌陀佛」②的事兒。

至於中國的佛教徒到了後來，不服役，不納税，甚至於結交官府，出入宫庭，而且有房産，有土地，有房客，有佃户，並且開設了當舖（美其名曰長生庫），簡直成爲統治階級、剥削階級一種特殊階層：這可大糟其糕。况且自唐代以後，建立了「僧録」（統轄僧徒的衙門），設置了僧官（以僧人充之），佛教完全屈服於政治勢力之下，佛教徒談不到什麼「跳出三界外，不在五行中」了。不過這又是佛教史上的事兒了。

第二再説哲理。有史以來，没有一個創教主所説的教能像釋迦所説的教之含有那麼多的哲理（佛教徒名之曰「教義」）。甚至於可以説釋迦自己所説的哲理簡直推翻了他自己所立的宗教。這是一個大矛盾。其實，佛與其佛教幾乎無處而不有矛盾。小乘與大乘矛盾；有宗與空宗矛盾；總而言之，知與信矛盾；般若（智慧）與「無智」矛盾。釋迦説法三百餘會，而他却説：「若人言如來有所説法，即爲謗佛」一說法者無法可說，是名說法。」諸如此類，舉不勝舉。不過釋迦在宗教中，不但是一個最大的唯心論哲學家，而且是一個最大的煩瑣哲學家。同時，他極善於冥想，極富於辯才；因此，他又是一個最大的「思想游戲」家和宣傳家。我們想用三言五語介紹他的哲學體系，絕對辦不到。多了呢？我的學力來不及；時間也有限制；而且萬萬無此需要。我們又不是研究佛家哲學。現在只說一說它到中國來了以後，發生了何等影響。

現在對哲學一詞所下的定義是：科學的抽象。這當然非所論於佛家哲學。我們假如來一個文字遊戲，或者可以說它是抽象的科學。因爲它的基礎完全建立在幻想上，而釋迦却又把所有他的幻想加之以分析、綜合、歸納、演繹，使之有層次，有條理，直可以說是把它科學化了。所以儘管佛理的前提和結論都是那麼荒唐、悖謬，而佛的思想方法却不失爲可取；換言之，佛家哲學之可取，不在於其哲理，而在於其思想方法：有些——說的是「有些」，並不是全部——地方還是「帶着自發的樸素的性質」底「古代辯證法」。（到了稍後出的《因明學》那就很類似乎三段論法的形式邏輯學了。）佛既掌握着這一工具，再加之以說故事，講報應，佛教來到中國以後，其風靡一世是可想而知的。不過它的哲理却絕對不能爲廣大的、無文化的人民大衆所接受。接受它的只有知識分子，即舊所謂文人。然而大部分的舊文人不但「四體不勤」，而且連腦筋都懶怠去動。加之魏、晉以後，清談之風，老莊之學始終不衰。於是士大夫之流在佛理上所接受的倒不是它的鄰近乎科學方法的思想方法，而是它的唯心論的結論：空。佛家之「空」混合了道家之「無」再出之以「談名理」，這就是佛家哲理在當時所發生的影響。

中國的舊文人一千多年來那種高致、那種超然物外即脱離實際生活(吊兒郎當！)的意識形態都或多或少地、自覺地或不自覺地、直接地或間接地受了這影響。這可又是大糟而特糟的事兒。至於佛家的煩瑣哲學到了唐代成爲唯識學，自性圓明之説發展成爲中國的的禪宗，那可是「後話」，儘可以「不提」。

其實我們在今日看來，佛家哲學的價值倒不盡在乎其「帶着自發的樸素的性質」的「古代辯證法」，和其形而上的「唯理」論以及其類似乎三段論法的形式邏輯的《因明學》，而在於其博大的、深厚的人道主義。

我們都知道佛教宗旨是慈悲。這慈與悲正是一回子事：存乎心者謂之慈；見於外者謂之悲。所以在釋迦牟尼的許多尊號之中，其一就是大慈。而這「大慈」析説之，則是佛家的「普親」(普遍的愛)觀和「平等」觀。《梵綱經》在食肉戒下説：「若佛子故食肉——一切肉不得食——斷大慈悲種子，一切衆生見而捨去」。又説：「一切男子是我父，一切女人是我母，我生生無不從之受生。故六道衆生皆我父母。而殺而食者即殺我父母，亦殺我故身。一切地水是我先身；一切火風是我本體。」我們抛開輪迴報應不談，只看「一切男子是我父，一切女子是我母」這是何等博大的、深厚的人道主義！

必須知道釋迦是公元前六百年以後的人(佛的生年今尚未考定，一説生於公元前五五七年，相當中國周靈王十五年，較孔子長六歲，壽八十三，一説八十)。在那時，佛已有這樣的思想和見解，而且佛自己底確「如是説，如是行」。而兩千五百年以後——好傢伙！兩千五百年，二十五個世紀呀！——的今日，還有一小撮人（這夥人，用了佛說，正是「斷」盡了「慈悲種子」的一些傢伙們）在那裏盡力地叫囂戰爭，製造戰爭，並且儘量地想法瞅機會好去使用細菌彈、原子彈、氫彈以毀滅人類。妙在他們還有時也説什麽「民主」、「平等」、「和平」以及「人道主義」。以今比昔，相形之下，釋迦真是一位了不起的教主了。

自然，以上的説法只是個「善善從長」，我們對於佛家的慈悲這一教義，只能批判地接受，因爲它太無原則了，太趨於極端了。（一切宗教家的思想，即使是好的，也總有着它的極端性。）譬如佛説一切男女皆我父母，這個「一切」先就有語病；在今天來説，這麽一來，就將那一小撮人也包括在裏面了，使不得的！

不過這樣走極端的、無原則的佛家人道主義在中國倒不曾有多大影響。充其量，不過是僧徒們和受過「居士戒」的人們消極地不殺生、不食肉而已。推行最力的要算梁武帝（蕭衍），因爲他是一位皇帝，這就很容易使他説到哪裏、作到哪裏。然而其結果却殊不見佳：「身死，國滅，爲天下笑」。至於他在被困臺城的時節，要喝口蜜水也撈不着，那可真有點「慘」了。

第三説到文學。如果説第一、二兩種影響是壞的，那麽，這第三個影響則是好的。這恐怕須得好好地説一説，雖然我不見得能説得好。

佛家好説「因緣生法」，這一名詞頗有素樸的唯物論底意義。現在就利用它來説明佛典之影響中國文學。佛教和佛典便是「因」，譬如種子。佛教和佛典來到中國之後，得到了上至統治階級下至被統治階級的「信受奉行」，是結合了中國社會實際生活（物質生活、政治生活、文化生活）而發生作用的。這中國社會的實際生活對於作爲「因」的佛教和佛典便是「緣」，譬如氣候、水份、土壤等等。無「因」不生，無「緣」不長。佛教和佛典之影響中國，恰恰如此。

首先是譯經的文體。

宗教的推行和教典的流通是分不開的。佛典是梵文。要使它流通中國，盡人能讀，勢必譯成漢語。於是自從佛教流傳東土以來，譯經便成爲教中大師們一項嚴肅、重大的工作。説是嚴肅，因爲一切經皆是佛説，要翻譯，一定要本着釋迦的意旨，不能有半點兒走作和歪曲。説是重大，因爲光是「佛所説經」就有千來部。不過這都不關我們的事。現在只説大師們譯經所用的文體。

繙經的因爲要忠實於佛説，所以要採用直譯法。但此一國的語法規律決不會盡符合於彼一國，所以繙經者有時也不免要採用意譯法，即是説，文法雖然與梵文不同，而意義卻仍然是原旨。同時，繙譯佛書本來爲的是宣傳佛教；所以譯筆決不可以太文，使其與大衆絶緣。但又不能太俗，太俗了，便要爲「士大夫」所輕視，而不能擡高佛教同佛典在社會上的地位。綜合了以上所説的這兩個原則，即成爲，兼用了直譯和意譯，而文辭則斟酌乎文言語體之間：這就構成了一千餘年以來的譯經的文體；這也就是佛經繙譯的正宗文體；這也就是漢以後的一種新興文體；這也就是中國語文第一次受到了外國語文的影響。

這一種譯經體，後來文人在談佛理的文字中，往往使用。最顯而易見的是六朝梁家蕭衍（武帝）

父子們。不過這也只限於談佛理的時候；其他的文字，他們還是使用當時風行的駢儷的文體。便是當時的大師們行文時所用的文體也不見得統是這種譯經體。

佛典對中國文學最大的影響恐怕不專是文體的問題。這個，說來也頗話長。

佛所說經雖然汗牛充棟，大體分之，不出二類：其一是使人信，就是輪迴報應；又其一是使人知，就是佛家的唯心論或形而上學。前者既如彼其「慌兮惚兮」，後者又如此其「玄之又玄」，這就使人很難於信，難於知。然而我們必須承認釋迦牟尼是所有創教主中一位最大的天才。他有着極其豐富的生活經驗，而又多才多藝，同時他又有着極其豐富的想像力和極大的辯才。就爲了這原故，他在說法的時節，最喜用譬喻，最善於講故事。就爲了這原故，他在說法的時節，最善於把他所講「慌兮惚兮」的事物和「玄之又玄」的道理具體化、形象化了，這就使人很易於信、易於知。附帶說一句，釋迦牟尼所說的，儘管我們絕對不能接受，而他這種說的技術（簡直可以稱之爲藝術），卻值得我們作或要作語文教師的去好好學習，因爲它具有着極高的說服力。老實不客氣地說，這也是我這次來講佛典文學的主題之一，先此聲明。

如今且說，佛是那樣地善說故事：假如我們把所有佛經裏面的故事，或大或小，或長或短，搜集在一起，那壯彩，那奇麗，我想從古代傳流下來的故事書，就只有《天方夜談》（《一千零一夜》）可以超過了它——然而《天方夜談》決非一時、一地、一人之作，而所有佛經裏面的故事可都是這位「釋迦老子」一個人創造出來的。在這一點上，佛是真正值得我們的「合掌讚歎」的。小泉八雲說：研究《聖經》

（即《舊約》與《新約》）而專從宗教的觀點去看，則對於其中「文學美」底認識，反而成爲障礙。我想小泉氏這説法，我們拿來去看佛經，恐怕更爲確切而適合一些。

佛經中這些故事與六朝的小説是有其密切的關係的。

胡適在他的《白話文學史》裏説：「《普曜經》、《佛所行讚》、《佛本行經》都是偉大的長篇故事，不用説了。《須賴經》一類便是小説體的作品。《維摩詰經》、《思益梵天所問經》……都是半小説體，半戲劇體的作品。這種懸空結構的文學體裁都是古中國没有的。他們的輸入，與後代彈詞（案：當即指「諸宫調」）、平話、小説、戲劇的發達都有直接或間接的關係。佛經的散文與偈體夾雜並用，這也與後來的文學體裁有關係。」

胡氏這一段議論，大體上是正確的；我們倒未可以人廢言。

我們很難斷説六朝初期小説完全是模襲佛典中的説故事，可是也不能斷説不受它的影響。《搜神記》和《續搜神記》中不獨其故事之結構類似乎《舊雜譬喻經》，便是其文體，也十分相近。自然，這後一種情形也許是兩《記》作者和繙經師行文都采用了當時口語的原故。到了六朝末期，有些小説簡直是在那裏宣傳佛教——特别是輪迴報應，其爲受了佛典故事的影響，就不用提了。（詳見魯迅先生《中國小説史略》第六篇）。後來的傳奇、平話、章回小説以及筆記小説老是愛説某人是什麽玩意兒脱生，某人是什麽人轉世，某人作了什麽事，得了什麽結果：那可完全是佛典中的那一套。但這又成了「後話」了。

誰也不能否認中國從古以來就有許多不朽的詩篇，《詩經》、《楚辭》就是確證。但是我們只要略一研究我國詩底歷史，便會感覺得紀事的長詩在我國實在不怎麼發達。其原因頗不易於說明，而且在此也沒有說明之必要。現在要說的是：佛典中是多麼富於類似乎紀事詩的作品；而且它們是怎樣地影響了中國文學。（在此，必須分說一下：這絕對不是說佛典未來中國以前，中國就沒有紀事詩。）

我們必須承認佛之富有詩才，長於韻語。他於說法時，在說完一大段道理之後，往往撮其綱要，再來一段韻文，爲的是使聽的人便於記誦。（這類韻文便是所謂「偈頌」，本來是有韻的，繙經時，完全不叶韻，而只采用了中國詩的四言、五言、六言或七言的形式，成了無韻詩。）說理的偈在中國文學上的影響不太大，只有後來禪宗大師的「頌古」以及相傳寒山、拾得和王梵志等人的詩是由此出，但已俱都是叶韻之作了。佛典中還有着許多紀事的偈語，怕就是唐代「變文」的起源；而「變文」則又是後來諸宮調、以及戲文、雜劇的前身。其影響倒是「非同小可」。不過這也是後話。

引言，意盡於此；以下是凡例和贅語：

所選出的這些篇，分爲上、中、下三卷。上卷是說理之部；中卷是叙事之部；下卷是偈頌之部。重點放在中部，所以選得也比較多一些。所惜的是手頭掌握的材料太少，病中又不能外出到大一些的圖書館裏去查書。至於所選之未必精當，尤其引以爲歉。

注：①釋迦牟尼：據丁福保氏《佛學小辭典》，釋迦又名釋迦文、釋迦文尼。釋迦，姓也。本爲刹帝利種之一族，稱曰瞿曇氏；後分族，稱曰釋迦氏。釋迦，譯作能，能爲能力也。牟尼又作文尼，譯作寂、仁……爲離身、口、意三業諸過而静寂之義。《小辭

典》又説：釋迦牟尼者，印度迦毘羅城主净飯王之太子，名悉多（或翻悉達）。又據《辭源》及他書，釋迦牟尼未出家時，有妃名耶輸多羅，有子名羅睺羅。釋迦牟尼成道之後，度其妃及其子皆出家。

②阿彌陀佛：參看下面選出的《阿彌陀經》及其後的附注及案語。

# 上卷　説理之部

## 《四十二章經》選

後漢・迦葉摩騰、竺法蘭譯

佛言：人有衆過而不自悔，頓息其心，罪來赴身，如水歸海，漸成深廣。若人有過，自解知非，改惡行善，罪自消滅，如病得汗，漸有痊損耳。第五章

佛言：惡人害賢者，猶仰天而唾，唾不汚天，還從己墮；逆風颺塵，塵不至彼，還坌己身。賢不可毁，禍必滅己。第八章

案：金刻大藏經，此章爲韻文（偈），文曰：

佛言：惡人害賢者，猶如仰天唾，唾不至天公，還從己身墮；逆風揚惡（塵），不能汚上人。賢者不可毁，禍必降凶身。

佛言：覩人行道，助之歡喜，得福甚大。沙門①問曰：此福盡乎？佛言：譬如一炬之火，數千百人各以炬來，分取火去，熟食、去冥②，此炬如故：福亦如之。第十章

注：①沙門：即桑門，即僧。　②冥：黑暗。

佛言：夫爲道者，譬如一人與萬人戰，挂鎧出門，意或怯弱，或半路而退，或格鬭而死；意若無懼，或得勝而還。沙門學道，應當堅持其心，精進勇鋭，不畏前境，破滅衆魔而得道果。第卅三章

案：胡適白話文學史說：「《四十二章經》是一部編纂的書，不是繙譯的書，故最古的經録不收此書」。梁啓超疑此經爲僞書，因爲文體不似東漢。這一論斷怕有錯誤。譯經的文體是不能拿文人的文體來衡量的。湯用彤的《漢魏兩晉南北朝佛教史》則根據漢末人文字中已採用此經，斷說：「後漢時已有此經，實無可疑」。摩騰、法蘭兩人生平亦無可考。（一說：《四十二章經》之譯出在漢明帝永平十年、公元六十七年）。

《八大人覺經》選 後漢、安清譯

第四覺知懈怠墜落；常行精進，破煩惱惡，摧伏四魔①，出陰界②獄。

注：①四魔：一、煩惱魔；二、五陰（色、受、想、行、識）之魔；三、死魔；四、「自在天」魔，即害人差事之魔。②陰界：陰即五陰。界有十八：眼、耳、鼻、舌、身、意爲六根内界；色、聲、香、味、觸、法爲六塵外界；眼識、耳識、鼻識、舌識、身識、意識爲六識中界。

第五覺悟愚癡生死。菩薩①常念：廣學多聞；增長智慧；成就辯才；教化一切悉以大樂。

注：①菩薩：全譯爲菩提薩埵，義譯爲覺有情，或曰大士，故觀世音菩薩亦稱觀音大士。

第八覺知生死熾然，苦惱無量。發大乘①心，普濟一切：願代衆生受無量苦，令諸衆生畢竟大樂。

注：①大乘：佛家最高之教義。

案《八大人覺經》乃是雜採諸經、綜合教理而成，類如現在所謂綱要、大綱一類之書。安清字世高，安息（古波斯帝國）國人，故以安爲姓，於漢桓帝（公元一四七至一六七）時來中國，曾譯經三十餘部。

## 《維摩結經》節選 姚秦鳩摩羅什譯

（文殊答維摩問「如來種」）

……於是維摩詰①問文殊師利②：「何等爲如來③種？」

文殊師利言：「有身爲種；無明④、有愛⑤爲種；貪、恚、癡爲種；四顛倒⑥爲種；五蓋⑦爲種……一切煩惱皆是佛種。」

曰：「何謂也？」

答曰：「若見無爲⑧入正位⑨者，不能復發阿耨多羅三藐三菩提心⑩。譬如高原陸地不生蓮華；卑溼污泥乃生此華。如是，見無爲法入正位者，終不復能生於佛法；煩惱泥中，乃有衆生起佛法耳。又如植種於空，終不得生；糞壤之地，乃能滋茂。如是，入無爲正位者，不生佛法，起於我見如須彌山⑪，猶能發於阿耨多羅三藐三菩提心生佛法矣。是故，一切煩惱爲如來種。譬如不下巨海，不能得無價寶珠。如是，不入煩惱大海，則不能得一切智寶。」

爾時，大迦葉⑫歎言：「善哉！善哉！文殊師利快說⑬此語！誠如所言，塵勞⑭之儔爲如來種。……」

注：①維摩詰：中印度毗耶離國之居士（在家修佛法的人），簡稱維摩。②文殊師利：佛弟子，菩薩簡稱文殊。③如來：佛號

之一，常住而不變不改爲如。乘真如之道，由因來果，而成正覺，即是如來。④無明：痴闇之心，一切煩惱皆屬之。⑤愛：謂世俗之愛。⑥四顛倒：常、樂、我、静爲佛家之四德；而「凡夫」每以無常爲常，以苦爲樂，以非我爲我，以不净爲净：是爲四顛倒。⑦五蓋：一、貪欲蓋；二、瞋恚蓋；三、睡眠蓋；四、掉悔蓋；五、疑法蓋。『蓋』是遮蔽之意，謂其能遮蔽本性，不生善法。⑧無爲：正法。⑨正位：小乘之涅槃（不生不滅之境）。⑩阿耨多羅三藐三菩提：義譯爲無上正遍知。⑪須彌山：或説即今地理學上所謂喜馬拉雅山。⑫大迦葉：佛弟子。⑬快説：説得好。⑭塵勞：即煩惱。

案：經多是佛説。或有非佛所説而經過佛之『印可』者。維摩詰經乃維摩詰居士説，故名《維摩詰所説經》。緣起是：維摩詰抱病，佛令其弟子文殊師利同其他弟子往問。相見之後，維摩與文殊關於佛理往覆問答，乃有此經。鳩摩羅什（公元三四三？至四一三）龜兹國（今新疆庫車縣地）人。公元三八四（五）年間至涼州（今甘肅武威縣），於公元四〇一年至長安。其時姚興稱帝，國號曰秦，故什師爲姚秦人。什師居長安十餘年，在此時期，國内國外、南方北方的大師多從之受法。同時，他譯出的佛經共有三百餘卷之多，其中流傳最廣的是《妙法蓮華經》（法華經）《阿彌陀經》和《維摩詰經》。

## 《佛遺教經》選　姚秦、鳩摩羅什譯

汝等比丘①，諂曲之心與道相違，是故宜應質直其心。當知諂曲但爲欺誑；入道之人則無是處。

**是故汝等宜當端心，以質直爲本。**

汝等比丘，若勤精進，則事無難者。是故汝等當勤精進。譬如小水長流，則能穿石。若行者之心數數懈廢，譬如鑽火未熱而息，雖欲得火，火難可得。是名精進。

汝等比丘，若有智慧，則無貪著。常自省察，不令有失。是則於我法中能得解脱。若不爾者，既非道人②，又非白衣③，無所名也。實智慧者，則是度老、病、死海堅牢船也；亦是無明，黑暗大明燈也；一切病者之良藥也；伐煩惱樹之利斧也。是故汝等當以聞、思、修慧④而自增益。若人有智慧之照，雖是肉眼，而是明見人也。是名智慧。

注：①比丘：或譯苾蒭，即僧徒。　②道人：出家修行佛法之人。　③白衣：在家俗人。　④聞、思、修慧：即聞慧、思慧、修慧之省文。

案：《佛遺教經》是佛臨滅度（死）時最末所説的一部經，最爲平實。

## 《大明咒經》姚秦、鳩摩羅什譯

觀世音菩薩行深般若①波羅蜜多②時，照見五陰③空，度一切苦厄。舍利弗，色空故，無惱壞相；受空故，無受相；想空故，無知相；行空故，無作相；識空故，無覺相。何以故？舍利弗，非色異空，非空異色；色即是空，空即是色；受、想、行、識，亦復如是。舍利弗，是諸法空相：不生不滅，不垢不靜，不增不減。是故空法非過去，非未來，非現在。是故空中無色，無受、想、行、識，無眼、耳、鼻、舌、身、意④，無色、聲、香、味、觸、法⑤，無眼界⑥，乃至無意識界，無無明，亦無無明盡，乃至無老死，亦無老死盡，無苦、集、滅、道⑦、無智亦無得。以無所得故，菩薩依般若波羅蜜故，心無罣礙。無罣礙故，無有恐怖，遠離一切顛倒夢想苦惱，究竟涅槃。三世諸佛，依般若波羅蜜故，得阿耨多羅三藐三菩提。故知般若波羅蜜是大明咒，是無上明咒，是無等等明咒，能除一切苦，真實不虛。故説般若波羅蜜咒。即説咒曰：

竭帝竭帝。波羅竭帝。波羅僧竭帝。菩提僧波訶。⑧

注：①般若：義譯智慧。②波羅蜜多：義譯到彼岸。③五陰（一名五蘊、五蔭）：即色、受、想、行、識。細分説之，凡一切有形有作之事物叫作色。凡身心所感叫做受。凡身、口、意之所造作叫做行。凡所思想叫做想。能了解、分析事物之心叫作識。④眼、耳、鼻、舌、身、意：統名六根。⑤色、聲、香、味、觸、法：由六根出，統名六塵。⑥界：差别之義，又有體性之義。譬如眼界，即是説眼的本體與其自性。餘五類推。⑦苦、集、滅、道：統名四諦。細分説之，沉淪於「生死海」中叫作苦。諸苦俱集，叫作集。滅是涅槃。道是正道，即佛法。⑧咒語能生善法，去邪惡。佛經於咒，皆譯音而不譯義。

## 《心經》（附録）唐·法成譯

如是我聞：

一時薄伽梵①住五舍城②鷲峰山③中，與大苾蒭衆及諸菩薩摩訶薩④俱。爾時，世尊等入甚深明了三摩地⑤法之異門。復於爾時，觀自在⑥菩薩摩訶薩，行深般若波羅蜜多時，觀察照見五蘊體性悉皆是空。時具壽舍利子⑦承佛威力，白聖者觀自在菩薩摩訶薩曰：「若善男子欲修行甚深般若波羅蜜多者，復當云何修學？」作是語已，觀自在菩薩摩訶薩答具壽舍利子言：「若善男子及善女人欲修行甚深般若波羅蜜多者，彼應如是觀察，五蘊體性皆空。色即是空，空即是色，色不異空，空不異色，如是，受、想、行、識亦復皆空。是故，舍利子，一切法空性，無相，無生，無滅，無垢，離垢，無減，無增。舍利子，是故爾時空性之中，無色，無受，無想，無行，亦無有識；無眼，無耳，無鼻，無舌，無身，無意；無色，無聲，無香，無味，無觸，無法，無眼界乃至無意識界；無無明亦無無明盡；乃至無老死亦無老死盡；無苦、集、滅、道，無智，無得，亦無不得。是故，舍利子，以無所得故，諸菩薩衆依止般若波羅蜜多，心無障礙，無有恐怖，超過顛倒，究竟涅槃。三世一切諸佛亦皆依般若波羅蜜多故，證得無上正等菩提。舍利子是故當知：般若波羅蜜多大蜜咒者，是大明咒，是無上咒，是無等等咒，能除一切諸苦之咒，真實無倒。故知般若波羅蜜多是秘蜜咒。即說般若波羅蜜多咒曰：

峨帝峨帝，波羅峨帝。波囉僧峨帝。菩提莎訶。

舍利子，菩薩摩訶薩應如是修學甚深般若波羅蜜多。爾時，世尊從彼定起，告聖者觀自在菩薩摩訶薩曰：「善哉，善哉！善男子如是，如是。如汝所說，彼當如是修學般若波羅蜜多，一切如來亦當隨喜。」時薄伽梵說是語已，具壽舍利子，聖者觀自在菩薩摩訶薩一切世間天人⑧、阿蘇羅⑨、乾達婆⑩等，聞佛所說，皆大歡喜，信受奉行。

注：①薄伽梵：佛之另一尊號。　②五舍城：在中印度、摩迦陀國。　③鷲峰山：即耆闍崛山，或譯靈鷲山、鷲頭山。其峰形如鷲鷹，故名。　④摩訶薩：義爲大。菩薩摩訶薩、猶言大菩薩、大士。　⑤三摩地：或譯三昧，義爲禪定（靜坐調息，澄心念法）。

⑥觀自在：即觀世音。　⑦具壽舍利子：即舍利佛。　⑧天人：神鬼，天上之人。　⑨阿蘇羅：或譯阿修羅，修羅，義爲惡神。　⑩乾闥婆：音樂之神。

案：什師所譯《大明咒經》，於原文多有删節。至唐代，玄奘重譯，文字與什譯大同小異，亦非全本，而改名《心經》，流傳最廣，很少有人知道什譯本了。現代附録唐代法成法師所譯的全文，以資比較。《心經》雖然很短，且是觀世音所説而不是佛所説，然而佛家理論體系差不多已盡具於此經。所以後人相傳，有「心經是諸經之膽」這麽一句話。儘管經中所説那種「不生不滅……」的「諸法空相」没有半點馬列主義哲學的影兒，可是「般若波羅蜜多」由智慧到彼岸，即由智慧覺悟，以及「心無罣礙」、「無有恐怖」，仍不失爲相當的真理。其次佛在世日，雖然説了許多經，却没有寫過一部書。佛滅度後，其大弟子等集體記録(由阿難主其事)，所有一切佛經統是這麽作成的。幾乎所有的經在一開頭，必有「如是我聞」一句，接着便是「一時佛在」什麽地方，「與」什麽人「俱」(在一處)；底下方是經文；而結尾必是説聽法的人(或鬼神)「皆大歡喜，信受奉行」。爲了使學人知道佛經的共同體製，這一附録似乎並非多餘。

# 中卷　序事之部

《舊雜譬喻經》選　吳、康僧會譯

## 一、薩薄與孔雀王

昔無數世，有一商人，號曰薩薄，時適他國賣齎貨，所止近在佛弟子家。佛弟子家時作大福，安施高座，衆僧説法，講論罪福，善惡由心，心、身、口所行，及四諦非常苦空之法。遠道賈人時來寄聽，心解信樂，便受五戒①，白優婆塞②。上座③以法勸樂之，言：「善男子護身、口、心十善④具者，戒有五神，五戒有二十五神現世衛護，令無枉横；後世自致無爲大道。」賈人聞法，重喜無量。後還本國，國中都無佛法，便欲宣化，恐無受者；以所受法教化父母、兄弟、妻子、及諸中外，皆便奉法。去賈人士千里有國，民多豐樂，寶物饒好。二國圯塞，絶不復通，百餘年中。所以故，有閱叉⑤居其道中，得人便噉，前後無數，是故斷絶無往來者。賈人自念：「吾奉佛戒，如經所道，及有二十五神見助，不疑聽。彼鬼唯一人耳，吾往伏之，必獲也。」時有同賈五百餘人，便語衆人：「吾有異力，能降伏鬼。汝等能行詣彼者不？及有大利。」衆人自共議：「二國不通，從來大久，若得達者，所得不訾。」便相可適，進道而去。來至中路，見鬼食處，人骸骨髮狼籍滿地。薩薄自念：「鬼神前後所可食人，今證驗。現我死職當，恐此衆人。」便語衆輩：「汝等住此，吾欲獨進。得勝鬼者，當還相迎。不得來者，知爲遇害，便各還退，勿復進也。」於是獨前。方行數里，逢見鬼來，正心念佛，志定不懼。鬼到，問曰：「卿是何人？」答曰：「吾是通道導師也。」鬼大笑曰：「汝聞我名不而欲通道？」薩薄曰：「知汝在此，故來相求，當與卿鬭。若卿勝者，便可食我，若我得勝，通萬姓道，益天下利矣。」鬼言：「誰應先下手乎」？賈人言：「吾來相求，故應先下手。」鬼聽可之。以右手扠之，手入鬼腹，堅不可出。左手復扠，亦入。如是，兩脚及頭都入鬼中，不能復動。於是閱叉即以頌而問曰：

「手足及與頭，五事雖絆羈，但當前就死，跳踉復何爲？」

賈客偈答：

「手足及與頭，五事雖被繫，執心如金剛，終不爲汝擘。」

鬼復說偈：

「吾爲神中王，作鬼多力旋。前後噉汝輩，不可復稱數。今汝死在近，何爲復調語？」

賈客偈答：

「是身爲無常，吾早欲棄離。魔今適我願，便持相布施。緣是得正覺，當成無上智。」

鬼說偈歸依：

「志妙摩訶薩、三界⑥中希有；畢爲度人師，德備將不久。願以身自歸，頭面禮稽首。」

於是閱叉前受五戒，慈心衆生，即爲作禮，退入深山。薩薄還呼衆人前進彼土。於是二國並知五戒、十善。降鬼，通道，乃識佛法至真無量，皆共奉戒，近然三尊，國致太平。後昇天得道，乃五戒賢者直信之恩力也。

佛告諸比丘。時薩薄者，我身是，菩薩行尸波羅蜜⑦所度。如是過去無數劫⑧，爾時有孔雀王⑨，從五百婦孔雀相隨，經歷諸山，見青雀色大好，便捨五百婦追青雀。青雀但食甘露、好果。時國王夫人有疾，夜夢見孔雀王。寤則白王：「王當重募求之。」王命射師有能得孔雀王來者，賜金百斤，婦以汝小女。諸射師分佈諸山，見孔雀從一青雀，便以蜜麨⑩處處塗樹。孔雀日日爲青雀取食，如是玩習，人便以蜜麨塗己身。孔雀便取蜜麨，人則得之。語人：「我以一山金相與，可捨我。」人言：「王與我金並婦，足可自畢。」已便持白王。孔雀白大王：「王重愛夫人，故相取。願乞水來咒之，與夫人飲、澡浴。若不瘥者，相煞不晚。」王則與水令咒，授與夫人飲，病則除。宮中內外諸有百病，皆因此水悉得除愈。國王人民來取水者無央數⑪。孔雀白大王：「寧可木繫我足，自在往來湖水中方咒，令民遠近自恣取水。」王言：「大佳！」則引木入湖水中自極制方咒之。人民飲水，聾盲視聽，跛傴皆伸。孔雀白大王：「國中諸惡病悉得除愈。人民供養我如天神無異。終無去心。大王可解我足，使得飛，往來去入湖水中。暝⑫上此梁上宿。」王則令解之。如是數月，於梁上大笑。王問曰：「汝何等笑？」答曰：「我笑天下有三癡。一曰我癡；二曰獵師癡；三曰王癡。我與五百婦相隨，捨追青雀，貪欲之意，爲射獵者所得，是爲我癡。射獵人，我與一山金不取，言王當與己婦并金，是射獵者癡。王得神醫，王夫人、太子、國中人民諸有病者，悉得除愈，皆更端正。王既得神醫而不牢持，反縱放之，是爲王癡。」

孔雀便飛去。

佛告舍利弗：時孔雀王者，我身是也。時國王，汝身是。時夫人者，今調達⑬婦是。時獵師者，調達是也。

注：①五戒：一、不殺生；二、不偷盜；三、不邪淫；四、不妄語；五、不飲酒。 ②優婆塞：猶言居士，信士，在家信佛之男子。 ③上座：首座説法之僧人。 ④十善：一、不殺生；二、不偷盜；三、不邪淫；四、不妄語；五、不兩舌；六、不惡口；七、不綺語；八、不貪欲；九、不瞋恚；十、不邪見。 ⑤閱叉：即藥叉，即夜叉。 ⑥三界：一、欲界，此界之衆生皆喜樂飲食、邪淫、睡眠諸欲，故名；二、色界，此界所有物質生活皆極其美好、精妙，故名；三、無色界，居此界者但有受、想、行、識而無色，故名。 ⑦尸波羅蜜：即尸羅波羅蜜，由戒行到彼岸之意；六波羅蜜之一。 ⑧劫：全音譯爲刧波，極長之時。一千六百八十萬年爲一小劫。合二十小刧爲一中刧。合四中刧爲一大刧。 ⑨孔雀王，孔雀中之極大、極美、極靈異者。 ⑩麨：食物，略如今之炒麪。 ⑪無央數：無窮數，多不可數。 ⑫暝：即「晚」字。 ⑬調達：人名，最恨佛法，曾擬致佛於死地。

## 二、五道人

昔有五道人①俱行道，逢雨雪，過一神寺中宿。舍中有鬼神形像，國人吏民所奉事者。四人言：「今夕大寒，可取是木人燒之用炊。」一人言：「此是人所事，不可取。」便置不破。此室中鬼常啖人，自相與語言：「正當啖彼一人，是一人畏我。餘四人惡，不可犯。」其呵止不敢破像者夜聞鬼語，起呼伴：「何不取破此像用炊乎？」便取燒之。啖人鬼便奔走。

夫人學道，常當堅心意，不可怯弱，令鬼神得人便②也。

注：①道人：學法人之通稱。佛教初來中國，僧徒亦稱道人。②得人便：猶言佔了人的便宜。

## 三、伊利沙

昔有四姓①名伊利沙，富無央數，慳貪不肯好衣食。時有貧老公與相近居，日日飲食魚肉自恣，賓客不絕。四姓自念：「我財無數，反不如此老公！」便煞一鷄，炊一升白米，著車上，到無人處下車。適欲飯，天帝釋②化作犬來，上下視之。請謂狗言：「汝若不能倒懸空中，我當與汝不？」狗便倒懸空中。四姓意大恐：何由有此！曰：「汝眼脱著地，我當與汝不！」狗兩眼則脱落地。四姓便徙去。天帝化作四姓身體語言，乘車來還，勑：外人有詐稱四姓，驅逐搥之。四姓晚還，門人罵詈令去。天帝盡取財物大布施。四姓亦不得歸財物，爲之發狂。天帝化作一人問：「汝何以愁？」曰：「我財物了盡。」天帝言：「夫有寳令人多憂，五家卒至無期，積財不食，不施，死爲餓鬼，恒乏衣食；若脱爲人，常墮下賤。汝不覺無常，富且慳貪不食，欲何望乎？」天帝爲説四諦苦空非身。四姓意解歡喜。天帝則去。四姓得歸，自悔前意，施給盡心，得道迹也。

注①四姓：印度舊分四大姓，一、婆羅門，求法之人；二、剎帝利，王族；三、吠舍，商人；四，戍陀羅，農民及奴隸。此云四姓，殆人之泛稱。「昔有四姓」猶言「昔有一人」。②天帝釋：忉利天（三十三天之一）之主，管領三十三天。

## 四、象迹

昔有二人從師學道，俱去到他國，於道路見象迹。一人言：「此母象，懷雌子。象一目盲。象上有一婦人，懷女兒。」一人言：「爾何知？」曰：「以意思知也。汝不信者，前到當見之。」二人俱及象，悉如所言。至後，象與人俱生如是。一自念：「我與俱從師學，我獨不見要。」後還白師：「我二人俱行，此人見一象迹，別若干要，而我不解。願師重開講，我不偏頗也。」師乃呼一人問：「何因知此？」答言：「是師所長道者也。我見象小便地，知是雌象。見其右足踐地深，知懷雌也。見道邊右面草不動，知右目盲。見象所止有小便，知是女人。見右足蹈地深，知懷女。我以纖密意思惟之耳。」師曰：「夫學當以意思惟，一密乃達之也。夫簡略者不至，非師之過也。」

## 五、禍母

昔有一國，五穀熟成，人民安寧，無有疾病，晝夜妓樂無憂也。王問羣臣：「我聞天下有禍，何類？」答曰：「臣亦不見也。」王便使一臣至鄰國求買之。天神則化作一人，於市中賣之，狀類如豬，持鐵鎖繫縛。臣問：「此名何等？」答曰：「禍母」。曰：「賣幾錢？」曰：「千萬。」臣便顧之，問曰：「此何等食？」曰：「日食一升針。」臣便家家發求針。如是，人民兩兩三三相逢求針。使至諸郡縣擾亂，在所患毒無憀。臣白王：「此禍母致使民亂，男女失業，欲煞棄之。」王言：「大善！」便於城外，刺不入，斫不傷，棓不死，積薪燒之，身體赤如火，便走出。過里燒里，過市燒市，入城燒城。如是過國遂擾亂，人民飢餓。坐饜樂買禍所致也。

## 六、鸚鵡

昔有鸚鵡飛集他山中，山中百鳥畜獸轉相□□不相殘害。鸚鵡自念：「雖爾不可久也，當歸爾。」便去。卻後數月，大山失火，四面皆燃。鸚鵡逢見，便入水以羽翅取水。飛上空中，以衣毛潤水灑之，欲滅大火，如是往來，往來。天神言：「咄！鸚鵡！汝何以癡？千里之火，寧爲汝兩翅水滅乎？」鸚鵡曰：「我由不知而滅也。我曾客是山中，山中百鳥畜獸皆仁善，要爲兄弟。我不忍見之耳。」天神感其至意，則雨滅火也。

## 七、梵志與四獸

昔有梵志年百二十，少小不妻娶，無淫泆之情；處深山無人之處，以茅爲廬，蓬蒿爲席，以水果蓏爲食飲；不積財寶。國王聘之，不往。竟靜處無爲於山中數十餘歲，日與禽獸相娛樂。有四獸：一名狐，二者獼猴，三者獺，四者兔。此四獸日於道人所聽經說戒。如是積久食諸果蓏皆悉訖盡。後道人意欲使徙去。此四獸大愁憂不樂，共議言：「我曹各行求索，供養道人。」獼猴去至他山中，取甘果來，以上道人，願止莫去。狐亦復行化作人求食，得一囊飯麨來以上道人，可給一月糧，願止留。獺亦復入水，取大魚來以上道人，給一月糧，願莫去也。兔自思念：「我當用何等供養道人耶？」自念：「當持身供養耳。」便行取樵，以然火作炭，往白道人言：「今我爲兔，最小薄能，請入火中作炙，以身上道人，可給一月糧。」兔便自投火中，火爲不然。道人見兔，感其仁義，傷哀之，則自止留。佛言：時梵志者，提和竭佛是。是兔者，我身是。獮猴者，舍利弗是。狐者，阿難是。獺者，目揵連是也。

案：《舊雜譬喻經》乃選輯諸佛經裏面的譬喻（故事）而成；正如《四十二章經》之雜採「佛言」《八大人覺經》之總括教義，並非梵文即有此經。據《高僧傳》，康僧會自天竺（印度）來中國，吳、赤烏十年（公元二二六年）抵建業（當時吳之京城，今之南京），譯經當然在此後。他所譯的經有十餘部之多，在當時，要算一位大師。現在選了七章，分量未免過重。但在選時，也頗有斟酌。《譬喻經》的文體和故事，顯而易見的和六朝志怪的小說有其血統上的關係，便是以後的傳奇、話本和章回小說，在迷信方面，也受其影響。爲了這，選了《薩薄與孔雀王》、《伊利沙》、《禍母》、《梵志與四獸》。選了《象迹》是爲了其思想方法之富有邏輯性，選了《鸚鵡》，是爲了讓學人知道佛教中一部份積極、犧牲的精神。《五道人》本可以不選，但這怕是中國「鬼怕惡人」一句諺語的來源，所以也選進去了。當然，再引申說之，這一譬喻遠含有「不畏强暴（惡勢力）」的鬭爭的、反抗的精神。

## 《修行道地經》選 西晉、竺法護譯

### 勸意品第九（節鈔）

昔有一國王，選擇一國明智之人以爲輔臣。爾時國王設權方便無量之慧，選得一人，聰明博達，其志弘雅，威而不暴，名德具足。王欲試之，故以重罪加於此人，勑告臣吏盛滿鉢油而使擎之，從北門來，至於南門，去城二十里，園名調戲，令將到彼。設所持油墮一滴者，便級其頭，不須啓問。

爾時羣臣受王重教，盛滿鉢油以與其人。其人兩手擎之，甚大憂愁，則自念言：其油滿器，城裏人多，行路車馬觀者塡道；……是器之油擎至七步尚不可詣，況有里數邪？

此人憂憒，心自懷懅。

其人心念：吾今定死，無復有疑也。設能擎鉢使油不墮，到彼園所，爾乃活耳，當作專計：若見是非而不轉移，唯念油鉢，志不在餘，然後度耳。

於是其人安步徐行。時諸臣兵及觀衆人無數百千，隨而視之，如雲興起，圍繞太山。……衆人皆言，觀此人衣形體舉動定是死囚。斯之消息乃至其家；父母宗族皆共聞之，悉奔走來，到彼子所，號哭悲哀。其人專心，不顧二親兄弟妻子及諸親屬，心在油鉢，無他之念。

時一國人普來集會，觀者擾攘，喚呼震動，馳至相逐，躄地復起，轉相登躡，間不相容。其人心端，不見衆庶。

觀者復言，有女人來，端正姝好，威儀光顔一國無雙；如月盛滿，星中獨明；色如蓮華，行於御道。……爾時其人一心擎鉢，志不動轉，亦不察觀。

觀者皆言，寧使今日見此女顔，終身不恨，勝於久存而不覩者也。彼時其人雖聞此語，專精擎鉢，不聽其言。

當爾之時，有大醉象，放逸奔走，入於御道……舌赤如血，其腹委地，口脣如垂；行步縱橫，無所省録，人血塗體，獨遊無難，進退自在猶若國王，遥視如山；暴鳴哮吼，譬如雷聲；而擎其鼻，瞋恚忿怒……恐怖觀者，令其馳散，破壞兵衆，諸衆奔逝。……

爾時街道市里坐肆諸買賣者，皆懅，收物，蓋藏閉門，畏壞屋舍，人悉避走。又殺象師，無有制御，瞋或轉甚，踏殺道中象馬，牛羊，猪犢之屬；碎諸車乘，星散狼籍。

或有人見，懷振恐怖，不敢動摇。或有稱怨，呼嗟淚下。或有迷惑，不能覺知；有未着衣，曳之而走；復有迷誤，不識東西。或有馳走，如風吹雲，不知所至也。……

彼時有人曉化象呪，……即舉大聲而誦神呪。……爾時彼象聞此正教，即捐自大，降伏其人，便順本道，還至象厩，不犯衆人，無所嬈害。

其擎鉢人不省象來，亦不覺還。所以者何？專心懼死，無他觀念。

爾時觀者擾攘馳散，東西走故，城中失火，燒諸宫殿，及諸寶舍，樓閣高臺現妙巍巍，展轉連及。譬如大山，無不見者。煙皆周遍，火尚盡徹。……

火燒城時，諸蜂皆出，放毒齧人。觀者得痛，驚怪馳走。男女大小面色變惡，亂頭衣解，寶飾脱落；爲煙所薰，眼腫淚出，遥見火光，心懷怖懅，不知所湊，展轉相呼。父子兄弟妻息奴婢，更相教言，「避火！離水！莫墮泥坑！」

爾時官兵悉來滅火，其人專精，一心擎鉢，一滴不墮，不覺失火及與滅時。所以者何？秉心專意，無他念故。……

爾時其人擎滿鉢油，至彼園觀，一滴不墮。諸臣兵吏悉還王宮，具爲王説所更衆難，而其人專心擎鉢不動，不棄一滴，得至園觀。

王聞其言，歎曰：「此人難及，人中之雄！……雖遇衆難，其心不移。如是人者，無所不辦。……」其王歡喜，立爲大臣。……

心堅强者，志能如是，則以指爪壞雪山，以蓮華根鑽穿金山，以鋸斷須彌寶山。……有信精進，質直智慧，其心堅强，亦能吹山而使動摇，何况除婬怒癡也！……

案：《修行道地經》是一部演説佛教徒如何用工夫的佛典，然而也並不是「佛所説」經。通行本在卷首有一篇不知何人所作的序，開頭便説：「造立《修行道地經》者，天竺沙門，厥名衆護，出於『中國』聖興之域，幼學大業洪要之典。」那麽，這部經乃是印度一位名叫衆護的和尚所造（作）的了。序中所謂「中國」即是天竺（印度）。佛書中常稱天竺（佛降生地）爲中國，而稱其他的國土爲「邊地」。譯經的竺法護原是月支（即月氏，古國名，月支族原居在甘肅西部）人，世居燉煌郡。

何時來中國，不詳，但據傳記，在西晉武帝太始二年（公元二六六）他已在長安的白馬寺譯經了。在通行本《修行道地經》卷末，有一段題記，說他於太康五年（公元二八四）譯出此經，當時「筆受」者（記録的人）有法乘、法寶以及李應榮等三十餘人。於此可以推出凡是佛典而署名爲外國大師譯者，其實皆是口譯，執筆的往往是中國人。

復次，勸意品原文太長了，不便於全遷進來。現在所録，完全根據胡適白話文學史的「節抄」，内中文字多所節删。原文於每一小段之後，便再總結一下，來一個頌（即偈）。即如於叙述國王立意要他所選中的那個人擎油從北門、出南門至調戲園一段之下，頌曰：

「假使其人到戲園，　承吾之教不棄油，
當敬其人如我身；　中道棄油便級頭。」

而那個人得知這個命令之後，「心自懷懼」，於是也頌曰：

「覩人象馬及車乘，　大風吹水心如此。
志懷怖懅懼不達；　安能究竟了此事？」

如此等等，便已删掉了。佛典叙述故事於「長行」（即散文）之中，夾用偈頌（即韻文）：便是後來話本及章回小說的「詩曰」、「有詩爲證」、「有一首詞兒道得好」的來源。

## 《阿彌陀①經》選 姚秦、鳩摩羅什譯

### 寶樹池蓮分第三

舍利佛，彼土何故名爲極樂？其國衆生無有衆苦，但受諸樂，故名極樂。又，舍利弗，極樂國土②七重欄楯、七重羅網，七重行樹，皆是四寶③周帀圍繞。是故彼國名爲極樂。又，舍利弗，極樂國土有七寶④池，八功德⑤水充滿其中。池底純以金沙布地。四邊階道，金、銀、瑠璃、玻璃合成。上有樓閣，亦以金、銀、瑠璃、玻瓈、硨磲、赤珠、瑪瑙而嚴飾之。池中蓮華大如車輪，青色、青光、黄色、黄光、赤色、赤光，白色、白光，微妙香潔。舍利弗，極樂國土成就如是功德莊嚴。

注：①阿彌陀：義譯爲無量壽。 ②極樂國土：即净土。 ③四寶：即七寶中之前四寶。 ④七寶：即經文中所謂金、銀……等。 ⑤八功德：一、甘，二、冷，三、軟，四、輕，五、清净，六、不臭，七、飲時不損喉，八、飲已不傷腸。

案：《阿彌陀經》、《修持正行分》說：

「若有善男子、善女人，聞說《阿彌陀佛》，執持名號，若一日，若二日，若三日，若四日，若五日，若六日，若七日，一心不亂，其人臨命終時，《阿彌陀佛》現在其前。是人終時，心不顛倒，即得往生《阿彌陀佛》極樂國土。」

佛教中有一派「淨土宗」，即是專門如此修行：誦「阿彌陀經」，念「南無阿彌陀佛」。甚或經也不誦而祇去念佛。因爲它簡便易行，而又可以消災獲福，所以很容易取得人民大衆的信仰。舊日，

人們往往於稱心如願的時侯，情不自禁地喊一聲「阿彌陀佛」（或再簡稱「彌陀佛」），就是這麽一個來源。然而歷代還有不少的文人信仰淨土，如東晉的謝靈運，唐代的白居易都是這一「宗」。謝氏曾參加過慧遠和尚的白蓮社，而這社即是以念佛爲其主旨的。白氏在他的《重玄寺石壁經碑文》裏，開頭便説：「應念順願，願生極樂土，莫疾於《阿彌陀經》。」後面又説：

「……白居易……乃捨俸錢三萬，命工人杜宗敬按《阿彌陀》、《無量壽》二經畫西方世界（案即極樂世界）一部，……阿彌陀佛坐中央，觀音、勢至二大士侍左右，天人瞻仰，眷屬圍繞，樓臺、伎樂、水、樹、花、鳥、七寶嚴飾，五彩彰施，爛爛，煌煌，功德成就。弟子居易焚香稽首，跪於佛前，起慈悲心，發弘誓願：願此功德迴施一切衆生……。」又如他的《念佛偈》説：

「……看經費眼力，作福畏奔波。何以度心、眼？一聲『阿彌陀』。行也『阿彌陀』，坐也『阿彌陀』。縱饒忙似箭，不廢『阿彌陀』。……」

其信奉之篤，可以想見。此外，這樣的文人尚所在多有，不勝枚舉。若説佛典中信（愚民政策！）的部份，影響之大，收效之宏，恐怕無過於《阿彌陀經》了。

**《百喻經》**選蕭齊、求那毗地譯

人謂故屋有惡鬼喻

昔有故屋，人謂此室常有惡鬼，皆悉怖畏，不敢寢息。時有一人，自謂大膽，而作是言：「我欲入此室中寄卧一宿。」即入宿止。後有一人，自謂膽勇勝於前人，復聞傍人言此室中恒有惡鬼，即欲入中。排門將前，時先入者謂其是鬼，即復推門遮不聽前；在後來者復謂有鬼，二人鬬爭，遂至天明。既相覩已，方知非鬼。一切世人亦復如是。因緣暫會，無有宰主，一一推析，誰是我者。然諸衆生横計是非，發生爭訟。如彼二人等無差別。

### 效其祖先急速食喻

昔有一人，從北天竺至南天竺。住止既久，即聘其女共爲夫婦。時婦爲夫造設飲食，夫得急吞，不避其熱。婦時怪之，語其夫言：「此中無賊刦奪人者，有何急事，悤悤乃爾，不安徐食？」夫答婦言：「有好密事，不得語汝。」婦聞其言，謂有異法，慇懃問之。良久乃答：「我祖父已來，法常速食，我今效之，是故疾耳。」世間凡夫亦復如是。不達正理，不知善惡，作諸邪行不以爲恥，而云我祖父已來作如是法，至死受行，終不捨離。如彼愚人習其速食以爲好法。

案：今金陵刻經處刻本《百喻經》，其卷首引《出三藏記》曰：「永明十年（公元四九二）九月十日，中天竺法師求那毗地出脩多羅藏（即「三藏」中之經藏）十二部經中鈔出譬喻，聚爲一部：凡一百事，天竺僧伽斯法師集行大乘，爲新學者撰説此經。」按着上句的意義來講，此經是求那毗地從十二部經中輯譯。按着下句，則此經是伽斯那所作——今本正如此署名。總之，這部經的性質正如同《舊雜譬喻經》，是借了故事，宣傳教義，以引起「初學」的信心的。每段故事之末尾，必點出主題：這又大似乎伊索《寓言》了。

# 下卷　偈頌之部

《法句經》選　吴·維祇難、竺將炎合譯

## 教學品(節鈔)

若人壽百歲，邪學志不善，不如生一日，精進受正法。
覺能捨三惡，以藥消衆毒。健夫度生死，如蛇脱故皮。

## 多聞品(節鈔)

事日爲明故，事父爲恩故，事君以力故，聞故事道人。
斫瘡無過憂，射箭無過患，是壯莫能拔，唯從多聞除。
盲從是得眼，闇者從得燭，示導世間人，如目將無目。

## 言語品(節鈔)

夫士之生，斧在口中。所以斬身，由其惡言。

## 明哲品（節鈔）

弓工調角，水人調船，巧匠調木，智者調身。

譬如厚石，風不能移，智者意重，毁譽不傾。

譬如深淵，澄靜清明，慧人聞道，心淨歡然。

## 利養品（節鈔）

寧噉燒石，呑飲鎔銅，不以無戒，食人信施。

案：維祇難和竺將炎與譯《舊雜譬喻經》的康僧會爲同時人。《法句經》的卷首，有一篇不知誰作的序，説維祇難出自天竺，於黄武三年（公元二二四）來到武昌，並有「同道」名竺將炎。其譯經當即在此時。如果説《四十二章經》、《八大人覺經》選輯佛言，總括教義，《舊雜譬喻經》、《百喻經》鈔出故事，那麽，《法句經》便是從各經中抽出了偈頌而集譯成書的。於此可以看出：這種「綱要」「入門」一類的佛典，在佛教初來中國時，確實曾起過作用，收過效果，所以一直也就流傳下來了。

## 《佛本行經》選　劉宋、寶雲譯

## 大滅品第廿九（節鈔）

佛適捨壽行，地六返震動①。空中有大炬，如刼盡②燒火。四方有大火，猶如阿修羅。燒天林樹澤，名曰愛盡樂。暴雨震其塵，電光如吐燄，普世如大火，雷震甚可畏。卒暴塵、霧、風，折樹、崩山巖；猶如刼盡風，所摧傷無限。白日無精光，星月闇不明，日月俱失光，譬如泥所塗。日月雖俱照，黮黮不精明：莫能識東西，晝夜不可知；世間冥所覆，江河皆逆流。佛坐側雙林③，憂感華零落。江河水皆熱，猶如沸釜湯。雙林爲之萎，屈覆世尊身。五頭大龍王，悲痛身放緩，或悶熱視佛，啼哭眼皆赤。……愛重諸天神，悲感塞虛空，普爲憂所擾，周慞大哀動。雜類之大聲，遍滿於世間。魔已得其願；及惡兵屬喜，舞調雷震鼓，種種放洪聲，大叫傳令言：「吾主强敵亡；自今誰復能，越其境界者？」佛德樹崩墮，如大象牙折，如高山巖摧，如大牛角脱。佛今舍身壽，世間諸天人，無所復歸仰，失恃怙如是；如虛空無日；如國無倉藏，如華池被霜，衆華皆摧傷。世尊捨軀命，寂濳於泥洹④，一切有形類，莫不失精榮。

注：①地六返震動：即大地之六種震動：動、起、涌三者爲形變；震、吼、擊三者爲聲變。返、當是反覆之意。②刼盡：猶今言世界末日。③雙林：釋迦牟尼臨「滅度」時，坐於兩株娑羅樹間。④泥洹：即涅槃，即滅度。

案：《佛本行經》不知何人所作，乃是序述釋迦牟尼一生事蹟的一部叙事詩；較之馬鳴菩薩所作的《佛所行讚經》更爲壯麗。原文本是韻文，譯本成了無韻詩，僅只採用了四言、五言、或七言句的形式，但仍然可以看出原作的詩底美。寶雲（？——公元四六九）是劉宋時中國的一位大師，曾到過于闐和印度。《高僧傳》上說他「華梵兼通，音訓允正」。

現在所選的《大滅品》是五言體。此外還有好多地方用了四言，如《與衆婇女遊居品》：「……六萬婇女，圍繞其側。太子於中，如天帝釋，於天浴池，與天女俱。於是皆乘，金銀寶船，遊戲池中，如天乘雲。太子復乘，七寶之船，妃在其側，俱共入池。色身金照，光各一丈，如日乘船。莫不驚愕，謂是日出；衆華開張，明重光照，踰日天子。」全經用七言的地方最少，只在《降魔品》裏有一段。現在節抄幾句作爲示例：「菩薩推盡生死源，察其起滅悉曉了。心更生念、重思維，老由何來、何從死？復生正念：緣生故，因老有病，從病、死。其有頭者有頭患，猶樹已生必當墮。重思：本種所由有，覺：種種行受緣對。」

最後，佛典中之偈頌，一如其「長行」，可分爲說理及敘事兩類。因爲這一種無韻詩的形式在中國文學上不曾發生什麼影響（雖然到了趙宋也有人作偈模仿此體），所以並沒有多選，衹節抄了《法句經》和《佛本行經》：前者屬於說理，而後者則爲敘事。

## 結語

說是「結語」倒也不必如現代語中所謂「總結」。

「引言」寫出之後，因爲課期迫促，倉猝付印。嗣後發現其中頗多遺漏，即是說，應該寫進去的却不曾寫進去。現在，這「結語」就是來打打補釘：如此而已。

下面所寫的各段，有的是韓剛羽、高蔭甫兩位先生提出的意見，　供給的材料；有的是我隨時所想及。就口隨手寫去不再加以區分。

佛典舊分三藏，即一、經藏，音譯修多羅藏；二、律藏，音譯毘那耶藏；三、論藏，音譯阿毘曇藏。經說「定」學；律說「戒」學；論說「慧」學。

所謂「戒」，即戒律戒行，說得通俗一點，即發下誓願不作壞事，如「五戒」之類；若再推而廣之，便成了佛教徒所說的「三千威儀，八百細行」，一舉一動都有個規矩。所謂「定」，即是「無罣礙，無恐怖，遠離顛倒夢想，究竟涅槃」；簡言之，即是「一心不亂」。所謂「慧」即是智慧；細說之，曉達無爲之空理（佛理）叫作慧，所以佛智叫作「慧日」，而釋迦牟尼又有慧日大聖尊之稱號。

佛教徒的作工夫是由戒生定，由定生慧。求「道」之次第如此之合理，在宗教中，　真可說是難能而可貴了。

現在所選的教材，可以説俱出於經藏。戒律於我們非佛教徒没關係，所以不曾選律藏。論藏，本來打算在《大智度論》和《大乘起信論》裏選兩節。斟酌了半天，覺得那種唯理論的教義太玄妙了，講起來怕費事，而我的學力又太淺，恐怕越説越不得明白：所以終於也不曾選。

一種宗教，當其創教之始，其創教主對於當時的社會制度、生活習慣以及傳統信仰一定有所不滿，而思有所改革。這所謂改革，倒不必定説它是改良，因爲真正的宗教的教義往往具有着極端性，所以對於其所不滿的（否定的）事物的改革也是徹底的，甚至於可説是革命的。這在佛教，尤其如此。

在古印度人民間氏族的階級劃分得十分嚴。我們只看「四姓」這一名詞，便可以知道。釋迦牟尼這位大慈大悲的教主之所以提倡平等觀和普親觀，也就是要消滅這階級。然而縱使其動機和目標都是好的，而其忍辱、戒殺的「教行」在當時却仍然是使不得。（不管他是怎樣地「衆生無邊、誓願度」。）

列寧説「托爾斯泰的學説無疑是空想的。」（《列·尼·托爾斯泰和他的時代》《列寧全集》第十七卷）釋迦牟尼也正是如此。

不管釋迦牟尼是怎樣的一位天才，他可是不懂得只有通過了階級鬭爭才可以促成階級的消滅；而在階級矛盾尖鋭對立的時候，去提倡普親、平等，不但太天真、太理想、太「一向情願」，（羊與狼怎能談普親、平等！）而且其結果反使統治階級更容易發揮其統治的威力，鞏固其統治的地位。

又是列寧批評托爾斯泰的話：其學説「是反動的（這裏「反動的」一詞，是就這個詞的最確切最深刻的含義用的）。」釋迦牟尼的教義也正是如此。

這也不能十分怪罪釋迦牟尼，因爲他是兩千五百年以前的人物。

佛典中文學的價值是二重的：佛書本身往往自有其文學的價值，此其一；譯出之後，則又成爲繙譯文學，此其二。

繙譯文學之影響倒不在於所謂「文人」的著作。它直接影響到小説；間接則到戲劇。這是我們研究我國文學史所不能忽略的。

我國在早無所謂「反切」（拼音）和「四聲」（平、上、去、入）。一直到六朝末期才有。這與譯經也有關係。因爲梵文是拼音的，而繙經有時要用音譯，又因爲要忠實於繙譯工作的緣故，必須作到音譯之正確：以此，四聲和反切便生出來了。發展下去，到了唐朝，就成了有着卅六字母的「等韻」。

「引言」中曾説佛教給與中國的影響是迷信、哲理和文學。如此説實在不完備。我國古代的繪畫、雕塑、建築以及音樂（幾乎是整個的藝術的全體）也受過佛教很大的影響。這也是我們應該曉得的，雖然這已經軼出佛典文學這一主題之外了。

綜上所說，佛教來到中國，其影響倒也真正「非同小可」。治古代文學史、藝術史和哲學史的決不可以輕輕放過佛典。

索性跑到題外去，再說幾句。

佛教不獨在中國發生過很大的影響。在東南亞、東亞，如越南、高棉、寮國、緬甸、蒙古、朝鮮和日本，亦然。

愛倫堡在他的一篇文章《歐洲的命運》裏面說：「古希臘以它的遺產、偉大的藝術和人道主義的萌芽使它（歐洲各民族共同的命運）豐富起來。基督教是歐洲的共同的衝動和病症。」我打算把這位大作家的話應用到古印度佛教之在東南亞、東亞諸國。因爲在這裏，佛教是具有着類似乎古希臘與基督教之在歐洲的情形的，說的是它的智慧和它的宗教（在這一方面，佛教之在亞洲，是「病症」多於「衝動」的）。這也就是佛典在今日的價值。

在開頭，我很高興（於此不敢濫用「榮幸」）講授佛典繙譯文學。我不是佛教的信仰者；也不是佛學的研究者。而佛書却是愛讀的，特別是在抗戰後，解放前。而且我越讀佛書，就越震驚於釋迦牟尼的天才與其偉大的人格。自然，一直到現在，對於教義大部分還是搞不通。我不是說的佛典中「名相」之學。那個，我不會搞得通，而且也不想去搞通。

我所最不滿意於釋迦牟尼的是：他對於婦女那麽深惡而痛絶。佛典中，那一套「不淨觀」的教義，老實不客氣地説，我是最怕讀。我説怕，這怕字是如字解。每一讀，我就怕起來，怕得我「毛髮植立」。也許就爲了這，我就不能成爲一個佛教徒。

話説遠了。我只是説有一時期，我愛讀過佛書（讀得雖然不多）；我欽佩過釋迦牟尼；而現在呢？我很高興來講佛典繙譯文學。這高興殆不下於「小孩子過新年，穿新鞋」。大半生教書，在各地各校曾擔任過種種不同的教科，我還不曾講過佛典文學，雖然在堂上有時也曾徵引個一句半句的。

這一次，用了古語來説，正是破題兒第一遭。這也是我稚氣地高興的原因之一。然而天下事，作起來往往不像想起來那麽簡單。此刻還不曾上課，我已寫出引言，選定教材，略加注解，而且結語也臨近結束。在備課上説，差不多已是「功行圓滿」。我的高興可也差不多煙消雲散，剩下的只有惶恐了。

不拘寫稿、選材、加注，我越寫下去，越感覺到自己對於佛學之無知。新的理論呢，我又那麽有限：使我不能很好地掌握着去批判地接受佛典。

總而言之，講授佛典繙譯文學，我還不能勝任而愉快。即以自家的講稿的文字而論，説理既不能深入，又不能淺出；行文既不能簡鍊，又不能流暢；這已經够洩氣了。

不過環境條件俱已具備（這就是佛所謂因緣），我不能也不便於開小差，只好準備着硬着頭皮去上課。

這就算是責任感吧，然而絕不是在開頭時的高興了。

五四年、國際勞動節日，初稿

（寫於一九五四年。刊於《河北大學學報》一九八〇年第三期）

# 後記

先父遺著《顧隨文集》即將問世了。在這部文集與讀者見面的前夕，編輯同志要我寫幾句話附於卷末，我也覺得確有些話語需要告白於讀者。

我這裏想要説的，不是先父遺著對我國古典文學與文藝理論研究的價值，或對當今文學創作實踐的意義，——這些須由讀者去評説。我要説的是：這部遺著今日能與讀者見面，有一段非同一般的經歷。這本文集固然凝聚着先父一生在研究與創作上所付出的心血，同時它也凝聚着收存先父遺稿，關懷、指導、匯編此書的各位前輩和學人的心血。

先父的一生是在講學、著述、創作的文墨生涯中度過的。他潛心於中外古今文學作品和理論的研究，把精深獨到的見解融入講課之中，使從他受教者獲得益處和啓迪。然而，他那些形之於筆墨的理論著述却不肯輕易拿出發表。因此，他所寫的文章雖是平日研索學問的結晶，却常常是寫好就把手稿交給友人或學生去品評，有時甚至是直接把自己論學的見解寫在書信中，一封信本身竟是一篇很長的論文。因此他的論文已刊布者不多，而未刊者也大都不保存在自己家中。

加拿大籍華裔學者葉嘉瑩教授是先父四十年代任教於輔仁大學時的學生，她在就學期間與畢業以後，從先父學習古典詩詞達六年之久。此後她由北方而至南方，又由國內輾轉而至海外，而今她已是一位知名的中國古典文學專家。當嘉瑩教授於一九七四年回到祖國，期望與闊别三十載的老師會面暢叙，並獻上自己的研究業績時，她哪會料到，我的父親已經離開人世十五年了。嘉瑩教授沉痛地發願要爲她的老師整理一部遺集。她本保存着先父早年的部份文稿，而我這裏恰巧還存有後期的一些資料。嘉瑩教授又利用幾次回國講學的機會，尋訪舊日師友，多方徵集遺稿，不斷爲文集擴充、增補内容，并要我幫她來作謄録、整理的工作。尤爲難得的是，嘉瑩教授身邊還珍藏着八册當年在輔仁大學聽先父講課時所記的筆記。三十年來，嘉瑩教授的生活幾經顛沛，迭遭坎坷，許多貴重物品或失或棄，而這八册筆記却始終珍存。她珍重地將這筆記親手交付給我，委托我來進行摘録，整理成一部「駝庵詩話」，作爲本書的附録。對嘉瑩教授如此誠摯的師生之誼以及她對祖國文化的珍愛之情，我深爲敬佩；而她對我的鼓勵與信任，又使我深受感動。因此，我雖自知才淺學疏，難以勝任此項工作，還是欣然接受了。我在整理文稿的過程中，每項工作都得到嘉瑩教授的悉心指導。嘉瑩教授還親自與上海古籍出版社聯繫文集的出版事宜，並撰寫了近三萬言的長篇紀念文章附于集後。我想先父在九泉之下，也定然會無限欣慰的。

關于先父文集的編輯出版，本來在六十年代初期父親去世不久，天津百花出版社就曾經進行過安排，并匯集了遺稿。在那部未曾付梓的文集中，最可寶貴的部份來自父親的另一位學生周汝昌先生。父親生前與汝昌先生情兼師友，自一九四一年以次，書信往還，研討學術唱和詩詞，不曾間斷。先父的這些討論學術、文藝的信札和專文，汝昌先生最爲珍愛，妥爲收藏，歷劫無失。爲了編印先父遺文，汝昌先生專赴津門，將其親付經手之人。然而，令人痛惜的是，這部遺集因故未能立即付印，而汝昌先生獻出的這批珍貴的手稿和當時蒐集到的其他文稿，經過十年動亂都已下落不明，這實在是一個難以彌補的巨大損失了。汝昌先生曾多次向我訴説：「先師的後半生除了正規的登堂講授以及其他教學工作而外，幾乎全部精力都傾注在這一大批書札和論文之中，這些都是一色手稿，高超的手筆，精深的見解，遒美的書法，令人愛不忍釋，其内容涉及到詩、詞、曲、文、戲劇、小説、紅樓夢、曹雪芹、書法、文物、音韻、文字學、民俗學、外國文學……。我把篇幅最完整、内容最精粹的這一數量可觀的部份交付于人，可是，我後來怎麽努力也追問不出這一批瑰寶的下落了！」他每言及此，都是要大動感情的，因爲他認爲這個損失是太大了，也太令人憾恨了。此次編集，讀者已無法再見到這部份遺稿了。所幸文集的再次編訂出版終底于成，無論對于死者、對于生者，這都是一個極大的慰藉。

此次整理編訂文集，得到王雙啓、史樹青、吳小如、周汝昌、張中行、馮學義、郭預衡、楊敏如、劉在昭 蕭雨生、閻貴森諸位先生的熱心幫助與指教，或提供遺稿，或協助搜集核校，或對編訂提出寶貴意見，這才使文集初具今日之規模。先父生前摯友、著名學者馮至老伯一直十分關注文集的出版 他老人家在參加全國性會議期間，還打電話給我，詢問遺稿收集整理的進展情況，又提供先父的詩詞手稿，關心文集的内容安排，而且親自爲文集題簽。在此，謹向馮至老伯和諸位先生致以由衷的敬意和謝忱。還有不少目前限于條件尚未取得聯繫的先輩、學長，可能也珍存有先父的遺文、講稿、書札，務請與我通一信息，俾使先父遺稿的蒐集日臻完滿。我在熱切地盼望着，期待着。

上海古籍出版社爲繁榮學術研究、豐富文化積累而決定出版先父的文集，編輯部陳邦炎、鄧韶玉先生對文集的出版進行了周嚴的思攷、細密的編訂，他們對學術研究與編輯工作的熱忱，是我感激不盡的。

明年，一九八五年，是父親逝世的二十五周年，謹在這部文集的卷末，勉書數語，作爲我和我的幾個姐姐對老人家的紀念吧！

顧之京

一九八四年六月于河北大學